독서의 즐거움.

영혼을 향해 열린 공간들을 탐험하는 즐거움.

허구의 이야기와 언어가 지닌 신비로움과 아름다움.

그리고 상상력에 자신을 내맡기는 즐거움!

CARLOS RUIZ ZAFON

바람의 그림자

1

LA SOMBRA DEL VIENTO
by Carlos Ruiz Zafón

바람의 그림자

La Sombra del Viento

1

카를로스 루이스 사폰 장편소설

정동섭 옮김

문학동네

더 나은 대접을 받을 자격이 있는 호안 라몬 플라나스를 위해

차례

잊힌 책들의 묘지

나는 지금도 아버지가 '잊힌 책들의 묘지'로 나를 처음 데려간 그 새벽을 기억한다. 1945년 여름의 첫 날들이 흩날렸고, 우리는 잿빛 하늘에 사로잡힌 바르셀로나의 거리를 걷고 있었다. 람블라 데 산타 모니카 위로 뿌연 햇빛이 녹아내리는 구리 화관花冠처럼 쏟아졌다.

　"다니엘, 오늘 네가 보게 될 것은 아무에게도 얘기해선 안 된다." 아버지가 주의를 주었다. "네 친구 토마스에게도, 그 누구에게도 말이다."

　"엄마한테도요?" 내가 나지막이 물었다.

　아버지는 평생 당신을 그림자처럼 쫓아다닌 그 슬픈 미소 뒤로 숨으며 한숨을 쉬었다.

"당연히 되고말고." 아버지는 시선을 떨어뜨리며 대답했다. "우린 엄마하고는 비밀이 없잖니. 엄마한테는 뭐든지 말해도 된단다."

내전이 끝난 직후 콜레라가 퍼져 어머니를 데려가버렸다. 나의 다섯번째 생일날, 아버지와 나는 어머니를 몬주익*에 묻었다. 나는 그날 아침부터 밤까지 종일 비가 내렸다는 것과 하늘도 우는 거냐고 물었을 때 아버지가 아무 대답도 하지 않았던 것만 기억한다. 그로부터 육 년이 지났지만, 어머니의 부재는 여전히 환영처럼 내 주위를 떠돌았다. 그때까지 나는 절규하는 침묵은 어떤 말로도 달랠 수 없다는 걸 아직 알지 못했다. 아버지와 나는 산타 아나 가街의 성당 광장 옆에 있는 작은 아파트에 살았다. 1층은 수집가용 희귀본과 헌책을 전문으로 취급하는 서점이었다. 아버지는 늘 할아버지가 물려준 매력적인 그 서점을 언젠가는 내게 넘겨줄 거라고 말했다. 나는 그 책들 속에서 자라며 눈에 보이지 않는 책장 속 친구들을 사귀었다. 그 친구들은 먼지가 되어 사라졌지만 그 냄새는 아직도 내 손끝에 남아 있다. 어릴 때 나는 어두운 침실에서 그날 일어난 일과 학교에서 한 일, 그 무렵 알게 된 걸 엄마에게 이야기하다가 잠드는 법을 익혔다. 엄마의 목소리를 들을 수도, 엄마의 손길을 느낄 수도 없었지만 엄마

---

* 바르셀로나 서쪽에 위치한 높은 언덕.

의 빛과 온기가 집 안 구석구석에서 타올라, 나는 열 손가락으로 나이를 다 헤아릴 수 있는 아이들이 그렇듯, 눈을 감고 얘기하면 엄마가 어디에 있든 들을 수 있을 거라고 믿었다. 때때로 식탁에 앉아 내 말소리를 들은 아버지가 몰래 눈물을 흘렸다.

고함을 지르며 깨어났던 그 6월의 새벽을 나는 기억한다. 마치 영혼이 길을 열어 계단 아래로 달려내려가고 싶어하듯, 가슴속 심장이 쿵쿵 뛰었다. 당황한 아버지가 내 방으로 뛰어들어와 나를 품에 안고 진정시키려 했다.

"얼굴이 기억 안 나요. 엄마 얼굴이 기억 안 나요." 나는 숨도 쉬지 않고 중얼거렸다.

아버지는 나를 힘껏 껴안았다.

"걱정 마라, 다니엘. 아빠가 네 몫까지 기억해줄 테니."

우리는 더 할 말을 찾지 못하고 어스름 속에서 마주 보았다. 아버지가 늙었다는 것과 아버지의 눈, 안개와 상실감으로 가득한 그 눈이 언제나 과거만 바라보고 있었다는 걸, 나는 그때 처음 깨달았다. 아버지는 몸을 일으켜 새벽 여명이 들어오도록 커튼을 젖혔다.

"자, 다니엘. 옷 입어라. 보여줄 게 있다." 아버지가 말했다.

"지금요? 새벽 다섯시인데요?"

"어둠 속에서만 보이는 것이 있는 법이란다." 아버지는 알렉상드르 뒤마의 어느 소설에서 빌렸을 법한 수수께끼 같은 미소를 반짝이며 넌지시 말했다.

　우리가 현관문을 나섰을 때 거리는 안개와 야경꾼들 사이에서 아직 깨어나지 못하고 있었다. 마침내 도시가 기지개를 켜며 수채화 같은 장막을 벗어던지자, 람블라스 거리의 가로등들이 연방 깜박이면서 안개 낀 가로街路를 비추었다. 아르코 델 테아트로 가街에 이르러 파란 바다 안개 같은 둥근 아치 지붕을 통과한 뒤 우리는 당시 차이나타운이었던 라발 지구地區를 향해 계속 걸었다. 람블라스 거리의 희미한 빛이 등뒤로 사라질 때까지 나는 아버지를 따라 길이라기보다는 흉터에 가까운 그 좁은 길을 걸어갔다. 새벽 여명은 땅에 닿기도 전에 기울며 발코니와 돌림띠에서 빛의 숨결로 배어나왔다. 드디어 아버지가 세월과 습기로 검게 변해버린 세공된 목조 대문 앞에 멈춰 섰다. 우리 앞에는 어느 왕궁의 잔해 같기도 하고 메아리와 그림자의 박물관 같기도 한 건물이 높이 솟아 있었다.

　"다니엘, 오늘 네가 보게 될 것은 아무에게도 얘기해선 안 된다. 네 친구 토마스에게도, 그 누구에게도 말이다."

　맹금 같은 인상에 자그마한 은발 남자가 문을 열어주었다. 그의 매섭고도 불가해한 시선이 나를 응시했다.

　"안녕하신가, 이사크. 얘는 내 아들 다니엘이네." 아버지가 설명했다. "곧 열한 살이 되는데 언젠가 내 가게를 맡을 걸세. 이제 이곳을 알 나이가 됐지."

이사크란 남자가 가볍게 고개를 끄덕이며 우리를 맞아들였다. 푸르스름한 어둠이 사방을 뒤덮고 있어, 신화 속 인물과 천사가 그려진 프레스코 회랑과 대리석 계단만 어렴풋이 보였다. 우리는 그 파수꾼을 좇아 궁전 같은 통로를 지나 커다란 원형 홀에 이르렀다. 그곳은 빛이 원형 지붕을 뚫고 쏟아지는 진정한 어둠의 바실리카*였다. 책으로 가득 찬 복도들과 책장들의 미로가 바닥부터 천장까지 솟아 있고, 다리와 터널, 돌계단, 발코니들이 엮이면서, 기하학적으로 불가능한 구조의 거대한 도서관을 연상시켰다. 나는 입이 떡 벌어져 아버지를 보았다. 아버지는 내게 윙크하며 미소 지어 보였다.

"다니엘, '잊힌 책들의 묘지'에 온 걸 환영한다."

도서관 발코니와 복도 군데군데에 열댓 명쯤 되는 사람들의 윤곽이 보였다. 그들 중 몇몇이 인사를 하려고 멀리서 몸을 돌렸는데, 나는 중고 서적상 단체에 소속된 아버지 동료들의 얼굴을 알아보았다. 열 살이었던 내 눈에 그 사람들은 세상 뒤에서 음모를 꾸미는 연금술사의 비밀결사처럼 비쳤다. 아버지는 내 옆에 무릎을 꿇고 내게서 시선을 거두지 않은 채 약속을 하거나 비밀을 전할 때처럼 조용한 목소리로 말했다.

"이곳은 신비한 곳이야, 다니엘. 일종의 성전聖殿이지. 네가 보

* 옛 로마의 교회당.

는 책들, 한 권 한 권이 모두 영혼을 가지고 있단다. 책을 쓴 사람의 영혼과 책을 읽으며 꿈을 꾸었던 이들의 영혼 말이다. 한 권의 책이 새 주인의 손에 들어갈 때마다, 누군가가 책장들로 시선을 미끄러뜨릴 때마다, 그 영혼은 자라고 강인해진단다. 벌써 오래전에 아빠의 아버지가 아빠를 이곳에 처음 데려왔을 때도 이곳은 이미 오래된 곳이었지. 아마 이 도시만큼이나 오래되었을 거야. 이곳이 언제부터 존재했는지 누가 이곳을 만들었는지 제대로 아는 사람은 아무도 없어. 이제부터 네 할아버지에게서 들은 이야기를 해주마. 도서관 하나가 사라질 때, 서점 하나가 문을 닫을 때, 그리고 한 권의 책이 망각 속에서 길을 잃을 때, 이곳을 아는 우리 파수꾼들은 그 책들이 이곳에 도착했는지를 확인한단다. 이곳에는 아무도 기억하지 않는 책들, 시간 속에서 길을 잃은 책들이 언젠가는 새로운 독자, 새로운 영혼의 손에 닿길 기다리며 영원히 살고 있지. 우리가 서점에서 책들을 사고팔긴 하지만 사실 책들은 주인이 없는 거란다. 지금은 우리뿐이지만, 여기서 네가 보는 한 권 한 권의 책이 누군가에겐 최고의 친구였어. 다니엘, 이 비밀을 지킬 수 있겠니?"

내 시선은 그곳의 광대함 속에서, 그 매혹적인 불빛 속에서 길을 잃었다. 나는 고개를 끄덕였고 아버지는 미소 지었다.

"그런데 가장 좋은 게 뭔지 아니?" 아버지가 물었다.

나는 말없이 고개를 저었다.

"처음 방문한 사람은 누구나 책을 한 권 골라야 하는 게 이곳의 관습이란다. 마음에 드는 책을 골라 그 책이 결코 사라지지 않고 영원히 살아남을 거라 믿으며 양자로 삼는 거지. 이건 아주 중요한 약속이야. 목숨을 건 약속이지." 아버지가 설명했다. "오늘은 네 차례란다."

나는 반 시간 가까이 낡은 종이와 먼지 그리고 매혹의 냄새를 풍기는 미로 사이를 누비고 다녔다. 나는 내 손이 책을 고르며 밖으로 드러난 무수한 책등을 스치도록 내버려두었다. 세월에 희미해진 제목들 사이에서 나는 내가 알아볼 수 있는 언어와, 이해할 수 없는 수십 가지 언어로 된 단어들을 훑었다. 그리고 내가 그것들에 대해 아는 것보다 나에 대해 더 많이 아는 듯한 수백 수천 권의 책들이 사는 나선형 회랑과 복도를 돌아다녔다. 문득 그 책들 각 권의 겉표지 너머에는 탐험가를 기다리는 무한한 우주가 열려 있다는 생각이 들었다. 그리고 저 벽들 너머에서는 사람들이 자신의 배꼽이나 그 언저리를 벗어나지 못하는 좁은 시야에 만족한 채, 오후에 축구를 하거나 라디오 연속극을 들으며 삶을 보내고 있다는 생각이 엄습했다. 그 생각 때문인지, 아니면 우연 또는 우연의 잘 차려입은 친척인 운명이었는지 모르겠지만, 바로 그때 나는 내가 양자로 들일 책, 달리 말하면 나를 입양할 책이 이미 선택되어 있음을 알았다. 그 책은 어느 책장 맨 끝에서 조심스레 모습을 드러냈다. 포도주 빛 가죽으로 제본

되었고 저 위 원형 지붕에서 새어들어오는 빛에 반짝이는 금장金 箔 제목을 속삭이고 있었다. 나는 그리로 다가가 손끝으로 제목을 쓰다듬으며 속으로 읽었다.

『바람의 그림자』
훌리안 카락스

제목이나 작가 이름은 한 번도 들어보지 않았지만, 그건 중요하지 않았다. 결정은 이미 끝났다. 나는 최대한 조심스럽게 그 책을 집어 팔락팔락 넘겨보았다. 책장이라는 감방에서 자유로워진 책은 금빛 먼지구름을 내뿜었다. 내 결정에 만족한 나는 입술에 미소를 머금은 채 팔 아래 책을 끼고 미로 속을 다시 걸었다. 그 책이 수년 동안, 어쩌면 내가 태어나기도 전부터 그곳에서 나를 기다렸을 거라는 확신이 들었다. 아마 그 공간의 분위기 때문이었으리라.

그날 오후 산타 아나 가의 집으로 돌아온 나는 내 방에 틀어박혀 새로운 친구의 첫 줄을 읽기로 마음먹었다. 미처 깨닫기도 전에 나는 어찌할 수 없이 그 책 속으로 빠져들었다. 그 소설은 친아버지를 찾아 나선 남자의 이야기였다. 친아버지를 한 번도 본 적 없는 그는 어머니가 임종하며 남긴 마지막 말 몇 마디로 아버지의 존재를 알게 되었던 것이다. 친부를 찾는 그의 이야기는 환상적인 오디세이로 변하는데 그 과정에서 주인공은 잃어버린 유년기와 청년기를 되찾기 위해 싸우고, 독자들은 생의 마지막까지 기억 속에서 그를 괴롭힐 저주받은 사랑의 그림자를 서서히 발견하게 된다. 이야기가 전개될수록 그 구조는, 그 안에 더 작은 인형들이 차례로 들어 있는 러시아 인형을 상기시켰다. 조금씩 조금씩 수천 개로 나뉘는 이야기는 마치 거울로 된 회랑에 스며들어 하나인 동시에 수십 개의 상으로 존재하는 것 같았다. 어느덧 몇 분이, 몇 시간이 환영처럼 미끄러지며 지나갔다. 이야기에 사로잡힌 나는 멀리서 자정을 알리는 성당의 종소리도 제대로 듣지 못했다. 스탠드의 구릿빛 불빛 아래서 나는 마치 처음 알게 된 것인 양 감동과 이미지들의 세계에 푹 빠졌다. 내가 숨쉬는 공기처럼 너무나 사실적인 인물들이 단번에 나를 사로잡아, 벗어나고 싶지 않은 미스터리와 모험의 터널 속으로 끌고 다녔다. 페이지를 넘길 때마다 이야기와 이야기 속 세계의 마법에 빠져드는 사이 어느덧 새벽 공기가 내 방 창문을 어루만졌고, 피곤한 두 눈은 마지막 페이지로 스르르 미끄러졌다. 나는 책을 가슴에 올려놓고 푸르스름한 새벽 어스름 속에 누워 잠든 도시의 소리에 귀를 기울였다. 보랏빛이 흩뿌려진 지붕들 위로 빗방울이 떨어지고 있었다. 졸음과 피곤이 문을 두드렸지만 나는 버텼다. 이야기의 마법을 깨고 싶지도, 인물들에게 아직 작별을 고하고 싶지도 않았다.

언젠가 아버지 서점의 한 단골이, 읽는 이의 심장까지 길을 내서 다가온 첫 책만큼 깊은 인상을 남기는 대상은 거의 없다고 말하는 걸 들은 적이 있다. 그 첫 이미지들, 우리가 뒤에 남겨두었다고 생각하는 그 말들의 울림이 평생 함께하며 기억 속에 하나의 궁전을 아로새긴다. 조만간―우리가 얼마만큼의 책을 읽었는지, 얼마나 많은 세계를 발견했는지, 얼마를 배우고 또 잊었는지는 중요하지 않다―다시 돌아갈 그 기억 속에. 내게 그 마법의 페이지는 언제나 '잊힌 책들의 묘지'의 복도 사이에서 발견한 그 책일 터였다.

잿빛 나날

1945~1949

1

비밀의 가치는 그것을 숨겨야 하는 상대에 따라 달라진다. 잠을 깼을 때 맨 처음 느낀 충동은 '잊힌 책들의 묘지'의 존재를 나의 가장 친한 친구와 공유하고 싶다는 것이었다. 토마스 아길라르는 여가 시간과 재능을 공기정역학空氣靜力學적 다트나 모터 달린 팽이처럼 착상은 기발하지만 실용성은 별로 없는 것들을 발명하는 데 쓰는 학교 친구였다. 그 비밀을 나누기에 토마스만한 친구는 없었다. 나는 마치 꿈을 꾸듯 친구 토마스와 함께 랜턴과 나침반을 준비하고 그 서지書誌의 카타콤에 대한 비밀을 밝혀내는 상상을 했다. 하지만 금세 아버지와 했던 약속을 기억해내곤, 모든 상황이 탐정소설에서 말하는 또다른 '모두스 오페란디'*를 조언하고 있다는 결론을 내렸다. 정오에 아버지에게 가서 세계적으로도 유명할 게 분명한 그 책과 훌리안 카락스에 대해 물어 보았다. 그의 모든 작품들을 손에 넣어 일주일 안으로 샅샅이 읽 어버릴 작정이었다. 하지만 대대로 서점을 운영하고 출판사 도 서목록에도 훤한 아버지가 『바람의 그림자』나 훌리안 카락스에 대해 한 번도 들어본 적이 없다는 걸 알고 얼마나 놀랐는지! 아 버지는 곤혹스러워하며 그 책의 판권장을 살폈다.

"여길 보면, 이 책은 1936년 6월에 바르셀로나의 카베스타니 에디토레스가 2,500부를 출판했을 때의 간행본이구나."

"그 출판사를 아세요?"

"몇 년 전에 문을 닫았지. 그런데 초판은 이게 아니구나. 1935년 11월에 파리에서 간행되었어. 출판사는 '갈리아노 & 뇌발'이고. 못 들어본 곳인데."

"그럼, 그 책은 번역본인가요?" 나는 헷갈려하며 물었다.

"그건 아니야. 여기 쓰여 있는 걸로는 이 텍스트가 원본이다."

"스페인어로 쓰인 책이 프랑스에서 처음 출판됐다고요?"

"처음은 아닐 거다. 그 시절에는 말이다." 아버지가 덧붙였다. "바르셀로가 뭘 좀 알지도 모르는데……"

구스타보 바르셀로는 아버지의 오랜 동료로, 페르난도 가街에 있는 동굴처럼 생긴 서점의 주인이자 중고 서적상 모임을 이끄는

---

* Modus Operandi, 운용 방식.

사람이었다. 그는 페르시아 시장의 고약한 냄새를 풍기는 파이프를 불도 붙이지 않은 채 늘 물고 다니며 마지막 낭만주의자임을 자처했다. 바르셀로는 자기가 칼다스 데 몬부이* 출신이긴 하지만 자기 혈통에 바이런 경의 먼 친척이 있었다고 주장했다. 아마도 이 관계를 분명히 하려는 의도로 그는 한결같이 19세기 댄디풍으로 꾸미고 다녔다. 얇은 실크 스카프와 흰색 에나멜 구두 그리고 험담가들 말로는 변기에 앉아서도 벗지 않는다는 도수 없는 외알 안경. 사실 그의 재산을 생각하면 가문에서 가장 중요한 인물은 19세기 말에 석연치 않은 방법으로 부를 축적한 사업가였던 선대先代였다. 아버지가 내게 설명해주기로는, 구스타보 바르셀로는 대단한 부자여서 그에게 서점은 엄밀히 말해 사업이라기보다는 열정이었다. 그는 진솔하게 책을 사랑했다. 비록 자신은 단호하게 부인하지만 만일 누군가가 그의 서점에 들어와 가격 때문에 살 수 없는 책에 심취한다면, 그는 필요한 만큼 책값을 깎아주거나 그 손님이 거들먹거리는 딜레탕트가 아닌 수준 있는 독자라고 생각되면 거저 주기도 할 것이었다. 그밖에도 바르셀로는 엄청난 기억력의 소유자였고 몸짓이나 어조도 그에 걸맞게 현학적이었다. 만일 희한한 책들에 대해 아는 누군가가 있다면, 그일 것이었다. 그날 오후 서점 문을 닫고, 아버지는 몬시

* 스페인 카탈루냐 지방의 마을.

오 가街에 있는 카페 엘스 콰트레 가츠*에 가보자고 했다. 그곳은 바르셀로와 그의 동료들이 저주받은 시인들, 사어死語들 그리고 좀먹어서 버려진 명작들에 대해 담소를 나누는 애서가 모임 장소였다.

우리 집에서도 그리 멀지 않은 엘스 콰트레 가츠는 바르셀로나 시를 통틀어 내가 가장 좋아하는 장소 중 하나였다. 1932년 부모님이 처음 만난 곳이기도 해서 나는 내 인생의 편도 차표가 어느 정도는 그 오래된 카페의 매력에서 비롯되었다고 생각했다. 돌로 된 용龍들이 그림자에 단단히 묶인 건물 정면을 수호하고 있었고, 시간과 추억이 가스등 불빛에 얼어붙어 있었다. 카페 안의 사람들은 다른 시대의 메아리들과 하나로 녹아들었다. 회계사들, 몽상가들, 재능 있는 수습생들이 파블로 피카소, 이사크 알베니스**, 페데리코 가르시아 로르카*** 또는 살바도르 달리의 환영과 테이블을 나눠 쓰고 있었다. 그곳에선 그 어떤 가난한 이도 진한 커피 한 잔 값으로 잠시 동안은 역사적인 인물이 된 듯 느낄 수 있었다.

"여어, 셈페레." 아버지가 들어오는 것을 보고 바르셀로가 소

---

* 바르셀로나에 있는 오랜 역사와 전통을 자랑하는 카페.
** 스페인의 작곡가이자 피아노의 거장.
*** 스페인의 천재 시인이자 극작가.

리쳤다. "탕자를 맞이하세나. 이 무슨 영광인가?"

"구스타보, 그 영광은 내 아들 다니엘 때문이라네. 뭘 좀 발견했거든."

"이리 와서 우리와 합석하세나. 이 기념일을 축하해야지." 바르셀로가 소리쳤다.

"기념일이요?" 나는 아버지에게 소곤거렸다.

"바르셀로식 표현법이란다." 아버지는 목소리를 낮추어 대답했다. "넌 아무 말도 마라. 안 그러면 바르셀로 때문에 정신없어질 테니까."

모임에 참석한 이들이 우리에게 자리를 만들어주었고 사람들 앞에서 선심 쓰길 좋아하는 바르셀로는 우리를 위해 뭔가를 주문하려고 했다.

"이 애는 지금 몇 살인가?" 곁눈질로 나를 살피며 바르셀로가 물었다.

"거의 열한 살이요." 내가 말했다.

바르셀로는 음흉한 미소를 내게 보냈다.

"그럼 열 살이로구나. 이 녀석아, 나이를 더하진 마라. 가만있어도 그렇게 될 테니까."

모임에 참석한 많은 이들이 맞는 말이라며 수군거렸다. 바르셀로는 역사적인 유적이라도 발표하듯 다급한 표정으로 웨이터에게 신호를 보내 주문을 받으러 오라고 했다.

"내 친구 셈페레에게 코냑 한 잔 갖다주게. 좋은 걸로. 그리고 아이에겐 레체메렝가다*를 주게, 자라는 데는 그만한 게 없지. 아, 안주로 하몬** 좀 내오고. 아까처럼 질긴 것 말고, 알았지? 고무는 피렐리 타이어 회사에서 쓰도록 두게나." 바르셀로가 으르렁거렸다.

웨이터는 고개를 끄덕이고는 발과 영혼을 끌고 가버렸다.

"내 말은 어떻게 일자리가 있겠냐는 겁니다. 이 나라에선 죽어서도 은퇴를 안 하니 말입니다. 엘시드***를 보세요. 방법이 없단 말입니다." 바르셀로가 좌중을 향해 말했다.

바르셀로는 특유의 날카로운 시선으로 내가 들고 있는 책을 흥미롭게 바라보며 불 꺼진 파이프 맛을 음미했다. 떠버리 같은 외모와 수다스러움에도 불구하고 그는 늑대가 피 냄새를 맡듯 좋은 먹이의 냄새를 맡았다.

"어디 보자." 짐짓 무관심한 척하며 바르셀로가 말했다. "내게 가져온 게 뭐지?"

나는 아버지를 바라보았다. 아버지가 고개를 끄덕였다. 나는 더 망설이지 않고 그 책을 바르셀로에게 내밀었다. 그는 능숙한

---

* 우유에 달걀 흰자와 시나몬, 설탕 등을 넣은 스페인 디저트. 음료로 마시기도 하고 얼려 먹기도 한다.
** 스페인 전통음식으로, 돼지 다리를 소금에 절여 말린 햄.
*** 중세 스페인의 명장이자 국민적 영웅. 그를 주인공으로 한 문학작품이 많다.

손놀림으로 책을 받아들었다. 피아니스트 같은 손가락이 잽싸게 그 구조와 견고함, 상태 등을 살폈다. 바르셀로는 수수께끼 같은 미소를 띤 채 마치 탐정인 양 판권지를 찾아 일 분 정도를 샅샅이 살폈다. 나머지 사람들은 기적이나 다시 숨을 쉬어도 된다는 허락을 기다리는 것처럼 숨죽이고 그를 바라보았다.

"카락스라…… 흥미롭군." 묘한 어조로 그가 중얼거렸다.

나는 책을 돌려받으려고 다시 손을 뻗었다. 바르셀로의 눈썹이 활처럼 휘어졌지만 차가운 미소와 함께 돌려주었다.

"얘야, 이 책 어디서 났니?"

"비밀이에요." 내가 대답했다. 아버지는 속으로 미소 짓고 있으리라.

바르셀로가 이맛살을 찌푸리며 아버지에게로 시선을 돌렸다.

"셈페레, 자네의 일이고 또 자네를 존경하는 내 마음과 우리를 형제처럼 묶어준 깊고 오랜 우정에 대한 경의도 있고 하니 이 책을 사십 두로*로 하고 얘기를 끝내세나."

"흥정은 내 아들과 해야 하네." 아버지가 말했다. "책은 이 아이 거니까."

바르셀로는 내게 늑대 같은 미소를 보냈다.

"얘야, 어떻게 하겠니? 첫 거래로 사십 두로는 나쁘지 않거

---

* 스페인의 화폐 단위로, 오 페세타에 해당한다.

든…… 셈페레, 자네 아들 이 사업에서 크게 성공하겠는걸."

모임 참석자들이 그를 보고 웃었다. 바르셀로는 가죽 지갑을 꺼내며 만족스럽게 나를 바라보았다. 그가 당시로는 대단한 액수였던 사십 두로를 세어 내게 내밀었다. 나는 말없이 고개를 저었다. 바르셀로가 눈살을 찌푸렸다.

"탐욕이란 죽을죄까지는 아니지만 아주 추악한 죄악이란다. 알지?" 그가 말했다. "좋다, 육십 두로면 은행에 보관해야 될 정도로 큰돈이야. 네 나이엔 이제 장래를 생각해야만 하지."

나는 다시 고개를 저었다. 바르셀로는 외알 안경 너머로 아버지에게 약이 오른 시선을 던졌다.

"날 보진 말게나." 아버지가 말했다. "난 그저 여기까지 동행한 것뿐이라네."

바르셀로는 한숨을 쉬고 나를 찬찬히 살펴보았다.

"어디 보자. 애야, 네가 원하는 게 뭐냐?"

"훌리안 카락스가 누구고, 또 그가 쓴 다른 작품들을 어디 가면 찾을 수 있는지 알고 싶어요."

바르셀로는 살짝 웃고는 자기 상대를 다시 보고 지갑을 도로 넣었다.

"이야, 학자 났군. 셈페레, 자네 이 아이에게 뭘 먹이는 건가?" 그가 농을 걸었다.

바르셀로는 나를 향해 은밀하게 몸을 기울였는데 그 잠시 동안 나는 그의 시선에서 전에는 없었던 일종의 경의를 희미하게 본 듯했다.

"이렇게 하자." 그가 내게 말했다. "내일, 일요일 오후에 아테네오* 도서관으로 와서 날 찾아라. 다시 잘 조사해보게 네 책도 가져와. 그러면 훌리안 카락스에 대해 내가 아는 걸 얘기해주마. 키드 프로 쿠오**지."

"키드 프로 쿠오요?"

"라틴어지. 사어란 없단다. 무감각한 뇌만이 있을 뿐. 다시 말하면, 아무것도 없이 뭔가를 얻을 순 없단 말이지. 하지만 넌 내 마음에 드니 좀 봐주마."

그는 날아다니는 파리도 떨어뜨릴 만큼 열변을 토했다. 어쨌든 나는 훌리안 카락스에 대해 뭔가 조사하고 싶다면 그와 잘 지내두는 게 좋을 거라는 생각이 들어 그가 구사하는 라틴어 나부랭이들과 달변이 재미있다는 듯이 그에게 벙글벙글 웃어 보였다.

"기억해라, 내일 아테네오다." 그가 선고했다. "그런데 책을 가져와야 해, 아니면 거래는 없다."

"알았어요."

우리의 대화는 서서히 모임의 다른 참석자들이 수군거리는 소

---

* 스페인 전역에 있는 일종의 문화 센터.
** Quid pro quo, 오는 게 있어야 가는 게 있다.

리에 묻혔다. 토론 주제는 그사이 에스코리알 궁전* 지하실들에서 발견된 문서들에 대한 것으로 옮겨갔는데, 그 문서는 미겔 데 세르반테스가 다름아닌 톨레도 출신의 털 많고 기골이 장대한 여자의 필명이었을 가능성을 제기한다는 것이었다. 바르셀로는 자리에 없는 사람인 듯 그 무익한 토론에 참여하지 않고 희미한 미소를 띠며 외알 안경 너머로 나만 바라보았다. 아니면 내가 들고 있던 그 책만 바라보았는지도 모르겠다.

2

그 일요일, 구름은 하늘에서 미끄러져 내려와 있었고 거리는 벽에 걸린 온도계들의 땀을 빼는 심한 안개의 늪 아래 잠겨 있었다. 삼십 도를 오르내리는 오후 무렵, 나는 아테네오에서 바르셀로와 만나기로 한 약속 때문에 겨드랑이에 책을 끼고 집을 나서 이마에 구슬땀을 흘리며 카누다 가街로 향했다. 아테네오는— 지금도 그렇지만—19세기에 미처 작별을 고하지 못한 바르셀로나의 여러 외진 곳들 중 하나였다. 웅장한 안마당에서부터 시작된 돌계단은 보이지 않는 그물처럼 얽힌 열람실들과 회랑들로

---

* 스페인의 펠리페 2세가 지은 대궁전.

이어졌다. 그곳에서 조급함과 전화나 손목시계 같은 발명품들은 미래파적인 시대착오의 산물이었다. 어쩌면 그저 제복을 입혀놓은 조각상인지도 모를 그곳 수위는 나를 보고도 눈 하나 깜박하지 않았다. 책과 신문들을 앞에 두고 얼음덩이가 녹아내리듯 졸고 있는 사람들 사이에서 홀로 수다스러운 신풍기 날개늘을 축복하며 나는 2층으로 올라갔다.

건물 안쪽 정원으로 난 회랑의 유리창으로 구스타보 바르셀로 씨의 옆모습이 뚜렷이 보였다. 열대를 방불케 하는 공기에도 그는 늘 그렇듯 모델처럼 차려입었고 외알 안경은 침침한 빛 속에서 우물 바닥의 동전처럼 반짝거렸다. 그 곁에 흰 알파카 직물로 만든 옷을 입은 여인이 있었는데, 내 눈에는 안개로 조각한 천사처럼 보였다. 내 발소리에 바르셀로는 시선을 돌려 나를 보고 가까이 오라는 몸짓을 했다.

"다니엘이라고 했던가, 그렇지?" 그가 물었다. "책은 가져왔겠지?"

나는 두 번이나 고개를 끄덕이고서 바르셀로가 자신과 그 신비로운 동행자 옆에 권한 의자에 앉았다. 몇 분 동안 그는 내가 거기 있다는 데 개의치 않고 잔잔히 미소만 지었다. 이윽고 나는 그가 그 흰옷의 여인을 내게 소개해주리라는 희망을 버렸다. 바르셀로는 그녀가 그곳에 없다는 듯이, 그리고 우리 중 누구도 그녀를 볼 수 없다는 듯이 행동했다. 눈이 마주칠까 염려하며 곁눈질로 관찰한 그녀는 아득히 먼 곳만 바라보고 있었다. 그녀의 얼굴과 팔의 피부는 너무 창백해서 투명해 보이기까지 했다. 물에 젖은 돌처럼 반짝이는 검은 머리카락 아래 견고한 선으로 그린 듯 날카로운 용모였다. 기껏해야 스무 살 정도 됐을 것 같았지만, 버들가지처럼 영혼을 사로잡는 듯한 자태와 태도에 깃든 그 무언가 때문에 그녀에게는 나이가 없을지도 모른다는 생각이 들기도 했다. 그녀는 고급 상점 쇼윈도 안의 마네킹처럼 영원한 젊음에 붙잡혀 있는 듯했다. 바르셀로가 나를 주목하고 있음을 눈치챘을 때 나는 백조 같은 그녀의 목 아래 뛰는 맥박을 세려 하고 있었다.

"그럼, 그 책을 어디서 발견했는지 얘기해줄 수 있겠니?" 그가 물었다.

"그러고 싶지만, 비밀을 지키기로 아버지와 약속했어요." 내가 말했다.

"이제 알겠다. 셈페레와 그의 미스터리로군." 바르셀로가 말했다. "이제 어딘지 상상이 간다. 애야, 넌 참 운이 좋구나. 그건 백합 동산에서 바늘을 발견하는 것과도 같지. 어디, 좀 봐도 될까?"

나는 책을 건넸고 바르셀로는 아주 조심스럽게 받았다.

"책은 읽었겠지?"

"네."

"부럽구나. 카락스를 읽기에 가장 좋은 시기는 아직 마음이 젊고 정신이 맑은 때라고 난 늘 생각했어. 이것이 그가 쓴 마지막 소설이었다는 걸 아니?"

나는 조용히 고개를 저었다.

"이 책이 시장에 얼마나 나와 있는 줄은 아니, 다니엘?"

"몇천 권 아닌가요?"

"한 권도 없단다." 바르셀로가 단정적으로 말했다. "네 책을 제외하면 말이다. 나머지는 모두 불태워졌지."

"불태워졌다고요?"

바르셀로는 책장을 넘기면서 특유의 알 수 없는 미소만 지으며 이 세상에 남은 유일한 비단인 양 책장을 쓸었다. 그때 흰옷을 입은 여자가 천천히 몸을 돌렸다. 그녀의 입술은 수줍음에 떨며 미소 지었고, 허공을 더듬는 두 눈의 눈동자는 대리석처럼 하얬다. 나는 침을 삼켰다. 그녀는 앞을 못 보는 것이다.

"넌 아직 내 조카 클라라를 모르겠구나, 그렇지?" 바르셀로가 물었다.

나는 흰 눈에 얼굴이 도자기 인형 같은 그녀의 시선을 피하지 못하고 그렇다고만 대답했다. 그녀의 눈은 내가 여태껏 한 번도 보지 못한, 세상에서 가장 슬픈 눈이었다.

"사실 훌리안 카락스의 전문가는 클라라야. 그래서 클라라를 데려왔단다." 바르셀로가 말했다.

"잘 생각해보면 그 이상이지. 너희가 좋다면 여기서 둘이 이야기하는 동안 난 다른 방으로 건너가 이 책을 검토해봤음 하는데, 괜찮겠니?"

나는 어리둥절해서 그를 보았다. 무덤까지도 파헤칠 도둑 같은 그 서적상은 내 신중함에는 아랑곳하지 않고 등을 가볍게 두드려주고는 책을 팔에 끼고 가버렸다.

"넌 우리 삼촌을 감동시켰어, 알고 있니?" 등뒤에서 그녀가 말했다.

나는 뒤돌아서 허공을 더듬는 그녀의 옅은 미소를 발견했다. 그녀의 목소리는 크리스털 같아서 말하는 도중에 끼어들었다간 말들이 산산이 부서져버릴 것만 같았다.

"삼촌이 카락스의 책을 사려고 상당한 액수를 제시했는데 네가 거절했다더라." 클라라가 다시 말했다. "넌 삼촌이 너를 존중하도록 만든 거지."

"누구라도 그렇게 했을걸요." 나는 한숨을 쉬었다.

나는 클라라가 미소 지을 때 머리를 한쪽으로 기울이는 것과 그녀의 손가락이 화관처럼 생긴 사파이어 반지를 만지작거리는 것을 지켜보았다.

"나이가 어떻게 되니?" 그녀가 물었다.

"거의 열한 살이요." 내가 대답했다. "당신은요?"

클라라는 내 뻔뻔스런 천진스러움 앞에 웃었다.

"거의 두 배야. 하지만 네가 거리를 둘 정도는 아니지."

"더 어려 보여요." 나는 좀 전의 경솔함에서 벗어날 좋은 탈출구가 될 수 있다고 예감하며 말했다.

"그럼 널 믿을게. 난 내가 어떻게 생겼는지 모르거든." 그녀가 계속해서 보일락 말락 미소를 지으며 대답했다. "하지만 나이보다 어려 보인다면 더더욱 말을 편하게 할 이유가 되는 거지."

"그렇게 할게요, 세뇨리타 클라라."

나는 무릎 위에 날개처럼 펼쳐진 그녀의 손과 알파카 천 주름 아래 은근히 드러나는 가냘픈 자태, 어깨선, 지나치게 창백한 목, 손끝으로 어루만지고 싶은 충동을 불러일으키는 꼭 다문 입술을 찬찬히 살펴보았다. 이렇게 가까이에서 들킬 염려도 없이 그토록 자세하게 한 여자를 살펴보기는 그때가 처음이었다.

"뭘 보고 있니?" 살짝 경계하며 클라라가 물었다.

"당신 삼촌은 당신이 훌리안 카락스 전문가라고 했어요." 나는 바짝 마른 입으로 즉흥적으로 말했다.

"삼촌은 자신을 사로잡은 책과 단둘이 시간을 보낼 수 있다면 무슨 말이라도 할 사람이지." 클라라가 말했다. "하지만 너도 앞을 못 보는 누군가가 책을 읽지도 못하면서 어떻게 책 전문가가 될 수 있는지 의심해봤어야지."

"그런 생각은 못 했어요, 정말이에요."

"기의 열한 살지고는 거짓말이 서투르지 않네. 조심해, 안 그러면 우리 삼촌처럼 될 테니까."

계속 말꼬리를 물고 늘어지는 것이 될까봐 나는 멍하니 그녀를 바라보면서 잠자코 앉아만 있었다.

"애, 이리 가까이 와봐." 그녀가 말했다.

"예?"

"걱정 말고 가까이 오라니까. 안 잡아먹을게."

나는 의자에서 몸을 일으켜 클라라가 앉아 있는 곳까지 다가갔다. 서적상의 조카는 오른손을 들어 더듬더듬 나를 찾았다. 어떻게 행동해야 할지 몰라 나도 그녀처럼 손을 내밀었다. 그녀는 왼손으로 내 손을 잡고는 조용히 오른손을 내게 건넸다. 본능적으로 그녀가 원하는 걸 알아차린 나는 그 손을 내 얼굴로 가져갔다. 그녀의 손길은 안정적이면서도 섬세했다. 그녀의 손가락이 내 뺨과 광대뼈를 거닐었다. 클라라가 손으로 내 얼굴 생김새를 읽는 동안, 나는 거의 숨도 쉬지 못하고 가만히 있었다. 그녀는 혼자 미소 지었고, 나는 그녀의 입술이 침묵 속에서 중얼거리듯 미세하게 움직이는 걸 알아차릴 수 있었다. 이마와 머리카락 그리고 눈꺼풀에 스치는 그녀의 손길을 느꼈다. 내 입술 위에 멈춘 손길은 검지와 약지로 조용히 입술을 따라 그렸다. 손가락에서 계피 향이 났다. 내 안에서 거칠게 튀어나갈 듯한 맥박에 온 신경이 쏠려서, 붉게 달아오른 얼굴을 목격할 눈이 없음을 신께 감사하며 침을 삼켰다. 홍당무가 된 내 얼굴은 한 뼘이나 떨어져 있는 아바나산産 시가에도 충분히 불을 붙였을 것이다.

3

바다 안개가 짙어 는개가 내리던 그날 오후, 클라라 바르셀로
는 내 심장과 숨 그리고 내 꿈을 앗아가버렸다. 아테네오의 마술
에 걸린 빛의 비호하에 그녀의 손은 내 피부에 이후 수년간 나를
쫓아다닐 저주를 새겨놓았던 것이다. 내가 황홀한 눈으로 바라
보는 동안, 그녀는 자신의 이야기를 해주었고 또 어떻게 해서 우
연히 훌리안 카락스의 작품들과 만나게 되었는지도 들려주었다.
그 일은 프로방스 지방의 한 마을에서 일어났다. 콤판스* 주지
사 행정부와 연관 있는 저명한 변호사인 그녀의 아버지는 내전
초기에 국경 저편의 여동생네로 딸과 아내를 보내는 선견지명
이 있었다. 그의 그런 행동은 지나친 것이라며 바르셀로나에는
아무 일도 일어나지 않을 거라고, 기독교 문명의 요람이자 첨탑
인 스페인에서는 아나키스트들이 하는 짓이 교양이 없어서, 꿰
맨 양말을 신고 자전거를 타고 다니는 그들은 오래가지 못할 거

---

* 유이스 쿰판스. 내긴 후 망명했으나 이후 나치에 의해 스페인으로 넘겨져 몬주
익에서 총살된 스페인 카탈루냐 주 주지사. 변호사 출신이었다.

라고 말하는 이가 없지 않았다. 하지만 클라라의 아버지는 대중은 결코 거울에 제 모습을 비춰보지 않는다고, 특히 눈썹 밑까지 전쟁이 닥쳤을 때는 더욱 그렇다고 항상 말했다. 역사를 잘 읽을 줄 아는 그는 앞날이 조간신문보다는 거리와 공장 그리고 병영에서 더 분명하게 읽힌다는 걸 알고 있었다. 그는 몇 달 동안 매주 가족에게 편지를 썼다. 처음에는 디푸타시온 가街의 변호사 사무실에서 편지를 보내다가 곧 발신지를 적지 않았고 결국 몬주익의 감옥에서 몰래 보냈다. 다른 이들처럼 그가 그곳에 들어가는 것은 아무도 보지 못했고 그 또한 그곳에서 다시 나오지 못했다.

클라라의 어머니는 울음을 애써 참으며 딸이 들을 필요가 없다고 생각되는 단락들은 건너뛰면서 큰 소리로 편지를 읽어주었다. 클라라는 아버지의 편지 전문全文을 다시 읽어달라고 사촌 클로데트를 설득했다. 이렇게 해서 클라라는 다른 사람의 눈을 빌려서 글을 읽게 되었던 것이다. 더는 아버지의 편지를 받지 못하게 됐을 때도, 들려오는 전쟁 소식에 최악의 상황을 생각해야 했을 때도, 그녀가 눈물을 쏟는 것은 아무도 보지 못했다.

"아버지는 무슨 일이 일어날지 처음부터 다 알고 있었어." 클라라가 설명했다. "하지만 그래야만 한다고 생각해서 친구들 곁에 머물렀던 거야. 아버지는 때가 되면 당신을 배신할 사람들에 대한 신의 때문에 죽은 셈이지. 다니엘, 넌 아무도 믿지 마. 특히 네가 존중하는 사람들은. 그들이야말로 언젠가 네게 가장 치명적인 비수를 꽂을 사람들이거든."

클라라의 말은 비밀과 그늘의 세월 동안 단련된 듯 냉정하게 들렸다. 그때의 나는 이해할 수 없는 일들에 대한 이야기를 들으며, 눈물도 속임수도 없는 그녀의 도자기 인형 같은 시선 속에서 길을 잃었다. 클라라는 눈으로 본 적이 없는 사람들과 상황들, 사물들을 상세하게, 마치 플라멩코 학교의 거장曲匠처럼 정밀하게 묘사했다. 그녀의 말씨가 곧 그녀가 어루만지고 들었던 사람의 살결과 목소리, 음색, 그리고 걸음걸이의 리듬이었다. 프랑스로 망명한 수년 동안 그녀와 사촌 클로데트는 한 가정교사를 두었다. 오십 줄에 들어선 애주가로 악센트 없는 라틴어로 베르길리우스의 『아이네이스』를 암송할 수 있다는 걸 자랑하는 겉멋 든 문학가였다. 그는 늘 뿌리고 바르는 향수와 화장수로 로마식 목욕을 했지만 팡타그뤼엘* 같은 커다란 몸에서는 독특한 냄새가 풍겼고, 그런 그에게 클라라와 클로데트는 무슈 로크포르**라는 별명을 붙여주었다. 무슈 로크포르는 별난 점(그중에서도, 특히 클라라와 그녀의 엄마가 스페인에 사는 친척에게서 받는 모르시

---

* 프랑수아 라블레의 작품에 등장하는 대식가.
** '로크포르'는 응고된 양젖으로 만드는 치즈를 가리킨다.

야*가 혈액 순환과 통풍痛風에 영약靈藥이라고 막무가내로 굳게 믿었다)이 있긴 했지만 그럼에도 취향은 섬세했다. 그는 젊을 때부터 최신 문학작품들로 문화적 소양을 기르고 박물관을 찾아다니기 위해서, 그리고 사람들이 수군거리기로는, '오르탕스'라는 이름 대신 그가 '보바리 부인'이라 이름 붙인 얼굴에 솜털이 난 어느 음탕한 여인의 품에서 하룻밤 휴식을 취하기 위해 한 달에 한 번씩 파리로 여행을 갔다. 무슈 로크포르는 문화 여행 중에 노트르담대성당 앞에 있는 헌책 노점에 자주 들렀는데, 1929년 어느 날 오후에 바로 그곳에서 우연히 홀리안 카락스라는 무명작가의 소설 한 권을 보게 되었다. 새로운 것에 항상 개방적이었던 무슈 로크포르는 그 책의 제목이 암시적인 데다 집으로 돌아오는 기차에서는 늘 가벼운 걸 읽는 습관이 있어서 무엇보다도 먼저 그 책을 샀다. 소설은 '붉은 집'이란 제목을 달고 있었다. 표지 안쪽에는 사진 아니면 목탄 소묘인 듯한, 알아보기 힘든 작가의 초상이 있었다. 작가 소개에 따르면 홀리안 카락스는 20세기의 시작과 함께 바르셀로나에서 태어났고 당시에는 파리에 거주하는 스물일곱 살 청년으로 프랑스어로 글을 쓰며 밤에는 그렇고 그런 곳에서 피아노를 쳐서 생계를 꾸렸다. 당대 취향에 맞춰 고어古語체로 잔뜩 멋을 부린 겉표지의 문구는 그 소설이 다양하면서도

---

* 선지와 양파, 쌀, 향신료 등을 넣어 만든 스페인식 순대.

고결한 재능과 눈부신 가치를 가진 이의 처녀작임을, 살아 있는 자들의 세계에선 견줄 만한 것이 없는 유럽 문학의 미래에 대한 약속임을 현학적이고도 장식적인 글로 선언하고 있었다. 하지만 이어서 언급된 요약문은 작품의 스토리가 싸구려 연재소설풍의 어둡고 불길한 요소들을 가지고 있음을 막연히 암시하고 있었다. 바로 이런 점이 무슈 로크포르는 항상 마음에 들었다. 고전 작품 다음으로 좋아하는 것이 범죄와 침실의 음모를 다룬 작품들이었기 때문이다.

『붉은 집』은 인형과 꼭두각시를 훔치기 위해 완구점과 박물관을 습격하는, 비밀에 싸인 한 인물의 고통스런 삶에 대한 이야기였다. 그는 그 인형과 꼭두각시들의 눈을 후벼파내 자기가 사는, 센 강변의 유령이 나올 법한 버려진 온실로 가져갔다. 어느 날 밤, 그 도둑은 산업혁명기에 석연찮은 술수를 부려 부자가 된 한 거물이 소장한 인형들을 훔치러 제네랄 포이 대로의 호화 저택에 침입했다가 대단히 박식하고 품위 있는 파리 상류사회 아가씨인 그 집 딸과 사랑에 빠지게 되었다. 우여곡절 많은 그 로맨스가 험난한 여러 사건들과 모호한 에피소드들로 채워지며 진행될수록, 여주인공은 이름을 절대로 밝히지 않는 수수께끼 같은 주인공이 인형들의 눈을 멀게 한다는 비밀을 알게 된다. 친부親父와 그의 도자기 인형 수집에 대한 끔찍한 비밀까지 알게 된 그녀는 저 무수한 고딕소설의 비극적 결말에 빠질 수밖에 없었다.

문학적 전투에 관한 한 장거리 주자인 데다 자신이 줄기차게 투고하는 산문과 운문 작품을 거절하는 파리의 모든 출판업자들의 자필 서명이 들어간 편지를 많이 가지고 있다는 자부심이 대단했던 무슈 로크포르는 그 소설을 출판한 출판사가 별 볼일 없는 곳임을 알아보았다. 혹 알려졌다 해도 요리와 재봉 또는 다른 가사 작업에 관계된 출판물로 알려진 곳일 터였다. 헌책 노점상은 그 책이 아주 어렵게 출판되었으며 서평은 지방지 두 곳의 부고란 옆에 실린 게 전부라는 얘기를 해주었다. 비평가들은 고작 몇 줄로 제멋대로 결론을 내며 신인 작가 카락스에게 문학에서는 명성을 얻지 못할 것이 자명하니 피아노를 그만두지 말라고 조언했다. 어떤 이유에서인지 모르지만 마음이 약해진 무슈 로크포르는 반 프랑을 투자하기로 결심했고, 자기가 앞으로 그 후계자로 인정받을 거라고 생각하는 대작가 귀스타브 플로베르의 훌륭한 간행본과 함께 카락스의 그 소설을 샀다.

리옹행 기차는 승객들로 꽉 차서 무슈 로크포르는 이등 객실을 두어 명의 수녀들과 함께 나눠 써야 했다. 수녀들은 아우스터리츠 역을 뒤로하자마자 몰래 소곤거리며 끊임없이 그에게 못마땅한 시선을 던졌다. 수녀들의 탐색을 피해 그는 가방에서 그 소설을 꺼내 책 뒤로 몸을 숨기기로 했다. 그리고 수백 킬로미터를 가서 수녀들이나 열차의 덜컹거림, 뤼미에르 형제의 악몽 장면처럼 스쳐 지나가는 차창 밖 풍경을 자신이 잊고 있다는 걸 깨닫고 얼마나 놀랐는지 모른다. 그는 수녀들이 코 고는 소리나 안개 속으로 사라지는 기차역들에는 신경도 쓰지 않고 밤새도록 소설을 읽었다. 날이 밝아올 무렵 마지막 페이지를 넘기며 무슈 로크포르는 눈에 눈물이 가득하고 가슴은 부러움과 감탄으로 중독되었음을 깨달았다.

바로 그 월요일에 무슈 로크포르는 파리에 있는 출판사에 전화를 걸어 홀리안 카락스의 신상정보를 요청했다. 집요하게 버틴 뒤에야 건강이 좋지 않은 천식 환자 같은 목소리의 전화 교환원에게서 카락스 씨는 알려진 주소가 없다는 대답을 들을 수 있었다. 아무튼 카락스는 이제 그 출판사와 계약 관계가 아니며 『붉은 집』은 출판일로부터 정확하게 77부가 팔렸고, 추측건대 그 대부분도 작가가 잔돈푼을 벌기 위해 녹턴과 폴로네즈를 풀어내는 곳에 들르는 이들과 품행이 가벼운 아가씨들이 사들였을 거라고 했다. 반품된 나머지 책들은 폐기해 기도서나 벌금 고지서, 복권을 인쇄하기 위한 펄프로 쓰였다고도 했다. 그 신비로운 작가의 비참한 운명은 무슈 로크포르의 호감을 샀다. 그후 십 년 동안 그는 파리에 갈 때마다 훌리안 카락스의 다른 작품을 찾아 헌책방을 뒤지고 다녔다. 그러나 한 권도 찾아내지 못했다. 작가에 대해 들어본 사람은 거의 없었고 들어본 이들도 아는 것이 별로 없었다. 그가 몇 작품을 더 출판했다고 말하는 이가 있었는데 늘 별 볼일 없는 출판사들에서 펴낸 가소로울 정도로 미미한 부수였다고 했다. 그 책들이 정말 존재한다 해도 찾아내기 어려웠다. 한 서적상은 『성당의 도둑』이라는 훌리안 카락스의 소설 한 권을 입수한 적이 있다고 했는데, 벌써 오래전의 일이었고 확실하지도 않았다. 1935년 말에 훌리안 카락스의 신작 소설 『바람의 그림자』가 파리의 한 작은 출판사에서 나왔다는 소식이 그에게 들려왔다. 그는 그 책을 몇 권 입수하기 위해 출판사에 편지를 썼다. 그러나 답장이 없었다. 다음 해인 1936년 봄, 센 강변에서 책 노점상을 하는 그의 오랜 친구가 아직도 카락스에 관심이 있느냐고 물었다. 무슈 로크포르는 결코 포기하지 않았다고 대답했다. 그것은 이제 집념의 문제였다. 세상이 카락스를 망각 속에 묻으려 했다고 해도, 그는 결단코 그렇게 하지 않을 것이었다. 그의 친구가 몇 주 전부터 카락스에 대한 소문이 돌고 있다고 얘기해주었다. 마침내 작가의 운명이 바뀐 듯했다. 높은 신분의 부인과 결혼할 예정이었고 수년의 침묵 끝에 출판한 새로운 소설이 처음으로 〈르 몽드〉 지에서 호의적인 서평을 받았다는 것이었다. 그러나 그 책장수는, 바람의 방향이 바뀌려던 바로 그때 카락스가 페르 라셰즈 묘지에서 벌어진 결투에 얽힌 것 같다고 했다. 사건을 둘러싼 정황은 분명하지 않았다. 다만 그 결투가 카락스의 결혼식 당일 새벽에 벌어졌다는 것과 신랑이 끝내 성당에 나타나지 않았다는 것만이 알려져 있었다.

이 사람 저 사람의 입맛에 맞는 온갖 소문들이 떠돌았다. 어떤 이들은 그가 그 결투에서 죽었으며 시신은 이름 없는 무덤에 버려졌다고 했다. 보다 낙관적인 다른 이들은 어떤 복잡한 사건에 휘말린 카락스가 성당에 있던 약혼녀를 버리고 파리를 떠나 바르셀로나로 돌아갔다고 믿고 싶어했다. 그 이름 없는 무덤은 발견되지 않았고 얼마 뒤에는 다른 소문이 돌았다. 불행에 시달리던 훌리안 카락스가 경제적으로 엄청난 곤경에 처해 고향에서 죽었다는 것이었다. 그가 피아노를 치던 사창가의 아가씨들이 품위 있는 무덤을 만들어주려고 돈을 거뒀는데, 그 돈이 도착했을 때 이미 그의 시신은 공동묘지에 묻혀, 항구의 물 위로 떠올랐거나 지하철 계단에서 얼어 죽은 이름 모를 이들과 거지들 옆에 누워 있었다고 했다.

무슈 로크포르는 단순한 반발심에서 카락스를 잊지 않았다. 『붉은 집』을 발견하고 십일 년 뒤, 어쩌면 그 기이한 책이 독서 습관을 길러줄지도 모른다는 희망을 품고 책을 자신이 가르치는 두 여학생에게 빌려주기로 했다. 클라라와 클로데트는 당시에 성장호르몬으로 피가 끓어오르는 열다섯 살쯤 된 소녀로 공부

방 창문 너머에서 온 세상이 그녀들을 향해 윙크하고 있었다. 가정교사의 노력에도 불구하고 그때까지 그녀들은 고전 작가들의 매력이나 이솝의 우화들, 단테 알리기에리의 불멸의 운문에 무심했다. 무슈 로크포르는 자신의 교육이 두 아이를 머릿속에 공상만 가득 찬 무식한 소녀로 길러낸다는 이유로 클라라의 어머니에게 해고당할까 두려워하면서도, 눈물 콧물 쏙 빼는 러브 스토리라는 핑계를 대며 카락스의 소설을 그녀들에게 빌려주었고, 그 핑계는 반쯤은 사실이었다.

4

"그 책의 이야기만큼 나를 사로잡고 유혹하고 휘감은 건 없었어." 클라라가 말했다. "그때까지 내게 독서란 의무 사항이거나 무엇을 위해서인지도 잘 모르고 선생님이나 가정교사들에게 내야 하는 벌금 같은 거였지. 난 독서의 즐거움, 영혼을 향해 열린 공간들을 탐험하는 즐거움, 허구의 이야기와 언어가 지닌 신비로움과 아름다움, 그리고 상상력에 자신을 내맡기는 즐거움을 몰랐어. 내겐 이 모든 것이 그 소설과 함께 태어났지. 다니엘, 여자애와 키스해본 적 있니?"

뇌가 멈춘 듯했고 입안의 침이 톱밥처럼 느껴졌다.

"그래, 넌 아직 어리니까. 하지만 바로 그런 느낌이야. 잊히지 않는 최초의 그 불꽃 말이야. 이건 그림자들의 세계야, 다니엘. 그런 마법은 진귀한 재산이고. 그 책은 독서란 것이 나를 아주아주 치열하게 살게 해줄 수 있다는 걸, 내가 잃어버린 눈을 되찾을 수 있다는 걸 가르쳐줬어. 단지 그런 이유로 아무에게도 중요치 않았던 그 책이 내 삶을 바꿔놓았지."

그때까지 나는 꼭두각시처럼 듣고만 있었다. 그녀의 말과 매력에 어떻게 저항해야 할지 몰랐고 또 그러고 싶지도 않았다. 그녀가 말을 멈추지 말기를, 그 목소리가 영원히 날 감싸주기를, 그리고 그녀의 삼촌이 돌아와 그녀가 내게만 속한 그 순간을 결코 앗아가지 말기를 간절히 바랐다.

"난 몇 년 동안 훌리안 카락스의 다른 작품들을 찾아다녔어." 클라라가 계속해서 말했다. "도서관, 서점, 학교에서 물어보고 다녔는데…… 언제나 허탕만 쳤지. 누구도 그 사람이나 그의 작품에 대한 이야기를 들어보지 못했대. 이해할 수가 없었어. 나중에 도서관과 서점으로 훌리안 카락스의 작품을 찾아다니는 어떤 사람에 대한 이상한 이야기가 무슈 로크포르의 귀에 들어왔는데, 그자는 카락스의 작품을 발견하면 사든 훔치든 수단과 방법을 안 가리고 손에 넣은 후에 곧바로 불태워버린다는 거였어. 그가 누군지, 또 왜 그런 짓을 하는지는 아무도 몰랐지. 카락스 자신이 가지고 있는 수수께끼에 한 가지 미스터리가 더해진 거야.

얼마 뒤, 우리 엄마는 스페인으로 돌아가기로 마음먹었어. 엄마
는 아팠고, 엄마의 집과 세상은 언제나 바르셀로나였으니까. 난
그곳에서 카락스에 대해 뭔가 알아낼 수 있을 거라는 희망을 남
몰래 키우고 있었지. 어쨌든 바르셀로나는 그가 태어났고 또 전
쟁이 시작됐을 무렵 그가 영원히 사라져버린 도시니까. 삼촌의
도움을 받았지만, 결국 아무것도 알아내지 못했어. 나름대로 뭔
가를 알아보려던 엄마에게도 똑같은 일이 일어났지. 엄마가 돌
아와서 발견한 바르셀로나는 이미 예전의 그곳이 아니었거든.
엄마가 마주한 것은 어둠의 도시였고 그곳엔 이미 아빠가 살지
않았지. 하지만 엄마는 마법에 걸린 듯 도시 구석구석에 깃든 당
신의 추억과 기억을 좇아다녔어. 그 황폐함으로는 충분치 않다
는 듯 엄마는 아빠에게 정확하게 무슨 일이 있었는지 조사해줄
사람을 찾는 일에 집착했지. 수개월의 조사 끝에 그 사람이 찾아
낸 건 망가진 손목시계와 몬주익 성城의 해자에서 아빠를 죽인
사람의 이름이 전부였어. 그의 이름은 푸메로야, 자비에 푸메로.
사람들 말로는, 그자만 그런 건 아니었지만, 처음엔 FAI*에 고용
된 총잡이였는데, 아나키스트와 공산주의자, 파시스트 모두에
게 아양을 떨고 그들 모두를 속이며 최고 금액을 제시한 곳에 서
비스를 제공했고 바르셀로나가 함락되고는 점령군에 들어가 경

---

* 이베리아 아나키스트 동맹.

찰에 투신했대. 지금은 훈장을 많이 받은 유명한 수사관이고. 우리 아빠는 아무도 기억하지 못하는데 말이야. 너도 짐작하겠지만, 엄만 몇 달 못 가 돌아가셨어. 의사들은 심장 질환이라고 했는데, 그때만큼은 그들 말이 맞았다고 생각해. 엄마가 돌아가시자 난 바르셀로나에 있는 엄마의 유일한 혈육인 구스타보 삼촌과 살게 됐어. 난 우리 집에 올 때 늘 선물로 책을 가져오는 삼촌이 좋았어. 근래에는 내 유일한 가족이자 최고의 친구지. 좀 거만해 보이긴 해도 사실 그분의 영혼은 축성식의 빵과 같아. 하루도 빼놓지 않고 밤마다 잠깐 동안이라도 내게 책을 읽어준단다. 꾸벅꾸벅 졸면서도 말이야."

"당신이 좋다면 내가 책을 읽어줄 수도 있어요." 나는 정중하게 제안했다가 곧바로 내 대담함을 후회했다. 농담할 때가 아니라면 클라라에게 내 도움은 성가시기만 할 뿐이라는 생각이 들었다.

"고마워, 다니엘." 그녀가 대답했다. "그래주면 좋겠어."

"원하는 때 언제든 할게요."

그녀는 미소를 띤 채 나를 찾으면서 천천히 고개를 끄덕였다.

"안타깝게도 지금은 나한테 『붉은 집』이 없어." 그녀가 말했다. "무슈 로크포르가 다시 가져갔거든. 너한테 그 내용을 이야기해줄 수는 있겠지만 그럼 그건 성당을 꼭대기가 뾰족한 돌무더기로 묘사하는 거나 마찬가지일 거야."

"당신은 그보다는 훨씬 더 이야기를 잘할 거라고 확신해요." 나는 중얼거렸다.

여자는 한 남자가 자기에게 정신없이 빠져드는 순간을 본능적으로 정확하게 안다. 문제의 남자가 어리석기 짝이 없는 연하일 경우에는 더더욱. 나는 클라라 바르셀로가 뿌리칠 만한 모든 요건을 갖추고 있었지만, 그녀가 앞을 못 본다는 사실이 내게 일종의 안전지대를 보장했다고, 또 나이와 지성, 신장이 모두 갑절인 한 여자에게 전부를 바치려 한 나의 그 감상적인 숭배 혹은 경솔함은 어둠 속에 묻힐 거라고 믿고 싶었다. 그리고 자문했다. 내게서 창백한 자신의 모습 혹은 고독과 상실의 메아리 외에 그녀가 우정을 나누고 싶을 만한 무언가를 보았을까. 학교에서 졸 때면 꿈속에서 그녀와 나는 항상 책등에 올라탄 두 명의 도망자였다. 우리는 허구의 세계와 낡은 꿈속으로 도망갈 준비가 돼 있었다.

바르셀로가 고양이 같은 미소를 흘리며 돌아왔을 땐 내겐 이 분 같았던 두 시간이 흐른 뒤였다. 그가 책을 건네주며 윙크를 했다.

"잘 확인해봐라, 꼬마야, 책을 바꿔치기했다며 나중에 나한테 따지러 오는 건 원치 않으니까, 알겠니?"

"당신을 믿어요." 내가 말했다.

"용감한 어리석음이로군. 이런 일로 나를 찾아온 가장 마지막 사람(양키 여행자였던 그는 파바다*가 산 페르민 축제 때 헤밍웨이가 만든 음식이라고 확신하고 있었지)에게 난 로페 드베가**가 볼펜으로 서명한 『푸엔테오베후나』를 팔았단다. 그러니 조심해라, 얘야. 눈 똑바로 뜨고 다녀야 한다. 책 거래에선 그 목차조차 믿어선 안 돼."

우리가 다시 카누다 가로 나왔을 때는 날이 저물고 있었다. 상쾌한 미풍이 도시를 어루만져주었고, 바르셀로는 외투를 벗어 클라라의 어깨에 걸쳐주었다. 나는 지금이 기회다 싶어 짐짓 무관심한 척 만일 그들이 좋다면 다음 날 그들의 집으로 가서 클라라에게 『바람의 그림자』 몇 장章을 큰 소리로 읽어줄 수 있다고 말을 흘렸다. 바르셀로는 나를 곁눈으로 보더니 마른 너털웃음을 터뜨렸다.

"얘야, 너무 성급한 거 아니냐?" 그가 중얼거렸다. 하지만 내 제안을 허락하는 어조였다.

"좋아요, 여의치 않으면 다른 날 하든가 아니면……"

"그건 클라라에게 달려 있단다." 그가 말했다. "우리 집엔 벌써 고양이 일곱 마리와 앵무새 두 마리가 있으니, 하나 더 온다

---

* 스페인 아스투리아스 지방의 전통적인 콩 요리.
** 17세기의 스페인 극작가

고 크게 달라질 건 없겠지."

"그럼 내일 일곱시쯤에 기다리고 있을게." 클라라가 결론을
지었다. "주소는 아니?"

5

어릴 적엔 소설가가 돼서 멜로드라마 같은 인생을 살겠다고
결심했던 때가 있었다. 아마도 책과 서적상들에게 둘러싸여 자
랐기 때문이리라. 그런 문학적 공상은 다섯 살짜리가 세상을 보
는 경이로운 단순함 이외에도 군사정부 청사 바로 뒤 안셀모 클
라베 가街의 만년필 가게에 진열되어 있던 믿을 수 없을 만큼 정
밀하게 제작된 공예품에 뿌리를 두고 있었다. 내 애착의 대상이
자 신神만이 알아볼 정교함으로 장식 테를 두른 그 검은색 고급
만년필은 마치 왕관에 박힌 보석인 양 쇼윈도를 지배하고 있었
다. 그 자체로 하나의 경이로움인 펜촉은 알렉산드리아의 등대
처럼 빛나며 수천 개의 주름과 금, 은으로 된 바로크풍 흥분을
자아냈다. 함께 산책을 나설 때마다 나는 그 만년필을 보러 가자
고 아버지를 졸랐다. 아버지는 그것이 적어도 어느 황제의 만년
필이었을 거라고 했다. 나는 그런 경이로운 물건을 손에 넣는다
면 소설에서부터 백과사전, 그 어느 곳에라도 배달될 수 있는 편

지까지 무엇이든 쓸 수 있을 거라고 남몰래 확신했다. 순진하게 도 그 만년필로 편지를 쓴다면 엄마가 떠나서 두 번 다시 돌아올 수 없는 곳이라고 아빠가 얘기해준 그 이해되지 않는 장소를 포함해서 어느 곳이든 도달할 수 있을 거라고 믿었던 것이다.

어느 날 우리는 그 가게로 들어가 나를 속상하게 만드는 물건에 대해 물어보기로 했다. 그것은 만년필들의 여왕인, 번호가 매겨진 몽블랑 마이스터슈튀크 시리즈로 판매원은 거드름을 피우며 그 만년필의 소유자가 다름아닌 빅토르 위고였다고 장담했다. 그 금촉에서 『레미제라블』의 원고가 탄생했다고도 했다.

"비치 카탈란*이 칼다스**의 샘에서 솟아나온 것과 같죠." 판매원이 덧붙였다.

그는 파리에서 온 수집가에게서 개인적으로 그 만년필을 구입했다며 그것이 진품임을 확신했다.

"이 경이로운 물건의 가격은 어떻게 되나요? 물어봐도 된다면 말입니다." 아버지가 물었다.

그 액수를 들은 것만으로도 아버지의 얼굴은 창백해졌지만 나는 이미 그 매력에 푹 빠져 있었다. 판매원은 아버지를 물리학 교수쯤으로 생각했는지 귀금속 합금들과 극동의 칠보, 연통관과

---

* 스페인 카탈루냐 지방의 유명한 생수 상표.
** '비치 카탈란'이 나는 마을.

피스톤의 혁명적인 이론에 대한 이해할 수 없는 군소리들을 늘어놓으며 홍보에 열을 올렸는데, 그 모든 것은 필기구 기술의 선두주자로서 영광스런 위치를 지키고 있던 튜턴족만의, 세상에 알려지지 않은 지식 가운데 일부분이었다. 비록 우리 차림새는 영락없는 가난뱅이였지만 판매원은 원하는 만큼 만년필을 만져볼 수 있도록 친절을 베풀었다. 우리를 위해 잉크를 채워주고 양피지도 갖다주었고, 그리하여 나는 내 이름을 쓰는 것으로 빅토르 위고의 꿈무니에서 문학의 길을 시작할 수 있었다. 이후 그는 만년필을 천으로 닦아 광을 낸 다음 명예로운 옥좌에 도로 돌려놓았다.

"나중에 사자." 아버지가 속삭였다.

거리로 나서자 아버지는 부드러운 목소리로 우리는 만년필을 살 만할 여유가 없다고 했다. 서점 운영으로는 생활을 하고 또 나를 좋은 학교에 보내는 것만으로도 빠듯했다. 위대한 빅토르 위고의 몽블랑 만년필은 기다려야 하리라. 나는 아무 말도 하지 않았지만 아버지는 내 얼굴에 깃든 낙담을 읽은 게 틀림없었다.

"이렇게 하자." 아버지가 제안했다. "네가 글을 쓰기 시작할 나이가 되면 다시 와서 사자꾸나."

"그 전에 팔리면요?"

"아무도 사가지 않을 거란다, 아빠를 믿어. 그리고 만일 팔린다면 페데리코 씨에게 부탁해서 하나 만들어달라고 하자. 아주 솜씨가 좋은 분이시니 말이야."

페데리코 씨는 우리 동네 시계점 주인이자 가끔씩 서점에 들르는 손님으로 아마 서반구西半球를 통틀어 가장 점잖고 교양 있는 사람일 것이다. 그의 손재주에 대한 명성은 리베라 지구地區에서 니노트 시장에까지 자자했다. 등뒤에서 그를 노리는 또다른 명성은 조금은 품위가 떨어지는 것으로, 실직한 노동자같이 남성미 넘치는 근육질의 청년들을 선호하는 성적 취향과 에스트레이타 카스트로* 식으로 옷을 입는 특정 기호와 관계된 것이었다.

"그런데 페데리코 씨가 만년필 같은 건 잘 못 만들면 어쩌죠?" 나는 아주 순진하게 물었다.

그 퇴폐적인 소문이 내 순수함을 해친 게 아닐까 걱정되는 듯 아버지는 이맛살을 찌푸렸다.

"페데리코 씨는 독일제라면 뭐든지 금세 이해한단다. 필요하다면 폴크스바겐도 만들 수 있지. 게다가 빅토르 위고 시대에 만년필이 존재했는지도 알아봐야 할 것 같구나. 사기꾼이 많거든."

나는 아버지의 역사적인 의구심을 건성으로 들었다. 비록 페데리코 씨가 나를 위해 대용품을 만들어주는 게 싫지는 않았지만, 난 그 전설을 굳게 믿었다. 빅토르 위고의 반열에 들 시간은 충분하리라. 위안이 되었던 것은 아버지가 예견한 대로 몽블랑

---

* 스페인의 예매우이자 가수.

만년필이 그후 몇 년 동안 우리가 토요일 아침 경건한 마음으로 그곳을 찾을 때마다 진열장에 그대로 있었다는 사실이었다.

"아직도 저기 있어요." 나는 감탄하며 말했다.

"널 기다리는 거야." 아버지가 말했다. "언젠가 네 것이 되어 그걸로 네가 명작을 쓰리라는 걸 만년필도 아는 거지."

"전 편지를 한 통 쓰고 싶어요. 엄마한테요. 외롭지 않게요."

아버지는 나를 빤히 보았다.

"다니엘, 엄마는 혼자 있는 게 아니란다. 하느님과 함께 있지. 그리고 비록 우리가 엄마를 볼 순 없지만, 우리와도 함께 있어."

그와 똑같은 이론을 학교에서 비센테 신부가 설명해준 적이 있었다. 그는 죽음기에서 치통에 이르기까지 우주의 모든 신비를 성 마태오의 복음서를 인용해 설명하는 노련한 예수회 신부였다. 그러나 그 말이 아버지 입에서 나오자 허황되게 들릴 뿐이었다.

"그런데 하느님은 왜 엄마를 원하죠?"

"모르겠다. 언젠가 하느님을 만나면 물어보자꾸나."

시간이 지나면서 편지는 관두고 걸작을 쓰는 게 더 현실적일 거라는 생각이 들었다. 만년필이 없어서 대신 아버지는 공책에 낙서할 때 쓰던 스태들러 연필 2호를 내게 빌려주었다. 우연히도 내가 쓰는 이야기는 그 가게의 것과 놀라우리만치 닮은 데다 마법까지 걸린 만년필에 대한 것이었다. 더 구체적으로 말하면 그

만년필은 한때 자신의 주인이었고 배고픔과 추위에 시달리다 죽은 한 소설가의 고통스런 영혼에 사로잡혀 있었다. 어느 습작가의 수중에 들어간 만년필은 종이에 옛 주인이 살아생전 끝내지 못한 마지막 작품을 집요하게 쓰려고 했다. 내가 그 이야기를 어디서 베꼈는지, 그 이야기가 어디서 왔는지는 기억나지 않지만, 어쨌든 그와 비슷한 아이디어는 두 번 다시 떠오르지 않았다. 그러나 그것을 종이에 옮기려는 내 시도의 결과는 참담했다. 내 문장은 창작력이 빈곤하기 짝이 없고 은유적 비약은 전차정거장에서 습관처럼 읽던 거품 족욕 광고문구를 상기시켰다. 나는 연필 탓을 하며 나를 문호로 만들어줄 그 만년필을 간절히 원했다. 아버지는 대견함 반 걱정 반으로 내 작품이 우여곡절을 겪으며 진행되어가는 걸 지켜보았다.

"네 이야긴 어떻게 돼가니, 다니엘?"

"모르겠어요. 그 만년필만 있으면 모든 게 달라질 거 같은데."

아버지 말로는 그건 풋내기 작가들이나 하는 변명이었다.

"넌 계속 쓰기만 해, 그 처녀작이 완성되기 전에 만년필을 사줄 테니까."

"약속하는 거예요?"

아버지는 항상 미소로 대답했다. 아버지에게는 다행스럽게도 내 문학적 열망은 곧 시들해져 그저 말뿐, 글을 쓰려는 시도는 하시 않았다. 그렇게 된 데는 로스 엔칸테스 시장*에서 우리 형편에 꼭 알맞은 가격으로 살 수 있는 온갖 형태의 양철 기구들과 기계식 장난감을 발견한 것이 크게 작용했다. 어린아이의 강한 애착은 변덕스럽고 못 미더운 연인 같은 것이다. 나는 곧 태엽 감는 배와 메카노** 세트만 보고 다녔다. 더는 빅토르 위고의 만년필을 보러 가자고 아버지를 조르지 않았고 아버지도 만년필 얘기를 꺼내지 않았다. 그 세계는 내게서 사라져버린 것 같았다. 그러나 오래도록 남은, 그리고 지금도 간직하고 있는 아버지의 모습은 콘달 가(街)에서 칠 페세타를 주고 산 중고 모자를 쓰고 커서 맞지 않는 낡은 옷을 자루처럼 걸친 여윈 남자, 아무짝에도 쓸모없지만 아들에게는 세상 전부인 것 같았던 행운을 가져다주는 만년필을 아들에게 사줄 수 없었던 남자였다. 그날 밤 아테네오에서 돌아왔을 때 나는 여느 때처럼 좌절과 근심이 어린 얼굴을 하고 주방에서 나를 기다리는 아버지를 보았다.

"네가 어디서 길을 잃은 줄 알았다." 아버지가 말했다. "토마스 아길라르가 전화했어. 약속이 있었다던데. 잊어버렸니?"

"바르셀로 때문에요. 어찌나 말이 많던지." 나는 고개를 끄덕이며 말했다. "어떻게 빠져나와야 할지 몰랐어요."

"좋은 사람이긴 한데, 좀 성가시지. 배고프겠구나. 메르세디타

---

* 바르셀로나에 있는 중고품 시장.

** 장난감 조립 세트 상표.

스가 어머니를 드리려고 만들었다며 수프를 가지고 내려왔더구나. 참 좋은 아이야."

우리는 4층에 사는 이웃 아주머니의 딸인 메르세디타스가 준 음식을 맛보려고 식탁에 앉았다. 모두들 그녀가 수녀나 성녀의 길을 갈 거라고 했지만, 나는 가끔씩 현관까지 바래다주는 손놀림이 능숙한 선원과 숨넘어갈 듯 키스하는 그녀의 모습을 두 번도 넘게 보았다.

"오늘 밤엔 뭔가 골똘한 생각에 빠진 것 같구나." 얘깃거리를 찾으며 아버지가 말했다.

"습기 때문일 거예요. 바르셀로가 그러는데, 공기가 습하면 뇌가 커진대요."

"다른 이유가 있겠지. 무슨 걱정 있니, 다니엘?"

"아뇨. 그냥 생각 좀 했어요."

"무슨 생각?"

"전쟁에 대해서요."

아버지는 어두운 얼굴로 고개를 끄덕이고는 조용히 수프를 먹었다. 아버지는 신중한 사람이어서, 비록 과거 속에 살고 있었지만 전쟁 얘기를 한 적은 거의 없었다. 나는 전후戰後의 그 느린 흐름, 평온한 세계, 가난, 그리고 겉으로 드러내지 않는 원한들이 수도꼭지에서 물이 흘러나오는 것처럼 자연스런 것이라고, 상처 입은 도시의 담들 사이로 피를 흘리는 무언의 슬픔이 그 영혼의 진짜 얼굴이라고 확신하며 성장했다. 유년기의 함정 중 하나는 무엇인가를 느끼기 위해 그것을 이해할 필요는 없다는 것이다. 무슨 일이 일어난 건지 이성이 이해할 수 있을 때는 이미 가슴속 상처가 지나치게 깊어진 후다. 여름이 시작되던 그날 저녁, 나는 바르셀로나의 음험하고 어두운 석양 속을 걷는 내내 아버지의 실종을 둘러싼 클라라의 이야기를 떨쳐낼 수가 없었다. 내 세계에서 죽음이란 이해할 수 없는 익명의 손이었고, 지옥의 복권을 팔듯 이웃의 아흔 넘은 노인들이나 걸인들, 어머니들을 데려가는 방문 판매원이었다. 인간의 얼굴을 하고 번쩍이는 제복이나 레인코트를 입은 죽음이 증오로 중독된 마음을 가지고 내 옆에서 길을 걸을 수 있으리라고는, 극장 앞에서 줄을 서고 바에서 웃으며 아침에는 시우다델라 공원을 산책하는 아이들을 데려가고 밤에는 몬주익 성의 지하 감옥이나 이름도 장례식도 없는 공동묘지에서 누군가를 사라지게 할 수 있으리라고는 상상도 할수 없었다. 상념에 잠겨 있던 중에 문득 내가 진짜라고 믿었던 단단한 마분지로 만든 그 세계가 단지 무대 세트에 지나지 않을지도 모른다는 생각이 들었다. 그 도둑맞은 몇 년 동안 유년기의 끝은 렌페*처럼 언제 올지 알 수 없었다.

---

* 스페인 국영 철도. 과거에는 지연되는 일이 잦기로 유명했음.

우리는 교회 광장을 향해 열린 창문으로 흘러들어오는 라디오 연속극의 끈적끈적한 웅얼거림에 둘러싸인 채 남은 재료로 만든 그 수프를 빵과 같이 먹었다.

"그래, 오늘 바르셀로하고는 어땠니?"

"그분 조카를 알게 됐어요. 클라라라고."

"앞 못 보는 그애 말이냐? 사람들 말로는 무척 예쁘다더구나."

"모르겠어요. 자세히 안 봐서."

"그편이 더 낫지."

"그 사람들한테 제가 내일 학교 끝나고 집에 들러 그 불쌍한 조카한테 뭔가 읽어줄 수도 있다고 말했어요. 아주 외로워하더라고요. 아빠가 허락해주시면요."

아버지는 곁눈질로 나를 살폈다. 마치 자신이 너무 일찍 늙어버린 건지 아니면 내가 너무 빨리 자란 건지 자문하는 듯이. 나는 화제를 바꾸기로 마음먹었고, 유일하게 찾아낸 이야깃거리는 다름아닌 내 마음을 파고든 것이었다.

"전쟁 때 몬주익 성으로 사람들이 잡혀가서 두 번 다시 못 돌아왔다는 게 사실이에요?"

아버지는 얼굴색 하나 변하지 않고 숟가락을 비우고는 나를 찬찬히 바라보았다. 짧은 미소가 입가에 스치고 지나갔다.

"누가 그런 말을 하더냐? 바르셀로냐?"

"아뇨. 토마스 아길라르요. 걔가 학교에서 가끔씩 이야기를 해주거든요."

아버지는 천천히 고개를 끄덕였다.

"다니엘, 전쟁 때는 설명하기 아주 어려운 일들이 벌어진단다. 아빠도 그것들의 진정한 의미를 모를 때가 많아. 그런 일들은 때론 그냥 내버려두는 게 좋단다."

아버지는 한숨을 내쉬고는 맛없이 수프를 들이마셨다. 나는 잠자코 아버지를 살폈다.

"죽기 전에 네 엄마는 나한테 전쟁에 대해서는 절대 네게 얘기하지 않겠다고 약속하게 했단다. 무슨 일이 있었는지 네가 아무것도 기억하지 못하도록 말이야."

나는 뭐라고 대답해야 할지 알 수 없었다. 아버지는 마치 허공에서 뭔가를 찾는 듯이 눈을 반쯤 감아버렸다. 그것이 시선을 둘 곳인지 아니면 침묵인지, 어쩌면 당신 말에 힘을 실어줄 엄마인지 나는 몰랐다.

"가끔씩 그 말을 듣는 게 아니었다는 생각이 든단다. 내가 실수했다고 말이야. 아빠도 잘 모르겠구나."

"괜찮아요, 아빠……"

"아니, 괜찮지 않아, 다니엘. 전쟁 후엔 아무것도 괜찮지 않단다. 그리고 맞아, 그 성에 들어갔다가 나오지 못한 사람이 많은 건 분명하지."

우리의 시선이 잠시 교차했다. 곧이어 침묵에 상처받은 아버지가 자리에서 일어나 방으로 피했다. 나는 설거지를 하려고 주방의 작은 대리석 개수대에 접시들을 놓았다. 거실로 돌아와서 불을 끄고 아버지의 낡은 안락의자에 앉았다. 거리의 숨결에 커튼이 펄럭였다. 졸립지도, 자고 싶지도 않았다. 발코니로 다가가 푸에르타 델 앙헬*의 희미한 가로등 불빛을 바라보았다. 포석에 드리운 그림자 조각 속에 누군가가 가만히 서 있었다. 깜박거리는 호박빛 담뱃불이 그의 눈에 비쳤다. 검은 옷을 입은 그는 한 손은 재킷 주머니에 넣고 다른 손은 그의 옆으로 파란 연기가 거미줄을 엮고 있는 담배를 쥔 채 말없이 나를 지켜보았다. 거리를 비추는 빛을 등지고 선 탓에 얼굴은 알아볼 수 없었다. 그는 거의 일 분 동안 태연하게 담배를 피우며 그곳에 머물렀다. 내 눈을 응시하면서. 이윽고 자정을 알리는 성당의 종소리가 들리자 그자는 가볍게 고개를 끄덕였다. 비록 보진 못했지만 그 인사 후에 그가 미소 지었음을 나는 직감했다. 나는 인사에 응답하고 싶었지만 몸이 마비된 것 같았다. 그가 등을 돌렸고 나는 가볍게 다리를 절며 멀어져가는 그를 바라보았다. 다른 날 밤이었다면 그 이상한 사람의 존재를 알아채지 못했으리라. 하지만 그의 모습이 안개 너머로 사라지자마자 이마에 식은땀이 흐르고 숨이 가빠왔다. 『바람의 그림자』에서 똑같은 장면에 대한 묘사를 읽

---

* 바르셀로나의 중심 상업 지구.

은 적이 있었다. 그 이야기에서 주인공은 매일 밤 자정 발코니에 나와서는 어둠 속에서 태연하게 담배를 피우며 자기를 지켜보는 수상한 자를 발견했다. 그의 얼굴은 항상 어둠에 가려 있었고 오로지 눈만 한밤에도 불꽃처럼 타올랐다. 그 이상한 자는 오른손을 검은색 재킷 주머니에 넣고 한동안 머물다가 다리를 절며 사라졌다. 내가 방금 목격한 이름도 얼굴도 없는 그 이상한 자는 잠들지 않고 깨어 있는 사람이라면 누구라도 될 수 있었을 것이다. 카락스의 소설에서 그 이상한 자는 악마였다.

6

내가 본 것은 그저 우연일 뿐이라고 나를 설득한 것은 모든 걸 잊게 하는 깊은 잠과 그날 오후에 클라라를 다시 보게 되리라는 기대였다. 아마도 그 열병 같은 상상의 예기치 않은 시작은 내가 간절히 바랐고 또 예정돼 있었던 급성장의 조짐이었을지도 몰랐다. 이웃 아주머니들은 이제 내가 남자가 다 됐다고, 아직 어엿한 남자는 아니라도 키만큼은 확실히 컸다고들 입을 모았다. 일곱시 정각에 나는 가장 멋진 외출복을 입고 아버지에게 빌린 바론 댄디 향수를 뿌리고는, 거실에 진드기처럼 붙어 책 읽어주는 남자로 데뷔할 준비를 마치고 구스타보 바르셀로 씨의 집 앞에

섰다. 바르셀로와 그의 조카는 레알 광장에 있는 궁전 같은 집에 살고 있었다. 캡을 쓰고 유니폼을 입은 데다가 군인처럼 딱딱한 표정의 하녀가 과장되게 공손한 태도로 문을 열어주었다.

"다니엘 도련님이시죠?" 그녀가 말했다. "전 앞으로 도련님을 모실 베르나르다랍니다."

베르나르다는 격식을 차려 말하려 했으나 강한 카세레스* 억양을 감추지는 못했다. 그녀는 우쭐대면서도 자상하게 바르셀로 가家의 저택을 가로질러 나를 안내해주었다. 그 집은 2층에 위치했는데, 건물을 에워싸며 복도, 응접실, 회랑들이 하나의 원을 그리고 있었다. 산타 아나 가의 수수한 가정집에 익숙한 내게는 마치 에스코리알 궁전의 축소판처럼 느껴졌다. 많은 동식물은 말할 것도 없고, 책과 인큐내뷸러**, 모든 분야를 망라하는 불가사의한 서지들 외에도 구스타보 씨는 조각상과 그림, 제단화들을 수집하고 있음이 분명했다. 나는 베르나르다를 따라 잎이 무성한 나무와 열대식물이 가득 차 그야말로 온실을 이룬 회랑을 지났다. 회랑의 유리가 증기와 먼지를 비추는 금빛 햇살을 걸러주었고, 버림받은 악보를 힘없이 끌고 가는 피아노의 숨결이 허공을 떠돌았다. 베르나르다는 부두의 하역 인부 같은 팔을 마

---

* 스페인 서부에 위치한 주.
** 1501년 이전에 활판 인쇄되어 현존하는 책.

체테*처럼 휘두르며 수풀 속에서 길을 내주었다. 나는 주변을 둘러보고 고양이 여섯 마리와 앵무새 한 쌍이 있는 데 주의하며 그녀에게 바짝 붙어 따라갔다. 앵무새들은 색깔이 칙칙하고 몸집이 백과사전만 했는데 베르나르다는 바르셀로가 녀석들에게 각각 '오르테가'와 '가세트'라는 이름을 붙여주었다고 했다.** 클라라는 광장이 내려다보이는 이 온실 다른 한쪽에 위치한 응접실에서 나를 기다리고 있었다. 푸른색 터키 면으로 된 가벼운 옷을 입은, 내 혼란스런 갈망의 대상은 원형 투명창에서부터 굴절되어 들어오는 한 줄기 빛 속에서 피아노를 치고 있었다. 악보의 반은 틀리고 박자를 놓친 엉터리 연주였지만, 내게는 그녀의 세레나데가 천상의 음악처럼 들렸다. 고개를 기울이고 살포시 미소 띤 채 건반 앞에 앉아 있는 그녀를 바라보자, 눈앞에 천국이 펼쳐진 듯했다. 헛기침을 해서 기척을 내려고 했는데 바론 댄디향이 이미 내 존재를 알린 모양이었다. 연주가 뚝 그치고 동시에 수줍은 미소가 클라라의 얼굴에 피어올랐다.

"순간적으로 삼촌인 줄 알았어." 그녀가 말했다. "삼촌은 내가 몸포우***를 연주하는 걸 금지했거든. 삼촌 말로는 내가 몸포우를

---

* 풀을 베는 큰 칼.
** '오르테가와 가세트'를 스페인어로 하면 '오르테가 이 가세트'가 되고, 이는 스페인의 유명한 철학자 이름이다.
*** 스페인 바르셀로나 출신의 작곡가.

연주하는 건 신성모독이래."

내가 아는 몸포우는 물리와 화학을 가르치던 아랫배만 나온 마른 신부가 유일했다. 그런 연상이 우스꽝스럽기도 하고 엉뚱하기 짝이 없게 느껴지기도 했다.

"내가 듣기엔 연주가 훌륭하던데요." 내가 말했다.

"말도 안 돼. 우리 삼촌은 대단한 음악광이라서 날 가르칠 음악 선생님까지 되어. 아드리안 네리라는 전도양양한 젊은 작곡가야. 파리와 빈에서 공부했지. 너한테도 소개해줄게. 지금은 바르셀로나 시립 오케스트라가 초연할 교향곡을 작곡하는 중이야. 자기 삼촌이 이사회에 있거든. 그는 천재야."

"삼촌 말이에요, 아니면 조카요?"

"짓궂게 그러지 마, 다니엘. 너도 아드리안이 맘에 꼭 들 거야."

8층에서 내 머리 위로 떨어지는 그랜드피아노처럼 재수가 없겠지 하고 나는 생각했다.

"간식 좀 먹을래?" 클라라가 제안했다. "베르나르다가 기가 막히게 맛있는 계피 과자를 만들었거든."

우리는 왕족처럼 베르나르다가 차려주는 간식을 게걸스레 해치웠다. 그런 경우의 매너에 무지했던 나는 어떻게 해야 할지 잘 몰랐다. 클라라는 언제나 내 생각을 읽고 있는 듯했다. 그녀는 내가 좋을 때 『바람의 그림자』를 읽어달라고 했고, 자리에 앉자 처음부터 읽자고 했다. 이렇게 해서 나는, 기도 시간이 막 끝난 후에 대단히 으스대며 애국적인 풍으로 낭송하는 국영 라디오의 성우처럼 읽으려고 애쓰면서 다시 한번 소설 속으로 뛰어들었다. 처음에 약간 딱딱했던 목소리는 점차 편안해져서, 곧 낭독중이라는 사실을 잊고 다시 이야기 속으로 푹 빠져들었다. 그래서 처음 읽었을 땐 몰랐던, 음색과 휴지부로 이루어진 수수께끼 같은 음악적 모티프가 흐르는 문장의 고조와 전환을 발견했다. 또하나의 건물을 다른 각도에서 관찰할 때처럼 새로운 디테일들, 가랑비 같은 이미지와 환영들이 행간에서 모습을 드러냈다. 한시간에 걸쳐 다섯 장章을 읽었더니 목이 쉬었다. 여섯 개의 벽시계 소리가 온 집 안에 울려 퍼지며 내게 시간이 늦었음을 일깨웠다. 나는 책을 덮고 클라라를 자세히 보았다. 그녀는 나를 보며 잔잔히 미소 짓고 있었다.

"『붉은 집』이 생각나네"라고 그녀가 말했다. "그래도 그보다 조금 덜 어두운 이야기 같아."

"자신하지는 마요." 내가 말했다. "시작일 뿐이니까. 나중엔 좀 복잡해져요."

"이제 가야겠네, 그렇지?" 클라라가 물었다.

"그래야 될 것 같아요. 그러고 싶진 않지만……"

"별다른 일이 없으면, 내일 와도 좋은데." 클라라가 제안했다. "하지만 널 귀찮게 하고 싶진……"

"여섯시에 올까요?" 내가 말했다. "그래야 오래 있을 수 있죠."

그날 레알 광장에 위치한 그 집 음악실에서의 만남은 1945년의 여름과 그후 수년간 이어진 무수한 만남의 시작이었다. 곧 바르셀로 가를 방문하는 일은 클라라가 아드리안 네리란 자에게 음악 레슨을 받는 화요일과 목요일을 제외하고는 거의 나의 일과가 되었다. 그곳에서 오랜 시간을 보냈고, 시간이 지남에 따라 모든 방들과 복도, 그리고 구스타보 씨 온실의 모든 식물들을 머릿속에 넣게 됐다. 이 주 만에 『바람의 그림자』를 다 읽었지만, 우리의 독서 시간을 채워줄 다음 작품들을 발견하기는 어렵지 않았다. 바르셀로는 엄청난 규모의 서재를 소유하고 있었고 훌리안 카락스의 다른 작품은 없었기 때문에, 우리는 덜 고전적인 작품들과 더 경박한 작품들 사이를 돌아다녔다. 어떤 날 오후에는 책은 별로 읽지 않고 그냥 이야기를 나누거나 외출해 광장을 산책하거나 성당까지 걷기도 했다. 클라라는 성당 안에 앉아 사람들의 중얼거림을 듣는 것과 돌로 포장된 좁은 길에 울려 퍼지는 사람들의 발소리를 듣고 알아맞히는 걸 좋아했다. 우리가 지나치는 건물과 사람, 자동차, 상점, 가로등과 쇼윈도의 모습을 묘사해달라고 하기도 했다. 그녀는 자주 내 팔짱을 끼었고 나는 그녀를 우리만의 특별한 바르셀로나로 안내했다. 그녀와 나만이 볼 수 있는 바르셀로나로. 마지막으로 들르는 곳은 언제나 페트리촐 가街의 유제품점이었고, 거기서 생크림 한 접시나 막대 모양의 스펀지케이크를 곁들인 핫초콜릿 한 잔을 나눠 먹었다. 이

따금 사람들이 우리를 힐끔거렸고 좀더 눈치 빠른 점원 몇은 그녀를 '네 누나'라고 불렀지만 나는 그런 조롱과 빈정거림에 개의치 않았다. 심술을 부리는 건지 결벽증 때문에 그러는지 알 수 없었지만, 때때로 클라라는 나로선 어떻게 받아들이면 좋을지 모를 것들을 터무니없이 솔직하게 털어놓았다. 그녀가 좋아하는 주제 중 하나는 그녀가 길에 혼자 있을 때 가끔씩 다가와 갈라진 목소리로 말을 거는 이상한 남자에 대한 것이었다. 한 번도 이름을 밝히지 않았다는 그 기이한 인물은 구스타보 씨와 나에 대해서도 물었고, 그녀의 목을 쓰다듬은 적도 있었다고 한다. 그런 이야기들은 잔인하게 나를 괴롭혔다. 언젠가 클라라는 자기가 그 이상한 자에게 손으로 얼굴을 읽게 해달라고 부탁했다고도 했다. 그의 침묵을 허락으로 해석한 클라라가 얼굴에 손을 올리는 순간 그자가 갑자기 그녀의 손을 붙들었는데 그 전에 클라라는 가죽 같은 것이 만져졌다고 했다.

"꼭 가죽 가면을 쓴 것 같았어." 그녀가 말했다.

"이야기를 지어내고 있군요, 클라라."

클라라는 사실이라며 맹세하고 또 맹세했다. 그러면 나는 내겐 그저 갈망하는 것만이 허락된 그녀의 백조 같은 목을 그 의심스런 미지의 존재가 어루만지며—어딜 더 만졌는지 누가 알겠는가—좋아했을 걸 떠올리고는 괴로워하면서 그녀에게 저주었다. 찬찬히 생각했더라면, 클라라에 대한 집착은 고통의 근원이 될 뿐임을 깨달았을 것이다. 어쩌면 그래서 더 그녀를 좋아했는지도 모른다. 우리에게 상처 주는 것들을 좇는 그 한없는 어리석음 때문에. 그 여름 내내 나는 학교 수업이 다시 시작되어 클라라와 하루 종일 같이 있을 수 없게 되는 날이 오는 걸 두려워했을 뿐이다.

베르나르다는 엄격한 외모 아래 응석을 받아주는 모성을 숨기고 있었다. 나를 하도 자주 보게 되자 그녀는 결국 나를 귀여워해주었고 자기 식대로 나를 양자 삼기로 결심했다.

"이 아이가 엄마가 없다는 건 다 아는 일이에요, 신경 좀 써주세요." 그녀가 종종 바르셀로에게 말했다. "난 말이에요, 마음이 아프다고요. 불쌍한 것."

베르나르다는 전쟁이 끝난 직후 가난과 아버지를 피해 바르셀로나로 도망쳐왔다. 그녀의 아버지는 기분 좋은 날에는 그녀를 몽둥이로 때리며 바보, 못난이, 돼지라고 불렀고, 기분 나쁜 날에는 술에 취해선 그녀를 돼지우리에 몰아넣고 멋대로 주무르다가 그녀가 공포에 질려 흐느껴 울면 그제야 제 어미처럼 비싸게 구는 멍청이라며 그녀를 놔주었다. 바르셀로는 베르나르다가 보르네 시장의 야채 가게에서 일할 때 우연히 만났는데 첫눈에 그녀의 품성을 알아보고 그녀에게 자기 집 일을 해달라고 제의했다.

"우리 관계는 『피그말리온』*에 나오는 것처럼 될 거야." 그가 말했다. "당신은 나의 일라이자이고 난 히긴스 교수지."

문학적 욕구를 만족시키는 데는 성당 주보면 충분했던 베르나르다가 그를 흘낏 쳐다보았다.

"이봐요, 사람은 가난하고 배운 게 없어도 아주 점잖을 수 있다고요."

바르셀로는 조지 버나드 쇼가 아니었다. 비록 그녀에게 마누엘 아사냐**와 같은 매력과 말씨를 갖게 하진 못했지만, 바르셀로의 노력은 시골 아가씨의 말투와 예법을 가르치는 데까진 성공했다. 베르나르다는 스물여덟 살이었지만 내 눈에는 항상 그녀가 꽁무니에 열 살은 더 끌고 다니는 듯 보였다. 아마도 그녀의 눈 때문이었으리라. 그녀는 이성을 잃을 만큼 루르드***의 성모에 대해 신실했고 미사에도 열심히 참석했다. 매일 아침 여덟시 미사를 드리러 산타 마리아 델 마르 대성당에 갔으며 한 주에 적어도 세 번은 고해를 했다. 스스로 불가지론자(베르나르다는 천식 같은 호흡기 질환의 이름은 아닌지, 특히 명문가 도련님들이 걸리는 그런 질환은 아닌지 의심했다)임을 선언했던 구스타보 씨는 자기 하녀가 그 정도 주기로 고해를 할 만큼 죄를 짓는 것이

---

* 그리스신화를 바탕으로 한 버나드 쇼의 희곡으로 음성학자 헨리 히긴스가 심한 사투리를 쓰는 일라이자를 훈련해 후작부인 행세를 하게 만든다는 내용.

** 내전 당시 스페인 제2공화국 대통령.

*** 기적의 샘물로 유명한 프랑스 남서부 지방의 성지.

수학적으로 불가능하다는 의견을 냈다.

"베르나르다, 넌 성체 빵보다 더 착한 여자야." 그는 분개해서 말했다. "어디서나 죄악을 발견하는 그 사람들이야말로 영혼이 병들고, 심지어 장腸에도 문제가 있는 거야. 이베리아 반도의 믿음 깊은 신자의 기본 조건은 만성 변비라니까."

하느님에 대한 그런 지독한 불경을 들은 베르나르다는 다섯 번이나 십자가를 그었다. 밤에는 바르셀로 씨의 더럽혀진 영혼을 위한 특별 기도도 했다. 그녀가 생각하기에 바르셀로는 마음씨는 좋지만 책을 너무 많이 읽어서 돈키호테처럼 뇌가 썩어버린 사람이었다. 아주 가끔 베르나르다에게 애인이 생기기도 했는데, 그들은 그녀의 통장에 있는 얼마 되지 않는 돈을 우려내고는 얼마 후 그녀를 차버렸다. 그런 고비 때마다 베르나르다는 집 뒤쪽 방에 틀어박혀 며칠 동안 울면서 쥐약을 먹든가 표백제를 병째 들이마시겠다고 맹세했다. 그녀를 설득하기 위해 갖은 방법을 다 쓴 바르셀로는 진짜로 놀라서 방문을 열기 위해 열쇠공을 불러야 했다. 그런 다음에는 주치의가 와서 말에게 놓는 진정제를 베르나르다에게 투약했다. 이틀 뒤 깨어난 그녀에게 바르셀로는 장미꽃과 사탕, 새 옷을 사주고는 그녀를 데리고 캐리 그랜트가 나오는 영화를 보러 갔는데, 그녀의 말로는 캐리 그랜트는 호세 안토니오* 이후 최고의 미남이었다.

"그런데요, 캐리 그랜트가 호모라고 하던데." 그녀가 초콜릿을 입에 욱여넣으며 중얼거렸다. "정말일까요?"

"멍청한 소리지." 바르셀로는 단호하게 말했다. "못난이와 멍청이는 평생을 시샘하면서 살거든."

"말도 참 잘하시네요. 어르신이 솔봉인가 하는 대학에 다녔다는 건 사람들도 다 알아요."

"소르본이야." 바르셀로는 나무라지 않고 고쳐주었다.

베르나르다를 좋아하지 않기란 매우 어려웠다. 아무도 요구하지 않았는데도 그녀는 나를 위해 음식을 만들고 바느질을 해주었다. 내 옷과 구두를 수선해주고, 머리를 빗겨주고, 이발을 해주고, 비타민과 치약을 사주었다. 심지어 산 아드리안 델 베소스에 사는 언니가 버스를 타고 루르드까지 가서 가져온 성수가 담긴 유리병이 있는 작은 로켓**도 주었다. 베르나르다는 때때로 이나 기생하는 다른 벌레를 잡으려고 내 머리를 뒤적이면서 나지막이 말했다.

"클라라 아가씨는 세상에서 제일 좋은 사람이에요. 언제고 내가 아가씨를 비난하는 날에는 하느님께서 날 죽여도 좋아요. 하지만 도련님이 아가씨에게 그렇게 집착하는 건 좋지 않아요. 내 말 무슨 뜻인지 알겠어요?"

---

* 스페인 영화배우.
** 여성 장신구의 한 종류. 사진이나 기념품 등을 넣어 목걸이에 다는 작은 갑.

"걱정 마요, 베르나르다. 우린 그냥 친구일 뿐이니까."

"내 말이 그 말이에요."

베르나르다는 자기 말의 예를 들기 위해 라디오에서 들었다며 당치도 않게 여선생을 사랑하게 된 청년의 이야기를 해주었다. 그는 정의의 마법 덕분에 음탕한 문둥병 같은 것에 걸려 얼굴과 두 손이 진균으로 뒤덮이고 머리털과 이가 빠지게 됐다는 것이다.

"욕정은 아주 나쁜 거예요." 베르나르다가 결론지었다. "내 생각은 그래요."

구스타보 씨는 나를 놀리는 농담을 하기도 했지만 클라라에 대한 내 헌신, 그리고 내가 열성적으로 그녀와 함께 다니는 것은 좋게 봐주었다. 아마도 내게 악의가 없다고 생각해 관대한 것 같았다. 가끔은 카락스의 소설을 손에 넣으려고 욕심날 만한 제안을 하기도 했다. 그의 말로는 중고 서적상 모임의 몇몇 동료들에게 그 얘기를 했더니 지금 카락스의 소설이면, 특히 프랑스에선 큰돈이 될 수 있다고 하나같이 입을 모았다는 것이다. 나는 언제나 그의 제안을 거절하며 영악하게 미소 짓기만 했다. 그는 문을 열어줄 수 있는 자기나 베르나르다가 집에 있든 없든 구애받지 않고 드나들 수 있게끔 열쇠들을 복사해주었다. 하지만 문제는 아버지였다. 세월이 흐르면서 아버지는 진짜로 걱정되는 일은 얘기하길 꺼리는 천성적인 단점을 극복했던 것이다. 이런 발전의 첫 결과로 클라라와 내 관계를 반대한다는 걸 분명히 드러내기 시작했다.

"넌 벌써 결혼할 나이가 된 여자가 아니라 네 또래 친구들과 어울려야 돼. 토마스 아길라르 같은 아이 말이다. 넌 그애를 잊은 것 같은데 아주 좋은 아이야."

"좋은 친구라면 나이가 뭐 그리 중요하겠어요?"

마음이 가장 아팠던 건 토마스에 대한 얘기였다. 사실이었으니까. 토마스와 함께 외출한 게 벌써 몇 달 전이었다. 그 전에 우리는 떼려야 뗄 수 없는 사이였는데도 말이다. 아버지는 나무라듯 나를 바라보았다.

"다니엘, 넌 여자에 대해서 아무것도 몰라. 그앤 고양이가 카나리아를 가지고 놀듯 널 데리고 노는 거란다."

"아빠야말로 여자에 대해 아무것도 몰라요." 나는 화가 나서 말했다. "클라라에 대해선 더욱 그렇고요."

그 주제에 대한 우리의 대화는 비난과 시선의 교환 이상을 좀처럼 넘지 못했다. 나는 학교에 가거나 클라라와 있을 때를 제외한 모든 시간을 서점에서 아버지를 돕는 데 쏟았다. 서점 안쪽 방의 재고를 정리하거나, 주문받은 책을 나르거나, 메모를 하고 단골들을 상대했다. 아버지는 내 머리도 마음도 일에 몰두하지 않는다고 한탄했다. 나는 나대로 서점에서 살다시피 하는데 아버지가 왜 불평을 하는지 모르겠다고 대꾸했다. 나는 수많은 밤을 잠 못 이루며 어머니가 돌아가신 이후의 세월, 빅토르 위고의 만년필과 양철 기관차를 보러 다녔던 수년 동안 아버지와 공유했던 그 작은 세계와 친밀함을 추억했다. 나는 그것들을 평화와 슬픔의 시절로, 소멸되어가던 세계로 기억했고, 그 세계는 아버지가 나를 '잊힌 책들의 묘지'로 데려갔던 그날 새벽 이후 사라져가고 있었다. 어느 날 아버지는 내가 카락스의 책을 클라라에게 준 것을 알고는 몹시 화를 냈다.

"너한테 실망했다, 다니엘." 아버지가 말했다. "내가 널 그 비밀의 장소로 데려갔을 때 네가 고를 책은 특별한 거라고, 넌 책을 입양하고 그에 대해 책임을 져야 한다고 했잖니."

"아빠, 그때 전 열 살이었고, 그건 애들 장난 같은 거였죠."

아버지는 마치 내가 비수라도 꽂은 것처럼 나를 바라보았다.

"그리고 지금은 좀더 나이를 먹었고, 단순한 아이가 아니라 자기가 어른이라고 생각하는 아이지. 다니엘, 넌 살면서 어려운 일을 많이 겪을 거다. 그것도 아주 빨리."

그 시절에는 내가 바르셀로 가에서 많은 시간을 보내 아버지가 상처받은 거라고 믿고 싶었다. 바르셀로와 클라라는 아버지가 냄새조차 맡아보지 못한 호화로운 세계에 살고 있었다. 나는 구스타보 씨의 하녀가 나한테 엄마처럼 구는 걸 아버지가 못마땅해한다고, 또 누군가가 그 역할을 하는 걸 내가 받아들이자 상처받은 거라고 생각했다. 이따금 책 꾸러미를 싸거나 발송을 준비하며 서점 안쪽 방에 있을 때면 손님이 아버지에게 하는 농담이 들려왔다.

"셈페레, 자네가 해야 할 일은 좋은 여자를 구하는 거네. 지금은 예쁘고 꽃다운 나이의 미망인이 넘쳐난다니까. 무슨 말인지 알지? 착한 여자는 인생을 안정시켜준다네, 친구. 게다가 이십 년은 젊어 보이게 해주지. 젖꼭지 두 개가 할 수 없는 건……"

아버지는 그런 제안에 한 번도 대답하지 않았지만, 나는 갈수록 그 말이 현명한 것 같았다. 눈도 마주치지 않는 침묵의 전쟁터로 변해버린 우리의 저녁 식사 자리에서 언젠가 나는 그 이야기를 꺼냈다. 그런 제안을 내가 한다면 일이 쉽게 풀릴 거라고 생각했다. 아버지는 잘생겼고 깔끔하고 단정해 보여서 우리 동네에 사는 여자들 중 몇몇은 틀림없이 호감을 갖고 있을 터였다.

"넌 네 엄마를 대신할 사람을 찾는 게 아주 쉬웠을지 몰라도." 아버지는 고통스럽게 대답했다. "내겐 그런 사람은 없고 또 그런 사람을 찾고 싶지도 않구나."

시간이 흐르면서 아버지와 베르나르다의 충고가, 그리고 바르셀로의 충고까지도 내게 효과를 나타내기 시작했다. 내 안의 무언가가 내게 출구 없는 길에 빠져들고 있다고, 클라라가 나를 열 살 어린 소년 이상으로 보게 될 때를 기다릴 수 없다고 말했다. 그녀 곁에 있는 것이, 그녀의 손길을 견디는 것이, 산책할 때 그녀와 팔짱을 끼는 것이 나날이 더 어려워짐을 느꼈다. 급기야 단순히 그녀와 가까이 있는 것이 거의 육체적 고통을 의미하는 순간이 왔다. 이 사실을 모르는 사람은 아무도 없었다. 클라라는 말할 것도 없었다.

"다니엘, 얘기 좀 해야 될 것 같아." 그녀가 말했다. "내가 네게 잘못 처신한 것 같이……"

나는 그녀가 말을 끝내도록 내버려두지 않았다. 이런저런 핑계를 대고는 그 방을 나와 도망쳤다. 시간에 맞서 불가능한 경주를 하고 있다고 믿었던 날들이었다. 내가 클라라 주변에 쌓았던 신기루 같은 세계가 끝을 향해 가는 것이 두려웠다. 내 고난은 이제 겨우 시작일 뿐이라고는 상상도 하지 못했다.

별 볼일 없는 일

1950

7

열여섯번째 생일날, 나는 살아오면서 겪은 가슴 아픈 일들 가운데서도 최악이라고 할 만한 사건을 자초했다. 내 마음대로 생일 파티를 계획하고 바르셀로와 베르나르다, 그리고 클라라를 초대하기로 결정했던 것이다. 아버지는 실수하는 거라고 했다.

"내 생일이에요." 나는 거칠게 대꾸했다. "다른 땐 하루도 안 빼놓고 아버지를 위해 일하잖아요. 적어도 한 번은 기분 좋게 해주세요."

"맘대로 하려무나."

그 전의 몇 달은 클라라와 나의 이상한 우정이 가장 혼란스러웠던 기간이었다. 나는 그녀에게 더는 책을 읽어주지 못했다. 클라라는 일부러 나와 단둘이 있는 자리를 피했다. 그녀를 찾아갈

별 볼일 없는 일　85

때면 언제나 그녀의 삼촌이 신문을 읽는다는 핑계로 같이 있거나, 베르나르다가 나타나 서성이면서 나를 곁눈질했다. 클라라의 여자 친구들이 있을 때도 있었다. 나는 그들을 '기독교 소녀단'이라고 불렀다. 그들은 항상 순결하고 얌전한 얼굴로 한 손에는 기도서를 든 채 경찰 같은 눈을 하고 클라라 주변을 맴돌며 내가 그곳에 어울리지 않는 사람이라는 걸, 또 내가 거기 있음으로써 클라라와 온 세상 사람들을 난처하게 만들고 있다는 걸 노골적으로 드러냈다. 그러나 최악은 음악 선생 네리였다. 그의 불행한 교향곡은 여전히 미완성이었다. 그는 산 헤르바시오* 출신의 말만 번지르르한 도련님 스타일이었는데, 모차르티안을 자처했지만 내가 볼 땐 머리에 무스를 덕지덕지 바른 카를로스 가르델** 같았다. 내가 그에게서 천재성을 보았다면, 그것은 그의 더러운 성질뿐이었다. 그는 품위도 예의도 없이 구스타보 씨에게 아양을 떨었고, 주방에서는 설탕을 입힌 아몬드 과자 봉지를 선물하거나 엉덩이를 꼬집어 베르나르다를 웃게 만들며 그녀와 시시덕거렸다. 한마디로, 나는 그가 죽도록 미웠다. 나를 싫어하기는 그도 마찬가지였다. 항상 악보를 들고 거만한 몸짓을 하며 나타나 나를 달갑지 않은 도둑 보듯 했고 어떻게든 눈앞에서 쫓아

---

* 바르셀로나의 부촌.
** 아르헨티나의 대중적인 탱고 가수. 악보를 읽을 줄도 몰랐지만 탱고의 대중화에 크게 기여했다.

내려고 애썼다.

"꼬마야, 숙제하러 가야 하지 않니?"

"마에스트로, 당신은 끝내야 할 교향곡이 있지 않나요?"

하지만 결국 나는 그들 모두에게 상대가 되지 않았고 패자가되어 고개를 떨어뜨린 채 그 자리를 떠났다. 구스타보 씨처럼 말주변이 좋아 우쭐대는 그 녀석을 나 대신 내보낼 수 있으면 좋겠다고 생각하면서.

내 생일날 아버지는 길모퉁이의 빵가게로 내려가 당신이 살수 있는 가장 좋은 케이크를 샀다. 그리고 그릇과 가장 좋은 식기 세트를 내놓으며 말없이 저녁 식탁을 차렸다. 촛불을 켜고 당신이 생각하기에 내가 좋아하는 음식들을 준비했다. 우리는 오후 내내 한 마디도 나누지 않았다. 저녁 무렵 아버지는 방으로건너가 제일 좋은 양복을 입고는 부엌의 커피 테이블 위에 놔두었던 반짝이는 셀로판지로 포장된 상자를 들고 돌아왔다. 내 선물이었다. 아버지는 식탁에 앉아 백포도주를 한 잔 따르고, 기다렸다. 사람들을 초대한 시간은 여덟시 반이었는데, 아홉시 반에도 우리는 여전히 기다리고 있었다. 아버지는 나를 슬픈 눈으로바라보았다. 내 영혼은 분노로 불타올랐다.

"만족하시죠?" 내가 말했다. "이게 아빠가 바라셨던 거 아니에요?"

"그렇지 않다."

삼십 분이 지나 베르나르다가 나타났다. 그녀는 장례식에 온 얼굴을 하고 클라라 아가씨의 메시지를 전했다. 생일을 정말 축하한다, 그러나 유감스럽게도 저녁 식사 자리에는 올 수 없다는 것이었다. 바르셀로 씨는 며칠 동안 출장을 가야 했고, 클라라는 마에스트로 네리와의 음악 레슨 시간을 바꿔야 했다고 했다. 베르나르다는 오후에 쉬는 날이라 온 것이었다.

"클라라가 음악 레슨 때문에 못 온다고요?" 나는 넋이 나가 물었다.

베르나르다가 시선을 떨어뜨렸다. 작은 선물 상자를 건네며 내 양 볼에 입을 맞출 때 그녀는 금방이라도 울음을 터뜨릴 것 같았다.

"마음에 들지 않으면 바꿀 수도 있어요." 그녀가 말했다.

아버지와 단둘만 남은 나는 좋은 식기와 은제품 그리고 조용히 사그라지는 촛불을 바라보았다.

"유감이다, 다니엘." 아버지가 말했다.

나는 어깨를 으쓱하고는 가만히 고개를 끄덕였다.

"내 선물은 안 풀어볼 거니?" 아버지가 물었다.

그 질문에 대한 나의 유일한 대답은 집을 나오며 현관문을 꽝 닫아버린 것이었다. 나는 후다닥 계단을 내려갔다. 푸른빛이 으스스하게 번진 얼어붙은 황량한 거리로 나섰을 때, 눈에서는 분노의 눈물이 넘쳐 흘렀다. 심장을 도려내는 것 같았고, 나를 둘러싼 모든 것이 흔들렸다. 나는 푸에르타 델 앙헬에서부터 가만히 나를 바라보던 수상한 자를 눈치채지 못하고 정처 없이 걸었다. 그는 지난번과 똑같은 검은 양복 차림으로 오른손을 재킷 주머니에 넣고 있었다. 두 눈은 담배 불빛 속에 가느다란 빛줄기처럼 보였다. 그는 가볍게 다리를 절며 나를 따라오기 시작했다.

한 시간이 넘도록 거리를 헤매다가 콜럼버스 기념비 아래에 이르렀다. 그리고 길을 건너 항구로 가서 유람선 선착장 옆 탁한 물 쪽으로 경사진 돌계단 위에 앉았다. 누가 야간 유람선을 빌렸는지 내항에서 불빛과 반사광의 행렬이 웃음소리와 음악 소리를 실어날랐다. 아버지와 함께 그 유람선을 타고 방파제가 있는 데까지 가곤 하던 때가 떠올랐다. 거기선 몬주익에 있는 묘지와 죽은 자들의 끝없는 도시를 볼 수 있었다. 나는 엄마가 아직 거기 있어서 우리가 지나가는 걸 본다고 생각하며 종종 손을 흔들어 인사했었다. 아버지도 손을 흔들었다. 우리가 유람선을 타지 않은 지도 벌써 수년이 됐지만, 나는 아버지가 이따금 혼자 탄다는 걸 알고 있었다.

"후회하기에 좋은 밤이군, 다니엘." 그림자로부터 낯선 목소리가 들려왔다. "담배 피울래?"

갑자기 한기가 느껴져 나는 벌떡 일어섰다. 어둠 속에서 손 하나가 내게 담배 한 개비를 권하고 있었다.

"누구시죠?"

그 낯선 자는 어둠의 끄트머리까지 나왔지만 여전히 얼굴은 드러내지 않았다. 그의 담배에서 파란 연기가 피어올랐다. 나는 그 검은 양복과 재킷 주머니에 숨겨진 손을 금방 알아보았다. 그의 눈은 유리구슬처럼 빛났다.

"네 친구." 그가 말했다. "아니면 그렇게 되고 싶은 사람이지. 담배 한 개비 줄까?"

"담배 안 피워요."

"그게 좋아. 불행하게도 담배 말고는 네게 줄 게 아무것도 없구나, 다니엘."

모래처럼 푸석푸석한 그의 목소리는 상처받은 자의 것이었다. 또 말을 질질 끌어서 바르셀로가 수집하는 오래된 78회전 음반처럼 생기 없고 아득하게 들렸다.

"내 이름을 어떻게 알죠?"

"너에 대해 많은 걸 알고 있어. 이름은 기본이지."

"뭘 더 아는데요?"

"널 당황하게 할 수도 있지만, 시간도 없고 그러고 싶지도 않아. 내가 관심 있는 물건이 너한테 있다는 말만 해두지. 그리고 난 그걸 위해 네게 두둑하게 지불할 준비가 돼 있단다."

"사람을 잘못 본 것 같네요."

"아니, 난 그렇게 생각하지 않는데. 다른 실수라면 할 수도 있겠지만, 사람에 대해선 아냐. 얼마를 원하지?"

"뭘 말이죠?"

"『바람의 그림자』."

"왜 내가 그 책을 갖고 있다고 생각하죠?"

"그건 논쟁거리가 아니다, 다니엘. 그저 가격의 문제일 뿐. 오래전부터 네가 그 책을 갖고 있다는 걸 알고 있었다. 사람들이 말했어. 난 들었고."

"분명 잘못 들은 거예요. 난 그 책이 없어요. 설령 갖고 있다 해도 팔지 않을 거고요."

"네 고결함은 탄복할 만하구나. 특히 아부꾼에 아첨꾼 천지인 이 세상에서 말이야. 하지만 내 앞에서 연극을 할 필요는 없다. 값을 말해봐라. 천 두로? 내게 돈은 아무것도 아니다. 가격은 네가 정해."

"이미 말했잖아요. 갖고 있지도 않고 팔지도 않을 거라고." 내가 대답했다. "당신은 잘못 생각하고 있어요. 곧 알게 되겠죠."

그 낯선 자는 절대 꺼질 것 같지 않은 담배의 파란 연기에 둘러싸여 미동도 없이 서 있었다. 나는 그에게서 담배 냄새가 아니라 불에 탄 종이 냄새가 난다는 걸 깨달았다. 책을 만드는 데 쓰이는 양질의 종이가 타는 냄새였다.

"지금 잘못 생각하는 쪽은 너 같은데." 그가 말했다.

"협박하는 거예요?"

"아마도."

나는 침을 삼켰다. 내 허풍에도 불구하고, 그자는 나를 완전히 겁먹게 만들었다.

"그럼 왜 그 책에 그렇게 관심이 있는 건데요?"

"그건 내 문제다."

"내 문제이기도 하죠. 갖고 있지도 않은 책을 팔라고 날 협박하는 거라면요."

"맘에 드는구나, 다니엘. 배짱도 있고 똑똑해. 천 두로? 그 돈이면 넌 엄청나게 많은 책을 살 수 있을 거다. 네가 그토록 소중하게 간직하고 있는 그 쓰레기 같은 거 말고 좋은 책 말이다. 자, 천 두로로 하고, 우리 친구로 지내자."

"당신과 난 친구가 아녜요."

"아니, 친구가 맞다. 네가 아직 몰라서 그래. 네 잘못은 아니지, 머릿속에 그렇게 많은 걸 담고 있으니. 예를 들면 네 친구 클라라. 누구라도 정신을 못 차릴 만한…… 그런 여자."

클라라의 이름을 듣자, 혈관 속의 피가 얼어붙는 것 같았다.

"클라라에 대해 뭘 알고 있죠?"

"감히 말하건대 너보다 많은 걸 알고 있다. 그리고 넌 그러지 않으리란 걸 알지만, 그녀를 잊는 게 좋을 거라는 것도. 나 역시 열여섯 살 시절이 있었거든……"

갑자기 끔찍한 확신이 나를 내리쳤다. 그는 길에서 클라라에게 접근했던 그 이상한 사람이었다. 그자가 분명했다. 클라라는 거짓말을 한 게 아니었다. 그자가 앞으로 한 걸음 내디뎠다. 나는 뒤로 물러섰다. 평생 그렇게 무서웠던 적은 없었다.

"클라라한테는 그 책이 없어요. 알아두는 게 좋을 거 같군요. 다시는 그녀를 건드리지 마세요."

"네 여자친구에게는 조금도 관심없다, 다니엘. 그리고 언젠가는 너도 나와 똑같이 느끼게 될 거야. 내가 원하는 건 그 책이다. 아무도 다치게 하지 않고 기분 좋게 손에 넣고 싶어. 알아듣겠니?"

더 좋은 생각이 떠오르지 않아, 나는 사악한 놈처럼 거짓말을 해버리기로 했다.

"아드리안 네리란 자가 갖고 있어요. 음악가죠. 들어봤을 텐데요."

"들어본 적 없다. 그리고 이건 음악가에 대해 할 수 있는 최악의 말이로구나. 네가 만들어낸 사람은 아니겠지?"

"차라리 그랬으면 좋겠군요."

"그럼 말이다. 가까운 사이인 모양인데, 네가 그 사람을 설득해서 책을 돌려달라고 하면 되겠구나. 친구 사이엔 쉽게 해결할 수 있는 일이지. 아니면 클라라에게 달라고 할까?"

나는 고개를 저었다.

"네리하고 얘기해볼게요. 하지만 돌려주지 않을 거예요. 지금은 갖고 있지 않을지도 모르고요." 나는 되는대로 둘러댔다. "그런데 왜 그 책을 원하는 거죠? 읽으려고 이러는 건 아닐 테고⋯⋯"

"아니다. 난 다 외우니까."

"수집가인가요?"

"비슷한 거지."

"카락스의 책을 더 갖고 있나요?"

"한때는 그랬지. 훌리안 카락스는 내 전공이다, 다니엘. 난 그의 책을 찾아 온 세상을 헤매고 다니지."

"읽지 않는다면 뭘 하려고 그의 책을 찾는 거죠?"

그 낯선 자는 억누르는 듯한, 절망적인 신음을 내뱉었다. 잠시 뒤 나는 그가 웃고 있다는 걸 깨달았다.

"그것들로 할 수 있는 유일한 일을 한다, 다니엘."

그가 대답했다. 그러고는 주머니에서 성냥 한 통을 꺼냈다. 그는 성냥개비를 하나 꺼내 불을 붙였다. 불꽃이 처음으로 그의 얼굴을 비추자, 나는 영혼까지 얼어붙고 말았다. 그자의 얼굴에는 코도, 입술도, 눈까풀도 없었다. 그 얼굴은 불에 모조리 타버린 흉터로 뒤덮인, 검은 가죽 가면일 뿐이었다. 클라라가 만졌다던 죽은 피부, 바로 그것이었다.

"태워버리는 거지." 그가 속삭였다. 증오에 중독된 목소리와 눈이었다.

미풍이 불어 그가 들고 있던 성냥불을 꺼버리는 바람에 그의 얼굴은 다시 어둠 속에 잠겼다.

"또 보자, 다니엘. 난 절대 사람 얼굴을 잊지 않는다. 네 얼굴도 예외는 아닐 거고." 그가 나직하게 말했다. "너와 네 친구 클라라를 위해 네가 현명한 판단을 내려서 네리란 사람과 이 문제를 정리하리라 믿는다. 그 사람 이름은 확실히 응석받이 어린애 같구나. 그는 털끝만큼도 믿지 않겠다."

그러고 나서 그자는 뒤돌아 부두 쪽으로 걸어갔다. 누더기 같은 웃음에 싸인 실루엣 하나가 어둠 속으로 사라졌다.

8

바다에서부터 구름이 뒤덮이고 번개가 하늘을 가로질렀다. 나는 다가오는 폭우를 피해 달리기 시작했지만 이내 그자의 말들이 효력을 발휘해 몸과 마음을 흔들어놓았다. 눈을 들어 폭풍우가 달빛을 가리고 도시의 지붕들과 건물 전면에 어둠을 드리우며 검게 물든 피의 강처럼 구름 사이로 흘러가는 것을 보았다. 걸음을 재촉하려 했지만 두려움에 잠식된 나는 비에 쫓기면서도 터덜터덜 걸었다. 신문 가판대 차양 아래서 비를 피하며 생각을 정리하고 앞으로 어떻게 할지 결정하려 애썼다. 아주 가까이에서 천둥이 항구의 강어귀를 따라가는 용처럼 으르렁거렸고, 발아래 땅이 흔들렸다. 몇 초 뒤에는 창문들과 건물들의 모양을 드러내주던 가냘픈 전깃불마저 사라져버렸다. 물웅덩이가 고인 보도의 가로등은 바람 앞의 촛불처럼 깜박거리다 사그라졌다. 길에는 사람 하나 보이지 않았고, 정전으로 인한 칠흑 같은 어둠이 하수구에서 올라온 악취와 함께 퍼져나갔다. 밤은 헤아릴 수 없을 만큼 불투명해졌고, 비가 증기로 된 수의壽衣처럼 도시를 감쌌다. "누구라도 정신을 못 차릴 만한…… 그런 여자." 나는 람블라스 거리를 뛰어올라가기 시작했다. 머릿속에는 오로지 한 가지 생각뿐이었다. 클라라.

베르나르다는 바르셀로가 출장중이라고 했다. 그날 그녀는 쉬는 날이었고, 그럴 때면 산 아드리안 델 베소스에 있는 레메 이모와 사촌들의 집에 가서 자고 왔다. 클라라는 레알 광장의 동굴 같은 아파트에 혼자 있을 것이고, 그 얼굴 없는 위험한 자는 폭풍 속에서 하늘만 아는 소란을 일으킬 수 있을 것이다. 폭우를 맞으며 레알 광장으로 황급히 가는 동안, 나는 카락스의 책을 클라라에게 선물해서 그녀를 위험에 빠뜨렸다는 생각을 떨쳐버릴 수 없었다. 광장 입구에 도착했을 때 나는 뼛속까지 젖어 있었다. 페르난도 가의 아케이드 아래로 재빨리 몸을 피했다. 등뒤에서 땅을 기는 흐릿한 형체들을 본 듯했다. 거지들이었다. 현관문은 잠겨 있었다. 주머니에서 바르셀로가 주었던 열쇠 꾸러미를 찾았다. 나는 산타 아나 가에 있는 집 열쇠와 서점 열쇠, 그리고 바르셀로의 집 열쇠를 함께 지니고 다녔다. 거지 하나가 다가와 집 현관에서 밤을 보내도 괜찮냐고 중얼중얼 물었다. 그가 말을 마치기도 전에 나는 현관문을 닫아버렸다.

계단은 어둠이 고인 깊은 웅덩이였다. 현관문 틈으로 스며든 번갯불이 잠깐 층계의 윤곽을 비추어주었다. 나는 더듬거리며 앞으로 나아가다가 첫번째 계단에 걸려 넘어졌다. 난간을 잡고 천천히 올라갔다. 잠시 후 계단이 끝나고 평평한 곳이 나타나, 첫번째 층계참에 이르렀음을 알았다. 차갑고 적대적인 대리석 벽을 더듬다가 떡갈나무 문의 부조와 알루미늄 노커를 발견했다. 손으로 더듬더듬 열쇠 구멍을 찾아서 열쇠를 꽂아넣었다. 아파트 문을 열자 한 줄기 푸른 광선이 쏟아져 잠시 아무것도 보이지 않았고, 더운 공기의 숨결이 피부를 쓰다듬었다. 베르나르다의 방은 아파트 뒤쪽 주방 옆에 있었다. 그녀가 없으리라 확신했지만, 그곳으로 먼저 갔다. 노크를 했다가 대답이 없어서 안으로 들어가보았다. 큰 침대, 윤기를 잃은 거울이 달린 옷장, 그리고 베르나르다가 예배당으로 꾸미려는 듯 성자 성녀의 그림과 모형들을 가득 모셔놓은 서랍장이 전부인 단출한 방이었다. 문을 닫고 돌아섰을 때, 심장이 멎는 줄 알았다. 복도 끝에서 열두 개나 되는 진홍색 눈동자가 내 쪽으로 다가오고 있었기 때문이다. 나를 잘 아는 바르셀로의 고양이들은 내 존재를 무르는 척해주었다. 녀석들은 나를 둘러싸고 가볍게 야옹거리다가 비에 젖은 옷에서 자기들이 원하던 열기가 나오지 않자 무심하게 나를 버리고 가버렸다.

클라라의 방은 아파트의 다른 쪽 끝, 서재와 음악실 옆에 있었다. 고양이들의 보이지 않는 발걸음이 기대에 가득 차서 복도를 따라 내 뒤를 쫓았다. 천둥 번개가 간헐적으로 번쩍번쩍하는 바르셀로의 집은 불길한 동굴 같았고, 내가 제2의 집이라고 여겼던 곳이 맞나 싶을 정도였다. 나는 광장 쪽을 향하고 있는 아파트의 앞쪽에 이르렀다. 빽빽하고 울창한 온실이 내 앞에 열려 있었다. 나는 나뭇잎과 가지들의 정글 속으로 들어갔다. 순간, 얼굴 없는 그자가 이미 집에 들어왔다면 온실이야말로 몸을 숨기고 나를 기다리기에 가장 적당한 곳이라는 생각이 떠올랐다. 공기 중에서 불에 탄 종이 냄새를 맡은 듯했지만, 잠시 후 그저 담배 냄새일 뿐임을 깨달았다. 엄청난 공포가 나를 엄습했다. 그 집 사람들은 아무도 담배를 피우지 않았다. 바르셀로의 불 붙이지 않은 파이프는 순전히 장식용이었다.

음악실 앞으로 다가서자 번갯불에 수증기로 된 화관처럼 공중을 떠다니는 나선형 담배 연기가 보였다. 회랑 옆의 피아노가 건반을 드러내놓은 채 그치지 않는 미소를 띠고 있었다. 나는 음악실을 가로질러 서재 앞에 이르렀다. 문은 닫혀 있었다. 문을 열자 바르셀로의 개인 서재를 둘러싼 유리로 덮인 발코니의 불빛이 나를 따뜻하게 환영해주었다. 책이 가득한 책장으로 뒤덮인 벽들은 타원형을 이루고 있었는데, 그 한가운데에 독서 테이블과 육군 원수가 사용하는 안락의자 두 개가 놓여 있었다. 나는 클라라가 발코니의 아치 옆 유리 진열장에 카락스의 책을 보관해둔다는 것을 알고 있었다. 나는 살금살금 그리로 다가갔다. 내 계획─어쩌면 문득 떠오른 것인지도 모르지만─은 책을 거기서 꺼내 그 미친놈에게 줘버리고 눈앞에서 영원히 사라지게 하는 것이었다. 아무도 그 책이 없어진 걸 눈치채지 못하리라. 나를 제외하면.

홀리안 카락스의 책은 책장 구석에서 등을 보이며 언제나처럼 나를 기다리고 있었다. 나는 책을 꺼내 이제 곧 배신해야 할 오랜 친구를 껴안듯 가슴에 꼭 안았다. 유다를 떠올렸다. 클라라에게는 내 존재를 알리지 않고 그곳을 떠날 셈이었다. 나는 책을 가지고 클라라 바르셀로의 삶에서 영원히 사라질 것이었다. 가벼운 걸음으로 서재를 나섰다. 복도 끝에 있는 그녀의 침실 문이 희미하게 보였다. 나는 침대에 누워 잠든 그녀의 모습을 그려보았다. 내 손가락이 그녀의 목을 애무하고 내가 순결한 무지로 기억했던 육체를 탐험하는 장면을 상상했다. 오 년간의 망상을 포기하기로 마음먹고 뒤돌아섰는데, 음악실에 이르기 전에 뭔가가 내 발걸음을 붙잡았다. 등뒤, 문 안쪽에서 휘파람 같은 소리가 들렸다. 속삭이는 듯 웃는 듯 알 수 없는 목소리였다. 클라라의 방에서 나는 소리였다. 나는 천천히 문으로 다가갔다. 손잡이에 손가락을 올려놓았다. 손가락이 떨렸다. 나는 너무 늦게 도착한 것이다. 나는 힘겹게 침을 삼키며 문을 열었다.

9

클라라의 벌거벗은 몸이 깨끗이 세탁된 비단처럼 반짝이는 흰 시트 위에 누워 있었다. 마에스트로 네리의 손이 그녀의 입술과 목, 가슴 위로 미끄러졌다. 그녀의 흰 눈은 천장을 향해 있었고, 네리가 파르르 떨고 있는 자신의 창백한 허벅지 사이로 들어오자 그녀는 짧게 전율했다. 그녀는 육 년 전 아테네오의 어둠 속에서 내 얼굴을 읽었던 그 손으로, 지금은 땀으로 번들거리는 녀석의 엉덩이에 손톱을 꽂아 단단히 붙잡고는, 미친 듯한 동물적 갈망으로 녀석을 자기 안으로 안내하고 있었다. 나는 제대로 숨도 쉴 수 없었다. 네리의 시선이 처음에는 못 믿겠다는 듯, 나중에는 분노로 불타오르며 내 존재를 알아차리기까지, 거의 삼십 초 동안 온몸이 마비된 채 그들을 바라보면서 그곳에 있었을 것이다. 그는 여전히 헐떡거리면서도 소스라치게 놀란 듯 동작을 멈추었다. 녀석의 몸에 제 몸을 비벼대고 목을 핥던 클라라가 영문도 모르고 그를 붙잡았다.

"무슨 일이에요?" 그녀가 신음했다. "왜 멈춰요?"

아드리안 네리의 눈이 분노로 이글거렸다.

"아무것도 아냐." 그가 중얼거렸다. "금방 올게."

네리는 몸을 일으키더니 주먹을 쥐고는 내게 총알처럼 달려들었다. 나는 그가 다가오는 것을 보지 못했다. 나는 땀에 젖어 가쁘게 숨을 몰아쉬는 클라라에게서, 살결 아래 드러난 그녀의 갈비뼈와 열망으로 떨리는 가슴에서 눈을 뗄 수 없었다. 음악 선생은 멱살을 쥐고 나를 침실 밖으로 끌고 나갔다. 발이 바닥에 닿지 않았다. 아무리 발버둥쳐도 네리에게서 놓여날 수 없었다. 그는 짐짝처럼 나를 끌고 온실을 가로질렀다.

"개자식, 모가지를 분질러버리겠어." 그가 이를 갈았다.

그는 현관문까지 나를 질질 끌고 가서 문을 열고 계단참에 내동댕이쳤다. 손에서 카락스의 책이 떨어졌다. 그는 책을 집어 내 얼굴에 던졌다.

"널 여기서 다시 보거나 길에서라도 네가 클라라에게 접근한 걸 알게 되면, 네 나이 따윈 상관 않고 몽둥이로 두들겨 패서 병원에 보내버릴 거야." 그가 싸늘하게 말했다. "알았어?"

나는 힘겹게 몸을 일으켰다. 그리고 내가 버둥거리는 사이 네리가 내 자존심은 물론 재킷까지 찢어놓았다는 걸 알게 되었다.

"어떻게 들어온 거냐?"

나는 대답하지 않았다. 네리는 머리를 절레절레 흔들며 한숨을 쉬었다.

"자, 열쇠 내놔." 분노로 가득한 목소리로 네리가 내뱉었다.

"무슨 열쇠요?"

그가 따귀를 후려치는 바람에 나는 바닥에 쓰러졌다. 일어섰을 때는 입에서 피가 흘렀고 왼쪽 귀에서 경찰의 호루라기 소리처럼 머리를 후벼파는 귀울림이 느껴졌다. 얼굴을 만져보니 손가락 아래가 화끈거렸다. 입술이 찢어졌다. 무늬가 조각된 반지가 피범벅이 된 채 음악 선생의 약손가락에서 빛나고 있었다.

"열쇠 달라고 했다."

"꺼져." 나는 침을 뱉었다.

나는 주먹이 날아오는 걸 보지 못했다. 단지 공기드릴로 위장을 후벼파는 듯한 느낌이 들었을 뿐이었다. 망가진 꼭두각시처럼 몸이 꺾인 나는 숨도 못 쉬고 벽에 기대 휘청거렸다. 네리는 내 머리털을 쥐고는 열쇠가 나올 때까지 이 주머니 저 주머니를 뒤졌다. 나는 배를 움켜쥔 채 바닥으로 미끄러졌고, 고통과 분노로 흐느껴 울었다.

"클라라에게……"

그는 내 면전에서 문을 닫아버렸고, 나는 칠흑 같은 어둠 속에 남겨졌다. 나는 책을 찾아 손을 더듬거렸다. 책을 발견해서는 그걸 가지고 벽에 의지해 헐떡거리며 계단을 내려갔다. 피를 뱉고 숨을 몰아쉬며 바깥으로 나왔다. 추위와 바람이 젖은 옷을 휘감으며 물어뜯었다. 찢어진 얼굴이 따끔거렸다.

"괜찮니?" 그림자 속에서 목소리가 물었다.

집에 들어서기 전 내가 도와주길 거절했던 그 거지였다. 부끄러운 마음에 그의 시선을 피하며 고개를 끄덕였다. 그리고 걸음을 떼놓았다.

"잠깐만 기다려라. 비가 좀 잦아들 때까지만이라도." 그가 제안했다.

그는 내 팔을 붙잡고 아케이드 아래 구석으로 데려갔다. 그곳에는 그가 놔둔 더럽고 낡은 옷가지가 든 작은 가방과 짐꾸러미하나가 있었다.

"포도주가 조금 있다. 나쁘지 않은 거야. 좀 마셔봐. 몸이 따뜻해질 거야. 그리고 그걸 소독하는 데도……"

나는 그가 권하는 포도주 병을 받아 들고 한 모금 마셨다. 식초를 섞은 듯한 디젤 연료 맛이 났지만, 열기가 복통과 신경을 누그러뜨려주었다. 몇 방울을 상처에 바르고 나서, 나는 내 생애 가장 어두운 밤에 빛나는 별들을 올려다보았다.

"괜찮지? 안 그러냐?" 거지가 미소 지었다. "한 모금 더 마셔봐. 죽은 사람도 일으켜 세운다니까."

"아뇨, 고마워요. 아저씨 드세요." 나는 중얼거렸다.

거지가 길게 한 모금을 마셨다. 나는 찬찬히 그를 살폈다. 십오 년간 같은 양복만 입고 지낸 정부 기관의 늙은 회계 담당자처럼 보였다. 그가 손을 내밀었고 나는 손을 맞잡고 흔들었다.

"페르민 로메로 데 토레스라고 해, 실업자지. 만나서 반가워."

"다니엘 셈페레예요, 구제 불능 바보죠. 반가운 건 나예요."

"스스로를 헐값에 넘기지 마. 이런 밤엔 모든 게 실제보다 못해 보이지. 보다시피 난 타고난 낙천주의자야. 현 체제가 얼마 남지 않았다는 덴 의심의 여지가 없다고 봐. 모든 소식통에 따르면, 우리가 미처 생각지도 못한 날에 미국인들이 쳐들어와서 프랑코*를 멜리야**로 보내 군밤을 팔게 할 테니까. 그럼 난 내 자리와 명성과 잃어버린 명예를 되찾을 거야."

"무슨 일을 하셨는데요?"

"정보국에 있었지. 고급 정보원이었어." 페르민 로메로 데 토레스가 말했다. "아바나***에서 활동하던 마시아****의 사람이었다고만 말해주지."

나는 고개를 끄덕였다. 또다른 미친놈이었다. 밤의 바르셀로나에는 그런 자들이 많이 모여들었다. 나 같은 얼간이도.

"이봐, 그 상처 별로 안 좋아 보이는데. 엄청 맞았군, 그렇지?"

나는 손가락을 입으로 가져갔다. 아직도 피가 났다.

"여자 문제인가?" 그가 물었다. "그 문제를 피해갈 수도 있었

---

* 쿠데타에 이어 내전에서 승리한 후 삼십육 년간 스페인를 통치한 독재자.
** 모로코에 있는 스페인 도시.
*** 쿠바의 수도.
**** 스페인 정치가.

을 텐데. 내가 세상을 좀 알아서 하는 말인데, 이 나라 여자들은 위선적이고 쌀쌀맞지. 정말이야. 쿠바에 두고 온 물라토*아가씨가 생각나는군. 거긴 딴 세상이지. 듣고 있니? 딴 세상이라고. 카리브해의 여자들이 섬의 리듬에 맞춰 다가와서는 몸을 들이밀고 이렇게 속삭이지. '아이, 자기야, 즐겁게 해줘, 황홀하게.' 그리고 혈관 속에 피가 흐르는 진짜 사나이라면…… 내가 무슨 말을 할지 알겠지?"

내가 볼 때 페르민 로메로 데 토레스는, 아니 그의 진짜 이름이 무엇이든, 따뜻한 목욕과 초리조**를 넣은 콩 요리, 깨끗한 잠자리를 열망하는 만큼이나 말을 하고 싶어하는 사람이었다. 나는 아픔이 가라앉길 기다리며 잠시 그가 하는 대로 내버려두었다. 별로 어려운 일은 아니었다. 그에게 필요한 건 단지 제때 장단을 맞춰주면서 자기 말을 듣는 척하는 사람이었기 때문이었다. 비가 잦아들고 폭풍이 북쪽으로 서서히 물러가는 것을 내가 알아차렸을 때 그는 카르멘 폴로 데 프랑코***를 납치하기 위한 비밀 계획의 세부와 기술적인 내용들을 말하려던 참이었다.

"늦었네요." 나는 몸을 일으키며 중얼거렸다.

페르민 로메로 데 토레스는 좀 슬픈 표정으로 고개를 끄덕이

---

* 라틴아메리카에 있는 백인과 흑인의 혼혈 인종.
** 고추를 넣은 스페인 소시지의 일종.
*** 독재자 프랑코의 부인.

더니 내 젖은 옷의 먼지를 털어주는 척하면서 내가 일어나는 걸 도와주었다.

"그럼 얘기는 다음에 하지." 그가 체념하며 말했다. "난 말이 야, 입 때문에 망한다니까. 일단 말을 시작했다 하면…… 이봐, 납치에 관한 일은 너랑 나만 아는 거야, 알았지?"

"걱정 마세요. 난 입이 아주 무거우니까요. 그리고 포도주 고 마웠어요."

나는 람블라스 거리로 향했다. 광장 어귀에 멈춰 바르셀로의 아파트 쪽으로 시선을 돌렸다. 창문들은 여전히 어두웠고, 비에 울고 있었다. 클라라를 증오하고 싶었지만 그럴 수 없었다. 진정 한 증오는 세월을 통해 습득되는 하나의 기술이었다.

나는 다짐했다. 다시는 그녀를 보지 않겠다고, 그녀의 이름을 말하거나, 그녀 곁에서 허비한 시간을 결코 추억하지 않겠다고. 어찌 된 일인지 마음이 평온했다. 집을 뛰쳐나오게 했던 분노는 연기처럼 사라졌다. 하지만 다음 날 새로운 힘으로 다시 분노가 찾아올 것이 두려웠다. 그날 밤 내 기억의 모든 조각들이 딱 맞 아떨어질 때, 질투와 부끄러움이 서서히 나를 잠식할 것이 두려 웠다. 새벽까지는 아직 몇 시간이 남아 있었다. 맑은 정신으로 집에 돌아가기 전에 한 가지 해야 할 일이 있었다.

아르코 델 테아트로 가街는 한 줄기 희미한 빛조차 없이 여전히 그곳에 있었다. 좁은 길 한가운데로 흐르는 시꺼먼 물줄기는 장례 행렬처럼 라발 지구의 심장부를 향해 들어가고 있었다. 나는 몇 년 전 동틀 무렵 아버지에게 이끌려왔던 바로크풍 건물의 전경과 낡은 나무 대문을 알아보았다. 나는 층계를 올라가 썩은 나무 냄새와 지린내가 나는 아치형 현관 아래서 비를 피했다. '잊힌 책들의 묘지'는 그 어느 때보다도 죽음의 냄새를 짙게 풍기고 있었다. 노커가 작은 악마의 얼굴을 하고 있다는 건 기억에 없었다. 나는 악마의 뿔을 잡고 문을 세 번 두드렸다. 휑뎅그렁한 메아리가 건물 안쪽으로 퍼져나갔다. 잠시 후 다시 문을 두드렸다. 이번에는 더 세게 주먹이 아프도록 여섯 번을 두드렸다. 몇 분이 흘렀고, 이제 그곳에는 아무도 없다는 생각이 들었다. 나는 문 앞에 웅크리고 앉아 재킷 안주머니에서 카락스의 책을 꺼냈다. 그리고 책장을 펴서 수년 전 나를 사로잡았던 그 첫 문장을 다시 읽었다.

그 여름에는 날마다 비가 왔다. 비록 많은 사람들이 마을 교회 옆에 카지노를 열어서 신께서 벌을 내린 거라고 말했지만, 나는 내 잘못임을, 오직 내 잘못임을 알고 있었다. 나는 거짓말을 배웠고, 엄마가 돌아가실 때 했던 유언을 아직도 내 입술에 간직하고 있기 때문이었다. '나는 나와 결혼한 남자를 결코 사랑해본 적이 없단다. 전쟁터에서 죽었다고들 했던 다른 사

람을 사랑했지. 그 사람을 찾아서 내가 그를 생각하며 죽었다고 말해주렴. 그 사람이 진짜 네 아버지니까.'

나는 몇 년 전 흥분해서 책을 읽었던 그 첫날 밤이 떠올라 미소 지었다. 책을 덮고 세번째이자 마지막으로 문을 두드려보려는데, 손가락이 노커에 닿기 전에 대문이 열리며 등잔을 든 관리인의 옆얼굴이 어렴풋이 보였다.

"안녕하세요." 내가 중얼거렸다. "이사크, 맞죠?"

관리인은 눈 한 번 깜빡이지 않고 나를 살폈다. 등잔불이 호박색과 주홍색으로 조각한, 뼈만 앙상한 그의 모습은 노커의 작은 악마와 아주 비슷했다.

"너는 셈페레의 아들이고." 그가 귀찮은 목소리로 중얼거렸다.

"기억력이 좋으시네요."

"네 시간 감각은 형편없구나. 지금이 몇 신지 아니?"

날카로운 그의 시선은 이미 내 재킷 속의 책을 발견했다. 이사크는 수상하다는 듯 나를 응시했다. 나는 책을 꺼내 보여주었다.

"카락스군." 그가 말했다. "그 책을 읽었거나 카락스가 누군지 아는 사람은 이 도시에 많아야 열 명쯤일 거다."

"그리고 그중 하나는 그의 책들을 태워버리는 데 혈안이 돼 있죠. 숨길 장소로 여기보다 나은 곳이 생각나지 않았어요."

"여긴 묘지야, 금고가 아니고."

"물론 그렇죠. 이 책은 여기 묻혀야 하거든요, 아무도 못 찾게."

이사크는 경계하는 시선으로 거리를 살폈다. 그는 문을 좀더 열고 내게 들어오라는 신호를 보냈다. 깊이를 알 수 없는 어두운 현관에서 습기와 불에 그을린 밀랍 냄새가 훅 끼쳤다. 어둠 속에서 물방울 떨어지는 소리가 간헐적으로 들렸다. 이사크는 등잔을 건네며 외투에서 열쇠 한 다발을 꺼내는 동안 들고 있으라고 했다. 열쇠 다발은 교도소 간수도 부러워할 만했다. 그는 알 수 없는 과학적인 방법으로 원하는 열쇠를 골라내서는 커다란 오르골 같은, 톱니바퀴와 쇠막대들로 가득한 유리 케이스 속의 자물쇠에 끼워넣었다. 그가 손목을 한 번 돌리자 그 기괴한 기계장치는 로봇 내부에서 들릴 법한 딸깍 소리를 냈고, 지레와 지렛목들이 미끄러지듯 경이로운 역학적 발레를 마치자 돌벽의 구멍에 원을 그리며 박힌 쇠막대들이 대문을 잠갔다.

"스페인 국립은행도 이보다 더 나을 순 없을 거예요." 감동을 받아 내가 말했다. "쥘 베른에게서 힌트를 얻었나봐요."

"카프카지." 등잔을 다시 받아들고 건물 깊은 곳으로 걸어 들어가며 이사크가 바로잡았다. "책 장사는 별 볼일 없다는 걸 깨닫고 은행을 털거나 세우기로 결정하는 날, 그게 그거지만, 날 찾아오너라. 그럼 내가 자물쇠에 대한 몇 가지 비밀을 가르쳐주마."

나는 그를 따라 복도로 갔다. 내 기억에 그곳에는 천사들과 키마이라를 그린 빛 바랜 프레스코화가 있었다. 이사크가 높이 든 등잔이 깜빡거리며 붉게 빛났다. 그는 다리를 약간 절었고, 장의사가 입을 것 같은 해어진 플란넬 외투를 걸치고 있었다. 카론*과 알렉산드리아 도서관 사서의 중간쯤 돼 보이는 그가 훌리안 카락스의 책을 좋아할지도 모른다는 생각이 들었다.

"카락스에 대해 좀 아시나요?" 내가 물었다.

이사크는 회랑 끝에 멈춰 서서 관심 없다는 듯 나를 바라보았다.

"많이는 몰라. 사람들이 하는 얘기만 알 뿐이지."

"어떤 사람들이요?"

"그를 잘 알았던 사람, 혹은 그렇다고 믿었던 사람."

나는 심장이 두근거렸다. "그게 언제인데요?"

"빗질을 할 수 있을 만큼 내 머리숱이 많았을 때였지. 넌 기저귀를 차고 다녔을 거야. 그런데 솔직히 말해서 넌 그때보다 별로 나아진 게 없어 보이는구나. 네 모습을 봐라. 떨고 있잖니?" 그가 말했다.

"옷이 젖어서 그래요. 이 안도 춥고요."

"다음번엔 미리 얘기해주면 난방 장치를 틀어놓고서 너를 맞이하마. 요 꼬마 녀석아. 자, 날 따라오너라. 저기가 내 사무실인데, 난로도 있고 옷을 말릴 동안 네가 덮을 것도 있단다. 머큐로

---

* 죽은 이의 영혼이 스틱스와 아케론의 강을 건너 저승에 이르도록 해주는, 그리스신화에 등장하는 사공.

크롬과 과산화수소수도 반가울 거다. 비아 라예타나에 있는 경찰서에서 나온 것 같은 낯짝을 하고 있으니 말이다."

"폐 끼치고 싶지 않아요, 정말이에요."

"폐 끼치는 거 아니다. 날 위해서야, 널 위해서가 아니고. 일단 이 문을 지나 들어오면 내 방식을 따라야 한다. 여기서 죽는 건 책들뿐이어야 해. 넌 폐렴에 걸릴 수도 있고, 난 장의사를 부르고 싶진 않거든. 그 책은 나중에 보기로 하자. 삼십팔 년 동안 책이 도망가는 건 아직 본 적이 없으니까."

"어떻게 감사를 드려야 할지 모르겠어요."

"쓸데없는 말 마라. 내가 널 들인 건 네 아버지에 대한 예의 때문이었다. 그게 아니라면 널 길에 그냥 내버려뒀을 거다. 나를 따라오너라. 잘하면, 네 친구 훌리안 카락스에 대해 내가 아는 걸 얘기해줄 수도 있다."

내가 못 볼 거라고 생각했는지 그가 장난기 어린 미소를 짓는 걸 나는 곁눈질로 보았다. 분명 이사크는 칸세르베로*의 역할을 즐기는 것 같았다. 나 역시 속으로 미소 지었다. 대문 노커의 작은 악마의 얼굴이 누구 것인지, 조금도 의심의 여지가 없었던 것이다.

---

* 지옥문을 지키는 머리가 셋 달린 개.

10

이사크는 내 어깨에 얇은 담요 두 장을 던져주고 김이 모락모락 나는 음료 한 잔을 주었다. 과실주를 섞은 코코아 냄새가 났다.

"카락스 얘기를 하고 있었는데요……"

"해줄 말이 많진 않아. 카락스 얘기를 맨 먼저 한 사람은 출판업자 토니 카베스타니였다. 그의 출판사가 아직 영업을 하던 이십 년 전 얘기다. 그는 런던과 파리, 혹은 빈에서 정보 수집을 마치고 돌아올 때면 항상 이곳에 들러 잠깐씩 나와 얘기를 나누었다. 그때 우린 둘 다 홀아비였는데, 그는 우리가 책과 결혼한 것을 한탄했었지. 난 헌책과, 그리고 그는 회계장부와 말이다. 우린 좋은 친구였다. 한번은 그가 와서 훌리안 카락스란 자의 소설 스페인어 판권을 헐값에 샀다고 했다. 파리에 사는 바르셀로나 출신 작가라고 했지. 1928년인가 29년의 일이었을 거다. 듣자 하니 카락스는 밤에는 피갈의 그렇고 그런 사창가에서 피아노를 쳐서 돈을 벌고, 낮에는 생제르맹의 비참한 다락방에서 글을 쓰는 것 같더구나. 파리는 굶어 죽는 것도 예술로 여기는 세계 유일의 도시지. 카락스는 프랑스에서 두 권의 소설을 출판했는데, 판매는 완전 실패였다고 했다. 파리에선 아무도 그를 알아주지 않았고, 카베스타니는 항상 뭐든 헐값에 사는 걸 좋아했었지."

"그럼 카락스는 작품을 스페인어로 썼나요, 아니면 프랑스어로 썼나요?"

"모르지. 아마 둘 다일 거다. 그의 어머니는 프랑스인이었고 내 기억엔 음악 선생이었다. 그는 열아홉인가 스무 살 때부터 파리에 살았고. 카베스타니는 카락스에게서 스페인어로 된 원고를 받는다고 했었다. 그것이 번역본인지 원본인지는 상관 안 했지. 카베스타니가 가장 좋아하는 언어는 돈이었고, 다른 것엔 관심이 없었으니까. 그는 아마 행운이 따라준다면 스페인 시장에 카락스의 작품 수천 권은 깔 수 있을 거라고 생각했던 것 같다."

"그래서 성공했나요?"

이사크는 기운을 차리게 해주는 그 물약을 내게 좀더 따라주며 이맛살을 찌푸렸다.

"내가 볼 때『붉은 집』은 기껏해야 아흔 권쯤 팔렸을 거다."

"하지만 그는 계속 카락스의 작품들을 출판했었죠. 손해가 나도요."내가 말했다.

"그래. 나도 그가 왜 그랬는지 모르겠다. 분명히 카베스타니는 낭만주의자가 아니었거든. 그러나 모든 사람에겐 자신만의 비밀이 있는 법…… 1928년에서 36년 사이에 카베스타니는 카락스의 소설 여덟 권을 출판했다. 어쨌든, 카베스타니에게 돈이 좀 된 것은 가톨릭 교리문답서와 비올레타 라플뢰르라는 시골 여자가 주인공으로 나오는 감상적인 싸구려 소설 시리즈였다. 가판대에서 사탕처럼 잘 팔렸지. 내 생각에 그가 카락스의 소설을 출판한 것은 자기 마음에 들어서였거나 다윈에게 반박하기 위해서였을 거야."

"카베스타니 씨는 어떻게 됐나요?"

이사크는 시선을 들어 허공을 바라보며 한숨을 쉬었다.

"세월은 우리 모두에게 대가를 치르게 하지. 카베스타니는 병이 들었고 돈 문제도 겪게 되었다. 1936년에 장남이 출판사를 맡았는데, 그 녀석은 자기 팬티 치수도 볼 줄 모르는 부류였어. 일년도 안 돼 회사가 쓰러졌지. 다행히도 카베스타니는 평생을 바쳐 일궈놓은 결실을 자식들이 어떻게 했는지, 전쟁이 이 나라를 어떻게 만들었는지 보지 않아도 됐었어. 만성절 밤에 색전증이 그를 데려가버렸거든. 코이바*를 입에 물고 스물다섯 살 먹은 여자애를 무릎에 앉힌 채였지. 아들놈은 좀 성질이 달랐다. 배은망덕한 놈들이 다 그렇듯 거만했지. 그의 첫번째 원대한 계획은 아버지의 유산인 출판사 도서목록의 재고를 몽땅 팔아서 펄프나 그 비슷한 걸로 바꾸는 거였다. 칼데타스**에 집이 있고 부가티***를 몰고 다니는 또다른 망나니 친구 녀석이 사진을 곁들인 싸구려 연애소설들과 히틀러의 『나의 투쟁』이 핫케이크처럼 팔릴 거라, 주문에 대려면 종이가 아주 많이 필요할 거라고 놈을 꼬드겼

---

* 쿠바산 시가 상표.
** 바르셀로나 근처의 해안 별장 마을.
*** 이탈리아제 스포츠카.

거든."

"그래서 그는 정말 그렇게 했나요?"

"그럴 시간이 없었다. 출판사 경영을 시작한 지 얼마 되지 않아 어떤 자가 사무실에 나타나서 그에게 귀가 솔깃할 만한 제안을 했거든. 그는 훌리안 카락스의 소설 재고 전부를 사고 싶다며 시장가격의 세 배를 주겠다고 했지."

"왜 그런지 알아요. 태워버리려고 그런 거였죠." 내가 중얼거렸다.

이사크는 놀라며 미소 지었다.

"그래, 맞다. 난 네가 좀 모자란다고 생각했다. 질문은 많은데 아는 건 없는 거 같아서."

"그자는 누구였죠?" 내가 물었다.

"오베르인가 쿠베르인가 하는 자였는데, 기억이 잘 안 나는구나."

"라인 쿠베르 아닌가요?

"들어본 이름이냐?"

"카락스의 마지막 소설 『바람의 그림자』에 나오는 인물 이름이에요."

이사크는 눈살을 찌푸렸다.

"소설에 나오는 인물이라고?"

"그 소설에서 라인 쿠베르는 악마가 사용하는 이름이죠."

"내가 볼 땐 그건 좀 과장 같다. 그래도 그가 누구든 유머 감각은 있구나." 이사크가 말했다.

그날 밤의 마주침을 아직 생생히 기억하는 나로서는 그에게서 유머러스한 면을 발견하지 못했지만, 그런 내 생각은 더 적당한 때를 위해 일단 이사크에게 떠벌리지 않기로 했다.

"그자 말이에요, 쿠베르, 아니 이름이야 어떻든, 얼굴이 불에 타서 흉측하지 않았나요?"

이사크는 재미도 있고 걱정도 된다는 듯한 미소를 띠며 나를 바라보았다.

"전혀 모르겠다. 이 모든 이야기를 내게 해준 사람도 그를 본 적이 없거든. 그 사람도 카베스타니의 아들이 다음 날 여비서에게 이야기해줘서 알게 됐다. 불에 탄 얼굴 얘기는 하지 않았어. 그럼 그게 싸구려 연재소설에서 힌트를 얻은 얘기가 아니란 말이냐?"

나는 애써 별것 아니라는 투로 고개를 저었다.

"그 일은 어떻게 끝났죠? 카베스타니의 아들이 쿠베르에게 책을 팔았나요?" 내가 물었다.

"그 멍청한 망나니가 잘난 척을 했지 뭐냐. 쿠베르가 제시한 것보다 더 많은 돈을 요구한 거지. 쿠베르는 제안을 철회했다. 며칠 후 자정이 조금 지났을 때, 푸에블로 누에보에 있는 카베스타니의 출판사 창고가 홀랑 타버렸다. 돈 한 푼 못 건지고 말이다."

나는 한숨을 쉬었다.

"카락스의 책들은 어떻게 됐죠? 다 없어졌나요?"

"거의 다. 다행스럽게도 카베스타니의 여비서가 쿠베르의 제안을 듣고는 무슨 예감이라도 들었는지, 누가 시키지도 않았는데 창고로 가서 카락스의 작품 한 부씩을 빼내 집으로 가져갔단다. 그녀는 수년 동안 카락스와 서신을 교환했는데 그동안 그들 사이에 우정이 쌓인 거지. 그녀의 이름은 누리아다. 그리고 내가 볼 땐 그녀가 그 출판사에서, 아니 아마 바르셀로나를 통틀어서 카락스의 소설을 다 읽은 유일한 사람일 거다. 누리아는 뜻 모를 것들에 애정을 느끼는 사람이란다. 어려서도 곧잘 길에서 짐승 새끼들을 집으로 데려왔었지. 세월이 흘러서는 실패한 소설가들을 맞아들이게 됐는데, 아마 제 아버지가 소설가가 되고 싶어했지만 뜻을 못 이뤘기 때문일 거다."

"아저씨는 그녀를 아주 잘 아나봐요."

이사크는 심술궂은 작은 악마의 미소를 흘렸다.

"그녀가 생각하는 것보다도 더 잘 알지. 내 딸이거든."

나는 아무 말도 하지 못한 채 귀를 의심했다. 이야기를 들으면 들을수록 더 혼란스러워지는 것 같았다.

"카락스가 1936년에 바르셀로나로 돌아왔다고 알고 있는데요. 그가 여기서 죽었다는 사람이 있어요. 바르셀로나에 가족이 있었나요? 그에 대해 알 만한 사람이 없을까요?"

이사크는 한숨을 쉬었다.

"하느님만이 아실 거다. 내가 알기로 카락스의 부모는 오래전에 헤어졌다. 그의 어머니는 남아메리카로 갔고, 거기서 재혼했다고 들었다. 파리로 떠난 후로 그는 아버지와도 대화가 없었을 거다."

"왜요?"

"글쎄다. 사람들은 마치 인생이 충분히 복잡하지 않다는 듯이 자기 삶을 복잡하게 만들려는 경향이 있단다."

"카락스의 아버지가 아직 살아 있는지는 아세요?"

"살아 있기를 바라지. 나보다 더 젊었으니까. 하지만 난 이제 외출도 거의 안 하고, 몇 년 전부터는 신문 부고란도 읽지 않는다. 아는 이들 대부분이 파리처럼 떨어져 죽는 마당에, 솔직히 말해서 남은 사람은 무서운 법이니까. 그건 그렇고, 카락스는 어머니 쪽 성姓이란다. 아버지 성은 포르투니였지. 포르투니는 론다 데 산 안토니오에서 모자 가게를 하고 있었다. 내가 알기로 그는 아들을 잘 이해하지 못했다."

"그럼 카락스가 바르셀로나에 돌아왔을 때 아저씨 딸 누리아를 만나고 싶어했을 수도 있겠네요? 둘 사이에는 친분이 있었고, 그는 자기 아버지랑 소원했으니까요."

이사크는 쓴웃음을 지었다.

"아마 내가 그걸 아는 마지막 사람일 거다. 아무튼 난 그애 아버지니까. 한번은 1932년인가 33년에 누리아가 카베스타니 출판사 일로 파리에 갔었는데, 훌리안 카락스의 집에서 이 주쯤 머물렀던 걸로 안다. 카베스타니가 얘기해줬지. 그애는 자기 호텔에 있었다고 하더구나. 내 딸은 그때 미혼이었는데, 나는 카락스가 그애에게 반했다는 걸 눈치챘지. 우리 누리아는 한번 보기만 해도 남자의 심장을 멎게 하는 여자거든."

"그들이 연인이었다는 뜻인가요?"

"넌 싸구려 연재소설을 많이 봤구나, 그렇지? 난 말이다, 누리아의 사생활에는 한 번도 간섭한 적이 없다. 나도 사생활이 흠잡을 데 없이 완벽한 건 아니니까. 언젠가 너에게도 딸이 생기게 되면…… 딸은 축복이지만, 누구에게도 권해주고 싶지 않은 축복이란다. 그 딸이 조만간 아버지의 마음을 아프게 하는 게 인생의 법칙이니까. 어쨌든 내가 하려던 말은, 언젠가 너에게도 딸이 생기면, 너도 모르는 사이에 남자를 두 부류로 나누기 시작할 거란 얘기야. 네 딸과 잤을 것 같은 놈들과 아닌 녀석들로 말이다. 그렇지 않다면 거짓말이지. 난 카락스가 첫번째 부류라고 의심했고, 그래서 녀석이 천재든 불쌍한 놈이든 상관없었다. 내게 그 녀석은 언제나 악당이었으니까."

"아마 아저씨가 잘못 아셨을 거예요."

"기분 나쁘게 듣지 마라, 넌 아직 너무 어려서 여자에 대해선 내가 성탄절 과자 굽는 것에 대해 아는 것만큼이나 아는 게 없단다."

"그 말도 맞네요." 나는 동의했다. "따님이 창고에서 가져간 책들은 어떻게 됐나요?"

"이곳에 있단다."

"여기에요?"

"네 아버지가 널 여기 데려온 날 네가 발견한 그 책이 어디서 나왔다고 생각하냐?"

"이해를 못 하겠어요."

"아주 간단하다. 카베스타니의 창고에 불이 나고 며칠 뒤 어느 날 밤에 누리아가 여기 왔었다. 안절부절못하는 것 같았어. 그애 는 누군가 자기를 뒤쫓고 있는데, 바로 쿠베르라는 자이고 그가 책을 빼앗아 없애려 한다고 두려워했지. 누리아는 카락스의 책 들을 감추러 왔다고 했다. 큰방으로 들어와서는 마치 보물을 묻 듯이 미로 같은 책장들에 그것들을 숨겨놓더구나. 난 어디 감췄 는지 묻지 않았고, 그애도 말하지 않았어. 떠나기 전에 그애는 카락스를 찾으면 바로 책을 다시 찾으러 오겠다고 했다. 여전히 카락스를 사랑하고 있는 것 같았지만, 난 아무 말도 하지 않았 지. 최근에 녀석을 보았는지, 녀석에 대해 뭘 좀 알고 있는지 물 어봤더니 몇 달 전부터 아무 소식도 못 들었다고 하더구나. 정확 하게는 녀석이 파리에서 마지막 작품의 마지막 교정 원고를 보 낸 후로는 소식이 없다고 말이다. 그애가 내게 거짓말을 했었는지는 모르겠다. 내가 아는 거라곤, 그날 이후 누리아는 더는 카락스의 소식을 듣지 못했다는 것, 그리고 그 책들은 먼지를 뒤집어쓴 채 여기 잠들어 있다는 거다."

"아저씨 따님이 그런 이야기를 제게 자세히 해주려고 할까요?"

"그럴지도 모르지. 내 딸은 말하는 건 뭐든 좋아하니까. 하지만 이미 내가 해준 것 말고 다른 이야기를 해줄 수 있을지는 모르겠구나. 이 모든 게 오래전 일이란 걸 잊지 마라. 그리고 사실 우린 내가 바라는 만큼 잘 지내지는 못한다. 한 달에 한 번 만나 이 근처 어디서 점심을 먹고, 그러고 나면 그애는 올 때처럼 서둘러 가버린단다. 그애가 몇 년 전에 좋은 남자와 결혼한 건 안다. 신문기자고 좀 덜렁거리는데 항상 정치적인 문제와 연관되는 그런 친구지. 하지만 마음씨가 좋아. 하객도 초대하지 않고 혼인신고만 했단다. 나도 한 달이나 지난 다음에야 알았지. 그애는 한 번도 내게 남편을 소개한 적이 없어. 그의 이름은 미켈이야. 뭐 그 비슷한 이름이거나. 난 그애가 나를 썩 자랑스러워하진 않는다고 생각한다. 그애 탓이 아니지. 지금 그애는 딴사람이 됐다. 뜨개질까지 배웠고, 이젠 시몬 드 보부아르처럼 옷을 입고 다니지도 않는다고 사람들이 그러더구나. 조만간 내가 할아버지가 됐다는 걸 알게 될지도 모를 일이지. 그애는 몇 년 전부터 집에서 프랑스어와 이탈리아어 번역 일을 하고 있어 그런 재능이 어디서 나왔는지 정말 모르겠다. 아비한테서 물려받지 않은 건 확실한데. 널 보내는 게 아주 좋은 생각인지는 모르겠지만, 그애 주소를 알려주마."

이사크는 오래된 신문 귀퉁이에 뭐라고 갈겨쓰더니, 찢어서 내게 내밀었다.

"고마워요. 아저씨는 전혀 모르는 뭔가를 혹 따님은 기억할지도 모르죠……"

이사크는 약간 슬프게 미소 지었다.

"어릴 때 그앤 모든 걸 기억했다. 모두 다. 아이들이 자라 어른이 되면, 무슨 생각을 하고 뭘 느끼는지 모르게 돼. 그렇게 되는 게 맞는 것 같고. 내가 한 얘긴 누리아에게 하지 마라, 알았지? 오늘 밤 여기서 나눈 얘기는 우리 둘만 아는 거다."

"걱정 마세요. 그녀가 지금도 카락스를 잊지 못한다고 생각하세요?"

이사크는 시선을 떨어뜨리며 길게 한숨을 쉬었다.

"나야 모르지. 진정으로 그를 사랑했는지도 알 도리가 없다. 그런 일들은 각자의 마음에 남는 거고, 더군다나 지금 그애는 유부녀니까. 내가 너만할 때 테레시타 보아다스라는 이름의 애인이 있었지. 그녀는 코메르시오 가街에 있는 산타마리아 섬유 공장에서 앞치마 재봉을 했단다. 나보다 두 살 어린 열여섯 살이었고, 내가 처음으로 사랑에 빠진 여자였지. 그런 표정 짓지 마라. 너희 젊은 아이들은 우리 늙은이들이 한 번도 사랑에 빠진 적이 없다고 생각한다는 걸 아니까. 테레시타의 아버지는 보르네 시장에서 얼음 수레를 가지고 있었는데 태어날 때부터 벙어리였다. 내가 결혼 허락을 받으러 갔던 그날, 그애 아버지가 아무 말도 없이 얼음송곳을 쥐고 오 분이나 날 뚫어지게 바라봐서 얼마나 무서웠는지 넌 모를 거다. 테레시타가 병이 났을 때 난 결혼 반지를 사려고 이 년 동안이나 저축을 하고 있던 참이었다. 작업장에서 병이 들었다고 했어. 그리고 육 개월 뒤 결핵으로 죽었지. 푸에블로 누에보의 묘지에 그녀를 묻던 날 그 벙어리 아버지가 어떻게 신음했는지, 아직도 기억이 생생하다.”

이사크는 깊은 침묵에 잠겼다. 나는 숨도 못 쉴 것 같았다. 잠시 후 그가 시선을 들어 내게 미소 지었다.

“네게 오십오 년 전의 일을 얘기했구나, 아무것도 아닌 것을. 하지만 솔직히 말하면, 그녀를 추억하지 않은 날이 하루도 없다. 1888년에 만국박람회가 열렸던 자리까지 이어졌던 우리의 산책도, 내가 레오폴도 삼촌의 수입 식료품과 소시지를 팔던 가게 안쪽 창고에서 쓴 시들을 읽어줄 때 그녀가 내게 어떻게 웃어주었는지도 매일 떠올린다. 엘 보가텔 해변에서 손금을 봐주며 우리가 평생 함께할 거라고 했던 어느 집시 여인의 얼굴까지도 기억한단다. 어떤 의미에선 그게 거짓말은 아니었지. 뭐라고 해야 할지 모르겠구나. 그래, 난 누리아가, 말은 안 하지만 아직두 그를 잊지 않았다고 생각한다. 사실, 그래서 난 카락스를 절대 용서

하지 않을 작정이다. 넌 아직 어려서 모르겠지만, 난 이런 것들이 얼마나 아픈 일인지 안다. 내 생각을 말해도 된다면, 카락스는 내 딸의 마음을 훔쳐서 무덤이나 지옥까지 가져가버린 놈이다. 한 가지만 부탁하마. 네가 그 아이를 만나 얘기를 나누게 되면 그애가 어떻게 지내는지 내게 말해다오. 행복한지 알아봐줘. 그리고 제 아비를 용서했는지도."

　새벽이 밝아오기 직전에 나는 등잔만 들고 다시 '잊힌 책들의 묘지'로 들어갔다. 그러면서 그날 나를 이곳으로 이끌었던 것과 똑같은 이유로 이사크의 딸 역시 어둡고 끝없는 복도들을 헤매고 다니는 모습을 그려보았다. 바로 '책을 구하려는 마음' 때문에. 그런데 나는 처음 방문했을 때 아버지에게 이끌려 따라가던 그 길을 기억한다고 생각했는데, 통로가 계속 미로처럼 꺾이면서 도무지 기억할 수도 없는 나선형으로 구부러진다는 걸 금세 깨달았다. 나는 세 번이나 내가 기억한다고 믿었던 길을 따라가보려 시도했지만, 미로는 세 번 다 나를 같은 지점으로 되돌려놓았다. 이사크가 묘한 미소를 지으며 그곳에서 나를 기다리고 있었다.
　"언젠가 책을 찾으러 돌아올 생각이냐?" 그가 물었다.
　"물론이죠."
　"그럼 속임수를 쓰는 게 좋을 거다."

"속임수요?"

"얘야, 넌 이해가 더디구나, 그렇지? 미노타우로스를 생각해봐라."

그의 제안을 이해하는 데는 몇 초가 걸렸다. 이사크는 주머니에서 주머니칼을 꺼내 내게 건넸다.

"모퉁이를 돌 때마다 구석에 표시를 해둬. 너만 알아볼 수 있는 자국 말이다. 나무가 낡아서 이미 흠집과 홈이 많으니 아무도 몰라볼 거다. 찾는 게 뭔지 아는 사람이 아니라면……"

나는 그의 조언에 따라 다시 그 구조물의 심장부로 들어갔다. 그리고 방향을 틀 때마다 나를 인도하는 통로 한쪽에 멈춰 서서 책장에 C자와 X자로 표시를 해두었다. 이십 분 뒤에는 탑 깊숙한 곳에서 완전히 길을 잃었고, 우연히도 내가 처음 카락스의 소설을 묻으려던 장소 앞에 서 있었다. 내 오른편으로 유명한 호베야노스*에 의해 작성된 교회 재산의 한정 상속권 해제에 관한 책들이 한 줄로 늘어선 것이 보였다. 나 같은 소년의 눈에도 그러한 위장이라면 최고의 솜씨를 가진 사람까지 속일 수 있을 것 같았다. 나는 몇 권을 꺼내고 화강암 같은 산문散文의 벽들 뒤에 숨겨진 두번째 줄을 살펴보았다. 작은 먼지 구름 사이로 모라틴**의

---

* 18세기에 활동했던 스페인의 계몽주의자.
** 스페인의 극작가.

다양한 희극작품들과 갓 출판된 듯 보이는 『쿠리알과 구엘파』*가 스피노자의 『신학 정치론』과 교제하고 있었다. 나는 안락사를 시키듯, 카라스의 책을 1901년 헤로나 시민법정의 판결 연감과 후안 발레라**의 소설 선집 사이에 유배하기로 했다. 공간을 확보하기 위해 그 사이에 있던 스페인 황금 세기***의 시집을 가져가기로 했고, 그 자리에 『바람의 그림자』를 밀어넣었다. 나는 윙크로 소설과 작별하고 호베야노스 선집을 있던 자리에 되돌려놓아 앞줄을 성벽처럼 만들었다.

나는 지체 없이 그곳을 떠나 들어올 때 표시해두었던 칼자국을 따라 걸었다. 어스름 속에서 책들의 터널을 걸어나올 때 크나큰 슬픔과 실망감을 억누를 길이 없었다. 내가 아주 우연히 저 무한한 묘지에 묻힌 이름 모를 한 권의 책에서 온 우주를 발견했다면, 수만 권의 다른 책은 알려지지 않고 영원히 잊혀진 채 남게 될 거라는 생각을 피할 수 없었다. 나는 버려진 수백만의 페이지들, 주인 없는 영혼들과 세계들에 둘러싸인 것 같았다. 도서관 바깥의 약동하는 세상이 잊으면 잊을수록 현명해진다는 믿음으로 날마다 부지불식간에 기억을 잃어가는 동안 그것들은 어두운 대양大洋에 가라앉고 있었다.

---

* 익명의 작가에 의해 15세기에 쓰인 스페인 카탈루냐 지방의 기사소설.
** 스페인의 소설가.
*** 스페인 문학이 번성했던 16, 17세기를 뜻함.

산타 아나 가의 집으로 돌아왔을 때는 새벽의 첫 일광이 비쳐오고 있었다. 나는 조심스럽게 문을 열고는 불을 켜지 않고 안으로 미끄러져 들어갔다. 응접실에 들어서자 복도 끝에 있는 주방이 보였는데, 식탁은 여전히 파티를 위해 차려진 그대로였다. 케이크는 손도 안 댄 채였고, 식기들도 여전히 만찬을 기다리고 있었다. 미동도 없이 안락의자에 앉아 파수꾼처럼 창밖을 내다보는 아버지의 실루엣이 보였다. 아버지는 깨어 있었고, 여전히 당신의 가장 좋은 양복을 입고 있었다. 만년필처럼 검지와 중지 사이에 낀 담배에서 연기가 화관처럼 느릿느릿 피어올랐다. 아버지가 담배를 피우는 모습은 근래 몇 년 사이 처음 보는 것이었다.

"좋은 아침이구나." 반쯤 피우다 만 꽁초로 가득 찬 재떨이에 담배를 비벼 끄면서 아버지가 중얼거렸다.

나는 뭐라고 말해야 할지 몰라 아버지를 바라보았다. 역광에 그의 시선이 흐려졌다.

"클라라가 어젯밤에 여러 번 전화했었다. 네가 나가고 두어 시간 후에." 아버지가 말했다. "많이 걱정하는 목소리였다. 언제든 좋으니 전화해달라는 메시지를 남겼다."

"다시는 클라라와 만나지도 얘기하지도 않을 거예요." 내가 말했다.

아버지는 말없이 고개만 끄덕였다. 나는 식탁 의자 하나에 앉아 바닥을 내려다보았다.

"어디 있었는지 얘기 안 해줄 테냐?"

"그냥 여기저기요."

"너 때문에 놀라서 죽는 줄 알았다."

아버지의 목소리에는 분노도 비난도 없이 피곤함만 묻어날 뿐이었다.

"알아요. 그리고 죄송해요." 내가 대답했다.

"얼굴은 어떻게 된 거냐?"

"빗길에 미끄러져 넘어졌어요."

"그 비는 오른손 주먹이 센가보구나. 뭐 좀 발라라."

"별거 아니에요. 다친 줄도 몰랐어요." 나는 거짓말을 했다. "지금 제게 필요한 건 잠이에요. 서 있지도 못하겠어요."

"자러 가기 전에 선물은 풀어보렴." 아버지가 말했다.

아버지는 전날 밤 커피 테이블에 두었던, 셀로판지로 포장된 상자를 가리켰다. 나는 잠시 망설였다. 아버지가 고개를 끄덕였다. 나는 상자를 들고 손으로 무게를 가늠해보았다. 그러고는 풀어보지도 않고 도로 아버지에게 내밀었다.

"환불받는 게 좋을 거 같아요. 전 선물받을 자격이 없는 놈이에요."

"선물이란 주는 사람이 좋아서 하는 거지, 받는 사람의 가치 때문에 하는 게 아니란다." 아버지가 말했다 "게다가 이젠 되돌려줄 수도 없다. 한번 풀어봐."

　나는 새벽의 어스름 속에서 정성스럽게 포장된 종이를 풀었다. 안에는 손으로 조각한 반들거리는 나무 상자가 있었고, 모서리에는 금못이 박혀 있었다. 상자를 열기도 전에 미소가 떠올랐다. 걸쇠를 풀자 시계처럼 짤깍하는 정교한 소리가 나며 상자가 열렸다. 군청색 벨벳으로 안감을 댄 상자 한가운데 빅토르 위고의 전설적인 몽블랑 마이스터슈튀크가 눈부시게 잠들어 있었다. 나는 그걸 손으로 집어들고 발코니의 불빛에 비춰 지그시 바라보았다. 뚜껑의 금으로 된 주머니꽂이 위에 글자가 새겨져 있었다.

다니엘 셈페레, 1950

　나는 입을 헤벌린 채 아버지를 바라보았다. 그때처럼 행복해하는 아버지를 본 적이 없던 것 같다. 아버지는 말없이 안락의자에서 일어나 나를 꼭 끌어안았다. 목이 메는 것 같았다. 할 말을 잃은 나는 입술을 깨물었다.

대단한 인물

1951

11

그해 가을 바르셀로나는 뱀이 벗어놓은 허물처럼 거리를 뒹구
는 낙엽의 망토로 뒤덮였다. 열여섯번째 생일날 밤의 그 아득한
기억이 내 열의를 꺾어놓았다. 어쩌면 내가 철이 들도록 인생이
내게 고통에서 놓여나는 안식년을 주기로 했는지도 모른다. 훌
리안 카락스나, 클라라 바르셀로, 또는 불에 탄 종이 냄새가 나
고 책 속에서 뛰쳐나온 것 같은 그 얼굴 없는 남자에 대한 생각
은 거의 하지 않은 나에게 스스로도 놀랐다. 11월까지 나는 단
한 번도 창문에 비치는 클라라의 모습을 구걸하듯 엿보기 위해
레알 광장 근처에 가지 않고 절제의 한 달을 보냈다. 고백하건
대, 그 공로는 나만의 것은 아니었다. 서점이 활기를 띠게 되어
서 아버지와 나는 우리가 처리할 수 있는 것보다 더 많은 업무량

에 시달리고 있었던 것이다.

"계속 이런 식이라면 주문 도서 찾는 일을 도울 사람을 하나 써야겠구나." 아버지가 말했다. "우리에게 필요한 건 아주 특별한 사람이다. 반은 탐정 반은 시인이고, 보수는 많이 바라지 않고, 불가능한 일에 달려드는 것도 두려워하지 않는 그런 사람 말이다."

"적당한 사람이 있을 것 같아요." 내가 말했다.

페르난도 가 아케이드 아래 늘 있는 자리에서 나는 페르민 로메로 데 토레스를 찾아냈다. 그 거지는 쓰레기통에서 꺼낸 잡동사니 중 〈오하 델 루네스〉지의 1면 조각을 맞추고 있었다. 그날의 머리기사는 국가 공공사업의 중요성과 독재정치하의 국가 발전에 대한 것이었다.

"이런, 이건 또 뭐야?" 나는 그가 외치는 소리를 들었다. "이 파시스트들은 우리를 모두 수도사나 멍청이로 만들어버리겠군."

"안녕하세요?" 내가 상냥하게 말했다. "저 기억하시겠어요?"
고개를 든 거지의 얼굴에 금세 반가움의 미소가 떠올랐다.

"두 눈이여, 찬양받을지어다! 어떻게 지냈나, 친구? 내 포도주한 모금 하려고 온 거지, 그렇지?"

"오늘은 제가 살게요." 내가 말했다. "같이 갈래요?"

"저런, 입맛 나는 해산물이 먹고 싶지 않다는 말은 하지 않겠지만, 사주면 뭐든 먹지."

　서점으로 가는 길에 페르민 로메로 데 토레스는 국가 정보기관의 폭력을 피하기 위해, 특히 네메시스와도 같은 존재인 푸메로 경감을 피하기 위해 지난 몇 주 동안 겪었던 온갖 모험을 들려주었다. 그와 푸메로 경감 사이에는 오랜 악연이 이어져오고 있는 것 같았다.

　"푸메로요?"그것이 전쟁이 발발했을 때 몬주익 성에서 클라라 바르셀로의 아버지를 살해한 군인의 이름이라는 걸 기억해내고 내가 물었다.

　그 작은 남자는 창백해진 얼굴로 두려워하면서 고개를 끄덕였다. 그는 오래 굶은 듯 보였고, 지저분했으며, 거리에서 몇 달은 산 것 같은 악취를 풍겼다. 그 불쌍한 남자는 내가 자기를 어디로 데려가는지도 몰랐다. 나는 그의 시선에서 그가 끊임없이 수다를 떨어서 점점 더 커지는 고뇌와 까닭 모를 불안을 애써 감추려 한다는 사실을 알아차렸다. 우리가 서점에 도착했을 때, 그는 불안한 눈빛으로 나를 보았다.

　"자, 들어가세요. 여긴 우리 아버지 서점이에요. 아버지께 당신을 소개해드리고 싶어요."

　땟국이 줄줄 흐르는 거지는 바짝 긴장해서 몸을 움츠렸다.

　"안 된다, 안 돼, 절대로. 난 누구에게 소개할 만한 꼴이 아니야. 그리고 여긴 수준 있는 곳이잖아. 나 때문에 네가 부끄러울 거다.”

아버지가 문밖으로 고개를 내밀고 그를 재빨리 훑어보고는 곁눈질로 나를 보았다.

“아빠, 이분은 페르민 로메로 데 토레스 씨예요.”

“잘 부탁드립니다.” 그는 거의 떨면서 말했다.

아버지는 그에게 잔잔히 미소 지으며 손을 내밀었다. 그는 자신의 피부를 덮고 있는 때와 제 꼴이 부끄러워서 감히 손을 맞잡지도 못했다.

“저, 저는 가는 게 좋겠네요.”

그가 말을 더듬었다.

아버지가 그의 팔을 부드럽게 잡았다.

“그런 말 마세요. 당신이 우리와 점심을 먹을 거라고 아들 녀석이 말해줬어요.”

거지는 어리둥절하고 불안한 듯 우리를 바라보았다.

“집으로 올라가 뜨거운 물로 목욕 좀 하시죠.” 아버지가 말했다. “그런 다음에, 괜찮으면 점심 먹으러 칸 솔레 식당까지 걸어서 내려갑시다.”

페르민 로메로 데 토레스는 알아들을 수 없는 말을 중얼거렸다. 아버지는 미소를 거두지 않은 채 그를 현관으로 안내했는데, 말이 안내지 실제로는 위층 살림집으로 올라가는 계단으로 그를 질질 끌고 가다시피 했다. 그동안 나는 서점 문을 닫았다. 온갖 감언과 비밀 전략으로 우리는 간신히 넝마를 벗기고 그를 욕조에 넣었다. 옷을 벗은 그는 마치 전쟁 사진의 주인공 같았고, 털 뽑힌 닭처럼 몸을 떨었다. 그의 손목과 발목에는 낙인이 깊게 찍혀 있었고, 몸통과 등은 끔찍한 흉터로 덮여 있어 보는 것만으로도 괴로웠다. 아버지와 나는 말없이 두려움의 시선을 교환했다.

그 거지는 겁을 먹고 떨며 아이처럼 목욕을 시키는 우리 손길에 몸을 맡겼다. 내가 옷가지를 넣어두는 커다란 상자에서 그가 입을 만한 깨끗한 옷을 찾는 동안, 그에게 쉴새없이 말을 거는 아버지의 목소리가 들려왔다. 나는 아버지가 입지 않는 양복과 낡은 셔츠, 속옷 따위를 찾아냈다. 그가 벗어놓은 옷으로는 구두도 닦을 수 없었다. 아버지에게는 너무 작아 이제 거의 신지 않는 구두도 골랐다. 그러고는 훈제 햄처럼 질겨 보이는 바지를 포함해 그 넝마들을 신문지에 싸서 쓰레기통에 던져버렸다. 내가 욕실로 돌아왔을 때 아버지는 욕조 안의 페르민에게 면도를 해주고 있었다. 말끔해진 데다 비누 냄새까지 풍기는 그는 이십 년은 더 젊어 보였다. 두 사람은 이미 친구가 된 것 같았다. 거품 목욕의 효과 덕분인지 페르민 로메로 데 토레스는 수다스레 얘기를 늘어놓기 시작했다.

"셈페레 씨, 제 말을 들어보세요. 만일 운명이 저를 국제적 음모의 세계로 이끌지 않았다면, 진심으로 말하건대, 전 인문학에 종사했을 겁니다. 어릴 때 저는 시詩의 부름을 느꼈지요. 소포클레스나 베르길리우스 같은 작가가 되고 싶었어요. 비극과 죽은 언어들은 저를 소름 돋게 하거든요. 하지만 저승에서도 편안하실 제 아버지는 비전도 별로 없는 무식한 양반이었는데, 늘 자식 중 하나가 치안대*에 입대하길 바라셨죠. 제 여동생이 일곱인데 치안대에 들어갈 자격을 가진 애가 한 명도 없었어요. 외가 쪽 다른 여자들처럼 얼굴에 털이 났는데도 말이에요. 임종하실 때 제 선대께선 제게 치안대의 삼각 모자**를 쓸 수 없다면 공무원이라도 되라면서, 시인이 되려는 헛된 꿈은 포기하겠다는 맹세까지 시키셨지요. 비록 아버지가 옛날 사람이고 무식하긴 해도 전 아버지의 뜻을 존중해야만 했어요. 제 말 이해하시죠? 하지만 제가 방황하는 동안 그 때문에 지성의 추구를 등한시했다고 생각하지는 말아주세요. 나름대로 독서를 했고, 당신 앞에서 『인생은 꿈』***의 몇몇 구절은 외워서 낭독할 수도 있어요."

"자, 아저씨, 절 봐서라도 이 옷들을 입어주세요. 여기서 아저씨 학식을 의심할 사람은 아무도 없으니까요." 아버지에게 도움을 청하며 내가 말했다.

페르민 로메로 데 토레스의 눈빛이 감사의 마음으로 반짝거리고 있었다. 욕조에서 나온 그에게서는 윤기가 흘렀고, 아버지는

---

* 경찰 업무도 수행하는 스페인 정예부대.
** 스페인 치안대원이 쓰는 독특한 모양의 모자.
*** 스페인 황금 시대의 극작가 칼데론 데라바르카의 대표작.

그를 수건으로 감싸주었다. 그는 피부에 깨끗한 천이 닿자 순수한 기쁨의 웃음을 보였다. 나는 그가 속옷 입는 걸 거들었는데, 그에게 열 치수 정도는 큰 것 같았다. 아버지가 그에게 매어주라며 허리띠를 풀어 내게 건넸다.

"아주 근사해 보이는군." 아버지가 말했다. "안 그러냐, 다니엘?"

"누구나 아저씨를 영화배우라고 생각할 거예요."

"그만해, 예전의 내 모습은 아니야. 감옥에서 헤라클레스 같은 근육을 다 잃어버렸거든. 그리고 그때부터⋯⋯"

"음, 내 눈엔 샤를 부아예* 같은걸." 아버지가 그의 말을 가로막으며 말했다. "그래서 내가 자네에게 하려고 했던 제안이 생각나는군."

"셈페레 씨, 전 필요하다면 당신을 위해 살인도 저지를 겁니다. 이름만 말해보세요, 고통 없이 그자를 제거하겠어요."

"그럴 필요까지는 없네. 내가 자네에게 제안하려는 건 서점 일자리야. 우리 고객들을 위해 희귀한 책들을 찾는 일이지. 문학적 고고학이나 다름없는 일인데, 그 일을 위해선 암거래의 기본 수법처럼 고전을 아는 게 중요하지. 당분간은 월급을 많이 줄 순 없어. 하지만 우리와 함께 식사를 하고 자네한테 좋은 하숙집을 구

---

* 프랑스 태생의 미국 영화배우.

해줄 때까지 여기 이 집에서 머물게나. 자네가 좋다면 말이야."

거지는 아무 말도 하지 못하고 우리를 바라보았다.

"어쩔 텐가?" 아버지가 물었다. "우리 팀에 합류하겠나?"

페르민 로메로 데 토레스는 무슨 말인가 하려고 했던 것 같다. 그러나 바로 그 순간, 그는 울음을 터뜨렸다.

첫 월급으로 페르민은 화려한 모자와 장화 한 켤레를 샀고, 굳이 아버지와 나에게 황소 꼬리 요리를 대접했다. 모누멘탈 투우장에서 두 블록 떨어진 한 레스토랑에서 월요일마다 내놓는 요리였다. 아버지는 그를 위해 호아킨 코스타 가街에 있는 하숙집을 알아보았다. 그 집 여주인과 우리 이웃인 메르세디타스의 우정 덕분에 경찰이 요구하는 하숙인의 신상명세 작성 절차를 피할 수 있고, 또 그곳이라면 페르민을 푸메로 경감과 그 심복들에게서 멀리 떼어놓을 수 있었다. 가끔 그의 온몸을 덮고 있던 끔찍한 흉터들이 머릿속에 떠올랐다. 나는 푸메로 경감이 그 흉터와 관련 있을지 모른다고 두려워하면서도 그에 대해 그에게 묻고 싶었다. 하지만 가엾은 남자의 시선에는 그 문제를 언급하지 않는 것이 좋다고 암시하는 무언가가 있었다. 언젠가 스스로 적당하다고 생각될 때 그가 말해주리라. 매일 아침 일곱시 정각에, 페르민은 흠잡을 데 없는 모습으로 입가에는 미소를 띠고 열두시간 또는 그 이상 되는 하루 일을 쉬지 않고 할 준비가 된 채로 서점 문 앞에서 우리를 기다렸다. 그는 초콜릿과 '집시의 팔'이라는 케이크에 푹 빠졌는데, 그 때문에 위대한 그리스비극에 대한 열정이 사그라지지는 않았지만 대신 몸무게는 좀 늘었다. 그는 부잣집 도련님처럼 면도를 했고 머릿기름을 발라 머리를 뒤로 빗어넘겼으며 유행을 따르려고 콧수염을 잘 다듬어 길렀다. 욕조에서 나온 지 삼십 일 뒤, 한때 거지였던 남자는 몰라보게 달라져 있었다. 그러나 외관상의 변화보다 페르민이 실제로 우리 입을 다물지 못하게 만든 것은 업무 수완이었다. 내가 한껏 고조된 상상력으로 예측했던 그의 탐정 본능은 차라리 외과의의 정밀함에 속했다. 그는 가장 희한한 주문 도서들도 몇 시간 아니면 며칠 내에 구했다. 모르는 책 제목이 없었고, 책을 좋은 가격에 사들이는 데 필요한 기지를 떠올리지 못한 적도 없었다. 그는 항상 가짜 신분증을 사용해 승마 클럽의 예술 애호가들과 피어슨 애비뉴*에 사는 공작 부인들의 개인 서재로 비집고 들어가 그들이 책을 선물하게 하거나 헐값에 팔도록 했다.

모범시민이 된 거지의 변신은 기적 같았다. 그것은 가난한 교구 교회의 신부들이 하느님의 끝없는 자비를 예증하기 위해 즐겨 하는 이야기들 중 하나, 그러나 전차에 붙어 있는 발모제 광고처럼 사실이라고 믿기에는 지나치게 완벽해 보이는 이야기

---

* 바르셀로나의 부유한 지역.

들 중 하나였다. 페르민이 서점에서 일하기 시작한 지 석 달 반이 지난 어느 일요일 새벽 두시, 산타 아나 가에 있는 집 전화가 우리를 깨웠다. 페르민의 하숙집 여주인이었다. 그녀는 근심 어린 목소리로, 로메로 데 토레스 씨가 방문을 걸어잠그고는 미친 사람처럼 소리를 치고 벽을 두드리면서 누구라도 방에 들어오면 깨진 병으로 제 목을 그어버리겠다며 엄포를 놓고 있다고 전했다.

"제발 경찰에는 신고하지 말아주세요. 지금 당장 갈게요."

우리는 호아킨 코스타 가를 향해 전속력으로 달렸다. 바람은 살을 에는 듯하고 하늘은 타르처럼 새까만 추운 밤이었다. 우리는 석탄과 퇴비 냄새가 나는 어두운 출입구의 수군거림과 시선들을 외면하고 오래된 호스피스 시설 '자비의 집'과 '경건의 집' 앞을 지나쳐 뛰었다. 우리는 페를란디나 가街 모퉁이에 도착했다. 호아킨 코스타 가는 바로 그곳에서 라발 지구의 어둠에 녹아들어 있었다. 길은 줄지어 늘어선 검어진 벌집들 사이로 난 작은 틈처럼 보였다. 하숙집 여주인의 장남이 길에 나와 우리를 기다리고 있었다.

"경찰에 신고했어요?" 아버지가 물었다.

"아직 안 했어요." 그가 대답했다.

우리는 위층으로 올라갔다. 하숙집은 3층에 있었는데, 때가 낀 나선형 계단은 피복이 벗겨진 전선에 피곤하게 매달린 알전구의 황토색 불빛에도 윤곽이 잘 보이지 않았다. 치안대 하사의 미망인이자 하숙집 여주인인 엔카르나 부인은 하늘색 가운을 입고 헤어롤을 만 머리를 뽐내며 현관문 앞에서 우리를 맞이했다.

"이것 보세요, 셈페레 씨, 여긴 점잖고 수준 있는 집이에요. 들어오겠다는 사람도 많은데, 내가 이런 사람들을 참고 견뎌야 할 이유가 없답니다."

그녀는 습기와 암모니아 냄새가 풍기는 어두운 복도로 우리를 안내하며 말했다.

"이해합니다." 아버지가 중얼거렸다.

페르민의 고함은 복도 끝의 벽들을 부서뜨릴 기세였다. 비쩍 마르고 놀란 얼굴들이 반쯤 빼꼼히 문을 열고 내다보았다. 물 탄 수프를 먹고 사는 하숙집 사람들이었다.

"자, 다른 사람들은 자도록 해요. 제기랄, 무슨 구경 났어요?" 엔카르나 부인이 화가 나서 소리를 질렀다.

우리는 페르민의 방문 앞에 멈춰 섰다. 아버지가 가볍게 노크했다.

"페르민? 자네 거기 있나? 나 셈페레네."

벽을 뚫고 나온 짐승의 울부짖음에 내 심장이 얼어붙었다. 엔카르나 부인마저 관리자로서의 평정을 잃고 주름진 풍만한 가슴 아래 숨겨진 심장으로 손을 가져갔다.

아버지가 다시 노크했다.

"페르민? 자, 문 좀 열게나."

페르민은 다시 울부짖었고, 벽을 향해 몸을 날리며 목청껏 욕을 해댔다. 아버지가 한숨을 쉬었다.

"이 방 열쇠 가지고 계십니까?"

"그럼요."

"저한테 주세요."

엔카르나 부인은 머뭇거렸다. 다른 하숙인들이 두려움에 하얗게 질려 다시 복도로 몸을 내밀었다. 신병 훈련소에서나 들을 법한 고함이었다.

"다니엘, 너는 뛰어가서 바로 선생님을 찾아라. 바로 이 옆이다. 리에라 알타 가街 12번지."

"이봐요, 신부님을 부르는 게 더 낫지 않겠어요? 저 사람, 귀신이 들린 것 같은데요." 엔카르나 부인이 말했다.

"아뇨. 의사를 부르는 게 더 좋을 거예요. 자, 다니엘, 어서 가거라. 아주머닌 열쇠를 주시고요, 부탁합니다."

노총각인 데다가 불면증인 닥터 바로는 옷을 별로 걸치지 않은 아가씨들의 입체사진을 보거나 에밀 졸라의 작품을 읽으며 지루한 밤을 보내곤 했다. 그는 아버지 서점의 단골이었고, 스스로를 이류 돌팔이라고 평가했지만, 문타네르 가街에 병원을 갖고 있는 잘난 체하는 대부분의 의사들보다 실력이 좋았다. 그의 환자들은 다수가 그 지역의 늙은 매춘부들과 사례도 제대로 할 수 없는 불쌍한 사람들이었지만, 그는 그들을 줄곧 돌봐주었다. 나는 그가 '세상은 신의 요강'이라고 말하는 것과 '제기랄, 바르셀로나 축구팀이 단번에 리그 우승을 한다면 마음 편히 눈을 감을 수 있을 텐데'라고 말하는 것을 여러 번 들었다. 가운 차림으로 문을 열어준 닥터 바로는 포도주 냄새를 풍기며 불을 붙이지 않은 담배를 입에 물고 있었다.

"다니엘?"

"아버지가 보내서 왔어요. 응급 상황이에요."

우리가 하숙집으로 돌아왔을 때 엔카르나 부인은 무서워서 흐느끼고만 있었고, 나머지 하숙인들의 안색은 다 타버린 양초 빛깔이었으며, 아버지는 방 안 구석에서 페르민을 안고 있었다. 페르민은 벌거벗은 채 두려움에 떨며 울고 있었다. 방은 난장판이었고, 벽은 피인지 똥인지 모를 것으로 얼룩져 있었다. 닥터 바로는 재빨리 상황을 파악하고는 아버지에게 페르민을 침대에 눕히라는 손짓을 해 보였다. 권투 선수가 되고 싶어하는 엔카르나 부인의 아들이 그들을 도왔다. 페르민은 신음하며 마치 짐승이 자기 내장을 꺼내 먹기라도 하는 듯 몸부림쳤다.

"도대체 이 불쌍한 사람은 왜 이러는 거야, 도대체 왜 이러는 거냐고?" 엔카르나 부인이 머리를 흔들며 문가에서 훌쩍였다.

닥터 바로는 맥을 짚어보고 손전등으로 눈동자를 비춰보았다. 그리고 말없이 왕진 가방에서 주사액이 담긴 병을 꺼냈다.

"좀 붙잡아줘요. 이걸로 이 사람을 재울 겁니다. 다니엘, 좀 도와주렴."

우리 네 사람은 페르민이 못 움직이게 붙잡았으나, 그는 넓적다리에 주삿바늘이 들어가는 걸 느끼자 격렬하게 몸을 뒤틀었다. 그의 근육이 강철 케이블처럼 팽팽해졌지만, 몇 초 지나지 않아 눈이 흐려지며 몸이 축 늘어졌다.

"이봐요, 조심해요. 이 사람, 기운이 별로 없어서 죽을 수도 있다고요." 엔카르나 부인이 말했다.

"걱정 마세요. 그냥 자는 거니까." 페르민의 비쩍 마른 몸을 뒤덮은 흉터들을 살피면서 닥터 바로가 말했다.

나는 그가 천천히 고개를 젓는 것을 보았다.

"개자식들." 그가 중얼거렸다.

"이 흉터들은 뭐예요?" 내가 물었다. "어디 찔린 상처인가요?"

닥터 바로는 환자에게 시선을 고정한 채 고개를 저었다. 그러고는 엉망진창인 방에서 담요를 찾아 환자에게 덮어주었다.

"불로 지진 거다. 이 사람은 고문을 당했어." 그가 설명했다. "이건 납땜인두로 지진 자국이다."

페르민은 이틀 동안 잤다. 깨어났을 때 그는 아무것도 기억하지 못했고, 어두운 감옥에서 깨어났었다고만 했다. 그게 다였다. 그는 자기가 저지른 일을 부끄러워하며 엔카르나 부인 앞에 무릎을 꿇고 용서를 빌었다. 그리고 하숙집 벽을 새로 칠해놓겠다고 맹세했고, 그녀가 독실한 가톨릭 신자인 걸 알고는 벨렌 성당에서 그녀를 위해 열 번의 미사를 드리겠다고 약속했다.

"당신이 해야 할 일은 건강을 회복하는 거예요. 그리고 다시는 이렇게 날 놀라게 하지 마요. 이런 일을 겪기엔 난 너무 늙었다고요."

아버지는 엔카르나 부인에게 피해 보상을 했고, 페르민에게 한 번 더 기회를 달라고 부탁했다. 그녀는 기분 좋게 그러마고 했다. 하숙인 대부분은 그녀처럼 의지할 데 없이 가난한 이들이었던 것이다. 마음이 진정되자 그녀는 페르민을 더욱 다정하게 대해주었고, 그에게서 닥터 바로가 처방해준 약을 먹겠다는 약속을 받아냈다.

"엔카르나 부인, 난 당신을 위해, 필요하다면 벽돌도 갈아 마실 거예요."

시간이 흘러 우리 모두는 그 일을 잊은 것처럼 행동했지만, 나는 이제 푸메로 경감 이야기를 절대 가볍게 여기지 않았다. 그 일이 있은 뒤로 우리는 페르민을 혼자 두지 않으려고 거의 매주 일요일 카페 노베다데스로 그를 데려가 함께 간식을 먹었다. 그러고 나서는 디푸타시온 가와 그라시아 산책로의 모퉁이에 있는 페미나 극장까지 걸어올라갔다. 극장 안내인들 가운데 한 사람이 아버지 친구였는데, 그가 공익 뉴스가 상영될 때 아래층이 비상구를 통해 우리를 몰래 들여보내 영화를 볼 수 있도록 해주었다. 우리는 늘 총통*이 새로운 용수지用水池의 준공 테이프를 자르는 장면이 나올 때 들어갔고, 그것이 페르민의 신경을 자극하곤 했다.

"얼마나 부끄러운 일인지 몰라." 그가 화가 나서 말했다.

"영화 안 좋아해요, 페르민?"

"영화가 제7의 예술이라지만 솔직히 나는 아무 감흥이 없어. 내가 볼 때는 어리석은 서민들을 더욱 바보로 만들려는 정권 유지 수단에 지나지 않아. 축구나 투우보다 더 나쁘지. 영화란 무식한 대중에게 즐거움을 주기 위한 발명품으로 탄생했고, 오십년이 지났어도 바뀐 건 별로 없단다."

하지만 페르민의 태도는 그가 캐롤 롬바드**를 발견한 날 완전히 달라졌다.

"맙소사! 저 가슴 좀 봐! 예수님이여, 마리아여, 요셉이여." 그는 그녀에게 홀려 영화 상영 도중에 소리를 질렀다. "저건 젖가슴이 아냐, 두 개의 출렁이는 광주리라고!"

"조용히 좀 해요, 추잡한 사람 같으니. 안 그러면 담당자를 부르겠소." 우리 뒤쪽 두번째 줄에서 누군가 낮게 중얼거렸다. "사람들이 염치가 없다니까. 나라가 돼지들 천지군."

---

* 프랑코 장군을 뜻함.
** 미국의 여배우.

"목소리를 좀 낮추는 게 좋겠어요, 페르민." 내가 조언했다.

페르민은 내 말을 듣고 있지 않았다. 그는 눈도 한 번 깜박이지 않고 황홀한 미소를 지으며 기적적으로 부드럽게 출렁이는 그 젖가슴을 넋 놓고 바라보고 있었다. 영화를 보고서 그라시아 산책로를 통해 돌아오는 길에, 나는 우리의 책 탐정이 여전히 넋이 나가 있다는 걸 눈치챘다.

"아저씨를 위해 여자를 찾아봐야겠군요." 내가 말했다. "여자가 생기면 아저씨 인생도 더 즐거워질 거예요, 두고 보세요."

페르민은 한숨을 쉬었다. 그는 머릿속으로 만유인력의 법칙을 초월한 듯한 그 여배우의 가슴을 아직도 되새기고 있었다.

"경험에서 우러나온 이야기니, 다니엘?" 그가 순진하게 물었다.

아버지가 곁눈질하고 있다는 걸 아는 나는 그냥 미소만 지었다.

그날 이후 페르민은 일요일마다 극장에 갔다. 아버지는 집에 남아 책을 읽는 걸 더 좋아했지만, 페르민은 한 회의 상영도 거르지 않았다. 초콜릿 과자를 엄청나게 많이 사서 열일곱번째 줄에 앉은 뒤 그날의 디바가 출현하길 기다리며 게걸스레 먹어댔다. 내용은 그에게 중요하지 않았고, 대단한 가슴을 가진 여인이 스크린을 가득 채울 때까지 그는 쉬지 않고 떠들었다.

"지난번에 네가 날 위해 여자를 찾아봐야겠다고 한 말에 대해 생각해봤어." 페르민이 말했다. "네 말이 맞을지도 몰라. 하숙집에 새로 온 친구가 하나 있는데 세비야 출신에다 신학생이었다는 거야. 그런데 글쎄 재치 만점인 이 친구가 가끔 그럴듯한 아가씨들을 데려오거든. 야, 정말이지 요즘 아가씨들은 끝내줘. 그 친구한테 무슨 재주가 있는지 모르겠어. 생긴 건 별로거든. 아마 기도를 해서 여자들을 바보로 만드나봐. 그 친구가 내 옆방을 쓰는데, 시시덕거리는 소리가 다 들리는 거야. 모르긴 몰라도 그 친구 예술가가 틀림없어. 그 사제 말투와 행동이면 여자들이 꼼짝 못 하더라고. 근데 다니엘, 넌 어떤 여자가 좋니?"

"난 여자를 잘 몰라요, 정말이에요."

"여자를 잘 아는 사람은 없어. 프로이트도 그렇고, 심지어 여자들 자신도 그렇지. 하지만 이건 전기 같은 거라서 어떤 원리로 손가락을 찌릿하게 만드는지는 몰라도 된단다. 자, 얘기해봐. 네 생각은 어떠냐? 사람들이 동의하지 않을지는 몰라도, 내 생각에 여자는 여자다운 면이 있어야 해, 들어가야 할 곳은 들어가고 나와야 할 곳은 나와야지. 하지만 넌 정말 존경스럽게도 마른 여자를 좋아할 것 같구나. 안 그러니? 날 오해하진 말고."

"솔직히, 난 여자 경험이 많지 않아요. 아니, 하나도 없다는 게 맞겠죠."

페르민은 이런 금욕주의적 고백에 흥미로워하며 나를 주의 깊게 바라보았다.

"내 생각엔, 그날 밤 일어난 일 말이야, 알지? 네가 누군가에게 맞았을 때……"

"모든 게 따귀 한 대 맞는 정도로만 아프다면야……"

페르민은 내 생각을 읽은 듯 연대감으로 미소 지었다.

"이봐, 열받지 마. 여자들과 함께 할 수 있는 최고의 일은 발견이야. 처음만 한 건 아무것도 없지, 아무것도. 처음으로 한 여자의 옷을 벗겨보기 전까진 인생이 뭔지 몰라. 단추를 하나씩, 마치 겨울밤에 뜨겁고 달콤한 감자 껍질을 벗기듯 한 번에 단추 하나씩 말이야. 아……"

몇 초 뒤 베로니카 레이크*가 화면에 나오자 페르민은 거기에 집중했다. 잠시 후 베로니카 레이크가 등장하지 않는 틈을 타 그는 다시 군것질거리를 마련하러 극장 현관에 있는 매점에 가겠다고 했다. 몇 달 동안 배를 곯으며 보낸 내 친구는 모든 균형 감각을 잃고 과식했지만, 많이 먹어도 살이 찌지 않는 체질 덕분에 전후戰後의 비참하고 굶주린 모습은 결코 잃지 않았다. 나는 스크린에서 벌어지는 액션을 간신히 따라가며 혼자 남아 있었다. 클라라를 생각하고 있었다면 거짓말이리라. 내가 생각한 것은 단지 그녀의 육체였다. 음악 선생이 덮치자 떨리던, 땀과 환희로 번들거리던 그녀의 육체. 내 시선은 스크린을 떠나 방금 들어온 관객에게 쏠렸다. 나는 그의 실루엣이 객석 가운데로 움직여 우

---
* 미국의 여배우.

리 앞쪽 여섯번째 줄에 앉는 것을 보았다. 극장은 외로운 사람들로 가득 차 있는 것 같았다. 나처럼.

나는 다시 영화 줄거리를 따라가기 위해 집중하려고 애썼다. 냉소적이지만 착한 탐정인 주인공이 한 조연에게 왜 베로니카 레이크 같은 여자들은 멀쩡한 남자들을 파멸시키는지, 남자들은 왜 절망적으로 그녀들을 사랑하다 그녀들의 양다리에 배반당해 죽는지 이야기하고 있었다. 이제 노련한 비평가로 변신중인 페르민은 이런 장르에 '사마귀 이야기'*라는 이름을 붙였다. 그의 말로는, 그런 영화들은 범죄와 고삐 풀린 색욕의 삶을 꿈꾸는, 권태에 시들어버린 독실한 여인들과 융통성 없는 사무원들을 위한 여성 혐오 판타지일 뿐이었다. 내 비평가 친구가 매점에 가지 않았다면 해주었을 시시콜콜한 평가를 떠올리며 나는 미소 지었다. 그러나 그 미소는 곧 얼어붙었다. 앞쪽 여섯번째 줄에 앉아 있던 관객이 뒤돌아 나를 뚫어지게 바라보고 있었던 것이다. 영사기의 흐린 불빛이 극장의 어둠을 꿰뚫고 있었다. 그것은 색깔의 얼룩들과 윤곽만을 드러내는 깜박이는 빛의 입김이었다. 바로 그 순간 나는 얼굴 없는 남자, 쿠베르를 알아보았다. 그의 차가운 시선, 눈꺼풀 없이 반짝이는 눈, 이미 사라진 입술을 핥는 어둠 속의 미소. 나는 차가운 손가락들이 가슴을 움켜쥐는 걸 느

---

* 사마귀는 교미 후 암컷이 수컷을 잡아먹는다고 알려져 있음.

졌다. 스크린에서는 이백 개의 바이올린이 폭발했고, 총성과 절규가 이어지더니 이내 어두워졌다. 잠깐 동안 스크린 정면의 관람석이 완전히 어둠에 잠겼고, 내 관자놀이를 망치로 두드리는 듯한 맥박 소리만 들렸다. 새로운 장면이 서서히 스크린에 나타나 극장 안의 어둠을 푸른빛과 자줏빛의 연무로 바꾸었다. 얼굴 없는 남자는 사라지고 없었다. 나는 몸을 돌려 매점에서 돌아오던 페르민을 스쳐 지나 통로로 걸어가는 실루엣을 보았다. 페르민은 좌석이 있는 줄로 들어와 제자리에 앉았다. 그는 프랄린 초콜릿을 건네며 나를 뚫어져라 보았다.

"다니엘, 너 지금 얼굴이 수녀님 엉덩이만큼이나 하얗게 질렸는걸. 괜찮니?"

눈에 보이지 않는 숨결이 관람석을 떠돌고 있었다.

"이상한 냄새가 나는데." 페르민이 말했다. "공증인이나 검사들이 뀐 썩은 방귀 냄새 같아."

"아니에요. 불에 탄 종이 냄새예요."

"자, 이 수구스 레몬사탕을 먹어봐. 뭐든지 다 낫거든."

"생각 없어요."

"그럼 가지고 있어. 이 사탕이 언젠가 널 곤경에서 구해줄지도 모르니까."

나는 사탕을 재킷 호주머니에 넣었다. 남은 시간 동안은 베로니카 레이크나 그녀의 뇌쇄적인 매력의 희생자들이 제대로 눈에 들어오지 않았다. 페르민은 영화와 초콜릿에 흠뻑 빠져 있었다. 상영이 끝나고 불이 켜졌을 때, 나는 악몽에서 깨어난 듯했고 관람석에 있었던 그를 환영이나 기억의 함정쯤으로 여기고 싶은 유혹을 느꼈다. 그러나 어둠 속 그의 짧은 시선은 메시지를 전달하기에 충분했다. 그는 나도, 우리의 계약도 잊지 않았다.

12

페르민이 오고 나서 그 첫번째 효과는 금세 나타났다. 내 자유 시간이 훨씬 더 많아진 것이다. 페르민은 고객들의 주문을 맞추기 위해 색다른 책들을 사냥하러 다니지 않을 때는 서점 재고를 정리하고, 영업 전략을 생각해내고, 간판이나 유리창을 윤이 나게 닦고, 알코올에 적신 헝겊으로 책등을 닦았다. 생각지 않게 여유가 생긴 나는 최근에 소홀했던 두 가지 일, 즉 카락스의 수수께끼를 푸는 일과, 무엇보다도 그리운 내 친구 토마스 아길라르와 더 많은 시간을 보내는 일에 여가 시간을 투자하기로 했다.

토마스는 싸움꾼 같은 외모 때문에 다른 아이들이 두려워하는, 생각이 많고 신중한 소년이었다. 그는 레슬링 선수의 체격에 검투사의 어깨, 매서우면서도 사람의 마음을 꿰뚫는 듯한 시선을 가지고 있었다. 우리는 여러 해 전 카스페에 있는 예수회 학교에서 맞은 첫 주에 주먹다짐을 하면서 만나게 되었다. 방과 후면 그의 아버지가 그를 데리러 학교에 왔고, 건방진 여자애도 함께였다. 나중에야 그녀가 토마스의 누나라는 것을 알게 되었다. 나는 그애에게 못된 장난을 칠 생각이었는데, 내가 눈도 깜박이기 전에 토마스가 나를 덮쳐 주먹세례를 퍼붓는 바람에 나는 몇 주 동안 사람들의 동정을 받아야 했다. 토마스는 덩치, 힘, 난폭함 모두 내 두 배였다. 피 터지게 싸우길 원하는 꼬마들의 무리에 둘러싸여 학교 운동장에서 싸우는 동안, 나는 이 하나를 잃었고 좀더 나아진 균형 감각을 얻었다. 누가 날 그렇게 엉망이 되도록 때렸는지 나는 아버지나 신부님들에게 말하길 거부했다. 토마스의 아버지가 다른 아이들과 함께 소리치고 흡족해하며 싸움을 구경하고 있었다는 사실도 말하지 않았다.

"제 잘못이었어요." 이야기 끝에 내가 말했다.

삼 주 뒤 쉬는 시간에 토마스가 내게 다가왔다. 나는 겁이 나서 죽을 것 같았고 온몸이 마비되었다. 내 숨통을 끊어버리려고 오는구나, 생각했다. 그는 더듬더듬 말을 꺼냈고, 잠시 후 나는 그애가 나를 때려 미안하다고 사과하고 싶어한다는 걸 이해했다. 그는 그 싸움이 불공평하고 부당했다는 것을 알고 있기 때문이라고 했다.

"네 누나를 괴롭히려고 했으니까 사과해야 할 사람은 나야." 내가 말했다. "지난번에 사과하려고 했는데, 내가 입을 열기도 전에 네가 내 입을 찢어놨었어."

토마스는 부끄러워하며 시선을 떨어뜨렸다. 나는 주인 없는 영혼처럼 교실과 복도를 방황하는 그 말없고 숫기 없는 거인을 바라보았다. 나를 포함한 아이들은 모두 그를 두려워해서 그에게 말을 걸거나 감히 쳐다보지도 않았다. 그런 그가 고개를 숙이고 몸을 떨다시피 하며 친구가 되고 싶지 않냐고 내게 물었다. 나는 그러자고 했다. 그가 손을 내밀었고, 나는 그 손을 잡았다. 그가 손을 꽉 잡는 바람에 아팠지만, 꾹 참았다. 그날 오후 토마스는 간식을 먹자며 나를 집으로 초대해서 자기 방에 보관하던, 고철 조각들로 만든 기이한 도구들을 보여주었다.

"다 내가 만든 거야." 그가 자랑스럽게 말했다.

나는 그것들이 어떻게 작동하는지 또는 무슨 의도로 만들어졌는지 이해할 수 없었지만, 아무 말도 하지 않고 감탄하며 고개를 끄덕여주었다. 그 외로운 덩치는 놋쇠로 된 자기만의 친구들을 조립해왔고, 나는 그 친구들을 처음으로 소개받은 사람인 것 같았다. 그것은 그의 비밀이었다. 나도 내 비밀을 나누었다. 그에게 엄마에 대해, 그리고 내가 엄마를 얼마나 보고 싶어하는지에 대해 말한 것이었다. 말을 더 잇지 못하자 그는 말없이 나를 껴안아주었다. 우리는 그때 열 살이었다. 그날부터 토마스 아길라르는 나의 가장 친한 친구가, 그리고 나는 그의 유일한 친구가 되었다.

공격적인 인상 탓에 아무도 토마스를 건드리지 않았지만 사실 그는 평화롭고 친절한 영혼의 소유자였다. 그는 말을 심하게 더듬었고, 자기 엄마나 누나, 나 이외의 사람과 말할 때면 특히 더했다. 그런데 신기하게도 페르민 앞에서는 거의 더듬지 않았다. 얼마 안 가 나는 그가 엉뚱한 발명품과 각종 기계에 매료되어 있고 그것들의 비밀을 캐내기 위해 축음기에서 계산기까지 온갖 기기들을 분해해보았다는 사실을 알게 되었다. 나와 함께 있지 않거나 아버지의 일을 돕지 않을 때 토마스는 방에 틀어박혀 이해할 수 없는 기구들을 조립하며 대부분의 시간을 보냈다. 그는 대단히 총명했지만 현실감각이 부족했다. 현실 세계에서 그의 관심은 그란 비아*에 있는 신호등들이 동시에 작동하는 것, 몬주익의 휘황찬란한 분수 쇼, 티비다보 놀이공원에 있는 로봇의 태엽장치 같은 것들에만 집중되어 있었다.

토마스는 오후마다 그의 아버지 사무실에서 일했는데, 가끔 외출하는 길에 우리 서점에 들르기도 했다. 우리 아버지는 항상 그의 발명품에 흥미를 보였고, 역학 입문서나 그가 우상으로 여기는 에펠, 에디슨 같은 공학자들의 전기를 선물로 주었다. 몇 년이 지나면서 토마스는 우리 아버지에게 대단한 호감을 갖게 됐고, 아버지를 위해 낡은 선풍기 부품으로 도서 카드를 정리할

* 바르셀로나의 상업 지구.

수 있는 자동 기계를 발명하려고 오랫동안 애쓰고 있었다. 그가 그 일을 붙든 지 벌써 사 년이 되었지만, 아버지는 토마스가 용기를 잃지 않도록 그 발명이 어떻게 돼가고 있는지 계속해서 깊은 관심을 보여주었다. 처음으로 토마스를 페르민에게 소개했을 때, 나는 페르민이 내 친구에게 어떻게 반응할지 염려했었다.

"자네가 다니엘의 발명가 친구로군. 만나서 반갑네. 난 페르민 로메로 데 토레스라고 해. 셈페레 서점의 도서 고문이야. 잘 부탁하네."

"토마스 아길라르예요." 내 친구는 미소를 띠고 페르민과 악수하면서 말을 더듬었다.

"조심하게나, 자네 손은 거의 수압기水壓機로구먼. 난 일을 하려면 바이올리니스트 같은 손가락이 필요하다네."

토마스는 사과하면서 그의 손을 놔주었다.

"그런데 페르마의 법칙에 대해 어떻게 생각하나?" 페르민이 손가락을 문지르며 물었다.

잠시 후 그들은 신비로운 수학에 대한 이해할 수 없는 논쟁에 빠져들었다. 내게는 중국어나 다름없이 들렸다. 그날 이후로도 페르민은 그를 정중히 대했고 박사라고 부를 때도 있었다. 또 그가 말을 더듬는 것을 알아차리지 못한 척했다. 토마스는 페르민이 보여준 무한한 인내에 대한 보답으로 엄청나게 푸른 호수나 소들이 있는 천연색 초원, 뻐꾸기시계의 사진이 붙어 있는 스위

스제 초콜릿 상자를 그에게 가져다주었다.

"네 친구 토마스는 재능은 있지만 목표의식이 없어. 좀 뻔뻔해지기도 해야 하고. 성공하려면 그럴 필요가 있거든." 페르민이 자기 의견을 말했다. "과학자들이 대개 토마스 같긴 하지. 아닌 것 같으면 알버트 아인슈타인을 봐. 경이로운 걸 그렇게 많이 발명했는데도 사람들이 현실에서 맨 처음 적용한 건 원자폭탄이야. 그의 허락도 없이 말이야. 게다가 토마스는 권투 선수 같은 외모 때문에 학계에서 시련을 겪을 거야. 이 세상에서 유일하게 결정적인 건 편견이니까 말이야."

몰이해와 궁핍으로 고통받을 게 뻔한 삶으로부터 토마스를 구원하고자, 페르민은 그에게 잠재된 웅변술과 사교술을 키워주기로 마음먹었다.

"착한 유인원처럼, 사람은 사회적인 동물이라 친구나 친척은 싸고도는 한편 그밖의 인간들에 대해선 기만과 험담을 하지. 그게 바로 우리의 윤리적 행동의 본질적 기준이야." 그가 주장했다. "순수하게 생물학적인 거라고."

"그런 건 이제 점점 사라질 거예요."

"가끔 넌 참 순진해, 다니엘."

토마스는 호화로운 엘 아길라 백화점 근처 펠라요 가街에 사무실을 둔 부동산업자인 아버지에게서 강인한 외무를 물려받았다. 아길라르 씨는 항상 자기가 옳다는 특권 의식을 가진 부류에

속했다. 자기 확신이 강한 그는 특히 아들이 소심하고 정신적으로 모자란다고 굳게 믿었다. 그리고 부끄러운 결점들을 보완하기 위해 그는 장남을 개선시킬 수 있다는 희망으로 온갖 종류의 개인교사를 고용했다. "난 당신이 내 아들을 바보라고 생각하고 다뤄줬으면 좋겠소, 아시겠소?" 그가 이렇게 말하는 걸 나는 여러 번 들었다. 선생들이 사정사정해가면서 갖은 시도를 했지만, 토마스는 그들과 말할 때는 으레 라틴어만 썼다. 라틴어는 그가 교황처럼 유창하게 구사하는 언어로, 라틴어로 말할 때는 더듬지 않았다. 얼마 못 가 그들은 그 아이가 악마에 홀려 자기들에게 아람어로 악마의 명령들을 지껄이는 거라는 두려움에 절망하며 손을 뗐다. 그즈음 아길라르 씨의 유일한 희망은 군대 생활만이 아들을 사람답게 만들어주리라는 것이었다.

토마스에게는 우리보다 한 살 많은 베아트리스라는 누나가 있었다. 우리의 우정은 그녀에게 빚지고 있었다. 만일 내가 그 옛날 오후에 아버지의 손을 잡고 수업이 끝나길 기다리는 그녀를 보지 못했더라면, 그리고 내가 그녀에게 최악의 농담을 할 마음을 먹지 않았더라면 내 친구는 결코 몸을 던져 나를 주먹으로 때리지도 않았을 것이고, 나도 결코 그에게 말을 걸 용기를 내지 못했을 테니까. 베아* 아길라르는 제 어머니의 살아 있는 초상화

* 베아트리스의 애칭.

였고, 아버지에게는 눈에 넣어도 아프지 않은 딸이었다. 붉은 머리카락에 피부가 투명하리만큼 창백한 그녀는 항상 실크나 순모로 된 엄청나게 비싼 옷을 입었다. 또한 마네킹 같은 체형인 데다가 자기만의 동화 속 공주 역할을 하며 막대기처럼 꼿꼿하게 걸었다. 눈은 녹색을 띤 푸른색이었고 그녀 스스로는 '에메랄드와 사파이어'로 묘사했다. 수년 동안 산타 테레사파의 엄격한 가톨릭 학교에서 공부했으면서도, 아니 어쩌면 그 때문인지도 모르지만, 그녀는 아버지가 보지 않을 때는 기다란 잔에 아니스 술을 따라 마시고 라 페를라 그리스*의 실크 스타킹을 신었으며, 내 친구 페르민의 잠을 방해하는 영화 속 여자 흡혈귀처럼 화장을 했다. 나는 그녀의 얼굴도 보고 싶지 않았고, 그녀 역시 내 노골적인 적대감에 경멸과 무관심을 담은 나른한 시선으로 응수했다. 베아에겐 무르시아**에서 육군 소위로 복무중인 파블로 카스코스 부엔디아라는 애인이 있었다. 머리에 기름을 반지르르하게 바르고 다니는 팔랑헤*** 당원이었다. 갈리시아****에 많은 조선소를 소유한 명문가 자제로, 군사정부에서 일하는 삼촌 덕분에 군 생활의 절반을 휴가로 보내는 자였다. 카스코스 부엔디아 소위는

---

* 고급 란제리 상점.
** 스페인 남동부 지방.
*** 스페인 파시스트
**** 스페인 북서부 지방.

늘 스페인 민족이 정신적, 유전적으로 우월하다는 것과 볼셰비키 제국의 쇠락이 임박했음을 장황하게 늘어놓았다.

"마르크스는 죽었지"라고 그가 엄숙하게 말했다.

"정확하게는 1883년에 죽었죠." 내가 말했다.

"입 다물어, 재수 없는 놈, 발로 차서 라리오하*까지 날려버릴까보다."

나는 애인인 소위가 지껄이는 바보 같은 소리에 혼자 웃는 베아를 여러 번 목격했다. 그때마다 그녀는 시선을 들어 헤아릴 수 없는 표정으로 나를 바라보았다. 나는 무기한 휴전 상태로 지내는 적군처럼 정중한 미소를 지어 보였지만, 얼른 시선을 딴 데로 돌려버렸다. 전에는 그 사실을 받아들이느니 차라리 죽는 게 낫겠다고 생각했지만, 내 마음 깊숙한 곳에는 그녀에 대한 두려움이 자리 잡았던 것이다.

13

그해 초에 토마스와 페르민은 재능을 모아 새로운 계획을 하나 세웠다. 그들은 그 계획이 성공하면 토마스와 내가 징집당하

---

* 스페인 동북부에 위치한 자치 주.

지 않으리라고 예상했다. 특히 페르민은 아길라르 씨가 군 경험에 보이는 열의에 동의하지 않았다.

"군 복무는 인구구성에서 야만인의 비율을 높이는 데만 사용되지." 그는 말했다. "그리고 그건 이 주면 밝혀지기 때문에, 이 년씩이나 필요 없어. 군대, 결혼, 교회, 은행은 묵시록의 네 기수騎手지. 그럼, 그렇고말고. 비웃을 테면 비웃으라지."

페르민의 무정부주의적이고 자유의지론적인 생각은 얄궂게도, 나의 오랜 친구가 서점을 찾아온 10월의 어느 오후에 흔들리게 될 운명이었다. 아버지는 한 수집가의 책들의 값을 매기기 위해 아르헨토나*로 가서 해질 무렵까지는 돌아오지 않을 예정이었다. 페르민이 줄타기 곡예사처럼 사다리에 올라가 천장까지 한 뼘도 남지 않은 책장 맨 위 칸의 책들을 정리하는 동안 나는 계산대를 맡고 있었다. 이미 해가 저물고 서점 문을 닫기 직전, 베르나르다의 실루엣이 창문에 모습을 드러냈다. 쉬는 날인 목요일의 옷차림을 한 그녀는 내게 손을 들어 인사했다. 그저 그녀를 보고 싶은 마음에 나는 들어오라고 손짓했다.

"어머나, 굉장히 많이 자랐네요!" 그녀가 입구에서 말했다. "도련님을 못 알아볼 뻔했어요…… 이제 어른이 다 됐군요!"

그녀는 눈물을 흘리며 나를 껴안고는 자기가 없는 사이 어디

_____

* 스페인 카탈루냐 주에 있는 마을.

상하지나 않았는지 살피듯 내 머리, 어깨, 얼굴을 만졌다.

"도련님을 못 보게 되어서 다들 서운해한답니다." 그녀가 눈을 내리깔고 말했다.

"나도 아줌마를 못 봐서 섭섭했어요, 베르나르다. 자, 뺨에 입 맞춰줘요."

그녀는 수줍게 입을 맞췄고, 나 또한 그녀의 양 볼에 쪽 소리 나게 입을 맞추었다. 그러자 그녀가 웃었다. 나는 그녀의 눈에서 내가 클라라의 안부를 물어봐주길 기다리고 있다는 것을 읽었지만, 그럴 생각은 없었다.

"오늘 참 고와 보여요. 우아하고요. 어떻게 우리 집에 올 생각을 했어요?"

"사실은 오래전부터 도련님을 보러 오고 싶었어요. 하지만 알다시피 늘 바쁘고, 바르셀로 씨는 학식은 풍부하지만 어린애처럼 굴잖아요. 난 그걸 참아내며 계속 일해야 하고요. 하지만 오늘 여기 온 건, 내일이 산 아드리안에 사는 조카 생일이라 선물을 하나 하고 싶어서요. 글자는 많고 그림은 별로 없는 좋은 책을 한 권 선물해야겠다 싶은데, 내가 멍청하고 뭘 잘 몰라서……"

내가 대답을 하기도 전에 위에서 하드커버로 된 블라스코 이바녜스* 전집이 떨어졌고, 포탄이 떨어진 듯한 굉음과 함께 서점

---

* 스페인 소설가.

이 뒤흔들렸다. 베르나르다와 나는 놀라서 위를 올려다보았다. 페르민이 공중 곡예사처럼 사다리를 미끄러져 내려오고 있었다. 은밀한 미소로 얼굴은 환했고 두 눈은 환희의 육욕으로 흠뻑 젖은 채.

"베르나르다, 이분은……"

"페르민 로메로 데 토레스입니다. 셈페레 씨와 그 아들의 도서 고문이지요. 잘 부탁드립니다, 사모님."

페르민이 베르나르다의 손을 잡고 유난스럽게 입을 맞추며 큰 소리로 말했다.

몇 초 사이에 베르나르다의 얼굴은 고추처럼 빨개졌다.

"아이고, 뭘 잘못 아셨나본데요, 저한테 사모님이라니요……"

"적어도 후작 부인은 되시죠." 페르민이 잘라 말했다. "제가 잘 압니다. 전 피어슨 애비뉴를 산책해본 적도 많아 최고의 숙녀 분들을 알아볼 수 있답니다. 제가 하늘의 은총으로 에밀리오 살가리*의 최고 선집選集과 산도칸**의 서사시적 이야기를 보았던 어린이와 청소년을 위한 고전 코너까지 당신을 모실 수 있는 영광을 허락해주십시오."

"아이고, 모르겠네요. 성자들의 삶에 대한 책은 자신이 없어

---

* 아동문학으로 유명한 이탈리아 작가.

** 살가리 작품의 주인공.

요. 그애 아버지가 CNT* 골수분자거든요. 아시겠지요?"

"걱정 마세요. 여기 쥘 베른의 『신비의 섬』도 있으니까요. 기술의 진보를 다룬 책이라 아주 교육적인 데다 최고의 모험 이야기랍니다."

"그렇게 생각하신다면……"

나는 베르나르다에게 넋을 잃은 페르민의 모습을, 장사꾼의 달변과 네슬레 초콜릿을 위해 간직했던 열정으로 자기를 대하는 비쩍 마르고 볼품없는 작은 남자의 관심에 압도되어가는 베르나르다의 모습을 지켜보며 조용히 둘의 대화에 귀를 기울였다.

"그럼 다니엘 도련님, 도련님 생각은 어때요?"

"여기 로메로 데 토레스 씨가 전문가예요. 이분 말대로 하면 돼요."

"그럼 그 섬 뭔가 하는 걸로 가져갈게요. 포장해주시면 정말 고맙겠어요. 얼마죠?"

"됐어요." 내가 말했다.

"아이고, 아니에요, 절대 그럴 순 없죠……"

"사모님, 제가 바르셀로나 최고의 행운아가 되도록 허락해주신다면, 선물은 제가 하고 싶습니다."

베르나르다는 아무 말도 하지 못하고 우리를 보았다.

_____

* 무정부주의 이념을 지향하는 노동조합.

"이봐요, 난 내가 산 물건 값을 치르겠어요. 그리고 이건 내 조카에게 줄 선물이라고요……"

"그럼 말입니다, 그 대신에 제가 오후의 차를 한잔 대접하겠습니다." 머리를 빗으며 페르민이 끼어들었다.

"그렇게 해요, 베르나르다." 내가 그녀를 부추겼다. "재미있을 거예요. 자, 페르민이 가서 재킷을 입는 동안 책은 내가 포장할게요."

페르민은 서둘러 안쪽 방으로 가서는 머리를 빗고 향수를 뿌리고 재킷을 입었다. 나는 베르나르다에게 대접하라고 금고에서 돈을 좀 꺼내 그에게 슬쩍 쥐여주었다.

"어디로 데려가지?" 어린애처럼 들떠서 그가 속삭였다.

"나 같으면 엘스 콰트레 가츠로 가겠어요." 내가 말했다. "남녀 간의 일에 관한 한 행운을 가져다주는 곳이 틀림없거든요."

나는 포장한 책을 베르나르다에게 건네고는 윙크를 해 보였다.

"그런데 얼마죠, 다니엘 도련님?"

"몰라요. 나중에 말해줄게요. 그 책에는 가격표가 안 붙어 있어서 아버지한테 물어봐야 돼요." 나는 거짓말을 했다.

나는 하늘에 누군가가 있어 두 사람에게 행운을 내려주길 바라며, 그들이 팔짱을 끼고 산타 아나 가에서 멀어지는 것을 보았다. 나는 서점 유리창에 '영업 끝' 팻말을 걸었다. 아버지가 주문 도서를 기록해놓은 장부를 검토하러 잠깐 안쪽 방에 가 있는데,

딸랑 하고 문에 달린 종이 울렸다. 나는 페르민이 뭘 놓고 갔거나 아버지가 아르헨토나에서 돌아온 거라고 생각했다.

"누구세요?"

대답 없이 몇 초가 흘렀다. 나는 계속 주문 도서 장부를 검토했다.

서점에서 천천히 걷는 발소리가 들렸다.

"페르민? 아빠?"

대답이 없었다. 애써 참는 듯한 웃음소리가 들린 것 같아 주문 도서 장부를 덮었다. 아마도 어떤 손님이 '영업 끝' 팻말을 못 보고 들어온 것이리라. 막 그쪽으로 가서 손님을 맞이하려던 그때, 책장에서 책이 여러 권 떨어지는 소리가 들렸다. 나는 침을 꿀꺽 삼켰다. 종이 자르는 칼을 쥐고 천천히 안쪽 방의 문으로 다가갔다. 감히 다시 소리 내 묻지는 못했다. 잠시 후 다시 발소리가 들렸는데, 이번에는 멀어지는 소리였다. 다시 딸랑 소리가 나고, 외풍이 느껴졌다. 나는 서점을 들여다보았다. 아무도 없었다. 나는 출입문으로 달려가 문을 단단히 잠갔다. 숨을 깊이 들이쉬었다. 스스로가 우스꽝스럽고 겁쟁이 같은 느낌이 들었다. 안쪽 방으로 되돌아가다가 계산대에 놓인 종잇조각을 발견했다. 가까이 가보니 그건 사진, 그러니까 두꺼운 판지에 인화하던 시절 스튜디오에서 촬영한 오래된 사진이었다. 가장자리는 불에 탔고, 목탄이 묻은 손가락의 흔적이 남아 있었다. 나는 램프 아래서 사진을 자세히 들여다보았다. 젊은 남녀가 카메라를 향해 웃고 있었다. 남자는 밝은색 머리에 귀족적인 가냘픈 용모였고 열일곱이나 열여덟을 넘지 않아 보였다. 여자는 그보다 좀 어린 듯했는데, 기껏해야 한두 살 차이로 보였다. 여자는 피부가 창백하고 짧은 검은 머리에 얼굴은 마치 조각한 것 같았다. 그녀는 행복에 취한 듯 보였다. 남자가 여자의 허리에 팔을 두르고 있었고, 그녀는 장난을 치며 그에게 뭐라고 소곤대는 듯했다. 따뜻해 보이는 모습에 나는 미소 지었다. 낯선 그들이 오랜 친구처럼 느껴졌다. 그들 뒤로 유행이 지난 모자들로 가득 찬 화려한 상점의 쇼윈도가 보였다. 나는 남녀에게 집중했다. 입고 있는 옷으로 보아, 사진은 적어도 이십오 년이나 삼십 년쯤 된 것 같았다. 그것은 젊은이들의 시선에만 깃드는, 서로에 대한 약속으로 충만한 빛과 희망의 모습이었다. 화염이 사진의 거의 모든 배경을 삼켜버렸지만, 구식 계산대 뒤의 근엄한 얼굴은 알아볼 수 있었다. 그 얼굴은 유리에 새겨진 글자들 뒤에서 괴기스런 실루엣으로 어른거렸다.

안토니오 포르투니 가家

1888년 개업

'잊힌 책들의 묘지'를 다시 찾았던 그날 밤, 이사크는 훌리안 카락스가 아버지의 성 포르투니가 아닌 어머니의 성을 썼다고 얘기해주었다. 그리고 그 아버지는 론다 데 산 안토니오에서 모자 가게를 하고 있었다고 했다. 나는 그 남녀의 사진을 다시 한 번 자세히 들여다보고 젊은 남자는 훌리안 카락스라고 확신했다. 과거의 시간 속에서 나를 보고 미소 짓고 있는 그는 자신에게 다가오는 화염을 볼 수 없었다.

그림자의 도시

1952~1954

14

다음 날 아침 페르민은 큐피드의 날개를 단 것처럼 웃음 가득한 얼굴로 휘파람까지 불면서 서점에 나타났다. 다른 때 같았으면 베르나르다와의 데이트는 어땠냐고 물어봤을 테지만 그날은 그가 쏟아내는 시적 감정을 들어줄 기분이 아니었다. 아버지가 그날 오전 열한시에 하비에르 벨라스케스 교수에게 대학 연구실로 주문 도서를 보내주기로 돼 있었는데, 페르민은 교수라는 말만 들어도 진저리를 치는 사람이라 내가 그 책들을 배달하겠다고 했다.

"그자는 현학적이고 난잡한 데다 알랑거리기까지 하는 파시스트야." 정의로운 열망이 일어날 때면 늘 그렇듯 페르민은 확신에 차서 주먹을 치들며 소리쳤다. "교수라는 신분과 기말시험이라

는 한심한 구실로 기회만 된다면 돌로레스 이바루리*와도 놀아
날 놈이지."

"흥분하지 말게, 페르민. 벨라스케스는 책값을 잘 치른다네,
그것도 늘 선불이지. 또 여기저기에 우리 서점을 소개해주기도
해." 아버지가 말했다.

"그건 순진한 처녀들의 피로 얼룩진 돈이에요." 페르민이 항
의하듯 말했다. "하느님께 맹세코 난 미성년 여자와는 잔 적이
없어요. 하기 싫어서도, 기회가 없어서도 아니었다고요. 지금은
꼴이 우습지만, 나도 외모도 괜찮고 폼 나던 때가 있었어요. 하
지만 그 시절에도 만일의 경우를 위해 좀 노는 애다 싶으면 신분
증을 요구하든가, 그게 없으면 문서로 작성된 아버지의 허가를
요구했다고요. 사람은 윤리가 있어야 하는 법이니까요."

아버지는 눈알을 굴렸다.

"자네 정말 못 말리겠군, 페르민."

"옳은 건 옳다고 해야죠."

논쟁이 벌어질 조짐이 보여 나는 전날 밤 직접 포장해둔 상자
를 들었다. 그 안에는 릴케의 책 두 권과 함께 오르테가의 것으
로 추정되는 책이 한 권 들어 있었는데, 겉으로 드러난 국민 정서
와 그 속사정에 대한 출처가 의심스런 에세이였다. 내가 서점을

---

* 스페인 공산당의 전설적인 여성 지도자.

나설 때, 페르민과 아버지는 관습을 주제로 한창 논쟁중이었다.

화창한 날이었다. 하늘은 기가 막히게 푸르고, 가을 냄새와 바다 냄새를 머금은 신선하고 깨끗한 바람이 불고 있었다. 나는 늘 10월의 바르셀로나가 좋았다. 도시의 영혼이 가장 의기양양하게 거리를 산책하는 듯한 때였고, 카날레타스 분수*에서 물을 마시고 나면 현명해지는 기분이 들었다. 그리고 그때만큼은 소독약 맛도 나지 않았다. 나는 구두닦이들, 오전의 커피 타임을 마치고 돌아오는 말단 사무원들, 복권 판매인들, 그리고 느긋하게 점묘화가의 붓 터치로 거리를 닦는 듯한 청소부들의 발레를 피해가며 가볍게 걸음을 옮겼다. 바르셀로나는 이미 자동차들로 붐비기 시작했다. 발메스 가街의 신호등 앞에 다다랐을 때는 회색 레인코트를 입은 사무원들 무리가 보도 양쪽에 서서 네글리제 차림의 밤무대 여가수에게 추파를 던지듯 새빨간 스튜드베이커**를 바라보고 있었다. 신호등과 자동차 그리고 사이드카를 단 오토바이 등을 지나쳐가며 나는 발메스 가를 통해 그란 비아까지 올라갔다. 어느 쇼윈도에서는 새로운 메시아인 텔레비전의 도래를 광고하는 필립스 사의 포스터를 보았다. 이 이상한 기계가 우리의 삶을 바꾸고 우리 모두를 미국인 같은 미래의 존재들로 변화

---

* 바르셀로나의 람블라스 거리에 있는 음수대.

** 미국의 자동차 제조회사.

시켜줄 거라고 말하는 사람들도 있었다. 항상 최신 기술의 동향에 밝았던 페르민은 이미 앞으로 일어날 일을 예언했었다.

"다니엘, 텔레비전은 적敵그리스도야. 그리고 장담하는데, 사람들이 맘대로 방귀도 뀔 줄 모르게 되고 동굴에서의 삶과 중세의 미개함, 그리고 민달팽이도 이미 홍적세에 극복한 어리석은 상태로 돌아가는 데는 서너 세대도 안 걸릴 거다. 이 세상은 신문에서 떠들어대는 것처럼 원자폭탄으로 멸망하는 게 아니라 웃음, 시시함, 모든 것에 대한 농담, 형편없는 농담으로 망할 테지."

벨라스케스 교수의 연구실은 문학부 3층, 어지러운 체스판 무늬 타일이 깔린 통로 끝에 있었다. 남쪽 회랑으로 쏟아져들어오는 빛에 먼지가 비쳤다. 나는 강의실 문 앞에 서 있는 교수를 발견했다. 그는 한 여학생의 말을 듣는 척하며 그녀의 훌륭한 몸매를 음미하고 있었다. 허리 라인을 강조한 암홍색 정장을 입은 여학생은 고급 실크 스타킹을 신은 헬레니즘풍의 매끈한 종아리를 드러내고 있었다. 벨라스케스 교수는 돈 후안*으로 명성이 자자했다. 싯제스 산책로에 있는 몇몇 작은 호텔에서 그 저명한 교수와 단둘이 알렉산더격格 시를 읊으며 주말을 보내지 않으면 훌륭한 숙녀의 감정 교육은 절대 완성되지 않는다고 말하는 사람들도 있었다. 나는 상업적 본능으로 그의 대화에 끼어들면 안 된다

---

* 스페인 문학에 등장하는 유명한 바람둥이.

고 직감했고, 그래서 그 몸매 좋은 여학생의 엑스레이 사진이나 상상하면서 시간을 죽이기로 했다. 그런 욕구가 생긴 것은 가벼운 산책 때문이거나, 어쩌면 내 나이 때문이었을지도 모른다. 살과 뼈가 있는 소녀들—누구라도 클라라 바르셀로보다 훨씬 못해 보였다—과 어울리는 것보다 헌책들 속에 갇힌 뮤즈들 사이에서 보내는 시간이 더 많기 때문임은 말할 필요도 없었다. 이유야 어떻든, 나는 유혹적이고 아름답게 차려입은 그녀의 몸을 하나하나 목록으로 만들어가며—내가 볼 수 있는 건 등뿐이었지만, 머릿속으로는 이미 그녀의 완전한 모습을 그렸다—등뼈를 훑고 지나가는 늑대 같은 희미한 떨림을 느꼈다.

"이런, 다니엘 아니냐." 벨라스케스 교수가 소리쳤다. "지난번에 왔던, 투우사 이름을 가진 그 이상한 친구가 아니라 네가 와서 다행이다. 그 친구는 술에 절었거나 머리가 좀 이상한 것 같더구나. 어울리지도 않는 빈정대는 말투로 뻔뻔스럽게 '음경'이라는 말의 어원을 아냐고 묻더라니까."

"사실은 의사가 아주 강한 약물로 치료를 하는 중이에요. 간에 쓰는 약이죠."

"종일 헤롱헤롱 취해 있는 게 틀림없다." 벨라스케스가 중얼거렸다. "내가 너였더라면 경찰을 불렀을 거다. 분명 전과가 있을 거야. 발 냄새는 또 어찌나 지독하던지. 제기랄, 공화국이 붕괴된 이후로 아직도 쓸어버리지 않은 개똥 찌꺼기 같은 빨갱이들이 있단 말이야."

페르민을 감싸주려고 그럴듯한 말을 하려던 찰나 벨라스케스 교수와 대화중이던 여학생이 뒤를 돌아보았고, 그 순간 나는 세상이 멈춰버린 듯했다.

그녀의 미소에 내 귓불이 뜨거워졌다.

"안녕, 다니엘." 베아트리스 아길라르가 말했다.

나는 말문이 막혀 고개만 끄덕해 보였다. 나는 가장 친한 친구의 누나에게 침을 흘리고 있었던 것이었다. 내가 정말 두려워하는 그 여자에게.

"아, 너희 서로 아는 사이였니?" 벨라스케스가 흥미로운 듯이 물었다.

"다니엘은 우리 가족과 오래된 친구예요." 베아가 설명했다. "그리고 언젠가 제 얼굴에 대고 건방지고 허영심이 많다고 말할 용기가 있었던 유일한 사람이었죠."

벨라스케스가 놀라 나를 바라보았다.

"오래전 일이에요." 내가 설명했다. "고의도 아니었고요."

"하지만 난 지금도 네가 사과하길 기다리는걸."

벨라스케스는 유쾌하게 웃고는 내가 들고 있던 책 상자를 가져갔다.

"여긴 내가 있을 자리가 아닌 듯싶구나." 그가 상자를 열면서 말했다. "아, 좋은데. 얘야, 다니엘, 네 아버지께 내가 프란시스코 프랑코 바하몬데의 책『무어인 살해자—세우타에서 보낸 젊은이의 편지』를 찾고 있다고 전해주렴. 페만이 서문을 쓰고 주석을 단 책이란다."

"오래 걸리지 않을 거예요. 이 주 내로 답을 드릴게요."

"네 말을 믿으마. 난 이만 가봐야겠어. 서른두 명의 백지 같은 영혼들이 날 기다리고 있거든."

벨라스케스 교수는 내게 윙크를 하고는 베아와 나 둘만 남겨두고 강의실로 사라졌다. 나는 시선을 어디에 둬야 할지 몰랐다.

"저기, 베아, 욕한 건 말이야, 정말로……"

"놀려주려고 한 말이야, 다니엘. 애들 장난이었다는 거 알아. 그리고 이미 토마스가 널 실컷 때려줬잖아."

"아직도 아프긴 해."

베아가 나를 보고 웃었다. 화해의 제스처까지는 아니더라도, 적어도 휴전 제안쯤은 되는 것 같았다.

"게다가 네 말이 맞았어. 난 좀 건방지고 가끔은 허영을 부리기도 하거든." 베아가 말했다. "넌 날 썩 좋아하진 않지. 안 그래, 다니엘?"

그 질문에 나는 놀라 자빠질 뻔했다. 무장해제가 된 나는 원수로 여겨왔던 사람이 지금까지와는 다르게 행동하면 얼마나 쉽게 반감이 사라지는지 깨달았다.

"아니, 그건 사실이 아냐."

"내가 너한테 나쁘게 보이진 않았다고 토마스가 말해줬어. 넌 우리 아버지를 싫어하는 거고, 나한테 그 대가를 치르게 한 거지. 우리 아버지는 네가 감히 어떻게 할 수 없는 사람이니까. 그건 네 잘못이 아니야. 우리 아버지를 어떻게 할 수 있는 사람은 아무도 없거든."

나는 하얗게 질렸지만, 잠시 후 빙그레 웃으며 고개를 끄덕이고 있는 자신을 발견했다.

"토마스는 나보다도 더 나에 대해 잘 아는 게 분명해."

"그애는 충분히 그러고도 남아. 내 동생은 절대 말은 안 하지만 우리 모두에 대해 속속들이 알고 있어. 언젠가 그애가 입을 열기로 결심하는 날엔 세상이 전부 무너질걸. 토마스가 널 아주 좋아하는 건 알지?"

나는 어깨를 으쓱하며 시선을 떨어뜨렸다.

"그앤 항상 너와, 너희 아버지와 서점, 그리고 너희와 함께 일하는 사람에 대해 얘기해. 토마스는 그 사람이 발견되길 기다리는 천재라더라. 가끔은 집에 있는 가족들보다 널 더 가족처럼 생각하는 것 같아."

나는 그녀의 눈과 마주쳤다. 냉정하고 솔직하고 두려움 없는 눈이었다. 나는 무슨 말을 해야 할지 몰라 그저 빙긋 웃기만 했다. 그녀의 진심에 내가 궁지에 몰리는 느낌이라 교정으로 눈을 돌렸다.

"네가 여기서 공부하는지 몰랐어."

"1학년이야."

"문학 전공?"

"우리 아버진 과학은 연약한 여자가 할 만한 학문이 아니라고 생각하시거든."

"물론이지. 숫자가 많으니까."

"상관없어. 내가 좋아하는 건 독서니까. 게다가 여기서 재미있는 사람들도 알게 됐고."

"벨라스케스 교수 같은?"

베아가 쓴웃음을 지었다.

"비록 1학년이긴 하지만, 다니엘, 나도 사람 보는 눈은 있어. 특히 그런 부류의 사람들은 잘 알지."

나는 어떤 부류에 속할지 궁금했다.

"게다가 벨라스케스 교수는 우리 아버지 친구야. 두 분 다 사르수엘라*와 스페인 서정시 보호와 보존을 위한 협회의 이사로 계셔."

나는 감동받은 것처럼 보이려고 애썼다.

"고결한 일을 하시는구나. 그런데 네 애인 카스코스 부엔디아 소위는 잘 있어?"

---

* 사설, 노래, 합창, 춤 등으로 이루어진 스페인식 뮤지컬.

그녀의 얼굴에서 미소가 사라졌다.

"파블로는 삼 주 내로 휴가를 나올 거야."

"좋겠네."

"아주 좋지. 멋진 남자거든, 네가 그 사람을 어떻게 생각하는지는 알지만."

그가 멋진 남자라는 말은 못 믿겠는걸, 나는 생각했다. 베아는 살짝 긴장한 듯한 모습으로 나를 살폈다. 화제를 돌리려고 했는데 말이 먼저 나와버렸다.

"너희가 결혼해서 엘 페롤*에 살 거라고 토마스가 얘기해줬어."

그녀는 눈도 깜박거리지 않고 고개를 끄덕였다.

"파블로가 군 복무를 마치면 바로."

"기다리기 힘들겠네." 내 목소리에서 악의가 느껴졌다. 어디서 나왔는지 모를 무례한 말투였다.

"난 괜찮아, 정말이야. 그 집안 재산이 거기 있어. 조선소가 두 개 있지. 파블로는 그중 하나를 맡을 거야. 리더십이 대단하거든."

"그래 보여."

베아가 웃음을 쥐어짰다.

"게다가 바르셀로나는 볼 만큼 봤잖아, 아주아주 오랫동안……"

그녀의 눈은 지치고 슬퍼 보였다.

---

* 스페인 북서부 갈리시아 지방에 있는 도시.

"엘 페롤은 매력적인 도시라더라. 활기가 넘치고. 그리고 해산물이 끝내준대. 특히 거미게가 말이야."

베아는 고개를 저으며 한숨을 쉬었다. 화가 나서 울고 싶어하는 것처럼 보였지만 그러기에는 자존심이 너무 센 사람이었다. 대신 그녀는 말없이 웃었다.

"십 년이나 지났는데 아직도 넌 날 모욕하는 취미를 버리지 않았구나, 안 그래, 다니엘? 자, 네 맘대로 해, 참지 마. 우리가 친구가 될 수도 있겠다고, 아니 그런 척이라도 할 수 있겠다고 생각한 게 잘못이지. 하지만 난 내 동생만큼 좋은 사람이 아냐. 시간 뺏어서 미안해."

그녀는 뒤를 돌아 도서관으로 가는 복도를 걸어내려갔다. 나는 흑백의 타일을 따라 멀어지는 그녀를 보았다. 그녀의 그림자가 통로 유리창에서 떨어지는 빛의 커튼을 갈랐다.

"베아, 기다려."

나는 나 자신을 저주하며 그녀를 쫓아 뛰었다. 복도 중간쯤에서 팔을 붙잡아 그녀를 멈춰 세웠다. 그녀는 이글거리는 눈빛으로 나를 바라보았다.

"미안해. 하지만 네가 틀렸어. 잘못한 건 네가 아니고 나야. 네 동생만큼 좋은 사람이 아닌 건 나라고. 내가 널 모욕했다면, 그건 네가 애인이라고 생각하는 그 재수 없는 놈을 질투해서고, 또 너 같은 애가 엘 페롤이든 콩고든 그놈을 따라 다른 곳에 간다고 생각하니까 화가 나서 그랬던 거야."

"다니엘……"

"넌 날 잘못 알고 있어. 내게 다시 한번 기회를 준다면 우린 친구가 될 수 있어. 지금 넌 내가 별 볼일 없는 놈이란 걸 알고 있지만 말이야. 그리고 넌 바르셀로나에 대해서도 잘못 알고 있어. 바르셀로나의 모든 걸 봤다고 생각하니까. 하지만 그건 진실이 아니라고 장담할 수 있어. 허락한다면 너한테 증명해 보일 수도 있어."

그녀의 얼굴에 미소가 반짝였다. 눈물 한 줄기가 소리 없이 뺨을 타고 천천히 흘러내렸다.

"거짓말은 안 하는 게 좋을 거야." 그녀가 말했다. "안 그러면 내 동생한테 얘기해서 네 머리를 병뚜껑처럼 뽑아버릴 테니까."

나는 그녀에게 손을 내밀었다.

"그것도 괜찮겠네. 그럼 이제 우리 친구지?"

그녀도 손을 내밀었다.

"금요일엔 몇 시에 수업이 끝나?" 내가 물었다.

그녀는 잠시 머뭇거렸다.

"다섯시."

"다섯시 정각에 회랑에서 기다릴게. 그리고 어두워지기 전에 바르셀로나엔 네가 아직 못 본 게 있다는 걸, 그리고 네가 도무지 사랑할 수 없을 것 같은 그 바보 녀석과 엘 페롤에 가면 안 된다는 걸 증명할게. 네가 가버리면 이 도시의 기억이 쫓아다녀서 결국 넌 슬픔 속에 죽게 될 테니까."

"너 정말 확신이 대단하구나, 다니엘."

내가, 심지어 몇 시인지도 확실히 모르는 내가 무식한 놈의 확신으로 고개를 끄덕였다. 나는 그녀의 실루엣이 어스름에 섞일 때까지 그 끝없는 복도를 걸어내려가는 그녀를 바라보며 그대로 서 있었다. 그리고 자문했다. 도대체 내가 무슨 짓을 한 건가.

15

포르투니 모자 가게, 아니 그 잔해는 고야 광장 옆 론다 데 산 안토니오에 있는 검게 그을린 좁고 초라한 건물 아래층에서 쇠락해가고 있었다. 더러운 유리에 새겨진 글자들은 지금도 읽을 수 있었고, 실크해트 모양의 간판도 맞춤 디자인과 파리의 최신 제품들을 약속하며 가게 앞 위쪽에 매달려 있었다. 문은 적어도 십 년은 방치된 듯한 자물쇠로 단단히 잠겨 있었다. 나는 판유리에 이마를 바짝 붙이고는 어두운 실내를 살펴보려고 애썼다.

"임대 때문에 왔으면 좀 늦었군." 등뒤에서 누군가 중얼거리는 소리가 들렸다. "관리인이 이미 가버렸거든."

내게 말을 건 예순 살쯤 돼 보이는 여자는 독실한 미망인들의 전통적인 옷차림을 하고 있었다. 머리를 감싼 담홍색 스카프 아래 곱슬머리 두 가닥이 비어져나와 있고, 푹신해 보이는 슬리퍼는 무릎까지 오는 살색 스타킹과 잘 어울렸다. 이 건물의 경비원일 거라 짐작했다.

"가게를 세놓을 건가요?"

"그것 때문에 온 거 아닌가?"

"그건 아니지만, 누가 알겠어요, 혹시 제 맘에 들지."

경비원 노파는 눈살을 찌푸렸다. 날 못 믿을 부류라고 판단할지 아니면 은혜를 베풀어 좀더 두고볼지 생각하는 듯했다. 나는 내가 가진 미소 중 가장 천사 같은 미소를 지어 보였다.

"가게 문을 닫은 지는 오래됐나요?"

"적어도 십이 년은 됐지, 그 노인네가 죽고부터니까."

"포르투니 씨요? 그분을 아세요?"

"사십팔 년 동안 이 층계를 같이 썼네, 젊은이."

"그럼 혹시 포르투니 씨 아들도 아세요?"

"훌리안? 그럼, 물론이지."

나는 호주머니에서 불에 탄 사진을 꺼내 노파에게 보여주었다.

"사진 속 젊은이가 훌리안 카락스인지 아닌지 말씀해주실 수 있어요?"

그녀는 좀 의심스럽다는 듯이 나를 바라보았다. 그러고는 사진을 받아 들고 뚫어져라 들여다보았다.

"알아보시겠어요?"

"카락스는 그애 엄마의 처녀 적 성이었지." 노파가 못마땅해하는 투로 말했다. "훌리안이야, 맞아. 내 기억으론 은은한 금발이었어. 여기 이 사진에서는 더 까맣지만 말이야."

"그럼 그 옆에 있는 소녀는 누군지 말씀해주실 수 있나요?"

"그렇게 물어보는 이는 누구신가?"

"죄송해요. 저는 다니엘 셈페레라고 해요. 카락스 씨. 그러니까 훌리안에 대해 뭘 좀 알아보고 있어요."

"훌리안은 옛날에 파리로 떠났어, 1918년인가 19년에. 그애 아버지가 군대에 보내려고 했거든. 무슨 말인지 알겠지? 내 생각엔 그애 엄마가 그 불쌍한 애를 살리려고 데려간 것 같아. 여기 꼭대기 층에는 포르투니 씨 혼자 남았지."

"훌리안이 언제 바르셀로나로 돌아왔었는지 아세요?"

그녀는 잠시 아무 말 없이 나를 바라보았다.

"몰랐나? 훌리안은 그해에 죽었네. 파리에서."

"네?"

"훌리안은 사망했다고. 파리에서. 그곳에 도착한 지 얼마 안돼서. 입대하는 게 더 나을 뻔했어."

"할머니께서 그걸 어떻게 아시는지 여쭤봐도 될까요?"

"어떻게 알았겠어? 그애 아버지가 얘기해줬지."

나는 천천히 고개를 끄덕였다.

"그랬군요. 그런데 훌리안이 어떻게 죽었다고 하던가요?"

"솔직히, 그 노인네는 자세한 얘긴 안 해줬어. 어느 날인가, 훌리안이 떠나고 얼마 안 돼서 그애 앞으로 편지가 왔기에 내가 그애 아버지한테 얘기하니까, 자기 아들은 죽었으니 이제 그애한테 오는 건 버리라고 했어. 왜 그런 얼굴을 하고 있나?"

"포르투니 씨는 할머니한테 거짓말을 했어요. 훌리안은 1919년에 죽지 않았거든요."

"뭐?"

"훌리안은 적어도 1935년까진 파리에서 살았어요. 그다음엔 바르셀로나로 돌아왔고요."

노파의 얼굴이 밝아졌다.

"그럼 훌리안이 여기, 바르셀로나에 있단 말인가? 어디에?"

나는 이렇게 노파를 부추김으로써 그녀가 더 많은 이야기를 해주길 바라며 다시 고개를 끄덕였다.

"하느님 맙소사…… 굉장한 소식이로구먼. 좋아, 그애가 살아 있다면 말이지. 그애는 아주 사랑스런 아이였어. 희한한 구석이 있고 곧잘 공상에 잠기긴 했지만, 그래 맞아, 사람 마음을 사로잡는 뭔가가 있었어. 군대에 갔더라도 좋은 군인은 못 됐을 거야. 멀리서만 봐도 알 수 있었지. 우리 이사벨리타도 그앨 끔찍이 좋아했었어. 한동안 그애들이 결혼할 거라고 생각했을 정도라니까. 어린애들 장난이었지만…… 그 사진 좀 다시 보여주겠나?"

나는 다시 사진을 건넸다. 그녀는 그것이 부적인 양, 청춘으로 돌아가는 티켓인 양 지그시 바라보았다.

"거짓말 같아. 이것 보게나. 그애가 지금 여기 있는 것 같잖아…… 그런데 그 재수 없는 늙은이는 죽었다고 하다니. 하긴 세상에는 온갖 사람이 다 있으니 그런 사람도 있을 테지. 그런데 훌리안은 파리에서 뭘 했지? 부자가 됐을 거야. 난 언젠가 훌리안이 부자가 될 것 같았어."

"전혀요. 작가가 됐거든요."

"이야기 쓰는 사람?"

"비슷해요. 소설을 썼어요."

"라디오에 나오는 거 말인가? 그래, 이상할 거 없지. 그앤 어렸을 때도 동네 꼬맹이들에게 곧잘 이야기를 들려주었어. 여름에는 가끔 우리 이사벨리타와 개 사촌들도 그애 이야기를 들으러 밤에 옥상으로 올라가기도 했었다니까. 애들 말로는 그앤 절대 같은 이야기를 두 번 하는 일이 없었대. 하지만 이야기들이 하나같이 죽은 사람이나 영혼에 대한 것이었던 건 사실이야. 아까 말했듯이 그앤 좀 희한한 구석이 있었지. 하지만 그런 아버지와 함께 살면서 돌아버리지 않은 게 더 희한한 일일지도 몰라. 마누라가 도망칠 만도 했지, 형편없는 작자였으니까. 한번 들어보게. 난 남의 일에 나서는 사람은 아니네. 내 눈에 다 좋아 보이거든. 하지만 그자는 좋은 사람이 아니었어. 결국 이 건물 사람들 모두 알게 됐지. 그자는 여자를 때렸어, 알겠나? 집 밖으로 항상 비명이 들렸고, 몇 번인가는 경찰도 왔지. 가끔은 남편이 때려서 마누라 버릇을 고쳐야 한다는 걸 지금은 이해하지, 아니라고는 말 못 해. 정신 나간 여자들도 있고, 또 요즘 젊은 것들은 옛날처럼 자라지 않았거든. 하지만 그 인간은 별 이유도 없이 그 여자를 패는 걸 좋아했어. 그랬지. 내 말 알아듣겠나? 그 불쌍한 여자는 친구라곤 5층 2호에 사는 비센테타라는 아가씨뿐이었지. 그녀는 때리는 남편을 피해 비센테타의 집으로 도망가곤 했어. 그리고 그녀에게 얘기해주었지……"

"어떤 이야기요?"

그녀는 뭔가 비밀스런 이야기를 하려는 듯 눈썹을 치켜세우고 양옆 길을 곁눈질했다.

"그애가 모자 가게 주인의 자식이 아니라는 그런."

"훌리안이요? 훌리안이 포르투니 씨의 아들이 아니었단 말이에요?"

"그 프랑스 여자가 비센테타에게 그랬다더군. 홧김에 한 말인지도 모르지만, 누가 알겠나? 난 몇 년 뒤에 들은 얘기야, 그들이 더는 이곳에 안 살 때."

"그럼 훌리안의 진짜 아버지는 누구였죠?"

"프랑스 여자가 그 얘긴 절대 안 했대. 누군지 몰랐는지도 모르지, 외국 애들이 어떻게 노는지 알잖아."

"그래서 남편이 때린 걸까요?"

"누가 알겠어? 그 여자는 세 번이나 병원에 실려가야 했어. 이 봐, 세 번이야 세 번. 그리고 그 나쁜 놈은 뻔뻔하게도 온 동네 사람들에게 그 여자가 잘못해서 그런 거라고 말했지. 자기 마누라는 알코올 중독이고, 항상 술을 마시고 집 안 아무 데나 널브러진다고 말이야. 하지만 난 그 말을 믿지 않네. 그는 온 동네 사람들이랑 싸우고 다녔으니까. 한번은, 지금은 고이 잠들어 있을 죽은 내 남편이 자기 가게에서 뭘 훔쳤다고 경찰에 고발했는데, 그자 말로는 무르시아 출신들은 하나같이 게으름뱅이에 도둑놈이라는 거야. 우린 우베다 출신인데……"

"사진에서 훌리안과 함께 있는 소녀를 안다고 하셨나요?"

그녀는 다시 사진에 집중했다.

"한 번도 본 적이 없네. 아주 예쁘군."

"사진으로 봐선 애인 사이 같아요."

그녀의 기억을 자극하려고 내가 넌지시 말했다.

그녀는 고개를 저으며 사진을 돌려주었다.

"사진을 봐선 모르겠어. 내가 알기로 훌리안은 애인이 없었거든. 있었다고 해도 나한테 말하지는 않았겠지만. 우리 이사벨리타가 그 녀석과 얽혀 있다는 것도 간신히 알아냈으니까…… 자네들 젊은이들은 아무 말도 안 하잖아. 우리 늙은이들은 지칠 줄 모르고 떠들어대는데."

"훌리안의 친구들은 기억하세요? 특별히 이 근처에 왔던 친구라든지."

그녀는 어깨를 으쓱해 보였다.

"아이고, 벌써 오래전 일이야. 게다가 마지막 해에는 훌리안은 이곳에 거의 안 왔어. 학교에서 아주 좋은 집안의 아들과 친구가 됐거든. 알다야 가문이라고, 두말할 필요가 없는 집안이지. 지금이야 그 가문에 대해 말하는 사람이 아무도 없지만, 당시엔 그야말로 왕가王家나 다름없었어. 돈이 무척 많았지. 가끔 그 집에서 훌리안을 데려가려고 차를 보내와서 나도 알지. 그 차를 젊은 이도 봤어야 하는데. 프랑코도 그런 차는 없을 거야. 운전기사가 딸렸고, 반짝반짝하지 않는 데가 없었지. 차를 좀 알던 우리 파코 말로는, 그 차가 바로 '롤스로이'인가 뭔가라더군. 대단한 거라면서."

"훌리안의 그 친구 이름을 기억하세요?"

"이보게, 알다야 같은 성姓으로는 이름이 필요 없다네. 무슨 말인지 알겠나? 다른 친구 이름은 기억하는데, 좀 덜렁댔어, 미켈이라고. 그애도 학교 친구였을 거야. 그애 성이 뭔지, 어떻게 생겼는지는 묻지 말게."

우리의 대화는 손익분기점에 도달한 듯했고, 나는 노파가 흥미를 잃을까봐 두려웠다. 나는 내 예감을 따르기로 했다.

"지금 포르투니 씨 집에 누군가 살고 있나요?"

"아니. 그 영감은 유언도 없이 죽었고, 그 마누라는, 내가 알기론 아직 부에노스아이레스에 있는데, 장례식에도 안 왔었어."

"왜 부에노스아이레스죠?"

"남편에게서 더 멀리 떨어진 장소를 못 찾았기 때문이겠지, 내 생각엔 그래. 그녀를 탓할 수야 없지. 모든 걸 변호사에게 위임했는데, 그 변호사도 좀 희한한 남자였어. 난 한 번도 못 봤는데, 바로 아래인 6층 1호에 사는 우리 딸 이사벨리타 말로는 그 변호사가 열쇠가 있어서 가끔 밤에 와서는 몇 시간 동안 집 안을 서성이다 간다더군. 한번은 나한테 여자 하이힐 소리 같은 것도 들린다고 했어. 어떻게 된 영문인지는 나도 모르지."

"기다란 장대 소리였겠죠." 내가 넌지시 말했다.

그녀는 멍하니 나를 바라보았다. 분명 경비원 노파에게 그 주제는 매우 심각한 것이었다.

"그리고 요 몇 년 사이에 이 집을 찾아온 사람은 아무도 없었나요?"

"한번은 아주 기분 나쁜 자가 한 명 왔었어. 늘 억지웃음을 짓고, 저만치서 오고 있는데도 대번에 누군지 알 수 있는 사람 있잖아. 강력계 소속이라더군. 집을 보고 싶어했고."

"이유도 말하던가요?"

그녀가 고개를 저었다.

"이름 기억하세요?"

"무슨 경감이라던데. 그자가 경찰이라는 것도 못 믿겠더군. 느낌이 안 좋더라고. 무슨 말인지 알겠지? 개인적인 뭔가가 있는 것 같더라고. 그래서 쫓아버렸어. 난 그 집 열쇠가 없으니 원하는 게 있으면 변호사에게 연락하라고 했어. 다시 오겠다고는 했는데 이 근처에서는 못 봤어. 속이 시원하지."

"혹시 그 변호사의 이름과 주소는 모르세요?"

"그건 건물 관리인 몰린스 씨에게 물어봐야지. 사무실이 여기서 아주 가까워. 플로리다블랑카 가街 28번지 2층이야. 그 사람한테 가서 아우로라 부인 소개로 왔다고 해."

"정말 고맙습니다. 그런데 아우로라 부인, 그럼 포르투니 씨 집은 비어 있나요?"

"아예 빈 건 아냐. 그 영감이 죽은 뒤로 몇 년 동안 그 집에서 뭘 가지고 나간 사람이 없었으니까. 가끔 냄새도 나. 쥐도 있을 거야, 명심하라고."

"제가 그 집에 좀 들어가볼 수 있을까요? 훌리안이 정말 어떻게 됐는지 알려줄 뭔가를 찾을 수도 있잖아요……"

"아, 난 그럴 수 없어. 젊은이가 몰린스 씨랑 얘길 해. 그 사람 담당이니까."

나는 그녀에게 짓궂은 미소를 지어 보였다.

"하지만 제 생각엔 부인께서 마스터키를 갖고 계실 것 같은데요. 비록 그자에겐 없다고 하셨어도…… 저 안에 뭐가 있는지 궁금해 죽을 지경이 아니라고는 말씀하지 마세요."

아우로라 부인이 나를 곁눈질로 보았다.

"젊은이는 악마로구면."

묘석처럼 열린 문은 갑작스러운 신음과 함께 눅눅하고 역겨운 집 안의 냄새를 뿜어냈다. 나는 현관문을 안쪽으로 밀었다. 어둠 속에 가라앉아 있던 복도가 보였다. 공기는 답답했고 축축한 악취를 풍겼다. 소용돌이 모양의 기름때와 먼지 뭉치가 천장 구석에 백발처럼 매달려 있었다. 깨진 바닥 타일 위에는 재가 층층이 더께 져 있었다. 집 안으로 난 발자국들 같은 것이 눈에 띄었다.

"하느님 맙소사." 아우로라 부인이 중얼거렸다. "여긴 양계장 바닥보다 똥이 더 많군."

"원하시면, 저 혼자 들어갈게요." 내가 말했다.

"그건 젊은이가 원하는 거겠지. 자, 앞장서게. 따라가겠네."

우리는 등뒤의 문을 닫았다. 어둠이 눈에 익을 때까지 우리는 잠시 입구에서 가만히 기다렸다. 노파의 긴장한 숨소리가 들렸고, 그녀의 땀 냄새가 느껴졌다. 나 자신이 탐욕과 열망에 영혼이 중독된 도굴범처럼 느껴졌다.

"이봐, 무슨 소리지?" 노파가 불안한 말투로 물었다.

우리의 등장에 놀란 뭔가가 어둠 속에서 퍼덕였다. 복도 끝에서 움직이는 창백한 물체를 얼핏 본 것 같았다.

"비둘기들이에요." 내가 말했다. "깨진 창문으로 들어와서 여기에 둥지를 틀었나봐요."

"소름 끼치는 역겨운 새들이군." 그녀가 말했다. "똥이나 싸질러대고 말이야."

"진정하세요, 아우로라 부인. 저 새들은 배고플 때만 공격해요."

몇 걸음 더 나아가 복도 끝에 다다르자 발코니로 통하는 주방에 도착했다. 수의 같은 찢어진 테이블보가 덮인 허름한 식탁이 보였다. 의자 네 개가 유리로 된 다기 세트를 보관하는 지저분한 유리 진열장 두 개와 함께 밤샘을 하고 있었다. 한쪽 구석에는 카락스 어머니의 낡은 업라이트 피아노가 있었다. 건반들은 때가 타 까매졌고, 사이사이에 먼지 더께가 앉아 경계를 알아볼 수도 없었다. 발코니 앞에는 낡아빠진 긴 커버를 씌운 안락의자 하나가 무너져가고 있었다. 그 옆 커피 테이블에는 연한 색깔 가죽으로 제본되고 금으로 테두리를 두른 성경과 독서용 안경이 놓여 있었다. 성경은 첫영성체 때 선물하는 종류의 것으로 아직 주홍색 갈피끈이 남아 있었다.

"이봐, 이 의자에서 그 영감이 죽은 채로 발견됐어. 의사 말로는 이틀이나 그렇게 있었다더군. 그렇게 죽다니 참 슬프지, 개처럼 외롭게 말이야. 물론 그래도 싼 사람이지만, 그건 참……"

나는 포르투니 씨가 죽었다는 안락의자로 다가갔다. 성경 옆에 흑백사진들이 담긴 작은 상자가 있었다. 스튜디오에서 찍은 오래된 인물 사진들이었다. 나는 무릎을 꿇고 앉아 손으로 만지는 것조차 주저하면서 그것들을 자세히 살펴보았다. 내가 한 불행한 노인의 추억을 더럽히고 있다는 생각도 들었지만, 결국은 호기심이 이겼다. 첫번째 사진은 한 쌍의 젊은 남녀가 기껏해야 네 살이나 되었을까 싶은 아기를 데리고 찍은 것이었다. 눈을 보니 아기가 누구인지 알아볼 수 있었다.

"여기 있군그래. 젊은 시절 포르투니 씨와 그녀가……"

"훌리안은 형제나 자매가 없었나요?"

그녀는 한숨을 쉬며 어깨를 으쓱했다.

"그녀가 남편의 구타로 뱃속에 있던 아이를 잃었다는 소문을 듣긴 했지만 잘은 모르겠어. 사람들은 남 얘기 하는 걸 좋아하니까 말이야, 그렇잖아? 난 아니지만. 한번은 훌리안이 이 건물 꼬마들한테 자기만 볼 수 있는 여동생이 있다고 했대. 그애는 연기로 만들어진 것처럼 거울 속에서 나오는데, 호수 깊은 곳 왕궁에서 악마와 함께 산다는 거야. 덕분에 우리 이사벨리타가 한 달 내내 나쁜 꿈을 꾸었었어. 그 아이는 가끔 소름 끼치게 하는 데가 있었다니까."

나는 주방을 둘러보았다. 안마당이 내려다보이는 작은 창유리가 깨져서 건너편 비둘기의 신경질적이고 적대적인 날갯짓 소리를 들을 수 있었다.

"모든 집들이 똑같은 구조인가요?" 내가 물었다.

"길가 쪽으로 난 집들은 똑같아. 그런데 이 집은 꼭대기 층이라서 좀 다르다네." 그녀가 설명했다. "주방과 마당이 내다보이는 세탁실이 있지. 이 복도에는 방이 세 개 있고 끝에는 화장실이 있어. 적당한 구조지, 훌륭하잖아, 안 그런가? 이 집은 우리 이사벨리타 집하고 비슷해. 물론 지금은 무덤 같지만."

"훌리안의 방이 어딘지 아세요?"

"첫번째 문은 부부 침실이야. 두번째 것이 작은방 문일 걸세. 아마 거기일 거야, 내 생각엔."

나는 복도로 접어들었다. 벽에 칠해진 페인트가 갈라져 바스러지고 있었다. 복도 끝에 있는 화장실 문이 약간 열려 있었다. 그 안의 거울에서 얼굴 하나가 나를 지켜보고 있는 듯했다. 내 얼굴일 수도, 거기 산다는 훌리안의 여동생 얼굴일 수도 있었다. 나는 두번째 문을 열려고 끙끙댔다.

"잠겨 있네요." 내가 말했다.

경비원 노파가 어리둥절해하며 나를 바라보았다.

"이 문들은 자물쇠가 없는데." 그녀가 중얼거렸다.

"이 문은 있는데요."

"그럼 그 노인네가 만들었나보군. 왜냐하면 다른 집들은……"

시선을 내려보니 먼지 위에 남은 발자국이 잠긴 문까지 이어져 있었다.

"누군가 방에 들어갔어요." 내가 말했다. "최근에요."

"겁주지 말게." 그녀가 말했다.

나는 다른 문으로 다가갔다. 그 문에는 자물쇠가 없었다. 손을 대자 끼익 소리를 내며 문이 열렸다. 방 한가운데에는 정돈되지 않은 오래된 사주식 침대가 놓여 있었다. 시트는 수의처럼 누르스름했고, 침대 머리맡에 십자가상이 놓여 있었다. 작은 거울이 달린 서랍장과 그릇, 단지, 의자도 있었다. 문이 조금 열린 옷장은 벽에 붙어 서 있었다. 나는 침대를 돌아 옆에 있는 탁자로 갔다. 탁자 유리 아래는 조상들의 사진과 장례식 안내문, 복권 따위가 끼여 있었고, 탁자 위에는 나무를 깎아 세공한 오르골과 다섯시 이십분에 영원히 얼어붙은 회중시계가 있었다. 오르골의 태엽을 감아보았지만 멜로디는 여섯 번 소리가 난 후 끊어졌다. 탁자 서랍을 열자, 빈 안경집과 손톱깎이, 휴대용 술병과 루르드 성녀의 메달이 들어 있었다. 그것 말고는 아무것도 없었다.

"여기 어딘가에 그 방 열쇠가 있을 텐데요." 내가 말했다.

"관리인이 가지고 있을 거야. 젊은이, 이젠 나가는 게 나을 듯 싶은데……"

나는 오르골을 내려다보았다. 덮개를 벗기자 거기, 기계장치의 움직임을 방해하는 금빛 열쇠가 들어 있었다. 열쇠를 꺼내자 오르골은 다시 소리를 내기 시작했다. 라벨의 곡이었다.

"이게 그 열쇠일 거예요." 나는 노파에게 미소 지어 보였다.

"이봐, 그 방이 잠겨 있다면, 무슨 이유가 있을 거야. 아무리

추모하려고 그러는 거라지만……"

"내키지 않으면 경비실에서 기다리셔도 돼요. 아우로라 부인."

"젊은이는 악마야. 자, 빨리 문을 열게나."

16

열쇠를 꽂는 동안 자물쇠 구멍에서 흘러나온 약간의 차가운 공기가 내 손가락을 핥으며 쉿쉿 소리를 냈다. 포르투니 씨가 비어버린 아들의 방문에 달아놓은 자물쇠는 현관문 자물쇠보다 세 배나 컸다. 아우로라 부인은 마치 우리가 이제 곧 판도라의 상자를 열기라도 하는 것처럼 근심스런 시선으로 나를 바라보았다.

"이 방은 길가 쪽으로 나 있나요?" 내가 물었다.

그녀가 고개를 저었다.

"안마당이 건너다보이는 작은 환기창이 하나 있어."

나는 안쪽으로 문을 밀었다. 한 치 앞을 볼 수 없는 어둠의 늪이 우리 앞에 펼쳐졌다. 등뒤의 숨결 같은 희미한 빛 한 줌이 우리를 앞서가 간신히 어둠에 흔적을 남겼다. 안마당이 건너다보이는 창은 누렇게 바랜 신문지로 덮여 있었다. 신문지를 걷어내자 바늘처럼 가느다란 빛이 어둠에 구멍을 뚫었다.

"예수님이여, 마리아여 그리고 요셉이여." 내 옆에서 노파가 중얼거렸다.

방은 십자가상들로 가득했다. 그것들은 천장에 매달린 줄 끝에서 흔들거리거나 못에 걸려 벽을 덮고 있었다. 수십 개는 돼 보였다. 방 안 구석구석 목조 가구에 칼로 새기거나 바닥 타일에 긁어놓거나 거울들에 빨간색으로 그린 십자가도 눈에 띄었다. 방문 앞까지 우리를 이끈 발자국은 아무것도 없이 철사 골조와 벌레 먹은 나무만 남은 침대 주변의 먼지 위에도 나 있었다. 침실 한쪽 끝, 창문 아래 금속 십자가상 세 개가 놓인 접이식 책상이 있었다. 나는 조심스럽게 책상을 펼쳤다. 나무 덮개의 이음매에 먼지가 없는 것으로 보아, 최근에 펼쳐진 적이 있는 듯했다. 책상에는 여섯 개의 서랍이 있었는데, 누군가 자물쇠들을 억지로 연 흔적이 있었다. 서랍을 하나하나 살펴보았다. 모두 비어 있었다.

나는 책상 옆에 무릎을 꿇고 손가락으로 나무의 흠집들을 만져 보았다. 그리고 이제는 세월에 의해 그 의미가 모호해진 상형문자 같은 낙서들을 했을 훌리안 카락스의 손을 상상했다. 책상 구석에 노트 더미와 연필, 펜이 꽂힌 필통이 있었다. 나는 노트 하나를 들고 훑어보았다. 그림들과 낙서들이었다. 셈을 연습한 것, 책에서 인용한 관련 없는 문장들, 끝맺지 못한 시 따위가 있었다. 모든 노트가 마찬가지인 듯했다. 어떤 그림들은 형태만 약간 달리해 몇 장씩 그려져 있었다. 물꽃으로 표현된 한 남자의 형상이 주의를 끌었다. 천사나, 십자가를 칭칭 휘감은 파충류처럼 보이는 것도 있었다. 탑과 성당의 아치 같은 것으로 이루어진 화려한 대저택의 스케치들도 어렴풋이 보였다. 터치는 대담했고 재능이 엿보였다. 어린 카락스는 어느 정도 재능 있는 삽화가의 재주를 보여주고 있었으나, 모든 그림은 거친 스케치에 머물렀다.

자세히 보지 않고 마지막 노트를 제자리에 돌려놓으려던 그때, 그 속에서 뭔가가 미끄러져 발치에 떨어졌다. 사진이었다. 사진 찍힌 소녀는 건물 앞에서 찍은 불에 탄 사진 속의 그 소녀였다. 소녀는 화려한 정원에서 포즈를 취하고 있었는데, 우듬지 저편으로 어린 카락스의 스케치에서 보았던 집의 모양이 어렴풋이 보였다. 나는 그것이 무엇인지 바로 알아보았다. 티비다보 애비뉴에 있는 '엘 프라레 블랑'* 탑이었다. 사진 뒷면에는 짧막한 글귀가 쓰여 있었다.

당신을 사랑하는, 페넬로페가

나는 사진을 주머니에 넣고 책상을 도로 접고는 경비원 노파에게 미소 지어 보였다.

"다 봤나?" 방에서 나가고 싶은 기색이 역력한 그녀가 물었다.

---

* '흰옷 입은 카르멜 수도사'라는 의미.

"거의 다 돼가요." 내가 말했다. "아까 할머니께서 훌리안이 파리로 떠나고 얼마 안 돼서 그의 앞으로 편지가 왔는데, 훌리안의 아버지가 갖다버리라고 했다고 하셨잖아요……"

경비원 노파는 잠시 주저하다가 고개를 끄덕였다.

"그 편지는 현관홀에 있는 캐비닛 서랍에다 넣어두었지, 언젠가 그 프랑스 여자가 돌아올지도 몰라서. 아직 거기 있을 텐데……"

우리는 캐비닛으로 가서 맨 위 서랍을 열었다. 멈춰 선 시계들, 단추들, 이십 년 전부터 유통되지 않는 동전 더미 위에 황토색 봉투 하나가 놓여 있었다. 나는 봉투를 집어들고 자세히 살펴보았다.

"읽어보셨나요?"

"젊은이, 날 뭘로 보는 건가?"

"기분 나빠하지 마세요. 사정이 이러니 그렇게 생각할 수도 있잖아요. 할머니께선 불쌍한 훌리안이 죽었다고 생각하셨으니까……"

경비원 노파는 어깨를 으쓱하고는 시선을 아래로 향한 채 문쪽으로 걸음을 떼었다. 나는 그 순간을 틈타 편지를 재킷 안주머니에 넣고 서랍을 닫았다.

"젊은이, 이상하게 생각하지는 마." 경비원 노파가 말했다.

"그럼요. 편지에 뭐라고 쓰여 있었나요?"

"연애편지였어. 라디오에 나오는 그런 이야기들 말이야. 물론

더 슬펐지. 그건 진짜 같았으니까. 편지를 읽으니 정말로 울고
싶어지더라고."

"정말 마음이 따뜻한 분이네요, 아우로라 부인."

"젊은이는 악마고."

그날 오후, 훌리안 카락스에 대해 새로운 사실을 알게 되면 알
려주겠다고 아우로라 부인에게 약속하고 헤어진 나는 그 건물
관리인의 사무실로 갔다. 몰린스 씨는 좋은 시절도 있었지만 지
금은 플로리다블랑카 가의 허름한 건물 2층에 파묻힌 듯한 지저
분한 사무실에서 시들어가고 있었다. 그는 통통한 사내로 콧수
염에서 자라난 듯 보이는 반쯤 피운 담배를 입에 물고서 싱글거
리고 있었다. 코 고는 사람처럼 숨을 거칠게 쉬어서 자는 건지
깨어 있는 건지 분간이 어려웠다. 기름 낀 머리카락이 이마에 찰
싹 달라붙어 있고, 탐욕스런 돼지 같은 눈빛은 사악해 보였다.
그가 입은 양복은 로스 엔칸테스 시장에서 십 페세타도 부르지
않을 것 같았는데, 열대 분위기가 나는 요란한 색깔의 넥타이 덕
분에 그나마 조금은 나아 보였다. 사무실 외관으로 보아 이제 그
곳에서는 왕정복고* 이전의 바르셀로나의 거미줄과 벌레들 외에

---

* 스페인 역사에서 제1공화국과 제2공화국 사이, 19세기 중반부터 20세기 초까
지의 시기를 일컫는다.

는 거의 아무것도 관리되지 않는 듯했다.

"수리중일세." 몰린스가 변명조로 말했다.

어색함을 없애려고 나는 아우로라 부인의 이름을 집안의 오랜 친구인 양 슬쩍 꺼냈다.

"젊었을 때는 대단한 미인이었지, 정말이네." 몰린스가 말했다. "세월이 그녀를 굼벵이로 만들어버렸지. 물론 나도 예전의 나는 아니야. 물론 믿지 않겠지만 자네 나이였을 때는 아도니스 같았지. 아가씨들이 내 앞에 무릎을 꿇고는 자기를 잠시나마 사랑해달라고, 내 아이를 갖게 해달라고 사정했다네. 아, 20세기는 엿같아. 그런데, 뭘 도와줄까, 젊은이?"

나는 포르투니 가와 먼 친척 되는 사람에 대한 그럴싸한 이야기를 대충 만들어냈다. 몰린스는 오 분이나 수다를 떨고 나서야 문서 보관함으로 몸을 끌고 가 훌리안의 어머니 소피 카락스와 관계된 일들을 담당하는 변호사의 주소를 가르쳐주었다.

"어디 보자…… 호세 마리아 레케호. 레온 13세 가街 59번지. 비아 라예타나에 있는 중앙우체국 사서함으로 육 개월에 한 번 씩 편지를 보내긴 했는데."

"레케호 씨를 아세요?"

"가끔 그의 여비서와 전화 통화를 했지. 사실 그와의 모든 일은 내 여비서가 우편으로 처리했어. 오늘은 여비서가 미용실에 가고 없어. 요즘 변호사들은 예전처럼 얼굴을 맞대고 일할 시간이 없다네, 이 직업에 더는 신사가 없단 말이지."

보아하니 믿을 만한 주소도 아니었다. 건물 관리인의 책상 위에 있던 거리 지도를 대강 한번 본 것만으로도 내 의심은 사실로 드러났다. 가상의 변호사 레케호의 주소는 존재하지 않았다. 그 사실을 알려주자, 몰린스 씨는 내 말을 농담처럼 받아 넘겼다.

"기가 막히는군!" 그가 웃으면서 말했다. "내가 뭐라 그랬나? 다 도둑놈들이라니까."

관리인은 의자에 몸을 기대고는 또다시 코를 고는 듯 숨을 내쉬었다.

"그 사서함 번호는 가지고 계세요?"

"색인 카드대로라면 2837번이군. 비서가 작성한 번호들은 잘 알아볼 수가 없지만 말이야. 자네도 알겠지만 여자들이란 수학엔 영 쓸모가 없거든. 여자들이 쓸모 있는 건……"

"그 카드 좀 봐도 될까요?"

"물론이지. 직접 보게."

나는 건네받은 색인 카드를 자세히 살펴보았다. 숫자들은 똑똑히 알아볼 수 있었다. 사서함 번호는 2321번이었다. 이 사무실에서 관리했을 회계장부를 떠올리며 나는 속으로 기겁을 했다.

"생전에 포르투니 씨와 자주 만나셨나요?" 내가 물었다.

"그저 그랬지. 매우 금욕적인 사람이었어. 그 프랑스 여자가 그를 버린 걸 알게 됐을 때가 기억나는군. 라 팔로마 댄스홀 옆에 내가 아는 비싼 곳으로 여기 친구 몇 명과 함께 그를 초대해서 창녀들과 놀려고 했었지. 그를 위로해주려고 말이야, 응? 다른 뜻은 없었어. 그런데 그다음부터 그는 내게 말을 걸지도 않고 심지어 길에서 마주쳐도 인사를 안 했어. 마치 내가 투명인간이라도 된다는 듯이 말이야. 이런 일에 대해 어떻게 생각하나?"

"참 놀랍네요. 포르투니 가에 대해 좀더 이야기해주실 수 있으세요? 그 사람들이 기억나세요?"

"옛날 일이지." 그가 향수에 젖은 표정으로 중얼거렸다. "확실한 건 내가 할아버지 포르투니를 알았다는 거야. 모자 가게를 차린 그 사람 말이야. 아들에 대해선 할 말이 별로 없어. 그 아내는 볼만했지. 대단한 여자였어. 품위도 있었고, 응? 안 좋은 얘기나 나쁜 소문은 무성했지만."

"훌리안이 포르투니 씨의 친아들이 아니라는 그런 소문요?"

"그런데 젊은이는 어디서 그런 얘기를 들었나?"

"친척이라고 말씀드렸잖아요. 모두가 다 아는 사실이죠."

"밝혀진 건 아무것도 없네."

"하지만 다들 그렇게 알고 있죠." 나는 그를 부추겼다.

"사람들은 말이 너무 많아. 인간은 원숭이가 아니라 앵무새에서 진화한 게 틀림없어."

"뭐라고들 했는데요?"

"럼주 한잔 하겠나? 이구알라다*산이야. 그런데 취하면 술주

정은 카리브식으로 하게 되지…… 굉장히 좋은 걸세."

"고맙지만 사양할래요. 하지만 옆에 있어드릴게요. 한잔하시는 동안 얘기나 좀 들려주세요."

모두들 모자 기술자라고 부르는 안토니 포르투니가 소피 카라스를 알게 된 건 1899년 바르셀로나 성당 계단 앞에서였다. 그는 성 에우스타키오에게 서원을 하고 나오는 길이었다. 성 에우스타키오는 개별 예배실이 있는 모든 성자들 중에서 사랑의 기적을 허락하는 데 가장 부지런하고 가장 덜 까다롭다고 알려져 있었다. 벌써 서른이 넘은 노총각이었던 안토니 포르투니는 아내를 원했고 이미 소피를 사랑하고 있었다. 소피는 리에라 알타 가의 젊은 여성들을 위한 하숙집에 사는 프랑스 아가씨로, 바르셀로나에서 가장 명망 있는 집안의 자제들에게 솔페주**와 피아노 개인 레슨을 하고 있었다. 그녀는 가족도 물려받은 재산도 없었다. 님***에 있는 어느 극장 피아니스트였던 아버지가 1886년 결핵으로 죽기 전에 남겨주었던 음악 교육과 젊음이 그녀가 가진 전부였다. 반면 안토니 포르투니는 전도유망했다. 최근에 아버지가 운영하던 론다 데 산 안토니오에 있는 평판 좋은 모자 가게를 물려받았다. 거기서 그는 사업을 배웠고 언젠가는

---

* 카탈루냐 지방의 도시.

** 음악 기초 교육 가운데 시창력, 독보력, 청음 능력 따위를 기르는 교과과정.

*** 프랑스 남부에 위치한 고대 유적 도시.

아들에게도 가르쳐주겠다는 꿈을 갖고 있었다. 섬세하고 아름답고 젊고 고분고분하면서 아이도 잘 낳을 것 같은 소피 카락스에게 그는 반해버렸다. 성 에우스타키오는 명성에 걸맞게 그의 소원을 이뤄주었다. 사 개월 동안 끈질기게 따라다니자 소피가 청혼을 받아들였던 것이다. 할아버지 포르투니의 친구였던 몰린스 씨는 안토니에게 잘 모르는 여자와 결혼하는 거라고 주의를 주었다. 소피가 좋은 아가씨 같긴 하지만 아마도 그 결혼은 그녀에게 지나치게 유리할 것이고 적어도 일 년 정도는 기다려보는 것이 좋지 않겠냐고 충고했던 것이다. 안토니 포르투니는 미래의 아내에 대해 이미 충분히 알고 있다고 대답했다. 다른 것에는 관심이 없었다. 그들은 피노의 예배당에서 결혼했고, 몽가트 해수욕장 근처의 온천으로 사흘간의 신혼여행을 떠났다. 떠나는 날 아침에 포르투니는 몰린스 씨에게 첫날밤 침실에서 어떻게 해야 하는지 터놓고 물었다. 몰린스는 그런 건 신부에게 물어보라며 빈정거렸다. 포르투니 부부는 이틀도 지나지 않아서 바르셀로나로 돌아왔다. 이웃들은 소피가 건물로 들어올 때 울고 있었다고 했다. 몇 년 뒤에 비센테타는 소피가 자신에게 다음과 같은 얘기를 해주었다고 맹세했다. 포르투니는 소피의 몸에 손가락 하나 대지 않았고, 그를 유혹하려 하는 소피를 창녀 대하듯 하며 그녀가 하려는 음란한 짓을 거부했다는 것이었다. 육 개월 후 소피는 남편에게 아이를 가졌다고 알렸다. 다른 남자의 아이를.

아버지가 엄마를 때리는 것을 수없이 보고 자란 안토니 포르투니는 그 역시 아버지와 똑같이 행동했다. 한 대 더 패면 죽겠다 싶을 때까지 아내를 때렸다. 그렇게 맞으면서도 소피는 배 속에 있는 아이의 아버지가 누군지 밝히지 않았다. 안토니 포르투니는 자기의 독특한 논리를 적용해 그것은 악마의 소행으로, 아이는 죄악의 자식이고 그 죄악의 아버지는 악마일 뿐이라는 결론을 내렸다. 죄악이 자기 집에 스며들어 아내의 사타구니 사이로 들어왔다고 확신한 그는 집 안 구석구석에 십자가상을 걸어놓았다. 벽과 모든 방문, 그리고 천장에도. 자기를 가둔 침실에 포르투니가 십자가를 뿌리는 걸 보고 점점 더 두려워져 소피는 눈물이 그렁그렁한 눈으로 그에게 미쳤냐고 했다. 분노에 눈이 먼 그는 돌아서서 그녀의 따귀를 때렸다. "창녀 같은 년, 너도 다른 년들과 똑같아." 가죽 허리띠로 실컷 때린 후, 그는 욕을 퍼붓고 난폭하게 그녀를 층계참으로 패대기치고는 침을 퉤 뱉었다. 다음 날 안토니 포르투니가 가게로 내려가려고 문을 열었을 때, 소피는 여전히 그곳에서 온몸이 마른 피로 뒤덮인 채 추위에 떨고 있었다. 의사들은 그녀의 오른손 골절을 온전하게 치료할 수 없었다. 소피 카락스는 이제 다시는 피아노를 칠 수 없게 되었다. 하지만 그녀는 사내아이를 낳았고, 아이에게 자기 생의 다른 모든 것처럼 너무도 일찍 잃어버린 아버지를 추억하며 훌리안이란 이름을 지어주었다. 원래 포르투니는 그녀를 집에서 쫓아낼 생각이었지만 그런 추문은 사업상 좋지 않을 거라고 결론을 내렸다. 오쟁이 진 남자에게서 모자를 살 사람은 아무도 없을 거라는 판단이었다. 말도 안 되는 얘기였다. 결국 소피는 집 뒤쪽의 춥고 어두운 침실로 보내졌고, 거기서 이웃 여자 두 명의 도움을 받아 아들을 낳았다. 안토니는 사흘이 지나도록 집에 들어오지 않았다. "이 아기는 하느님이 당신에게 주신 거예요." 소피가 그에게 말했다. "누군가를 괴롭히고 싶으면 나를 괴롭혀요. 하지만 죄 없는 아이에겐 그러지 마세요. 이 애한테는 가정과 아버지가 필요해요. 내 죄가 그애 죄는 아니잖아요. 제발 우리를 가엾이 여겨줘요."

처음 몇 달은 서로에게 힘든 시간이었다. 안토니 포르투니는 하녀 수준으로 아내의 위상을 낮췄다. 이제 그들은 잠자리는 고사하고 식사도 함께 하지 않았고, 집안일을 해결하기 위한 것이 아니면 대화도 거의 나누지 않았다. 안토니 포르투니는 한 달에 한 번, 보통 보름달이 뜰 때에 맞춰 새벽에 소피의 침실에 나타나 말 한마디 하지 않고 거칠게, 그러나 별 기교 없이 아내를 덮쳤다. 소피는 이 드물고 공격적인 내밀한 순간을 최대한 이용해서 그에게 사랑의 말을 속삭이고 능숙하게 애무하며 그의 마음을 얻으려고 노력했다. 그러나 포르투니는 그런 하찮은 일에 움직이는 사람이 아니었다. 욕정에 대한 열망은 몇 초, 길어야 몇 분 안에 사라졌다. 소피의 잠옷을 걷어올리고 하는 그런 강간 행위로는 아이가 생기지 않았다. 몇 년 후 포르투니는 소피의 침실을 찾는 것도 그만두고, 자기 번민의 위로를 찾아 밤늦게까지 복음서를 읽는 데 취미를 붙였다.

포르투니는 복음서의 도움으로 아이에게 애정을 가져보려고 노력했다. 훌리안은 농담을 좋아하고 그림자가 없는 곳에 그림자를 만들어내길 좋아하는 깊은 시선을 가진 아이였다. 하지만 포르투니는 노력을 했음에도 어린 훌리안을 친자식으로 느낄 수 없었고, 그에게서 자신의 모습도 찾을 수 없었다. 아이는 아이대로 모자에도 교리문답서의 가르침에도 크게 흥미를 느끼는 것 같지 않았다. 성탄절 기간에 훌리안은 예수 탄생 장면의 인물들을 새로 바꾸어 이야기를 만들어내며 놀았는데, 그의 이야기에서 아기 예수는 사악한 목적을 가진 동방박사 세 사람에게 유괴를 당했다. 아이는 곧 늑대의 이빨을 가진 천사들을 그리고, 벽에서 나와 잠자는 사람의 생각을 집어삼키는 두건 쓴 영혼들의 이야기를 만들어내는 일에 푹 빠졌다. 세월이 가면서 포르투니는 아이를 쓸모 있는 사람으로 바르게 키우려는 모든 희망을 포기했다. 포르투니 가의 아이도 아니었고 또 그렇게 될 리도 없었다. 훌리안은 학교생활을 지루해했고, 괴물과 날개 달린 뱀, 조심성 없는 이들을 먹어치우는 살아 움직이는 건물 따위의 그림으로 가득한 노트를 가지고 집에 돌아왔다. 아이는 그때 이미 자기를 둘러싼 일상적 현실보다 환상이나 창작 같은 데 훨씬 더 흥미를 느끼고 있었던 것이 분명했다. 살아오면서 축적된 그 모든 낙심들 중 어느 것도 그를 조롱하기 위해 악마가 보낸 그 아이만큼 안토니 포르투니를 아프게 하진 않았다.

열 살이 되자 훌리안은 벨라스케스* 같은 화가가 되고 싶다고 했다. 그는 그 위대한 화가가 생전에 그리지 못했던—훌리안의 말로는, 그는 너무 자주 왕가의 정신박약아들의 초상화를 그려야만 했다―그림을 그릴 수 있게 되길 꿈꾸었다. 설상가상으로, 소피까지 그에게 피아노를 가르치기로 결심했다. 아마도 외로움을 달래고 아버지를 추억하기 위해서였으리라. 음악, 회화 그리고 인간 사회에서 효용이 없는 것이라면 뭐든 좋아했던 훌리안은 곧 하모니의 기초를 배웠고, 여느 아이들과는 달리 악보를 따라 연주하느니 차라리 스스로 작곡을 하는 게 낫겠다고 생각했다. 안토니 포르투니는 그때까지도 아이의 정신적인 결함의 일부가 제 엄마의 프랑스식 요리에 지나치게 영향을 받은 식습관 때문이라고 믿고 있었다. 버터가 들어간 기름진 음식이 도덕적 파멸을 가져오고 판단을 흐리게 한다는 건 잘 알려진 사실이었다. 그는 소피에게 버터가 들어가는 요리를 모두 금지시켰다. 결과는 그가 예상했던 것과 아주 달랐다.

열두 살이 되자 그림과 벨라스케스에 대한 훌리안의 열정은 사그라지기 시작했지만, 포르투니가 품었던 희망은 얼마 가지 못했다. 훌리안은 훨씬 더 해로운 짓을 위해 프라도**에 대한 꿈을 버렸던 것이다. 그는 카르멘 가街에 있는 도서관을 발견했고, 아버지의 모자 가게에서 허용되는 휴식 시간이면 늘 그 책의 성전으로 가서 소설과 시, 역사책들을 탐독했다. 열세 살 생일 하루 전날 그는 외국인임이

* 17세기 스페인을 대표하는 화가.
** 스페인 마드리드에 있는 세계적인 미술관.

틀림없는, 로버트 루이스 스티븐슨 같은 사람이 되고 싶다고 했다. 포르투니는 그에게 앞으로 기껏해야 석공이나 될 거라고 했다. 그때 그는 아들이 멍청이일 뿐이라고 확신했다.

안토니 포르투니는 종종 밤잠을 못 이루고 좌절과 분노로 뒤척였다. 마음 저 밑바닥에선 그 아이를 사랑한다고 스스로에게 말했다. 그리고 비록 사랑받을 자격은 없지만 첫날밤부터 자기를 배신했던 그 더러운 년도 사랑했다. 그는 영혼을 다해 그들을 사랑했다. 자기 방식대로였지만 그에게는 옳은 방법이었다. 그가 하느님께 기도하는 것도 오로지 그들 셋 모두가 행복해질 수 있는 방법을 가르쳐달라는 것뿐이었다. 그는 그것도 자기 방식대로 했다. 그는 하느님께 신호를 보내달라고, 속삭여달라고, 조금이라도 모습을 보여달라고 빌었다. 신은 그 끝없는 지혜로 혹은 수많은 고통받는 영혼들의 요구에 짓눌려서인지 아무 답도 하지 않았다. 안토니 포르투니가 번민과 고통 속에서 망가져가는 동안, 벽 반대쪽에서는 소피가 자기 인생이 실망과 고립과 죄책감으로 난파되는 것을 보며 서서히 스러지고 있었다. 그녀는 자기가 섬기는 남자를 사랑하지 않았지만, 자기는 그의 소유라고 느꼈다. 그를 버리고 아들을 데리고 다른 곳으로 갈 생각은 할 수도 없었다. 고통스럽게 훌리안의 생부를 추억하던 그녀는 시간이 지나면서 그를 증오하고 그의 모든 것을 혐오하게 되었다. 절망감에 그녀는 포르투니에게 고함을 지르기 시작했다. 욕지거리와 날 선 비난이 칼날처럼 집 안을 날아다녔다. 그들 사이에 담대히 자리한 훌리안을 상처투성이로 만들면서. 나중에 포르투니는 자기가 아내를 정확히 왜 때렸는지 전혀 기억하지 못했다. 단지 그 분노와 수치심만을 기억할 뿐이었다. 그러면 그는 다시는 그런 일이 없을 거라고, 필요하다면 자기를 당국에 넘겨 감옥에 가둬도 좋다고 스스로에게 맹세하기도 했다.

안토니 포르투니는 하느님의 도움으로 아버지보다 더 나은 사람이 될 수 있다고 확신했다. 그러나 얼마 못 가 그의 두 주먹은 소피의 부드러운 살결을 다시 찾았고, 시간이 지나면서 그는 자기가 남편으로서는 아니어도 폭군으로서는 아내를 소유하고 있다고 느꼈다. 이렇게 포르투니 집안 사람들은 마음과 영혼을 침묵시키면서 조용히 세월을 흘려보냈다. 그토록 침묵을 지키느라 그들은 자신의 진정한 감정을 표현할 언어를 잊어버렸고, 그 어마어마한 도시의 수많은 다른 집들처럼 한지붕 아래 함께 사는 타인들이 되어갔다.

나는 두시 삼십분이 넘어서 돌아왔다. 서점 안으로 들어서자 베니토*의 『국가일화집』 전집의 광택을 내려고 사다리 꼭대기에 올라가 있던 페르민이 빈정대는 시선을 보냈다.

"두 눈이여, 찬양받을지어다. 이게 누구야? 우린 네가 보물을 찾아 아메리카로 떠나버린 줄 알았지 뭐냐, 다니엘."

---

* 스페인 리얼리즘 문학의 거장인 베니토 페레스 갈도스.

"길에서 시간이 좀 걸렸어요, 아버지는요?"

"네가 안 와서 나머지 주문 도서들을 배달하러 나갔다. 나더러 오늘 오후에 어느 미망인의 개인 서재를 감정하러 티아나에 간다고 네게 전해달라더구나. 네 아버지는 엉큼한 사람이야. 자기 기다리지 말고 서점 문 닫으래."

"아버지 화났어요?"

페르민은 고양이처럼 민첩하게 사다리에서 내려오며 고개를 저었다.

"전혀. 네 아버지는 성자聖者야. 게다가 너한테 애인이 생긴 걸 알고 아주 좋아했어."

"뭐라고요?"

페르민은 입맛을 다시며 내게 눈을 찡긋했다.

"아이고, 요 엉큼한 녀석, 계속 시치미를 떼는군그래. 그런데 대단한 아가씨던데, 응? 교통 혼잡을 일으킬 정도야. 예의도 바르고. 좋은 학교에 다녔다는 걸 알겠더라고. 눈길이 좀 께름칙하더라만. 내가 베르나르다에게 마음을 빼앗기지만 않았다면…… 아직 너한테 우리 데이트가 어땠는지 얘기 안 했지? 눈에서 불꽃이 튀었어. 불꽃 말이야, 산후안 축제의 모닥불 같은 그런 불꽃……"

"페르민." 나는 그의 말을 잘랐다. "도대체 무슨 말을 하는 거예요?"

"네 애인 얘기."

"난 애인 없어요, 페르민."

"그래, 요즘 너희 젊은 애들은 그런 걸 아무렇게나 부르지, '걸프렌드'라든가 또……"

"페르민, 처음부터 다시 한 번 말해줄래요? 무슨 말을 하고 있는 거예요?"

페르민은 한 손의 손가락들을 모으고 시칠리아 사람들처럼 과장된 몸짓을 하며 당황해서 나를 바라보았다.

"어디 보자. 오늘 오후, 한 시간인지 한 시간 반쯤 전에 기막힌 아가씨가 여기 와서는 널 찾았어. 네 아버지와 난 확실히 이곳에 있었고, 분명히 말하는데 그 아가씨는 유령은 아니었어. 그 냄새까지도 묘사해줄 수 있다고. 라벤더 향이었는데 좀더 달콤했지. 갓 구워낸 도넛처럼."

"혹시 그 도넛이 자기가 내 애인이라고 하던가요?"

"꼭 그렇게 말한 건 아냐. 하지만 살짝 미소 짓더군. 알잖아, 그리고 금요일 오후에 널 보기로 했다더라. 우리는 단지 그런 걸 종합해서 결론을 낸 것뿐이다."

"베아……" 내가 중얼거렸다

"고로, 그런 여자가 있긴 하구나." 페르민이 안심하며 말했다.

"네, 하지만 애인은 아니에요." 내가 말했다.

"그럼 난 네가 누굴 만난다는 건지 모르겠다."

"토마스 아길라르의 누나예요."

"네 발명가 친구?"

나는 고개를 끄덕였다.

"그럼 더더욱 사귀어야지. 내 말 좀 들어봐, 비록 힐 로블레스*의 누나라 하더라도 그앤 기가 막히잖아. 내가 너라면 어떻게 해보겠어."

"베아는 이미 애인이 있어요. 복무중인 육군 소위죠."

페르민은 짜증스러운 듯 한숨을 쉬었다.

"아, 군대, 그 원숭이 집단의 종족적 거점이자 치부 말이지? 그럼 더 좋지, 네가 그 녀석에게 양심의 가책 없이 한 방 먹일 수 있는 거니까."

"정신 차려요, 페르민. 베아는 그 녀석이 제대하면 결혼할 거란 말이에요."

페르민은 나를 보고 엉큼하게 웃었다.

"네가 그런 말을 하니 재밌구나. 난 그 여자애가 그럴 거라는 느낌을 못 받았거든. 그애는 결혼 안 해."

"아저씨가 뭘 안다고 그래요?"

"여자에 대해선 좀 알지. 그밖의 세상일에 대해서도 너보다는 훨씬 더 많이 안다고. 프로이트의 가르침에 따르면, 여자는 생각

---

* 스페인의 정치가.

하거나 말하는 것과 반대의 것을 원하지. 생각해보면 그리 끔찍한 것도 아냐. 왜냐하면 남자들은 흔히 그 반대로 생식기나 소화기의 명령에 복종하니까 말이야."

"일장연설은 그만둬요, 페르민. 무슨 뜻인지 알았으니까요. 하고 싶은 말이 있으면 짧게 하세요."

"그럼, 좋아. 간단하게 본론만 말할게. 그녀는 그 군바리와 결혼할 얼굴이 아냐."

"아, 그래요? 그럼 어떤 얼굴이었어요? 어디 얘기 좀 들어볼까요?"

페르민은 은밀한 분위기를 풍기며 내게 다가왔다.

"애욕으로 상기된 얼굴이었지." 수수께끼 같은 표정으로 눈썹을 치켜세우며 그가 말했다. "좋은 의미로 하는 말이야."

늘 그렇듯 페르민은 옳았다. 패배를 감지하며 나는 공격이 최선의 수비라고 생각했다.

"애욕 말이 나온 김에, 베르나르다 얘기 좀 해보세요. 키스했어요, 못 했어요?"

"날 모욕하지 마, 다니엘. 지금 네가 말하는 상대가 유혹의 전문가라는 걸 기억해둬. 키스는 아마추어나 슬리퍼 신은 애송이들의 문제일 뿐이지. 진짜 여자는 조금씩조금씩 넘어온다고. 그건 전적으로 심리학의 문제지, 투우장의 멋들어진 파에나*처럼 말이야."

"그러니까 딱지 맞았단 얘기군요."

"그 어떤 여자도 페르민 로메로 데 토레스에게 딱지를 놓을 순 없어. 사실 남자란, 프로이트로 돌아가 은유법을 사용하자면 백열등처럼 달아오르지. 한순간에 발갛게 달아올랐다가 훅 바람이 불면 차가워져. 반면 여자는 다리미처럼 달아올라. 과학적으로 확실한 거야. 무슨 말인지 알겠어? 조금씩조금씩, 약한 불로 말이야. 맛있는 크리스마스 스튜를 만들 때처럼. 하지만 한번 열을 받았다 하면 막을 길이 없지. 비스카야**의 용광로 같단 말이야."

나는 페르민의 열역학 이론을 저울질했다.

"그게 아저씨가 베르나르다한테 하고 있는 거예요?" 내가 물었다. "다리미를 달구는 거요?"

페르민이 내게 한쪽 눈을 찡긋했다.

"그녀는 분화 직전의 활화산이야. 불타오르는 마그마의 리비도와 성녀의 마음을 가지고 있지." 입맛을 다시며 그가 말했다. "솔직히 비교하자면, 그녀를 보면 아바나에 있는 매우 신실한 물라토 아가씨가 생각나. 그런데 사실 난 구식 신사여서 그녀를 어쩌지 못하고 뺨에 순결한 키스를 한 것으로 만족했었지. 난 서두르지 않으니까, 알겠니? 좋은 건 기다렸다가 하는 거야. 엉덩이

---

* 투우의 최종 단계. 투우사가 기술을 과시하기 위해 죽기 직전의 소를 연속해서 찌르는 일.
** 제철업으로 이름 높은 스페인 북부 지방.

에 손을 대도 여자가 아무 말 하지 않으면 동의한 것으로 아는 얼뜨기들이 있지. 아마추어들이야. 여자의 마음은 속임수를 쓰는 남자의 버릇없는 정신에 도전하는 섬세한 미로지. 네가 진정으로 한 여자를 소유하고 싶다면, 그 여자처럼 생각해야 돼. 그리고 그녀의 영혼을 얻는 게 우선이지. 나머지 것들, 즉 감각과 미덕을 빼앗아가는 달콤하고 부드러운 포장은 보너스로 오는 거야."

나는 그의 연설에 진심 어린 박수를 보냈다.

"아저씨는 시인이에요, 페르민."

"아냐, 난 오르테가파派야. 실용주의자고. 시는 아름답지만 거짓을 말하잖아. 그런데 내가 하는 말은 토마토를 곁들인 빵보다 더 진실되거든. 오르테가가 이렇게 말했지. 내게 돈 후안을 보여주시오. 그럼 난 당신에게 그가 가면 쓴 호모라는 걸 보여드리지요. 나는 꾸준하고 영원한 쪽이야. 너를 증인 삼아 말하는데, 난 베르나르다를 여자로 만들어줄 거야. 이미 정직한 사람이니 정직한 여자로 만들어줄 순 없지만, 적어도 행복하게 해줄 수는 있을 거야."

나는 고개를 끄덕이며 그에게 미소를 보냈다. 그의 열광은 전염되는 것이었고 그의 운율은 무적無敵이었다.

"그녀를 잘 돌봐줘요, 페르민. 베르나르다는 정말 마음씨가 좋은데, 지금껏 고생을 너무 많이 했거든요."

"내가 그걸 모른다고 생각해? 전쟁미망인 후원자 증명서처럼 그녀 이마에 쓰여 있다니까. 날 믿어. 난 개 같은 연애 경험이 엄청나게 많아. 난 그녀를 아주 행복하게 해줄 거야. 비록 그게 이 세상에서 내가 하는 마지막 일일지라도."

"약속해요?"

그는 템플 기사단원처럼 침착하게 손을 내밀었다. 나는 그 손을 잡았다.

"페르민 로메로 데 토레스의 약속이야."

그날 오후 서점은 한산했다. 겨우 두 명이 책을 구경했을 뿐이었다. 돌아가는 형편을 보고 나는 페르민에게 나머지 오후 시간을 자유롭게 쓰라고 했다.

"자, 베르나르다한테 가서 그녀를 데리고 극장을 가든지 팔짱을 끼고 푸에르타페리사 가街의 쇼윈도를 구경하든지 하세요. 베르나르다는 그런 거 좋아해요."

내 말을 들은 페르민은 주저하지 않고 옷을 차려입으러 안쪽 방으로 뛰어들어갔다. 그는 늘 그 방에 갈아입을 옷과 온갖 종류의 화장수와 향수가 든, 콘차 피케르*도 부러워할 만한 화장품 가방을 놔두었다. 방에서 나온 그는 영화배우 같았다. 삼십 킬로그램은 덜 나가 보이는 것만 빼면. 아버지 것이었던 양복을 입고

---

* 스페인의 유명한 가수 겸 영화배우.

두 치수 정도 큰 중절모를 썼는데, 치수 문제는 모자와 머리 사이에 신문지를 공처럼 뭉쳐 넣어서 해결했다.

"그런데, 페르민. 나가기 전에…… 한 가지 부탁이 있어요."

"물론 들어줘야지. 명령만 해, 준비됐으니까."

"우리 둘만의 비밀이에요, 아셨죠? 아버지한테는 아무 말도 하면 안 돼요."

그는 활짝 웃었다.

"아, 요 녀석. 그 대단한 여자애하고 뭔가 있지? 그렇지?"

"아니에요. 이건 조사가 좀 필요한 복잡한 문제예요. 아저씨 전공이죠."

"좋아, 나도 여자애들에 대해서는 많이 아니까. 혹시 네가 언젠가 기술적인 조언이 필요할까봐 말해두는 거야. 알지? 전적으로 믿으라고, 난 그런 일에 의사나 다름없으니까. 점잔 뺄 필요 없어."

"명심할게요. 지금 제가 알고 싶은 건 비아 라예타나의 중앙우체국 사서함이 누구 것이냐 하는 거예요. 2321번 사서함이요. 그리고 가능하면, 거기 도착하는 우편물을 누가 찾아가는지도요. 도와줄 생각 있어요?"

페르민은 양말 속 발등에다가 볼펜으로 번호를 적었다.

"식은 죽 먹기지. 나를 방해하는 공식 기구가 없거든. 머칠만 기둬, 완벽한 정보를 줄 테니까."

"아버지한테는 아무 말 않기로 한 거예요, 네?"

"걱정 마. 내가 쿠푸*의 스핑크스라는 걸 알아줘."

"고마워요. 그럼, 얼른 가보세요. 좋은 시간 보내시고요."

나는 군대식으로 인사를 했고, 페르민이 닭장으로 가는 수탉처럼 늠름하게 걸어가는 걸 보았다. 내가 문에 달린 종이 딸랑하는 소리를 듣고 숫자와 밑줄로 가득 찬 회계장부에서 눈을 들었을 때는 페르민이 나간 지 오 분도 안 됐을 때였다. 중절모를 쓰고 회색 레인코트로 몸을 감싼 자가 막 들어왔다. 잘 다듬은 콧수염은 윤이 났고, 눈은 유리 같은 푸른색이었다. 그는 장사꾼처럼 거짓 웃음을 지었다. 페르민이 없는 것이 아쉬웠다. 그는 장뇌樟腦와 잡동사니를 팔러 서점에 들어온 외판원들을 쫓아내는 재주가 있었다. 방문객은 입구 옆에 분류를 해서 가격을 붙이려고 쌓아놓은 책 더미에서 되는대로 한 권을 집으며 내게 그 느끼하고 거짓된 미소를 보냈다. 그는 눈에 들어오는 모든 것에 대해 경멸을 드러내고 있었다. 당신은 내게 안녕하세요, 라는 인사도 팔 생각이 없나보네, 나는 생각했다.

"글자 한번 많군, 응?" 그가 말했다.

"책이니까요. 책에는 글자가 많죠. 뭘 도와드릴까요, 손님?"

그자는 무심히 고개를 끄덕이고 내 질문을 무시하면서 책을 다

---

* 고대 이집트의 왕.

시 제자리에 올려놓았다.

"독서는 여자들처럼 시간 많고 할 일 없는 사람들이나 하는 거지. 일을 해야 하는 사람은 이야기책이나 뒤적일 시간이 없어. 먹고살기에도 바쁘니까, 안 그런가?"

"그건 손님 생각이죠. 특별히 찾으시는 게 있나요?"

"내 생각이 아냐. 사실이지. 이 나라에서 벌어지고 있는 일이고. 사람들이 일을 하려고 하지 않아. 사방에 게으름뱅이 천지지. 안 그런가?"

"모르겠네요, 손님. 그럴 수도 있겠죠. 보시다시피, 여기선 책만 파는데요."

그자가 계산대로 다가왔다. 서점을 훑어보다가 나와 눈이 마주치기도 했다. 이유는 알 수 없지만, 그 모습과 거동이 어쩐지 익숙하게 느껴졌다. 그에게는 옛날식 카드나 점쟁이들이 쓰는 카드에 나오는 인물들 가운데 하나, 인큐내뷸러 시대의 책에 나오는 삽화를 떠올리게 하는 뭔가가 있었다. 그는 나들이옷을 빼입고 나타난 저주처럼 불길하고 바짝 달아올라 있었다.

"뭘 도와드릴지 말씀해주시면……"

"오히려 내가 자네를 좀 도와주러 왔네. 자네가 여기 주인인가?"

"아뇨. 주인은 아버지인데요."

"이름은?"

"내 이름이요, 아버지 이름이요?"

그자가 의뭉스런 미소를 지어 보였다. 억지웃음이라고 나는 생각했다.

"그럼 간판의 '셈페레'가 둘 다를 가리킨다는 걸 염두에 두지."

"굉장히 날카로우시네요. 책에 관심이 없다면 무슨 일로 오셨는지 여쭤봐도 될까요?"

"경고를 하기 위해서야. 예의상 방문이라고 해두지. 너희가 질이 나쁜 자들, 특히 동성애자들과 불량배들을 상대하고 있다는 걸 내가 주목하고 있다고 알려주려고 말이야."

나는 깜짝 놀라 그를 바라보았다.

"네?"

그자는 내게 시선을 고정했다.

"호모 새끼들과 도둑놈 새끼들에 대해 말하고 있는 거다. 모르겠다고는 하지 마라."

"유감스럽지만 무슨 말인지 하나도 모르겠고, 또 손님 얘기를 계속 듣는 것도 그다지 흥미롭지 않네요."

그자는 적대적이고 약이 오른 듯이 고개를 끄덕끄덕했다.

"그럼 혼 좀 나야겠군. 난 네가 페데리코 플라비아라는 시민의 활동에 대해 잘 안다고 생각하는데."

"페데리코 씨는 동네 시계 가게 주인인데 아주 훌륭한 분이에요. 불량배라고는 생각하지 않는데요."

"난 호모 새끼에 대해 말하는 거다. 그 방탕한 놈이 여기 자주 온다는 걸 알고 있어. 아마 로맨틱한 소설 따위나 포르노를 사러 오는 거겠지."

"그게 손님에게 왜 중요한지 물어봐도 될까요?"

그는 대답 대신 지갑을 꺼내 계산대 위에 펼쳐놓았다. 좀 젊어 보이는 그자의 얼굴이 들어 있는 때가 낀 경찰 신분증이었다. 나는 '경감 프란시스코 하비에르 푸메로 알무니스'라고 적힌 곳까지 읽었다.

"애야. 나한테 좀 정중하게 말해라, 안 그러면 볼셰비키의 쓰레기 같은 책들을 팔았다는 이유로 너와 네 아비를 상자 속에 처넣어 응분의 대가를 받게 할 테니까. 알겠냐?"

나는 대답을 하려고 했지만 말들이 입술에서 얼어붙어버렸다.

"하지만 좋아, 오늘 내가 온 건 그 호모 새끼 때문이 아냐. 그 놈은 다른 놈들처럼 조만간 경찰서에서 끝날 테니까. 내가 직접 처리하지. 지금 신경 쓰이는 건 너희가 천박한 불량배 하나를 채용했다는 정보가 입수돼서다. 달갑지 않은 인간 말종이지."

"누구 얘기를 하는 건지 모르겠는데요, 경감님."

푸메로가 또다시 그 비열하고 끈적끈적한 억지웃음을 지었다.

"그놈이 지금 어떤 이름으로 다니는지는 아무도 모를 거다. 수 년 전에는 맘보 춤 일인자인 윌프레도 카마구에이라는 이름으로 자기가 부두교 전문가고 돈 후안 데 보르봉*의 춤 선생이며 마타하리**의 애인이라고 말하고 다녔지. 대사나 다양한 예술가,

투우사의 이름을 도용할 때도 있었고. 이제 기억도 잘 못 하겠군."

"도와드릴 수 없어 유감입니다만, 월프레도 카마구에이라는 사람은 몰라요."

"물론 모르겠지, 하지만 내가 말하는 놈은 알 텐데, 그렇지?"

"아뇨."

푸메로는 다시 웃었다. 그 틀에 박힌 억지웃음은 그의 상징이자 전매특허였다.

"넌 일을 어렵게 만드는 걸 좋아하는구나, 그렇지? 봐라, 난 좋지 않은 놈을 집 안에 끌어들이는 자는 결국 손가락이 불에 덴다는 걸 경고하려고 친구로서 여기 왔는데, 넌 나를 허풍쟁이 취급을 하는구나."

"전혀요. 방문해주신 것과 경고는 감사드려요. 하지만 그런 사람은 확실히⋯⋯"

"그런 개소리는 집어치워. 열 받으면 네 놈을 몇 대 두들겨 패 작살을 내고 이 구멍가게 문을 닫아버릴 거니까, 알겠냐? 하지만 오늘은 기분이 좋으니 그냥 경고만 하마. 어떤 친구를 선택해야 하는지 알 거다. 네가 호모 자식들과 도둑놈들을 좋아한다면 그 두 부류가 가진 뭔가가 너한테도 있기 때문이겠지. 나한테는 모

---

* 현 스페인 국왕 후안 카를로스 1세의 아버지.
** 제1차 세계대전 전후 독일을 위해 활동한 스파이.

든 게 분명하단다. 네가 내 쪽에 서든 반대쪽에 서든. 그런 게 인생이지. 아주 간단해. 어느 쪽에 서겠나?"

나는 아무 말도 하지 않았다. 푸메로는 또다시 그 억지웃음을 터뜨리며 고개를 끄덕였다.

"아주 좋아, 셈페레. 네가 결정해라. 너와 난 시작이 썩 좋지 않구나. 문제를 원하면, 갖게 될 거다. 사는 건 소설 같지 않거든. 알지? 인생에선 한쪽을 선택해야 돼. 그리고 네가 어느 쪽을 선택했는지는 분명하군. 멍청이들 때문에 손해 보는 쪽이지."

"부탁이니 가주세요, 제발."

그는 그 불가사의한 웃음을 흘리며 문 쪽으로 멀어져갔다.

"우린 다시 보게 될 거다. 네 친구한테 푸메로 경감이 지켜보고 있다고 전해. 그리고 안부 전한다고도."

그 불길한 경감의 방문과 그의 말이 남긴 여운이 내 오후를 망쳐버렸다. 계산대 뒤에서 십오 분을 서성거리다가 창자가 조여들며 꼬이는 것 같아 평소보다 일찍 서점 문을 닫고 밖으로 나가 걷기로 했다. 정처 없이 돌아다니는 동안에도 그 백정 같은 자의 암시와 협박이 머릿속에서 지워지지 않았다. 아버지와 페르민에게 그자의 방문에 대해 알려야 할지 고민스러웠지만, 그게 바로 푸메로의 의도라고 생각했다. 우리 사이에 의심과 괴로움, 두려움과 불안의 씨앗을 뿌리는 것. 나는 그의 장난에 놀아나기 않겠디고 결심했다. 한편 페르민의 과거에 대한 시사는 놀라웠다. 잠시나마 경찰의 말을 믿은 것을 깨닫고는 나 자신이 부끄러워졌다. 나는 곰곰이 생각한 끝에 그 일 전부를 마음 깊은 곳에 봉인해버리기로 결심했다. 집으로 돌아오는 길에 동네 시계 가게 앞을 지났다. 계산대 뒤에 있던 페데리코 씨가 가게로 들어오라는 몸짓을 하며 나에게 인사했다. 그는 누구의 생일도 절대 잊지 않는 상냥하고 쾌활한 성격인 데다가, 문제가 있을 때 해결책을 찾아줄 거라고 안심하면서 찾아갈 수 있는 사람이었다. 그런 그가 푸메로의 블랙리스트에 올라 있다고 생각하자 몸이 절로 떨렸다. 그리고 동성애 문제를 건드리면서까지 그에게 경고를 해주어야 할지 자문했다. 한 번도 경험해보지 못한 혼란을 느끼며 나는 가게로 들어가 그에게 미소 지었다.

"잘 있었니, 다니엘? 심각한 얼굴이구나."

"안 좋은 날이에요." 내가 말했다. "다 잘돼가나요, 페데리코 씨?"

"별문제 없어. 시계들이 갈수록 형편없이 만들어져서 일이 많아. 계속 이렇게 간다면 조수를 둬야 할 거야. 네 친구, 그 발명가 말이야, 이 일에 관심 없을까? 분명히 잘할 텐데."

아들이 동네의 소문난 동성애자인 페데리코 씨의 가게 일자리를 수락하는 것을 보수적인 토마스의 아버지가 뭐라고 생각할지 상상하기는 어렵지 않았다.

"한번 말해볼게요."

"그건 그렇고, 다니엘. 이 주쯤 전에 네 아버지가 가져온 자명종이 있어. 뭘 어떻게 했는지는 모르겠지만, 수리하는 것보다는 새것으로 하나 사는 게 더 나을 것 같구나."

나는 더워서 숨이 막힐 듯한 여름날 밤에 가끔씩 아버지가 잠을 청하러 발코니로 나갔던 걸 기억했다.

"발코니에서 떨어뜨렸어요." 내가 말했다.

"그런 것 같았다. 내게 연락하라고 전해라. 라디안트 시계를 아주 좋은 가격에 구할 수 있거든. 자, 원하면 한번 가져가서 시험해봐. 아버지 마음에 들면 돈은 그때 지불해도 돼. 그렇지 않으면 다시 돌려주고."

"정말 고마워요, 페데리코 씨."

그는 문제의 그 큰 물건을 포장하기 시작했다.

"최신 공학의 산물이지." 그가 만족해서 말했다. "그건 그렇고, 지난번에 페르민에게서 산 책은 아주 재밌었어. 그레이엄 그린의 책이지. 페르민은 최고의 스카우트 감이야."

나는 고개를 끄덕였다.

"네, 엄청나게 일을 잘하죠."

"보아하니 페르민은 시계를 차본 적이 없는 것 같더구나. 여기 와서 그 문제를 좀 해결해보자고 전해다오."

"그럴게요. 고마워요, 페데리코 씨."

자명종을 건네주며 나를 유심히 보던 그의 눈썹이 아치 모양으로 치켜올라갔다.

"아무 일 없는 거 맞냐, 다니엘? 그냥 안 좋은 날일 뿐이야?"

나는 미소 지으며 다시 고개를 끄덕였다.

"아무 일 없어요, 페데리코 씨. 몸조심하세요."

"그래 너도, 다니엘."

집에 돌아오자 아버지는 신문을 가슴에 덮고 소파에서 자고 있었다. '페데리코 씨가 낡은 시계는 버리래요'라는 메모와 함께 자명종을 탁자에 놓고 나는 살그머니 내 방으로 들어갔다. 어스름 속에서 침대에 누웠고, 경감과 페르민 그리고 페데리코 씨를 생각하면서 잠이 들었다. 잠에서 깼을 때 새벽 두시였다. 복도로 나가보니 아버지는 이미 새 자명종과 함께 방으로 들어가고 없었다. 집은 어둠 속에 잠겨 있었고, 세상은 전날 밤보다 훨씬 더 어둡고 불길해 보였다. 푸메로 경감이 실재하는 인물일 거라고는 한 번도 생각하지 않았다는 것을 깨달았다. 나는 주방으로 가서 차가운 우유 한 잔을 마셨다. 하숙집에 있는 페르민에게 별일이 없는지 궁금했다.

방으로 다시 오면서 그 경찰에 대한 생각은 하지 않으려고 애썼다. 다시 잠을 청해보았지만 그러긴 틀렸다는 걸 깨달았다. 나는 불을 켜고 그날 아침 아우로라 부인한테서 몰래 가져온, 훌리안 카락스 앞으로 온 편지를 살펴보기로 했다. 편지는 아직 재킷 주머니에 있었다. 나는 편지를 책상 위 스탠드 불빛 아래 놓았다.

노르스름해진 톱니 모양의 모서리와 점토질 감촉의 양피지 같은 봉투였다. 희미한 소인은 '1919년 10월 18일'로 돼 있었다. 밀봉한 부분은 떨어져 있었는데 아마도 아우로라 부인이 한 짓 같았다. 그 자리에는 봉투를 접고 입을 맞춘 듯한 립스틱 자국 같은 불그스름한 얼룩이 있었다. 그 위에 발신인의 주소가 쓰여 있었다.

페넬로페 알다야

티비다보 애비뉴, 32번지, 바르셀로나

나는 봉투를 열고 편지를 꺼냈다. 깔끔하게 반으로 접힌 황토색 종이였다. 몇 안 되는 단어들마다 파란색 잉크의 필적이 초조하게 미끄러지며 서서히 희미해졌다가 다시 진해졌다. 잉크병에서 나온 획, 두꺼운 종이 위에 펜촉의 날로 긁어놓은 단어, 종이의 질긴 감촉 등, 편지 위의 모든 것이 과거의 다른 시간을 이야기하고 있었다. 나는 편지를 책상 위에 펴놓고 거의 숨도 쉬지 않고 읽었다.

사랑하는 훌리안.

오늘 아침 호르헤를 통해 당신이 정말 바르셀로나를 떠났다는 걸, 꿈을 찾아 떠났다는 걸 알았습니다. 나는 그 꿈 때문에 당신이 내 사람, 아니 그 누구의 사람도 되지 못할 거라는 게 늘 두려웠어요. 마지막으로 한 번만이라도 당신을 볼 수 있었다면, 당신의 눈을 보며 편지로는 할 수 없는 말들을 할 수 있었다면 좋았을 텐데. 아무것도 우리 계획처럼 되지 않았네요. 나는 당신을 아주 잘 알아요. 그래서 당신이 답장하지 않으리라는 걸, 주소조차 알려주지 않고 아예 다른 사람이 되고 싶어 하리라는 걸 알아요. 당신에게 약속한 대로 그곳에 가지 못한 나를 증오하리라는 것도요. 내가 당신을 저버렸다고 생각하겠죠? 용기가 없었다고 생각하겠죠?

수없이 당신을 그려봤어요. 배신당했다고 생각하며 기차에 혼자 있는 당신을요. 미켈을 통해 여러 번 당신을 만나려고 했었어요. 하지만 미켈은 이제 당신이 나에 대한 그 무엇도 알고 싶어하지 않는다고 하더군요. 훌리안, 사람들이 당신에게 무슨 거짓말을 한 거죠? 나에 대해 뭐라고 하던가요? 왜 그들의 말을 믿는 거예요?

지금 난 이미 당신을 잃었다는 걸 알아요. 모든 것을 잃었다는걸요. 그렇더라도 나는 당신이 영원히 날 떠나도록 내버려둘 수 없어요. 내가 당신을 미워하지 않는다는 걸 모른 채 날 잊게 할 수는 없어요. 나는 처음부터 알았어요. 당신을 잃게 되리라는 걸, 내가 당신에게서 보는 것을 결코 당신은 내게서 보지 못하리라는 걸 말이에요. 내가 처음부터 당신을 사랑했다는 걸, 지금도 변함없이 사랑하고 있다는 걸 알아줬으면 해요. 비록 당신은 후회하겠지만, 난 지금 그 어느 때보다도 당신을 사랑해요.

아무도 몰래 편지를 쓰고 있어요. 호르헤는 다시 만나게 되는 날엔 당신을 죽여버리겠대요. 난 집 밖으로 나갈 수도 없고, 창밖을 내다볼 수도 없어요. 언젠가는 그들도 날 용서할 테지요. 믿을 만한 사람이 이 편지를 당신에게 보내주겠다고 약속했어요. 그의 신변을 위해 이름은 말하지 않을게요. 이 편지가 당신에게 전해질지 모르겠군요. 하지만 만약 그렇게 돼서 당신이 나를 데리러 여기로 돌아오겠다고 결심하면, 방법을 찾으리라는 걸 알아요. 편지를 쓰는 동안 기차에 탄 당신을 상상해요. 많은 꿈들과 배신으로 영혼이 망가진 채 우리 모두와 당신 자신으로부터 도망치는 당신을요. 훌리안, 당신에게 말할 수 없는 게 너무 많아요. 우리가 절대 알지 못했던 것들과, 당신은 아예 모르는 게 더 나을 그런 것들이요.

훌리안, 난 당신이 행복하기만을 바라요. 당신이 꿈꾸는 모든 것이 이루어지길 빌어요. 그리고 세월이 흘러 나를 잊을지라도, 언젠가는 내가 얼마나 많이 당신을 사랑했는지 알아줬으면 해요.

언제나,
페넬로페

17

그날 밤 읽고 또 읽어 아예 외워버린 페넬로페 알다야의 글은 푸메로 경감의 방문이 남긴 쓴맛을 단번에 지워버렸다. 편지와 글에서 느껴지는 목소리에 매료되어 뜬눈으로 밤을 보낸 뒤 새벽에 집을 나섰다. 소리 없이 옷을 입고 아버지에게 메모를 써서 현관 옆방의 서랍장 위에 놓았다. 몇 가지 처리할 일이 있는데 아홉시 삼십분까지는 서점에 돌아와 있겠다고 했다. 현관 밖으로 나왔을 때 거리는 아직 어두웠다. 밤사이 내린 보슬비로 생긴 물웅덩이와 어둠을 훑고 있는 푸르스름한 망토 아래서 쇠약해져가고 있었다. 나는 재킷 단추를 채우고 가벼운 걸음으로 카탈루냐 광장을 향해 걸었다. 지하철역 계단이 구릿빛으로 불타오르는 한 폭의 그림처럼 더운 김을 뿜어내고 있었다. 나는 카탈루냐 매표소에서 티비다보 역까지 가는 3등칸 차표 한 장을 샀다. 그리고 회사원들과 하녀들, 신문지에 싼 벽돌 크기의 보카디요*를 들고 있는 날품팔이꾼들로 꽉 찬 객차로 여행을 했다. 기차가 도시의 심장부를 달려 티비다보 산기슭에 이르는 동안 나는 터널의 어둠을 피난처 삼아 창문에 머리를 기댄 채 눈을 반쯤 감고 있었다. 다시 거리로 나섰을 때는 또다른 바르셀로나를 발견한

---

* 스페인식 샌드위치.

것만 같았다. 동이 트고 있었는데, 자줏빛 칼날이 구름을 찢어내는 듯했고 잠시 후 티비다보 애비뉴의 가장자리에 늘어선 대저택들과 작은 궁전들의 전경이 드러났다. 파란색 시가전차는 안개 속을 한가로이 기어오르고 있었다. 나는 전차를 따라 달려가 검표원이 근엄하게 바라보는 가운데 간신히 뒤쪽 문으로 올라탈 수 있었다. 나무로 된 객차는 거의 비어 있었다. 두 명의 수도사와 잿빛 상복을 입은 부인이 보이지 않는 말들이 끄는 마차의 움직임에 흔들리며 졸고 있었다.

"32번지까지만 갈게요." 나는 내가 지을 수 있는 최고의 미소를 보이며 검표원에게 말했다.

"자네가 땅끝까지 가더라도 상관 안 하네." 그가 무심하게 대답했다. "여기선 십자군이라도 표를 사야 해. 돈을 내든가 걸어가든가. 운을 맞춘 건 무료네."

샌들을 신고 프란체스코파의 간소한 밤색 망토를 걸친 두 수도사가 그 증거로 분홍색 표를 보여주며 고개를 끄덕였다.

"그럼 내릴게요." 내가 말했다. "잔돈이 없어요."

"좋을 대로. 하지만 다음 정거장까지 기다려. 사고가 나는 건 원치 않으니까."

시가전차는 숲의 그림자를 쓰다듬고 성처럼 생긴 저택들의 정원과 담 위를 훑으며 거의 걷는 속도로 올라갔다. 나는 저택들 안쪽에 동상과 분수, 마구간과 은밀한 예배당이 있을 거라고 상상했다. 승강구 한쪽에 선 나는 나무들 사이로 윤곽을 드러낸 '엘 프라레 블랑' 탑을 알아볼 수 있었다. 로만 마카야 가街의 모퉁이에 가까워지며, 전차는 속도를 줄여 멈춰 서다시피 했다. 기관사가 종을 울렸고 검표원이 나를 째려보았다.

"자, 영악한 친구. 서둘러, 여기가 32번지야."

나는 전차에서 내려 안개 속으로 사라지는 파란 전차의 덜컹거리는 소리를 들었다. 알다야 가문의 저택은 길 건너편에 있었다. 담쟁이덩굴과 잎사귀로 뒤덮인 연철 문이 저택을 지키고 있었다. 문의 쇠막대 사이로 굳게 닫힌 쪽문의 윤곽이 보였다. 문 위에 검은 쇠로 뱀처럼 매듭지어진 32번지라는 표시가 있었다. 나는 거기서부터 저택의 내부를 엿보려고 애썼지만, 어두운 탑의 아치와 외각外角의 윤곽만 간신히 볼 수 있었다. 쪽문의 열쇠구멍에서 녹물이 피처럼 흘러내린 자국이 보였다. 나는 무릎을 꿇고 그 자리에서 안마당을 좀 보려고 했다. 우거진 잡초들과 하늘을 가리키며 뻗은 손이 달린 분수 또는 연못 같은 것의 윤곽만 겨우 보였다. 그것이 돌로 된 손이라는 것과 그 분수에서 떠오른, 분간이 잘 되지 않는 다른 신체 부위들과 형상들이 있다는 걸 알아채는 데는 시간이 좀 걸렸다. 멀리 잡초의 베일 사이로 돌무더기와 낙엽으로 덮인 깨진 대리석 계단이 어렴풋이 보였다. 알다야 가문의 부와 영광은 오래전에 방향을 달리했던 것이다. 그곳은 무덤이었다.

나는 몇 발자국 뒤로 물러나 그 집의 남쪽 측면을 둘러보려고 모퉁이를 돌아갔다. 거기서 저택의 탑들 중 하나를 좀더 분명히 볼 수 있었다. 그 순간 곁눈으로 누군가의 실루엣이 보였다. 아사 직전처럼 보이는 남자가 파란 작업복을 입고 큰 빗자루를 휘둘러 보도 위의 낙엽들을 박해하고 있었다. 그는 의심스런 눈빛으로 나를 바라보았고, 나는 그가 인근 저택들 중 하나의 관리인이라고 생각했다. 나는 계산대 뒤에서 많은 시간을 보낸 사람만이 만들어낼 수 있는 웃음을 지어 보였다.

"좋은 아침이네요." 내가 정중하게 말했다. "혹시 알다야 가문의 집이 잠겨 있은 지 오래됐나요?"

그는 내가 마치 금기시되는 것을 묻기라도 한 것처럼 나를 바라보았다. 그 왜소한 남자는 손가락을 턱 끝으로 가져갔다. 누르스름해진 손가락을 보니 필터 없는 싸구려 담배 셀타를 좋아할 것 같았다. 그의 마음을 살 만한 담뱃갑을 가져오지 않은 게 아쉬웠다. 나는 재킷 주머니들을 뒤적여 선물할 만한 게 있는지 찾았다.

"적어도 이십 년이나 이십오 년 동안 이 상태지." 그가 몽둥이 찜질 때문에 억지로 남을 섬기게 된 사람처럼 억눌리고 고분고분한 어조로 말했다.

"여기에 오래 계셨나요?"

그가 고개를 끄덕였다.

"1920년부터 미라벨 가문에 고용돼 있었네만."

"그럼 알다야 가문이 어떻게 됐는지 모르시겠네요?"

"음, 공화국이 들어서면서 그들이 모든 걸 잃었다는 건 알 테고." 그가 말했다. "분란을 일으키는 자는…… 내가 아는 얼마 안 되는 얘기는 전에 이 집 사람들과 친구였던 미라벨 가 사람들한테서 들은 것이네. 장남인 호르헤는 외국으로 떠났다지, 아르헨티나로. 거기에 공장이 있다더라고. 돈이 무척 많은 사람들이야. 그런 사람들은 망해도 잘 살지. 그런데, 자네 담배 있나?"

"죄송해요, 하지만 수구스 사탕은 드릴 수 있어요. 몬테크리스토 담배만큼 니코틴이 많이 들어 있다고 증명된 거예요. 비타민도 무지하게 많고요."

관리인은 미심쩍은 듯 눈살을 찌푸렸지만 내 제안을 받아들였다. 나는 그에게 수구스 레몬사탕을 주었다. 아주 오래전 페르민이 준 것으로, 주머니 속 안감의 접힌 부분에서 찾아냈다.

"맛있네." 그가 고무처럼 쫀득쫀득한 사탕을 쪽쪽 빨아대며 말했다.

"아저씨가 씹고 있는 건 우리나라 제과산업의 자존심이죠. 총통께서도 펠라디아*처럼 자주 드시는 거래요. 그런데 알다야 가문의 딸 페넬로페에 대한 얘기는 들어본 적 없으세요?"

---

* 설탕을 씌운 아몬드.

경비원은 로댕의 '생각하는 사람'의 포즈로 빗자루에 기대었다.

"자네가 뭘 잘못 알고 있는 것 같군. 알다야 가문에는 딸이 없었네. 전부 아들이었어."

"확실한가요? 제가 알기론 1919년 즈음 이 집에 페넬로페 알다야라는 아가씨가 살았는데요. 아마 그 호르헤란 사람의 여동생이었을 거예요."

"그럴 수도 있겠지. 하지만 말했듯이 내가 이곳에 있었던 건 1920년부터네."

"그럼 지금은 이 집이 누구 소유인가요?"

"내가 알기론 아직도 매물로 나와 있어. 헐고 학교를 짓는다는 말도 있지만. 그게 정말 최선책이겠지. 기반까지 싹 허물어버리는 게."

"왜 그런 말씀을 하세요?"

경비원은 나를 은밀히 바라보았다. 그가 웃을 때, 이가 적어도 네 개는 빠진 윗잇몸이 드러났다.

"그 사람들, 알다야 가문 사람들 말이야, 보기만큼 정직하고 투명한 사람들이 아니었거든. 사람들이 하는 말 알지?"

"아뇨. 사람들이 뭐라고 하는데요?"

"알잖아, 소문 따위들. 난 그런 얘기들은 안 믿어, 알겠나? 하지만 사람들 말로는 최소한 한두 명은 저 안에서 바지에 오줌을 지렸다더군."

"설마 이 집에 귀신이 들렸다는 말은 아니겠죠?" 웃음을 참으며 내가 말했다.

"웃으려면 웃어. 하지만 연기가 나면……"

"아저씨도 뭘 보셨나요?"

"사람들이 봤다는 건 못 봤어. 하지만 소리는 들었지."

"들었다고요? 뭘요?"

"음, 몇 년 전 어느 날 밤에 호아넷이 그러자고 해서 같이 갔었거든, 응? 난 그곳에 아무 관심도 없었는데 말이야…… 내가 하려던 얘기는 거기서 이상한 소리를 들었다는 거야. 울음소리 같은 것."

경비원은 자기가 말한 그 소리를 생생하게 흉내냈다. 그것은 폐결핵 환자가 흥얼거리는 지루한 노랫소리 같았다.

"바람 소리였겠죠." 내가 넌지시 말했다.

"그랬을 수도 있지. 하지만 난 무서워서 숨이 턱 막히는 것 같았어, 정말이야. 이봐, 근데 그 사탕 더 없나?"

"여기 후아놀라 정제 드셔보세요. 달기도 달지만 정력에도 무척 좋아요."

"줘보게." 경비원은 그러마고 손을 내밀었다.

나는 한 갑을 통째로 주었다. 감초의 매력이 알다야 저택의 기이한 이야기를 하는 그의 혀에 기름을 좀 친 듯했다.

"우리끼리 하는 말인데, 이 집에는 심상치 않은 일이 많았어.

한번은 미라벨 씨 아들 호아넷이, 아, 호아넷은 덩치가 자네 두 배는 되는 키 크고 힘 좋은 친구인데, 지금은 핸드볼 국가 대표라네. ……어쨌든 그 호아넷 도련님의 친구 몇 명이 알다야 저택에 대한 말을 듣고는 그를 끌어들였지. 그는 자기와 함께 가자며 나를 끌어들였고. 말은 많았지만 거기 혼자 들어갈 엄두가 안 났던 거지. 알겠지만 부잣집 도련님들이었거든. 그가 밤에 그 안에 들어간다고 고집을 부렸지. 여자친구 앞에서 자랑하려고 말이야. 그리고 오줌을 지릴 뻔했지. 자넨 지금 밝을 때 보고 있지만 밤엔 다르거든, 알겠나? 어쨌든 호아넷이 그 집 3층에 올라갔는데, 난 물론 안 들어가겠다고 했지. 그건 불법이니까. 비록 당시 그 집이 적어도 십 년은 버려진 상태였다고 해도 말이야. 아무튼 호아넷이 거기에 뭔가가 있었다고 하더라고. 어떤 방에서 사람 목소리 같은 걸 들은 것 같았다는데, 들어가려고 하니까 방문이 코앞에서 닫혔다고 했지. 젊은이 생각은 어떤가?"

"바람이 불었던 것 같네요." 내가 말했다.

"아니면 다른 것이었겠지." 경비원이 목소리를 낮추었다. "얼마 전에 라디오에서 그러더군, 세상은 미스터리로 가득 차 있다고. 사르다뇰라* 한가운데서 사람들이 진짜 성의聖衣를 발견한 것 같았어. 예수 그리스도께서 흑인이었다고 주장하는 데 그 성의

---

* 카탈루냐 지방의 도시.

를 이용하려는 이슬람교도들의 손에 들어가지 않게 감춰놓으려고 그걸 극장 스크린에 꿰매놓았다는군. 어떻게 생각하나?"

"할 말이 없네요."

"내가 할 말이네. 미스터리가 많아. 이 집은 헐어버리고 그 자리에 석회를 뿌려야 한다니까."

나는 그의 이야기에 감사를 표하고는 산 헤르바시오까지 걸어내려올 준비를 했다. 눈을 들자 거즈 같은 구름들 뒤로 티비다보 산이 깨어나는 게 보였다. 갑자기 케이블카를 타고 산기슭을 올라 정상에 있는 오래된 놀이공원에서 회전목마와 으스스한 유령의 집 사이를 돌아다니고 싶었다. 하지만 제시간에 서점에 도착해야만 했다. 지하철역으로 돌아오면서 나는 훌리안 카락스를 떠올렸다. 그 역시 이 길을 내려오며 정원에 지금과 거의 다르지 않은 돌계단과 동상들이 있는 그 엄숙한 저택의 전경을 바라보았을 것이고, 아마도 하늘을 향해 발돋움하는 그 파란 전차를 기다렸을 것이다. 나는 길 끝에 이르러 궁전 같은 집의 정원에서 웃고 있는 페넬로페 알다야의 사진을 꺼냈다. 그녀의 눈은 청순한 영혼과 아직 밝혀지지 않은 미래를 말하고 있었다. '당신을 사랑하는, 페넬로페가.'

나는 아마도 지금 나를 가려주는 바로 그 나무 그늘 아래서, 그 사진을 들고 있었을 내 나이 때의 훌리안 카락스를 상상했다. 자신만만하게 미소 지으며 그 길처럼 넓고 빛나는 미래를 바라보고 있는 그의 모습이 눈앞에 선했다. 그리고 잠시, 그곳에 떠도는 유령은 다름아닌 부재와 상실의 영혼일 거라고, 내게 미소 짓는 저 빛은 잠시 빌린 것일 뿐 한순간 한순간 내 시선에 붙들려 있을 때만 존재하는 거라고 생각했다.

18

　돌아와보니 페르민 혹은 아버지가 벌써 서점 문을 열어놓고 있었다. 나는 급히 뭘 좀 먹으려고 잠시 위층으로 올라갔다. 아버지가 나를 위해 식탁 위에 잼을 곁들인 토스트와 커피가 담긴 보온병을 남겨놓았다. 나는 십 분도 안 돼 그걸 다 먹어치우고는 다시 아래로 내려왔다. 건물 현관과 붙어 있는 안쪽 방 문을 통해 서점으로 들어와 내 옷장으로 달려갔다. 상자와 책장의 먼지가 옷에 묻지 않도록 보통 서점에서 주로 걸치는 앞치마를 둘렀다. 나는 옷장 안쪽에 아직도 캄프로돈 과자 냄새가 나는 양철통을 하나 보관하고 있었다. 쓸모는 없지만 내게서 떼어놓을 수 없는 온갖 잡동사니를 모아둔 통이었다. 시계들, 수리할 수 없게 망가진 만년필들, 옛날 동전들, 미니어처 작품들, 유리구슬들, 미로迷路 공원에서 발견한 탄피들과 20세기 초 바르셀로니의 사진이 담긴 오래된 엽서들. 그 모든 너저분한 것들 사이에서 내가

『바람의 그림자』를 숨기려고 '잊힌 책들의 묘지'에 갔던 날 밤 이 사크 몽포르트가 딸 누리아의 주소를 적어준 그 신문지 조각이 지금도 돌아다니고 있었다. 나는 그것을 책장들과 쌓아올린 상자들 사이에서 떨어지는 먼지 섞인 불빛에 비춰 읽어보았다. 그리고 통을 닫고는 주소가 적힌 신문지 조각을 동전 지갑에 넣었다. 정신과 양손을 맨 처음 손에 잡히는 가장 하찮은 일에 쓰기로 결정하고서 서점으로 갔다.

"좋은 아침이네요." 내가 말했다.

페르민은 살라망카의 한 수집가가 보내온 여러 소포들의 내용물을 분류하는 중이었고, 아버지는 그것을 보면서 질 좋은 소시지 이름을 가진 루터교 외전外典 독일 카탈로그를 해독하려 애쓰고 있었다.

"그리고 하느님께서 우리에게 좋은 오후를 허락해주시길." 나와 베아의 약속을 넌지시 암시하며 페르민이 콧노래를 불렀다.

나는 그가 기대하는 대답 대신 영수증과 발송장, 수입과 지출을 대조하며 회계장부를 틀림없이 맞춰놓는, 매달 반복되는 피할 수 없는 불행에 맞서기로 했다. 우리 일상의 차분한 단조로움을 라디오 소리가 휘젓고 있었는데, 당시 인기가 높았던 유행가 가수 안토니오 마친*의 히트곡 모음이었다. 카리브해의 리듬은

---

* 쿠바 출신 가수.

아버지의 신경을 건드렸지만 그 선율에 페르민이 그리운 쿠바를 떠올렸기에 꾹 참고 있었다. 매주 반복되는 장면이었다. 아버지는 라디오 소리가 들리지 않는 척하고, 페르민은 광고가 나올 때마다 아바나에서 겪은 모험 이야기를 하면서 단손*의 리듬에 맞춰 엉덩이를 흔드는 일에 빠져들었다. 열어놓은 가게 문으로 갓 구운 빵과 낙천주의로 초대하는 커피의 달콤한 향이 흘러들었다. 잠시 후 보케리아 시장에서 장을 보고 돌아오는 이웃 메르세디타스가 진열장 앞에 멈춰 서더니 빼꼼히 얼굴을 내밀었다.

"안녕하세요, 셈페레 씨." 그녀가 콧노래를 불렀다.

아버지는 얼굴을 붉히며 그녀에게 미소 지었다. 내가 볼 때 아버지는 메르세디타스를 좋아하는 것 같았다. 하지만 수도승 같은 윤리 의식이 당신을 굳은 침묵 속에 가둬놓고 있었다. 페르민은 방금 문으로 들어온 것이 케이크라도 되는 양, 엉덩이를 부드럽게 흔들어대고 입맛을 다시며 그녀를 곁눈질했다. 메르세디타스는 종이봉투를 열고 우리에게 반들거리는 사과 세 개를 주었다. 내 생각에 그녀는 지금도 서점에서 일하고 싶어하며 그 자리를 뺏어버린 페르민에 대한 반감을 애써 감추려 하지 않는 것 같았다.

"얼마나 예쁜지 보세요. 이 사과들을 보며 셈페레 부자를 위한

---

* 쿠바에서 유래한 춤의 일종.

거라고 혼잣말을 했지 뭐예요." 그녀가 애교스럽게 말했다. "당신들처럼 지적인 분들은 사과를 좋아하잖아요, 이사크 페랄*처럼 말이에요."

"이사크 뉴턴**이겠지, 멍청하긴." 페르민이 얼른 바로잡았다.

메르세디타스는 그를 죽일 듯이 노려보았다.

"인물 났군요. 당신 것도 하나 가져왔으니 고맙게 생각하세요. 당신한테 어울리는 건 떫은 감이겠지만 말이에요."

"하지만 여자여, 결혼 적령기에 접어든 당신 손으로 그 원죄의 과일을 건네서 내 마음에 불을 붙인다면……"

"페르민, 제발." 아버지가 끼어들었다.

"예, 셈페레 씨." 페르민이 물러서며 공손하게 말했다.

메르세디타스가 페르민에게 뭐라고 되쏘아주려는 찰나에 바깥이 소란스러워졌다. 우리 모두 가만히 귀를 기울였다. 거리에서 성난 목소리들이 들려왔고 웅성거림이 이어졌다. 메르세디타스가 조심스럽게 문밖으로 고개를 내밀었다. 상인 여럿이 당황스러운 듯 고개를 절레절레 저으면서 지나갔다. 이웃이자 우리 동네 학술원의 비공식 대변인인 아나클레토 올모 씨가 나타나는 데는 오랜 시간이 걸리지 않았다. 공립고등학교 선생인 아나

---

* 스페인의 발명가.

** 아이작 뉴턴의 스페인식 발음.

클레토 씨는 스페인 문학과 다른 여러 인문학을 전공한 학위 소지자로, 3층 1호에서 고양이 일곱 마리와 함께 살고 있었다. 여가 시간에는 한 유명 출판사의 카피라이터로 일했고, 로돌포 피톤이란 필명으로 퇴폐적이고 에로틱한 시를 쓴다는 소문도 있었다. 개인적으로는 상냥하고 매력적인 사람이었지만, 사람들 앞에서는 자신이 음유시인의 역할을 해야 한다고 의식했고, 또 그에게 '공고라*의 아류'라는 별명을 안겨준 이야기풍을 추구했다.

그날 아침 아나클레토 씨는 괴로운 일이 있는지 안색이 자줏빛이었고, 상아로 만든 지팡이를 쥔 손은 거의 떨고 있었다. 우리 넷은 놀라서 그를 바라보았다.

"아나클레토 씨, 무슨 일이에요?" 아버지가 물었다.

"프랑코가 죽었죠? 제발 그렇다고 말해주세요." 페르민이 기대에 차서 말했다.

"좀 조용히 해요, 무례하기는." 메르세디타스가 그의 말을 잘랐다. "저 박사님이 말씀하시게요."

아나클레토 씨는 심호흡을 하며 평정을 되찾고는 특유의 그 엄숙함으로 우리에게 사건의 전말을 들려주었다.

"친구들이여, 인생은 드라마고 신의 가장 고결한 피조물들조차 변덕스럽고 고집스런 운명의 쓴맛을 본다네. 지난밤과 새벽

* 현학적인 시를 썼던 17세기의 스페인 시인.

에 걸쳐, 고된 노동을 하는 이들에게는 너무도 마땅한 꿈을 꾸며 도시가 잠들어 있는 동안, 이 서점에서 겨우 문 세 개 떨어진 곳에 위치한 시계 가게가 개업할 때부터 시계공으로 이 지역의 번영과 즐거움을 위해 지대한 공헌을 해온 존경받는 이웃 페데리코 플라비아 이 푸하데스 씨가 국가정보국 사람들에 의해 체포됐다네."

나는 가슴이 덜컥 내려앉았다.

"예수님이여, 마리아여, 요셉이여." 메르세디타스가 말했다.

낙담한 페르민은 거친 숨을 쉬었다. 국가원수께서는 계속해서 그 대단한 건강을 누리고 있음이 분명했던 것이다. 이미 탄력을 받은 아나클레토 씨는 숨을 들이쉬고 말을 이을 준비를 했다.

"듣자 하니, 또 경찰 본부와 가까운 소식통을 통해 전해진 믿을 만한 이야기에 따르면, 지난밤 자정이 조금 지나 훈장을 받은 강력계 형사 두 명이, 에스쿠텔레르스 가街의 좁고 더러운 무대에서 정신박약자로 추정되는 청중 앞에서 여장을 하고 자극적인 가사의 노래를 부르고 있던 페데리코 씨를 불시에 덮쳤다는군. 신도 버린 이 피조물들은 한 가톨릭 교단에 소속된 종파의 수용소에서 그날 오후에 도망쳐나온 자들이었는데, 광란의 쇼 때 바지를 내리고 체면도 없이 춤추고 있었다는 거야. 발기된 음경을 손바닥으로 두드리고 입가에 침을 흘리면서 말이야."

들려주는 사건이 너무 난잡한지라 메르세디타스는 흠칫 놀라

십자가를 그었다.

"알고 보니 가엾고 불쌍한 그 몇몇 피조물의 독실한 어머니들이 그런 짓거리에 대해 알고는 반사회적 풍기문란죄로 그들을 고발하는 고발장을 제출했더군. 타인의 불행과 불명예 속에서 성장하는 맹금류인 신문이 먹이 냄새를 맡는 데는 그리 오래 걸리지 않았고, 빠릿빠릿한 전문 정보원 덕분에 당국에서 형사 둘이 달려온 지 채 사십 분도 되지 않아 키코 칼라부익이 도착했지. 저명인사들의 추문을 전문으로 캐고 다니는 〈엘 카소〉 지의 일류 리포터인 칼라부익은 '추문 사냥개'로 더 많이 알려져 있는데, 오늘자 편집이 마감되기 전에 그 사건의 전모를 밝힐 기사를 송부할 준비를 마쳤고, 말할 필요도 없이 그 신문은 그 단테풍의 소름 끼치는 장소에서 벌어진 광경을 24포인트 활자의 머리기사를 통해 선정적이고 천박한 것으로 평가했다네."

"그럴 리가 없어." 아버지가 말했다. "페데리코 씨는 자숙하는 것 같았는데!"

아나클레토 씨는 성직자적인 열정으로 동의했다.

"그래요. 하지만 속담들을 잊지 마세요. 우리의 근본적인 정서에 대한 공동 재산이자 목소리니까요. 세 살 버릇 여든까지 간다는 속담이 있지 않던가요. 사람은 상식만으로 살 수 없다는 말도 있죠. 그리고 아직 당신들이 모르는 최악의 소식이 남아 있어요."

"이제 본론으로 들어가시죠, 나리. 은유적 말장난이 너무 많아서 똥이 다 마려운 것 같은데요." 페르민이 항의하듯 말했다.

"저 무례한 인간에게 신경 쓰지 마세요. 전 당신 말투가 좋아요. 꼭 공익 뉴스 같잖아요, 박사님."

메르세디타스가 끼어들었다.

"고마워요. 그러나 전 별 볼일 없는 선생일 뿐입니다. 자, 그럼 이제 더 끌지 않고 서론도 꾸밈도 없이 하던 말을 계속하지요. 페데리코 씨는 체포될 때 '머리 빗는 아가씨'라는 예명에 걸맞은 모습이었나본데, 이미 두 번 정도 비슷한 일로 체포된 적이 있다는 걸 '법과 질서를 수호하는 이들의 범죄사건 연보'에서 확인했어요."

"배지를 단 불량배들이라고 하는 게 더 낫지요." 페르민이 내뱉었다.

"난 정치적인 일에 개입하고 싶진 않아요. 하지만 형사 둘이 병으로 무대 위의 불쌍한 페데리코 씨의 머리를 정통으로 때려 쓰러뜨리고는 비아 라예타나에 있는 경찰서로 데려갔다는 건 말해두지요. 다른 때, 운이 좋으면 킬킬거리며 따귀나 두 대쯤 올려붙이고 그보다 심하지 않은 걸로 넘어갔을 텐데, 지난밤엔 운이 나빴어요. 그 유명한 푸메로 경감이 나타났거든요."

"푸메로." 그 정복할 수 없는 상대의 이름을 언급한 것만으로도 몸을 떨며 페르민이 중얼거렸다.

"바로 그자요. 그 자신이 떠들고 다니는 바에 따르면 도시 안

전의 책임자인데, 비가탄스 가街에서 도박과 바퀴벌레 경주를 하는 불법 영업소를 일망타진하고 그때 막 돌아왔대요. 수용소에서 사라진 소년들 중 한 명이자 탈출의 주모자로 추정되는 페페트 과르디올라의 어머니가 속이 상해 그 일을 제보했고, 그 유명한 경감은 사건을 맡기로 결심했지요. 저녁 식사 이후 소베라노 브랜디를 열두 잔은 마신 것 같다고 합니다. 푸메로는 춤추고 있는 수상한 자들을 파악한 다음 서둘러서 근무중인 경사에게 그런 호모 짓거리를 하는 놈들은 맛을 좀 봐야 한다고 지시했어요. 여기 젊은 숙녀가 있는데도 사건과 관계된 다큐멘터리적 가치를 위해 그가 사용한 문자 그대로의 노골적인 어휘를 인용한 겁니다. 그리고 경감은 리포에트 출신에 독신이며 시계 수리공인 페데리코 플라비아 이 푸하데스 씨가 그의 안녕과, 그 사건에서 부수적이지만 결정적 요인으로 작용한 다운증후군 환자인 십대 소년들의 불멸의 영혼의 안녕을 위해, 엄선된 무법의 대가大家들과 함께 지하 감옥에서 밤을 보내야 한다고 말했답니다. 여러분도 아시다시피, 그 감옥은 위생 상태를 기대할 수 없고 또 열악한 환경으로 범죄의 세계에서도 유명한 곳이죠. 대개 평범한 시민이 그 수감 리스트에 오르면 축하 파티가 벌어지는데, 단조로운 감옥 생활에 새로움과 양념을 더해주기 때문이랍니다."

이제 아나클레토 씨는 우리 모두가 잘 아는 희생사의 약력을 짧지만 구체적으로 말하기 시작했다.

"플라비아 이 푸하데스 씨가 여리고 섬세한 성격과 그 친절함, 기독교적 자비로 축복받았다는 것을 여러분에게 상기시킬 필요는 없지요. 파리 한 마리가 시계 가게에 들어오면 그는 샌들로 때려죽이는 대신 가게 문과 창문을 활짝 열어 하느님의 피조물인 그 벌레가 바람에 실려 생태계로 돌아갈 수 있도록 할 겁니다. 확신하건대, 페데리코 씨는 신앙심이 있는 사람으로 매우 독실하고 교회 활동에도 적극적이었습니다. 다만 아주 드물게 그를 굴복시켜 여장을 하고 거리로 나서게 했던 그 은밀한 죄악의 기질과 함께 평생을 살아야 했지요. 손목시계부터 재봉틀에 이르기까지 그의 수리 능력은 언제나 만인주지萬人周知의 것이었고, 그 됨됨이는 그를 알고 시계 가게를 자주 찾았던 모든 사람과, 어쩌다 긴 가발과 장식용 빗, 얼룩무늬 옷을 반짝이며 밤에 외출하는 것을 좋지 않은 눈으로 보았던 사람들에게조차 존경받았습니다."

"꼭 그가 죽은 것처럼 말하는군." 페르민이 망연자실해서 말했다.

"죽은 건 아니죠, 다행히도 말이에요."

나는 안도의 한숨을 쉬었다. 페데리코 씨는 동네 사람들에게 '라 페피타'라고 불리는 팔십대 노모와 함께 살고 있었다. 그녀는 완전히 귀가 먼 노인으로 발코니의 참새들을 놀라 자빠지게 하는 대포알 같은 방귀를 뀌는 것으로도 유명했다.

"라 페피타는 아들 페데리코가," 아나클레토 씨가 말을 이었다. "오물투성이의 더러운 감옥에서 밤을 보냈다고는 상상도 못했을 겁니다. 뚜쟁이들과 칼잡이들이 그를 남창으로 다루다가 마른 육체에 싫증이 나면 다른 죄수들이 '호모 새끼야, 호모 새끼야, 똥이나 처먹어라, 이 변태 새끼야'라고 합창하는 동안 사정없이 두들겨 패는 그곳에서 말입니다."

침울한 적막이 우리를 사로잡았다. 메르세디타스는 훌쩍거렸다. 페르민이 부드러운 포옹으로 위로하려 했으나 그녀는 재빨리 피해버렸다.

19

"그 장면을 상상해보세요." 아나클레토 씨가 말을 마쳤고 우리 모두 비탄에 빠졌다.

이야기의 결말은 우리 기대를 저버렸다. 오전 중에 경찰서의 회색 밴이 페데리코 씨를 그의 집 문간에 던져놓고 가버린 것이었다. 그는 가발도, 모조품 장신구도 없이 옷은 갈가리 찢긴 채 피투성이가 되어 있었다. 그들은 그의 몸 위에 오줌을 누었고, 그의 얼굴은 피멍과 상처투성이였다. 빨가게 아늘이 분들에 웅크리고 앉아 아이처럼 울며 떨고 있는 그를 발견했다.

"그럴 순 없어요, 하느님, 그럴 순 없다고요." 메르세디타스가 페르민의 손에서 멀찍이 떨어져 서점 문 앞에서 말했다. "불쌍해라, 그분은 친절하고 자기 일에만 전념했어요. 파라오 왕비처럼 입고 나가 사람들 앞에서 노래하는 걸 좋아했다고요? 그게 무슨 상관이란 말인가요? 악한 사람들 같으니."

아나클레토 씨는 시선을 아래로 한 채 잠자코 있었다.

"악한 게 아니에요." 페르민이 반대했다. "개자식들이죠. 악한 것과는 다르단 말입니다. 악은 도덕적인 결정, 의도 그리고 사전 숙고를 전제로 하지요. 하지만 개자식들이나 야만인들은 생각하거나 설명하기 위해 하던 일을 멈추지 않아요. 언제나 자기가 옳다고 생각하고, 선을 행한다고 확신한다고요. 그래서 피부색이나 신념, 언어, 국적 또는 페데리코 씨의 경우처럼 여가의 습관 같은 것들이 자기와 다른 모든 이들을 괴롭히고 다니는 걸 자랑스러워하며 짐승 우리의 야수처럼 본능적으로 행동해요. 진짜 악한 놈은 많아지고 어정쩡한 고집불통은 줄어드는 것, 그게 세상에 필요한 겁니다."

"바보 같은 소리 그만해요. 우리에게 필요한 건 좀더 많은 기독교적 자비예요. 악의는 줄어들어야 하고요, 이건 뭐 야수들의 나라 같다니까요." 메르세디타스가 페르민의 말을 잘랐다. "누구나 미사를 드리지만 우리 주 예수 그리스도의 말씀에 귀 기울이는 사람은 아무도 없어요."

"메르세디타스, 미사로 장사해서 먹고사는 교회 얘기는 하지 맙시다. 그건 문제의 일부이지 해결책이 아니니까요."

"또 무신론자 나셨군요. 그런데 도대체 당신한테 신부님들이 뭘 어쨌다고 그래요? 어디 얘기 좀 해봐요."

"자, 싸우지들 마요." 아버지가 끼어들었다. "그리고 페르민, 페데리코 씨에게 가서 필요한 게 있는지 알아보게. 약국에 가서 약을 사야 하는지 아니면 시장에 가서 뭘 좀 사야 하는지 말이야."

"예, 셈페레 씨. 당장 가지요. 아시다시피, 웅변은 제 실패의 원인이거든요."

"당신의 불행을 자초하는 건 당신 자신의 몰염치와 무례함이라고요." 메르세디타스가 말했다. "불경한 사람 같으니. 염산으로 당신의 영혼을 깨끗이 씻어야 할 거예요."

"이봐요, 메르세디타스, 비록 당신이 이해력이 좀 부족하고 굼벵이보다 더 무식해도 좋은 사람이란 것은 분명하니까, 그리고 지금은 이 동네가 사회적으로 위급한 상황이고 그래서 내가 우선적으로 해야 할 일이 있으니까 말이지만, 만일 그렇지 않다면 당신한테 한두 가지 기본적인 것들을 분명히 해두고 싶군요."

"페르민!" 아버지가 소리쳤다.

페르민은 입을 다물고 도망치듯 서점을 나갔다. 메르세디타스는 못마땅한 눈초리로 그를 바라보았다.

"저 사람은 아무도 예상 못 할 때 당신들을 곤경에 빠뜨릴 거

예요. 내 말 명심하세요. 그는 무정부주의자에 비밀결사 회원이
거나 아니면 적어도 유대인일 거예요. 저 큰 코로 볼 때……"

"신경 쓰지 마세요. 그는 반대를 위한 반대를 좋아하니까요."

화가 난 메르세디타스는 말없이 고개를 저었다.

"좋아요, 그만두죠. 제가 할 일은 많고 시간은 없으니까요. 그
럼 안녕히 계세요."

우리는 정중하게 고개를 끄덕이고 그녀가 나가는 것을 보았다.
그녀는 몸을 꼿꼿이 세우고 길바닥을 벌주기라도 하는 양 구두
굽을 또각거리며 걸어갔다. 아버지는 마치 다시 찾은 평화를 들
이마시려는 듯 심호흡을 했다. 아나클레토 씨는 아버지 옆에서
기운을 잃어가고 있었다. 그의 얼굴은 창백했고 슬픈 시선은 가
을처럼 쓸쓸했다.

"이 나라는 망해가고 있어." 그 대단한 연설을 끝내면서 그가
말했다.

"자, 기운 내요, 아나클레토 씨. 세상일이 다 그렇지요 뭐. 어
디나 마찬가지예요. 최악일 때는 만사가 다 안 좋아 보이는 법이
죠. 그래도 페데리코 씨가 회복하는 모습을 꼭 보게 될 겁니다.
그는 우리 모두가 생각하는 것보다 강한 사람이니까요."

그는 살짝 고개를 저었다.

"그건 밀물과 썰물 같은 거예요, 아시겠어요?" 그는 서점을 나
가면서 말했다. "야만스런 일, 그게 지나가면 사람들은 무사하다

고 믿죠. 하지만 언젠가는 돌아와요, 늘 돌아온다니까요⋯⋯ 그러고는 우리를 질식시키죠. 난 그걸 매일같이 학교에서 봐요. 하느님 맙소사⋯⋯ 원숭이가 교실에 들어온 거죠. 장담하는데, 다윈은 몽상가였어요. 다윈의 진화도 없고 니체의 초인도 없어요. 난 논리적으로 생각하는 한 명의 학생을 위해 아홉 마리의 오랑우탄과 싸워야 하니까요."

우리는 그저 고분고분 고개만 끄덕였다. 아나클레토 씨는 인사를 하고는 들어올 때보다 오 년은 더 늙은 모습으로 고개를 숙인 채 가버렸다. 아버지가 한숨을 쉬었다. 우리는 무슨 말을 해야 할지 몰라 잠시 서로를 바라보았다. 나는 푸메로가 서점에 왔던 일을 아버지에게 말할까 말까 고민했다. 그건 경고였어, 나는 생각했다. 주의였지. 푸메로는 불쌍한 페데리코 씨를 본보기로 삼았던 것이다.

"무슨 일 있니, 다니엘? 얼굴이 창백하구나."

나는 한숨을 쉬며 고개를 떨어뜨렸다. 그리고 푸메로 경감과의 일과 그의 협박에 대해 털어놓았다. 아버지는 두 눈에 불타오르는 분노를 삼키며 이야기를 들었다.

"제 잘못이에요. 무슨 말이라도 했어야 했는데⋯⋯" 내가 말했다.

아버지는 고개를 저었다.

"아니다, 다니엘. 이런 일이 일어날 줄 몰랐잖니."

"하지만……"

"그런 생각은 하지도 마라. 페르민에게도 아무 말 말고. 그 작자가 다시 뒤를 캐고 있다는 걸 알았을 때 페르민이 어떻게 나올지는 신만이 아신다."

"그래도 우리가 뭔가 해야 해요."

"그가 복잡한 일에 말려들지 않도록 하자꾸나."

나는 썩 납득이 되진 않았지만 아버지의 말에 따르기로 했다. 그리고 아버지가 다시 우편물을 확인하는 동안 페르민이 시작해놓은 일을 계속할 준비를 했다. 때때로 아버지는 곁눈으로 나를 살폈다. 나는 모르는 척했다.

"어제 벨라스케스 교수와는 어땠니? 다 잘됐니?" 아버지가 화제를 바꾸기 위해 물었다.

"네. 책들을 보고 만족스러워했어요. 또 프랑코의 서한집을 찾고 있다고 했어요."

"『무어인 살해자』 말이구나. 하지만 그건 위작인데…… 마다리아가*의 농담이었지. 그래서 뭐라고 했니?"

"알았다고 하고, 늦어도 이 주 안에 답을 주겠다고 했어요."

"잘했다. 이 일을 페르민에게 맡기자. 그리고 값을 두둑이 받자꾸나."

---

* 스페인의 작가이자 역사가.

나는 고개를 끄덕였다. 우리는 겉으로는 평소와 다름없는 일과를 이어갔다. 아버지는 여전히 나를 보고 있었다. 올 것이 왔구나, 나는 생각했다.

"어제 아주 인상 좋은 여자애 하나가 서점에 왔었다. 페르민이 그애가 토마스 아길라르의 누나라고 하던데?"

"네."

아버지는 우연의 일치라는 듯 가볍게 놀라움을 드러내며 고개를 끄덕였다. 그리고 다시 밀어붙이기 전에 잠깐의 틈을 주었는데, 이번에는 갑자기 무슨 생각이 난 사람처럼 굴었다.

"그건 그렇고, 다니엘, 오늘은 좀 한가하게 보내면 좋겠구나. 그래서 말인데 좀 쉬고 싶지 않니? 게다가 내가 볼 때 최근에 넌 일을 너무 많이 했거든."

"전 괜찮아요, 고마워요."

"난 페르민에게 서점을 맡기고 바르셀로와 리세오 오페라하우스에 갈 생각이었단다. 오늘 오후에 〈탄호이저〉 공연이 있는데 바르셀로가 날 초대했거든. 무대 정면의 특별석 표를 여러 장 가지고 있다더라."

아버지는 편지를 읽듯이 말했다. 아버지는 최악의 배우였다.

"그런데 언제부터 바그너를 좋아하셨어요?"

아버지는 겸연쩍은 듯 어깨를 으쓱했다.

"초대를 받았으니까 가는 거지 뭐…… 게다가 바르셀로와 함께라면 어떤 오페라든 마찬가지란다. 그 친구는 공연 내내 배우들 동작이며 의상, 리듬 따위에 대해 일일이 논평을 하니까 말이다. 바르셀로가 너에 대해 여러 번 묻더구나. 언제 한번 서점으로 찾아가 만나보려무나."

"조만간요."

"그럼, 괜찮으면 서점은 페르민한테 맡기고 오늘 우린 좀 놀자꾸나. 벌써 시간이 됐네. 그리고 돈이 필요하면……"

"아빠, 베아는 내 애인이 아니에요."

"누가 애인이라고 했니? 그 얘긴 됐다. 네가 알아서 하렴. 돈이 필요하면 금고에서 꺼내가고. 하지만 메모는 남겨둬. 그래야 나중에 페르민이 결산할 때 놀라지 않지."

아버지는 이렇게 말하고 무심한 척하며 입이 귀에 걸리게 웃으면서 안쪽 방으로 사라졌다. 나는 시계를 보았다. 오전 열시 삼십분이었다. 오후 다섯시에 대학 회랑에서 베아와 만나기로 했는데, 안타깝게도 시간은 『카라마조프의 형제들』보다 더 늘어지고 있었다.

잠시 후 페데리코 씨의 집에 다녀온 페르민이 불쌍한 그를 간호하기 위해 이웃 여자들이 당번을 정해 돌보고 있다는 소식을 전해주었다. 의사는 그의 갈비뼈 세 대가 부러진 것과 여러 군데의 타박상, 그리고 교과서 크기로 직장이 찢어진 것을 발견했다.

"뭐 좀 사갈 게 있던가?" 아버지가 물었다.

"약하고 연고는 벌써 약국을 차릴 정도로 많았어요. 그래서 꽃하고 네누코 화장수 한 병, 프루코 복숭아 통조림 세 통을 사갔죠. 페데리코 씨가 복숭아 통조림을 좋아하거든요."

"잘했네. 내가 자네한테 얼마를 줘야 하는지 나중에 말해주게." 아버지가 말했다. "자네가 보기엔 어떻던가?"

"솔직히 말하면, 하도 맞아서 떡이 됐어요. 죽고 싶다고 신음하면서 침대에 웅크리고 누워 있는 걸 보기만 했는데도 살의가 생기더라고요, 정말이에요. 머리끝까지 무장을 하고 지금 당장 강력계로 가서 기관총으로 푸메로라는 곪은 고름 같은 놈을 필두로 그 개자식들을 대여섯 놈쯤 죽이고 싶어요."

"페르민, 소란 피우지 말자고. 자넨 그 어떤 일도 해선 안 돼."

"그렇게 말씀하신다면요. 셈페레 씨."

"그런데 페피타는 어떤가?"

"동요한 기색이라곤 없더군요. 내가 봤을 땐 이미 이웃 여자들이 가져다준 브랜디를 마시고 소파에 무방비로 드러누워 용처럼 코를 골고 소파 커버에 구멍이 나도록 방귀를 뀌어대고 있었죠."

"대단한 사람이야. 그런데 페르민, 오늘 서점 좀 부탁해도 될까? 난 잠깐 페데리코 씨를 보러 가겠네. 그후엔 바르셀로와 약속이 있거든. 다니엘도 할 일이 있고."

내가 고개를 들자 마침 그때 페르민과 아버지가 의미심장한 시선을 교환하다가 깜짝 놀랐다.

"치사한 중매쟁이들 같으니라고." 내가 말했다.

내가 문을 꽝 닫고 나갈 때도 그들은 여전히 나를 보며 웃고 있었다.

살을 에는 차가운 바람이 안개를 뿌리며 거리를 휩쓸고 지나 갔다. 강렬한 태양이 고딕 지구地區의 종탑과 지붕들의 수평선에 서 구릿빛 반사광을 잡아채고 있었다. 대학 회랑에서 베아와 만 나기로 약속한 시간까지는 아직 몇 시간이 남아 있었고, 그래서 나는 누리아 몽포르트를 방문해 내 행운을 시험해보기로 했다. 오래전 그녀의 아버지가 내게 준 그 주소에 그녀가 지금도 살고 있기를 바라며.

고딕 지구를 교차하는 거리들의 미로에 있는 통풍구 같은 산 펠리페 네리 광장은 오래된 로마식 담벼락들 뒤에 숨어 있었다. 전쟁 때 생긴 기관총의 탄흔들이 교회 담벼락 여기저기서 보였 다. 그날 아침, 한 무리의 꼬맹이들이 돌담들의 기억과는 무관하 게 병정놀이를 하고 있었다. 은빛 머리칼이 두드러진 젊은 여자 가 무릎 위에 책을 펴놓고 알 수 없는 미소를 띤 채 벤치에 앉아 아이들을 바라보고 있었다. 주소로 보아 누리아 몽포르트는 광 장 입구에 있는 건물에 살고 있었다. 현관을 장식하고 있는 검게 변색된 돌 아치에 1801년이라고 쓰인 건물의 건축 연도를 지금 도 알아볼 수 있었다. 현관은 어두운 홀의 윤곽을 드러낼 정도로

만 밝았고, 그곳에서 나선형으로 꼬인 계단이 올려다보였다. 나는 벌집 같은 양철 우편함들을 살펴보았다. 명패에 꽂힌 노래진 얇은 판지 조각에서 거주자들의 이름을 읽을 수 있었다. 그 시절엔 흔한 일이었다.

미켈 몰리네르 · 누리아 몽포르트
4층 2호

인형의 집에나 있을 법한 그 작은 층계에 발을 세게 내디디기라도 하면 건물이 무너질까 두려워하면서 나는 천천히 계단을 올라갔다. 층계참마다 호수도 적혀 있지 않은 문이 두 개씩 있었다. 4층에 이르러 되는대로 문 하나를 골라 노크를 했다. 계단에서 점토와 오래된 돌의 축축한 냄새가 났다. 여러 번 문을 두드렸지만 대답이 없었다. 나는 다른 문으로 행운을 시험해보기로 하고 주먹으로 그 문을 세 번 두들겼다. 집 안에서 볼륨을 최대로 올려놓은 라디오 소리가 크게 들려왔다. 〈마르틴 칼사도 신부님과 함께하는 반성의 시간〉이라는 프로그램이었다.

머리에 헤어롤을 빽빽이 꽂고 솜을 넣은 청록색 체크무늬 가운을 걸친 한 아주머니가 슬리퍼를 신은 채 문을 열었다. 어스름 속에서 그녀는 심해 잠수부처럼 보였다. 그녀의 등뒤로 미르던 칼사도 신부님의 벨벳 같은 목소리가 프로그램 스폰서인 아우로린의 미용 제품들에 대해 몇 마디 말씀을 하고 있었다. 루르드 성전 순례자들이 좋아하는 그 제품들은 보기 흉한 사마귀와 고름 치료에 효과가 있는 진정한 성자의 손과 같다고.

"안녕하세요? 몽포르트 부인을 찾고 있습니다만."

"아, 누리아요? 문을 착각했군요, 젊은이. 반대쪽이에요."

"죄송합니다. 실은 노크를 했는데 아무도 없어서요."

"돈 받으러 온 건 아니죠?" 경험에서 우러난 의심으로 이웃집 여자는 지체 없이 물었다.

"아니에요. 저는 몽포르트 부인의 아버지가 보내서 왔어요."

"아, 그렇군요. 누리아는 아래서 책을 읽고 있을 거예요. 올라올 때 못 봤나요?"

밖으로 나왔을 때 은발의 여자는 손에 책을 들고 여전히 광장 벤치에 앉아 있었다. 나는 그녀를 자세히 관찰했다. 누리아 몽포르트는 매력적이라는 말로는 부족한, 패션잡지 혹은 스튜디오 인물 사진을 위한 조각 같았다. 하지만 젊음이 눈을 통해 달아나고 있는 듯했다. 그림을 그려놓은 듯 부서질 것 같은 자태에는 그녀의 아버지를 닮은 뭔가가 있었다. 잿빛 머리칼과 나이 들어 보이게 하는 주름들로 미루어 마흔이 조금 넘었을 듯싶었다. 좀 어두웠더라면 십 년은 더 젊어 보였으리라.

"몽포르트 부인?"

그녀는 혼수상태에서 깨어난 사람처럼 초점 없는 눈으로 나를 바라보았다.

"전 다니엘 셈페레라고 해요. 언젠가 부인의 아버지가 이 주소를 알려주면서 부인이 제게 훌리안 카락스에 대해 이야기해줄 수 있을 거라고 했어요."

내 말을 듣자, 그녀의 얼굴에서 몽환적인 표정이 사라지고 눈의 초점이 살아났다. 그녀의 아버지 얘기를 한 것은 좋은 생각이 아니었다는 느낌이 들었다.

"원하는 게 뭐죠?" 그녀가 의심 섞인 말투로 물었다.

그 순간 그녀의 신뢰를 얻지 못하면 기회를 놓치겠구나 하는 생각이 들었다. 내가 꺼낼 수 있는 유일한 카드는 진실을 말하는 것이었다.

"제게 설명 좀 해주세요. 팔 년 전쯤, 거의 우연히 제가 '잊힌 책들의 묘지'에서 훌리안 카락스의 소설을 한 권 발견했어요. 라인 쿠베르라는 자가 그 책을 없애려는 걸 막기 위해 부인이 그곳에 감춰뒀던 책이었지요." 내가 말했다.

그녀는 미동도 하지 않고 나를 뚫어져라 바라보았다. 마치 자신을 둘러싼 세상이 무너질까 두려워하는 것처럼.

"딱 몇 분만 시간을 내주세요." 내가 덧붙였다. "약속드리겠습니다."

그녀가 체념한 듯 고개를 끄덕였다.

"아버지는 어떻게 지내세요?" 내 시선을 피하며 그녀가 물었다.

"잘 지내세요. 나이가 좀더 드셨죠. 그리고 부인을 많이 그리워하세요."

누리아 몽포르트는 내가 해독할 수 없는 한숨을 길게 내쉬었다.

"집으로 올라가는 게 좋겠군요. 길에서 이 얘기를 하고 싶지는 않아요."

20

누리아 몽포르트는 어둠 속에서 살고 있었다. 좁은 복도는 주방 겸 서재 겸 사무실로 쓰는 주방으로 이어졌다. 도중에 창문 하나 없는 수수한 침실이 보였다. 그밖에는 샤워기도 욕조도 없는 작은 화장실이 전부였다. 그 화장실을 통해 아래층 바의 음식 냄새에서부터 오랫동안 도관과 파이프를 통해 돌아다니고 있는 냄새에 이르기까지 온갖 종류의 냄새가 스며들고 있었다. 실내는 끝나지 않을 것만 같은 어스름 속에 잠겨 있었고, 칠이 벗겨진 벽들 사이에 깜깜한 발코니가 있었다. 독한 담배 냄새와 함께 아무도 살지 않는 듯한 싸늘한 냉기가 느껴졌다. 내가 그 집의 빈곤함에 마음 쓰지 않는 척하는 동안 누리아 몽포르트는 나를 관찰했다.

"집 안에는 빛이 거의 들지 않아서 책을 읽을 땐 아래로 내려가요." 그녀가 말했다. "남편이 돌아올 때 스탠드를 하나 선물하겠다고 약속했어요."

"남편분은 여행중인가요?"

"미켈은 감옥에 있어요."

"죄송합니다. 몰랐어요……"

"모르는 게 당연하죠. 전 그 얘길 하는 게 조금도 부끄럽지 않아요. 남편은 범죄자가 아니니까. 이번에는 금속노동조합의 전단지를 인쇄하다가 잡혀들어갔죠. 벌써 이 년 전 일이군요. 이웃 사람들은 그가 미국 여행중인 걸로 알고 있어요. 아버지도 모르고요. 난 아버지가 알게 되는 걸 원치 않아요."

"걱정 마세요. 제가 그 얘길 전하는 일은 없을 거예요." 내가 말했다.

팽팽한 침묵이 이어졌다. 나는 그녀가 나를 이사크가 보낸 스파이로 여기는 거라고 추측했다.

"혼자 집안일을 꾸려나가기가 힘드시겠어요." 그 침묵의 공간을 메우기 위해 내가 바보 같은 말을 했다.

"쉽진 않아요. 번역 일을 해서 능력껏 벌지만 남편이 수감돼 있으니 도대체 충분치가 않죠. 변호사들 때문에 출혈이 엄청나서 빚이 목구멍까지 차 있어요. 번역 일은 글 쓰는 것만큼이나 벌이가 신통치 않고요."

그녀는 마치 어떤 대답을 기다리는 것처럼 나를 지켜보았다.

나는 온순하게 미소만 지었다.

"책을 번역하시나요?"

"이제 안 해요. 지금은 서식, 계약서, 세관 자료들을 번역하기 시작했어요. 돈을 훨씬 더 많이 쳐주거든요. 문학작품을 번역하면 궁핍해지죠, 글을 쓰는 것보다는 좀 낫지만. 사실이에요. 반상회에서는 벌써 나를 두 번이나 쫓아내려고 했어요. 관리비 체불은 별로 중요하지 않아요. 생각해봐요, 외국어를 하고 바지를 입는 여자를. 이웃 주민 몇 명은 내가 여기서 매춘을 한다고 신고했어요. 차라리 그편이 더 나았을 텐데……"

나는 어둠이 빨개진 내 얼굴을 감춰주길 바랐다.

"미안해요. 내가 왜 이런 말을 하는지 모르겠네요. 나 때문에 불편하겠군요."

"제 탓이에요. 제가 물어봤으니까요."

그녀가 신경질적으로 웃었다. 그녀의 주변에서 고독의 아우라가 불타고 있었다.

"당신은 훌리안과 좀 닮았어요." 그녀가 불쑥 말했다. "시선을 두는 방식이나 몸짓 말이에요. 그 사람도 꼭 당신 같았어요. 무슨 생각을 하는지 겉으로 드러내 보이지 않고 잠자코 있었죠. 그럼 나는 바보처럼 차라리 하지 않는 게 나을 얘기를 하고…… 뭘 좀 줄까요? 밀크커피?"

"아뇨, 괜찮습니다. 폐 끼치고 싶지 않아요."

"아니에요. 마침 한 잔 마시려던 참이니까요."

왠지 그 밀크커피가 그녀가 먹는 점심의 전부일 거라는 생각이 들었다. 나는 다시 한 번 정중히 거절하고, 그녀가 전기 오븐이 있는 주방 한구석으로 가는 걸 보았다.

"편하게 있어요." 내 쪽으로 등을 보인 채 그녀가 말했다.

나는 주위를 둘러보고 어떻게 하면 편해 보일지 궁리했다. 발코니 옆 한구석을 차지하고 있는 책상이 누리아 몽포르트의 사무실이었다. 언더우드 타자기 한 대가 석유램프와 사전, 설명서로 가득 찬 책장 옆에 자리 잡고 있었다. 가족사진은 없었지만 책상 앞쪽 벽은 하나같이 다리橋가 그려진 우편엽서들로 뒤덮여 있었다. 파리인지 로마인지 정확히 기억할 수 없지만 어딘가에서 본 듯한 다리들이었다. 그 아래 책상은 거의 강박에 가까운 질서와 청결함을 보여주었다. 연필들은 뾰족하게 깎여 완벽하게 정리되어 있고, 종이와 파일들 역시 세 줄로 깔끔하게 정돈되어 있었다. 뒤돌아섰을 때 나는 누리아 몽포르트가 복도 입구에서 나를 바라보고 있다는 걸 알아차렸다. 침묵 속에서 나를 바라보는 그녀의 시선은 마치 거리나 지하철에서 낯선 사람을 보는 듯했다. 그녀는 담배에 불을 붙이고 그 자리에 가만히 있었다. 파란 담배 연기의 소용돌이에 그녀의 얼굴이 가려졌다. 불현듯 누리아 몽포르트가 본의 아니게 팜므 파탈의 자태를 풍기고 있다는 생각이 들었다. 베를린 어느 역의 안개 사이에서 신비스런 후

광에 휩싸인 채 나타나 페르민을 황홀하게 하는 영화 속의 여자들, 그러나 정작 자신들은 자기 외모에 신경 쓰지 않는 그런 부류의 아름다운 여자들처럼.

"해줄 이야기가 많지는 않아요." 그녀가 말을 시작했다. "난 이십여 년 전에 파리에서 훌리안을 만났어요. 카베스타니 출판사에서 일하고 있을 때였죠. 카베스타니 씨는 헐값에 훌리안이 쓴 소설들의 판권을 사들였어요. 난 관리 부서에서 일을 시작했는데, 카베스타니 씨는 내가 프랑스어, 이탈리아어 그리고 독일어를 조금씩 할 줄 아는 걸 알고는 구매 업무를 맡겼고, 나는 그의 개인 비서가 됐어요. 내 업무 중 하나가 출판사에서 계약한 외국 작가나 출판업자들과 서신 교환을 하는 것이었고, 그렇게 해서 훌리안 카락스와 접촉하게 됐어요."

"부인 아버지께선 두 분이 좋은 친구 사이였다고 하던데요."

"아버지께선 당신한테 우리가 연애나 그 비슷한 걸 했다고 했을 거예요. 그렇죠? 아버지는 내가 발정난 암캐처럼 바지만 입고 있으면 어떤 남자나 따라다닌다고 생각해요."

그 여인의 지나친 솔직함에 말문이 막혔다. 적당한 대답을 찾는 데 시간이 너무 오래 걸렸다. 그때 누리아 몽포르트가 혼자 미소 짓고는 고개를 가로저었다.

"아버지 말에 신경 쓰지 마요. 아버지가 그런 생각을 하게 된 건 카베스타니 씨가 갈리마르 출판사와 해결해야 할 일이 있어

내가 파리로 가야 했던 1933년의 그 여행 때문이에요. 난 그 도시에 이 주간 머물렀는데, 카베스타니 씨가 호텔비를 아끼고자 했다는 단순한 이유로 훌리안의 아파트에서 지냈어요. 대단히 낭만적이죠? 그 전까진 오로지 편지로만 훌리안 카락스와 연락을 취했고, 보통은 저작권이나 교정쇄, 판본 문제에 대해서였죠. 그에 대해 알고 있었던 것, 또는 내가 상상했던 것은 그가 우리에게 보내오는 원고를 통해서가 전부였어요."

"그가 자신의 파리 생활에 대해 부인에게 무슨 이야기를 한 게 있나요?"

"아뇨. 훌리안은 작품이나 자기 이야기를 하는 걸 싫어했어요. 파리 생활이 행복한 것 같진 않았어요. 비록 그는 어디서든 행복할 수 없는 그런 부류의 사람이라는 인상이었지만요. 사실 난 그를 한 번도 깊이 안 적이 없어요. 그 사람이 그러도록 날 내버려두지 않았죠. 그는 혼자 있기를 좋아했고 가끔은 세상과 사람에 대한 흥미를 접은 것 같았어요. 카베스타니 씨는 그를 수줍음 많고 정신이 좀 이상한 사람으로 여겼지만, 내가 볼 때 훌리안은 자신의 추억에 갇혀서 과거에 사는 사람 같았어요. 그는 온전히 자기 자신과 자신의 책들을 위해서 살았어요. 호사를 누리는 죄수처럼 그 책들 안에서 살았던 거죠."

"그가 부러운 것처럼 들리네요."

"언어보다 더 끔찍한 감옥들도 있어요, 다니엘."

나는 그 말의 의미를 알지도 못한 채 그저 고개만 끄덕였다.

"훌리안이 추억, 바르셀로나에 있었을 때의 추억에 대해 이야기한 적이 있나요?"

"아주 조금요. 내가 파리에서 그의 집에 이 주간 머물렀던 그때 가족 이야기를 조금 해주었어요. 어머니는 프랑스인으로 음악 선생이고, 아버지는 모자 가게인가 뭐 그런 걸 하고 있다고. 그의 아버지는 아주 신앙심이 깊고 엄격하다고 알고 있어요."

"아버지와 사이가 어땠는지 훌리안이 얘기해주던가요?"

"사이가 썩 좋지 않았던 걸로 알고 있어요. 오래전부터 시작된 일이죠. 사실 훌리안이 파리로 떠난 것도 군에 입대시키려는 아버지에게서 벗어나기 위해서였어요. 그의 어머니는 그런 일이 일어나기 전에 그 남자에게서 훌리안을 데리고 멀리 떠나겠다고 약속했고요."

"그 남자란 그의 아버지겠군요."

누리아 몽포르트가 웃었다. 간신히 입가에 어리는 웃음이었고, 생기를 잃은 눈은 슬프게 빛났다.

"설령 그가 훌리안의 아버지라 할지라도 아버지처럼 행동한 적도 없고 훌리안도 그를 아버지로 여기지 않았어요. 한번은 그가 내게 고백하기를, 어머니가 결혼 전에 한 남자와 연애를 했대요. 남자의 이름은 어머니가 절대 밝히지 않았고요. 그 사람이 훌리안의 생부죠."

"『바람의 그림자』 도입부와 비슷하네요. 그의 말이 사실일까요?"

누리아 몽포르트가 고개를 끄덕였다.

"훌리안은 그 모자 기술자, 훌리안은 그를 이렇게 불렀어요, 어머니에게 욕지거리를 하고 때리는 걸 보면서 자랐다고 했어요. 훌리안의 방에 와서는 그가 죄악의 씨라고, 어미의 연약하고 비천한 성품을 물려받았다고, 평생 불행하고 재수 없는 놈으로 살 거라고, 무슨 일을 하든 실패할 거라고 했다더군요."

"아버지에 대한 원한이 컸겠네요?"

"세월이 그걸 희석시켰죠. 훌리안이 아버지를 증오하는 것 같진 않았어요. 어쩌면 그러는 편이 더 나았을지도 모르는데. 내가 느끼기에 그는 그 모든 일 때문에 모자 기술자에 대한 존경심을 완전히 잃어버렸거든요. 훌리안은 그 일을 중요하지 않은 것처럼, 마치 남겨두고 온 과거의 일부인 것처럼 말했었죠. 하지만 그런 건 절대로 잊히지 않는 법이에요. 악의가 있었든 무지해서 그랬든, 아이의 마음을 독살하는 말들은 기억 속에 박혀 남아 있다가 조만간 아이의 영혼을 태워버리고 말죠."

나는 그녀가 직접 겪고서 그런 말을 하는 건지 궁금했다. 그리고 근엄한 아버지의 장광설을 무던히 참고 듣고 있는 내 친구 토마스 아길라르의 모습이 머릿속에 떠올랐다.

"그게 훌리안이 몇 살 때였나요?"

"내 생각엔, 여덟 살이나 열 살쯤."

나는 한숨을 쉬었다.

"그가 입대할 나이가 되자마자 그의 어머니는 그를 파리로 데려갔어요. 아마 작별인사도 하지 않았을 거예요. 그 모자 기술자는 가족에게 버림받았다는 사실을 결코 받아들이지 못했지요."

"훌리안이 페넬로페라는 소녀에 대해 말하는 걸 들어보신 적이 있나요?"

"페넬로페? 아뇨. 말했다면 기억이 날 텐데."

"아직 바르셀로나에 살고 있을 때 그의 애인이었어요."

나는 카락스와 페넬로페 알다야의 사진을 꺼내 그녀에게 건넸다. 청년 훌리안 카락스를 보는 그녀의 얼굴에 미소가 반짝였다. 향수와 상실감이 그녀를 좀먹고 있었다.

"여기선 아주 어려 보이네…… 이 사람이 페넬로페인가요?"

나는 고개를 끄덕였다.

"아주 예쁘군요. 훌리안은 늘 예쁜 아가씨들에게 둘러싸여 있었어요."

당신처럼요, 라고 나는 생각했다.

"혹시 아세요? 어떤 여자들이었는지."

나의 그 말에 그녀가 다시 웃었다.

"애인? 아니면 친구? 잘 모르겠네요. 사실대로 말하면, 그가 여자 얘길 하는 건 한 번도 못 들어봤어요. 한번은 그를 떠보려고 물었죠. 그가 그렇고 그런 곳에서 피아노를 쳐서 먹고살았다는 건 알죠? 하루 종일 헤픈 미녀들에게 둘러싸여 지내는데 유혹을 느낀 적은 없느냐고 물어봤어요. 그에게는 유쾌하지 않은 농담이었어요. 자긴 그 누구도 사랑할 권리가 없다고, 혼자 지내야만 한다더군요."

"이유를 말해주던가요?

"훌리안은 한 번도 이유를 말한 적이 없어요."

"그렇다고 해도 결국 1936년 바르셀로나로 돌아오기 전에 훌리안 카락스는 결혼하려고 했어요."

"사람들이 그렇게 말하더군요."

"아니었을 거라고 생각하세요?"

그녀가 회의적이라는 듯이 어깨를 으쓱했다.

"말했듯이, 우리가 서로 알고 지내던 동안 훌리안은 한 번도 특정한 여자에 대해 언급한 적이 없어요. 더군다나 결혼할 여자에 대해서는요. 결혼 계획에 대한 이야기는 더 나중에야 들었어요. 카락스의 마지막 발행인인 뇌발이 카베스타니에게 신부가 훌리안보다 스무 살이나 연상이라고 얘기해주었죠, 돈 많고 병든 과부였다고. 뇌발의 말로는, 그 여자가 몇 년 동안 그를 먹여 살렸다더군요. 의사들은 그녀가 길면 일 년, 짧으면 육 개월 정도 더 살 수 있다고 진단을 내렸대요. 뇌발은 그녀가 훌리안에게 자기 재산을 물려주려고 결혼을 결심했다고 했어요."

"하지만 결혼식은 거행되지 못했어요."

"만일 그런 결혼 계획, 또는 그런 미망인이 진짜 있었다면요."

"제가 알기론 카락스는 결혼식을 하기로 되어 있던 날 새벽에 결투에 휘말렸었어요. 누구와, 어떤 이유에서였는지 아세요?"

"뇌발은 그 미망인과 관계된 누군가일 거라고 추측했어요. 재산이 외지인의 손에 떨어지는 게 보기 싫은 탐욕적인 먼 친척이었을 거라고요. 뇌발은 주로 싸구려 연재소설을 출판해왔는데, 내가 볼 때 그는 그 장르에 지나치게 빠져 있었죠."

"부인은 훌리안의 결혼과 결투 이야기를 믿지 않는 것 같군요."

"네. 한 번도 믿지 않았어요."

"그때 무슨 일이 있었다고 생각하세요? 왜 카락스는 바르셀로나로 돌아왔을까요?"

그녀가 슬프게 웃었다.

"나도 십칠 년째 스스로에게 그 질문을 하고 있지요."

누리아 몽포르트는 새 담배에 불을 붙이고 내게도 한 대를 권했다. 나는 유혹을 느꼈지만, 사양했다.

"그래도 뭔가 짚이는 게 있지 않으세요?" 내가 넌지시 물었다.

"내가 아는 건 1936년 여름, 전쟁이 터지고 조금 뒤에 시립 시체공시소의 한 직원이 출판사로 전화를 걸어와 사흘 전에 훌리안 카락스의 시신이 들어왔다고 말했다는 게 전부예요. 라발 지구의 좁은 골목에서 누더기 차림으로 심장에 총을 맞고 죽은 그를 발견했대요. 『바람의 그림자』와 여권을 지니고 있었고요. 여권에 찍힌 스탬프를 보면 그는 한 달 전에 프랑스 국경을 넘어왔었어요. 그동안 어디에 있었는지는 아무도 모르고요. 경찰이 그의 아버지에게 연락을 했더니, 자긴 아들이 없다면서 시신 인수를 거절했다더군요. 아무도 시신을 찾으려 하지 않아서 이틀 뒤에 그는 몬주익 공동묘지에 묻혔어요. 그가 묻힌 장소를 말해줄 수 있는 사람이 아무도 없어서 나는 그에게 꽃도 한 번 가져다주지 못했어요. 훌리안의 재킷에서 발견된 책을 가지고 있던 시체 공시소 직원이 며칠 후 카베스타니 출판사에 전화를 했어요. 그래서 내가 그 사건을 알게 된 거고요. 훌리안을 이해할 수 없었어요. 그에게 바르셀로나에서 찾아갈 사람이 남아 있었다면 그건 나였거든요. 아니면 기껏해야 카베스타니 씨든가. 우리가 그의 유일한 친구였으니까요. 하지만 우리에겐 돌아왔다는 걸 알리지 않았어요. 우린 그가 죽은 다음에야 바르셀로나로 돌아왔었다는 걸 알게 된 거죠."

"그가 죽었다는 소식을 듣고서 뭘 좀 알아낼 수 있었나요?"

"아뇨. 그때는 전쟁이 터지고 몇 달 안 됐을 때라, 흔적도 없이 사라진 사람이 훌리안 하나가 아니었거든요. 이제 아무도 그 얘기는 하지 않죠. 하지만 훌리안의 것처럼 이름도 없는 무덤이 많아요. 그에 대해 물어보러 다니는 건 벽에다 머리를 바는 것만큼이나 무모한 짓이었죠. 그때 카베스타니 씨는 병이 깊은 상태였는데, 그분 도움으로 경찰에 탄원서도 제출하고 내가 할 수 있는 한 모든 연줄을 동원했었어요. 유일하게 얻어낸 거라곤 어느 젊은 형사의 방문을 받은 일이었죠. 거만하고 기분 나쁜 사람이었는데, 나라가 성전聖戰중이니 의문 제기는 그만하고 더 긍정적인 일에 집중하는 게 유익할 거라더군요. 그자의 이름이 푸메로라는 것, 그게 내가 기억하는 전부예요. 지금은 꽤 높은 자리에 있는 것 같아요. 신문에 많이 나오거든요. 당신도 들어봤을 텐데요?"

나는 침을 삼켰다.

"어렴풋하게요."

"어떤 사람이 출판사로 연락해와서 창고에 남은 카락스의 소설을 전부 구입하는 데 관심이 있다고 하기 전까진, 훌리안 얘긴 다시 못 들었어요."

"라인 쿠베르."

누리아 몽포르트가 고개를 끄덕였다.

"누군지 아세요?"

"짚이는 게 있는데 확실하진 않아요. 1936년 3월, 당시 우리가 『바람의 그림자』의 출간을 준비하고 있을 때라 기억이 나는데, 어떤 사람이 출판사에 전화를 걸어 그의 주소를 물었어요. 그 사람 말이 자기는 옛 친구인데 파리에 있는 훌리안을 찾아가 깜짝 놀라게 해주고 싶다는 거였죠. 사람들은 그 전화를 나한테 넘겼고, 난 주소를 알려줄 권한이 없다고 했어요."

"자기가 누구라고 했었나요?"

"무슨 호르헤라고 하더군요."

"호르헤 알다야?"

"그런 것 같기도 해요. 훌리안이 몇 번이나 그 사람 얘기를 했었으니까요. 산 가브리엘 학교에서 함께 공부한 것 같았고, 가끔 그를 가장 친한 친구라고 말하기도 했었죠."

"호르헤 알다야가 페넬로페의 오빠라는 걸 알았나요?"

누리아 몽포르트는 혼란스러운 듯 눈살을 찌푸렸다.

"알다야에게 훌리안의 파리 주소를 알려줬나요?" 내가 물었다.

"아뇨. 왠지 꺼림칙해서요."

"그가 뭐라고 하던가요?"

"나를 비웃었어요. 그리고 다른 경로로 주소를 알아내겠다고 하더니 전화를 끊어버렸어요."

무언가가 그녀를 갉아먹는 듯했다. 나는 이 대화가 우리를 어디로 이끌지 의심하기 시작했다.

"하지만 부인은 그에 대한 이야기를 다시 듣게 되었죠, 그렇지 않나요?"

그녀가 초조하게 고개를 끄덕였다.

"아까 말한 것처럼 훌리안이 죽고 얼마 되지 않아 그 사람이 카베스타니 출판사에 나타났어요. 그때 카베스타니 씨는 이미 일을 할 수 없는 상태라 큰아들이 회사를 맡고 있었죠. 라인 쿠베르라는 그 방문객은 훌리안의 소설 재고 전부를 사겠다고 하더군요. 고약한 농담 같았어요. 라인 쿠베르는『바람의 그림자』에 나오는 인물이거든요."

"악마죠."

누리아 몽포르트가 다시 고개를 끄덕였다.

"라인 쿠베르를 실제로 보았나요?"

그녀는 고개를 젓고는 세번째 담배에 불을 붙였다.

"아뇨. 하지만 카베스타니 씨의 사무실에서 그 아들과 나눴던 대화를 일부 들었죠."

그녀는 말을 하다 그만뒀는데, 말을 끝마치는 게 두렵거나 어떻게 말해야 할지 모르는 것 같았다. 담배가 그녀의 손가락 사이에서 떨리고 있었다.

"그의 목소리는." 그녀가 말했다. "전화로 자기가 호르헤 알다야라고 말한 바로 그 목소리였어요. 거만한 멍청이 카베스타니의 아들은 그에게 더 많은 돈을 요구했죠. 쿠베르란 자는 그 제안을 좀 생각해봐야겠다고 했고요. 바로 그날 밤 푸에블로 누에보에 있는 출판사 창고가 불타버렸어요. 훌리안의 책들도 함께."

"부인이 꺼내서 '잊힌 책들의 묘지'에 감춰놓은 책들은 빼고요."

"그래요."

"무슨 이유로 누군가가 훌리안 카락스의 책 전부를 불태워버리려 하는지 아시는 게 있나요?"

"왜 책들을 불태우냐고요? 바보 같아서, 무식해서, 또는 증오 때문일지도…… 그 이유는 아무도 모르죠."

"왜 그렇게 생각하세요?" 내가 집요하게 물었다.

"훌리안은 자기 책들 속에서 살았어요. 시체공시소에서 끝난 육체는 그의 일부일 뿐이에요. 그의 영혼은 그의 이야기들 속에 있죠. 한번은 그에게 작품 속의 인물을 만들어낼 때 누구에게서 영감을 받느냐고 물어봤는데 그런 사람은 없다더군요. 그의 모든 인물들은 자기 자신이라면서요."

"그럼 누군가가 그를 파괴하길 원한다면, 그의 이야기들과 그 속의 인물들을 파괴해야겠군요? 안 그런가요?"

다시 그녀의 힘없는 미소가 피어올랐다. 피곤에 지친 패배의 미소였다.

"당신은 훌리안을 생각나게 해요." 그녀가 말했다. "믿음을 잃기 전의 훌리안을."

"무엇에 대한 믿음이요?"

"모든 것에 대한 믿음."

그녀가 어스름 속에서 다가와 내 손을 잡았다. 그리고 마치 손금을 보려는 것처럼 말없이 내 손바닥을 쓰다듬었다. 그녀의 손길에 내 손은 떨리고 있었다. 나는 빌려 입었을 그 낡은 옷 속의 육체를 머릿속에 그리고 있는 나 자신을 발견했다. 그녀를 어루만지고, 피부 아래 뜨거운 맥박을 느끼고 싶었다. 우리의 시선이 마주쳤고, 나는 내가 무슨 생각을 하는지 그녀가 읽은 게 틀림없다고 확신했다. 그녀가 그 어느 때보다도 고독해 보였다. 나는 눈을 들어 그윽하고 체념한 듯한 그녀의 눈을 보았다.

"훌리안은 외롭게 죽었어요. 아무도 자신과 자신의 책들을 기억하지 않을 거라고, 자기 인생은 아무것도 아니었다고 확신하면서." 그녀가 말했다. "누군가 그가 살아 있길 바란다는 걸, 그를 기억한다는 걸 알았더라면 좋아했을 텐데요. 그는 종종 누군가 우리를 기억하는 한 우리는 존재한다고 말했거든요."

그녀에게 키스하고 싶다는 욕망이 엄습해 거의 고통스러울 지경이었다. 전에는 한 번도 경험하지 못했던, 클라라 바르셀로를 떠올릴 때조차 경험하지 못했던 열망이었다. 그녀가 내 생각을 읽어냈다.

"늦었어요, 다니엘." 그녀가 중얼거렸다.

나의 일부는 그곳에 머무르길 원했다. 나는 그 미지의 여인과 함께 어스름 속의 낯선 친밀감에 깊이 빠져들어 내 몸짓과 침묵이 어떻게 그녀로 하여금 훌리안 카락스를 추억하게 하는지 듣고 싶었다.

"그렇군요." 내가 웅얼거리듯 말했다.

그녀는 말없이 고개를 끄덕였고 문까지 나를 바래다주었다. 그 복도가 내겐 영원처럼 느껴졌다. 그녀가 문을 열어주었고, 나는 층계참으로 나섰다.

"우리 아버지를 만나게 되면 난 잘 있다고 전해줘요. 거짓말이지만."

나는 나지막한 목소리로 시간을 내주어 감사하다고 말하고 정중하게 손을 내밀어 그녀에게 인사했다. 누리아 몽포르트는 내 형식적인 제스처를 무시했다. 그러고는 내 팔을 붙잡고 몸을 기울여 뺨에 입을 맞추었다. 우리는 말없이 서로를 바라보았고, 이번엔 내가 용기를 내어 희미하게 떨리는 그녀의 입술을 찾았다. 그녀의 입술이 반쯤 열리고 손가락은 내 얼굴을 찾는 듯했다. 입을 맞추기 직전에 누리아 몽포르트는 뒤로 물러서서 시선을 떨어뜨렸다.

"가는 게 좋겠어요, 다니엘." 그녀가 속삭였다.

그녀는 울 것 같았지만, 내가 무슨 말을 하기도 전에 문을 닫아버렸다. 나는 층계참에 서서 문 저쪽에 꼼짝도 하지 않고 있는 그녀를 느끼며, 저 안에서 무슨 일이 있었던 건지 자문했다. 층계참 저쪽에선 이웃 여자가 현관문 구멍에 눈을 대고 깜박깜박했다. 그녀에게 인사를 하고 나는 계단을 뛰어내려왔다. 거리에 나섰을 때도 여전히 누리아의 얼굴과 목소리 그리고 체취가 영혼 깊이 느껴졌다. 나는 그녀의 입술과 내 피부에 남은 그녀의 숨결의 흔적을 간직한 채 사무실과 상점에서 도망쳐나온 얼굴 없는 사람들로 가득 찬 거리를 걸었다. 카누다 가로 접어들었을 때, 거리의 왁자지껄함을 잘라내는 얼어붙은 바람이 엄습했

다. 나는 얼굴에 부딪히는 차가운 바람에 감사하며 대학을 향해
걸었다. 람블라스 거리를 건너 타에르 가街로 접어들었다가 좁고
어둑어둑한 거리에서 길을 잃고 말았다. 나는 지금쯤 누리아 몽
포르트가 혼자 앉아 있을 어두컴컴한 주방에 아직도 붙잡혀 있
는 느낌이었다. 그녀는 눈물에 중독된 눈으로, 말없이 연필과 파
일과 추억들을 정리하고 있으리라.

21

거리의 구석구석으로 자줏빛 장막이 미끄러져 내려오고 차가
운 미풍이 일면서 아무도 눈치채지 못하는 가운데 땅거미가 서
서히 내려앉고 있었다. 나는 걸음을 재촉했고, 이십 분 뒤 대학
의 전경이 어둠 속에 좌초된 황토색 선박처럼 떠올랐다. 문학부
의 수위는 수위실에서 석간 〈엘 문도 데포르티보〉에 실린 스페
인에서 가장 영향력 있는 글을 읽고 있었다. 대학 구내에는 학생
들이 거의 남아 있지 않는 듯했다. 내 발소리의 울림이 안쪽 회
랑으로 이어지는 회랑과 복도를 통해 나를 뒤따랐다. 안쪽 회랑
에는 노르스름한 불빛 두 개가 힘겹게 어둠에 저항하고 있었다.
문득 베아가 나를 골탕 먹이고 내 우쭐거림에 복수하려고 아무
도 없는 그 시간에 거기서 만나기로 약속한 거라는 생각이 들었

다. 안쪽 회랑의 오렌지 나무 이파리들은 눈물처럼 은빛으로 반짝거렸고, 분수대의 물소리는 아치 사이를 뱀처럼 돌아나왔다. 나는 실망하지 않으려고, 또는 일종의 비겁한 안도감을 피해보려고 테라스를 유심히 살폈다. 거기 그녀가 있었다. 벤치에 앉아 안쪽 회랑의 둥근 천장을 올려다보는 그녀의 실루엣이 분수대에 어렸다. 나는 그녀를 보기 위해 입구에 멈춰 섰다. 잠시 그녀에게서 광장 벤치에 앉아 백일몽을 꾸는 누리아 몽포르트의 모습을 본 것 같았다. 노트도 책도 들고 있지 않은 걸 보면 아마 오후에는 수업이 없었으리라. 그녀는 오로지 나를 만나러 그곳에 온 것이다. 나는 침을 삼키고 안쪽 회랑으로 들어갔다. 돌바닥에 내 발소리가 울리자 베아는 그제야 시선을 돌렸다. 그리고 마치 거기 서 있는 나를 우연히 보기라도 한 것처럼 놀라움의 미소를 지었다.

"안 올 줄 알았어." 베아가 말했다.

"나도 같은 생각을 했었는데." 내가 대답했다.

그녀는 무릎을 붙이고 양손은 무릎 위에 모은 채로 허리를 꼿꼿이 펴고 앉아 있었다. 입술의 주름 하나하나까지 볼 수 있을 정도로 누군가와 가까이 있으면서도 이토록 멀게 느껴지다니, 나는 이런 일이 어떻게 가능한지 궁금했다.

"내가 온 건 지난번에 네가 했던 말이 틀렸다는 걸 보여주고 싶어서야, 다니엘. 난 파블로와 결혼할 거고, 오늘 밤 네가 뭘 보여주든지 신경 쓰지 않을 거야. 난 그 사람이 군 복무를 마치는 대로 함께 엘 페롤에 갈 거야."

놓쳐버린 기차를 보듯 나는 그녀를 바라보았다. 나는 내가 지난 이틀 동안 구름 위를 걸어다녔고, 이제 내 세상은 추락하고 있음을 알아차렸다.

"난 내가 보고 싶어서 온 거라고 생각했어." 나는 간신히 힘없는 미소를 지어 보였다.

그녀의 얼굴이 난처함으로 발갛게 달아올랐다.

"농담이야." 나는 거짓말을 했다. "실은 네가 아직 못 본 이 도시의 얼굴을 보여주겠다는 약속을 생각했어. 적어도 그러면 네가 어딜 가든지 나를, 아니면 바르셀로나를 기억할 이유 하나는 갖게 될 테니까."

베아는 내 시선을 피하며 슬프게 웃었다.

"극장에 갈 뻔했어, 알아? 오늘 널 보지 않으려고 말이야." 그녀가 말했다.

"왜?"

베아는 말없이 나를 바라보았다. 그녀는 어깨를 으쓱하며 시선을 들었다. 마치 공중으로 달아나는 말들을 잡으려는 듯이.

"어쩌면 네 말이 맞을지도 모를까봐, 그게 두려워서." 결국 그녀가 말했다.

나는 한숨을 쉬었다. 낯선 이들을 이어주는 낙심의 침묵과 석양이 우리를 보호해주고 있었다. 나는 용기를 내서 무슨 말이든 해야 할 것 같았다. 비록 그것이 마지막이 될지라도.

"그 사람을 사랑하는 거야, 아닌 거야?"

그녀가 미소 지었지만 그 미소는 곧 입가에서 흩어져버렸다.

"네가 알 바 아냐."

"맞아." 내가 말했다. "그건 네 일일 뿐이지."

그녀의 시선이 싸늘해졌다.

"그리고 그게 너랑 무슨 상관인데?"

"네가 알 바 아냐." 내가 말했다.

그녀는 웃지 않았다. 그녀의 입술이 바르르 떨렸다.

"나를 아는 사람들은 내가 파블로를 아주 좋아한다는 걸 알아. 우리 가족들과……"

"하지만 난 모르는 사람이나 다름없는걸." 내가 끼어들었다. "그래서 네게서 직접 그 말을 듣고 싶어."

"무슨 말?"

"네가 정말 그 사람을 좋아한다는 말. 집을 떠나기 위해, 바르셀로나와 네 가족들에게서 멀리 떠나 아무도 널 아프게 하지 않을 곳으로 가기 위해 그 사람과 결혼하는 게 아니라는 말. 넌 떠나가는 거지 도망치는 게 아니라는 말."

그녀의 눈이 분노의 눈물로 바짝였다.

"넌 나한테 그런 말 할 자격이 없어, 다니엘. 넌 나를 몰라."

"내가 잘못 알고 있다고 말해봐. 그럼 갈게. 그를 사랑해?"

우리는 아무 말 없이 오래도록 서로를 응시했다.

"모르겠어." 마침내 그녀가 중얼거렸다. "모르겠어."

"언젠가 누가 그러더라. 누군가를 사랑하는지 아닌지 생각해보려고 가던 길을 멈춰 섰다면, 그땐 이미 그 사람을 사랑하지 않는 거라고." 내가 말했다.

베아는 내가 빈정거리는 건 아닌지 확인하려고 표정을 살폈다.

"누가 그랬는데?"

"훌리안 카락스라는 사람."

"네 친구니?"

나도 모르게 고개를 끄덕였다.

"그렇다고 할 수 있지."

"나한테 소개시켜줘야 돼."

"오늘 밤에. 네가 원한다면."

우리는 피멍이 든 하늘 아래 대학 건물을 뒤로하고 정처 없이 걸었다. 나란히 걷는 것도 곧 익숙해졌다. 우리는 유일하게 공통된 이야깃거리인 그의 동생 토마스 얘기를 했다. 베아는 그가 모르는 사람인 듯, 사랑하긴 하지만 거의 알지 못하는 누군가인 듯 말했다. 그녀는 내 시선을 피하며 초조하게 웃었다. 나는 그녀가 대학 회랑에서 한 말을 후회하고 있다고 느꼈다. 그 말들이 지금도 그녀를 물어뜯어 아프게 한다는 걸.

"음, 아까 너한테 한 말 말인데." 뜬금없이 그녀가 말했다. "토마스한텐 안 할 거지?"

"물론이야. 아무한테도 안 할게."

그녀가 불안한 사람처럼 웃었다.

"무슨 일이 있었던 건지 모르겠어. 기분 나빠하지 마. 하지만 가끔은 아는 사람보다 모르는 사람에게 이야기할 때 더 자유롭다고 느끼거든. 왜 그럴까?"

나는 어깨를 으쓱했다.

"아마도 모르는 사람은 자기가 보고 싶어하는 모습이 아니라 우리 그대로의 모습을 보기 때문일 거야."

"그것도 네 친구 카락스의 말이니?"

"아니, 이건 널 감동시키려고 내가 방금 지어낸 거야."

"넌 나를 어떻게 생각하니?"

"수수께끼 같은 사람."

"처음 들어보는 희한한 칭찬이네."

"칭찬이 아냐, 협박이지."

"무슨 뜻이야?"

"수수께끼는 풀어야 하거든, 뭘 숨기고 있는지 밝혀야지."

"안을 들여다보면 실망할지도 몰라."

"놀랄지도 모르지. 너두 그럴지 몰라."

"토마스는 네가 그렇게 뻔뻔하다는 말은 안 했는데."

"얼마 안 되는 뻔뻔함을 모두 널 위해 비축해두었지."

"왜?"

넌 나를 겁나게 하니까, 하고 나는 생각했다.

우리는 폴리오라마 극장 옆의 오래된 카페로 들어갔다. 창가쪽 테이블로 가서 햄 보카디요 몇 개와 몸을 녹여줄 밀크커피 두 잔을 주문했다. 잠시 후 다리를 약간 절고 도깨비처럼 우거지상을 한 비쩍 마른 매니저가 친절하게 우리 테이블로 다가왔다.

"손님들이 햄 보카디요를 시켰나유?"

우리는 고개를 끄덕였다.

"죄송헙니다만, 햄은 한 조각도 남은 게 웂시유. 주문 가능한 건 껌정 소시지, 하양 소시지, 아니문 섞은 소시지하구 미트볼, 아니문 치스토라*가 있쥬. 최고급이고 엄청 신선해유. 또 손님들이 종교적인 이유로 괴기를 묵지 못하시면 식초에 절인 정어리도 있시유. 오늘은 금욜이니까유……"

"난 밀크커피만으로 충분해요." 베아가 대답했다.

나는 배가 고파 죽을 지경이었다.

"그럼 브라바 소스를 친 감자튀김 두 접시는요?" 내가 말했다. "빵도 좀 주시고요."

"금방 나와유, 손님. 안 되는 메뉴가 있어서 죄송해유. 보통은

---

* 스페인 소시지의 일종.

다 준비돼 있지유, 러시아산 캐비어까지도유. 그런데 오늘 오후에 유럽컵 축구 준결승이 있어서 손님이 엄청 많이 왔었시유. 대단한 경기였쥬."

그는 유난스레 격식을 차리며 물러갔다. 베아는 그를 재미있다는 듯이 바라보았다.

"어디 말투야? 하엔*인가?"

"산타 콜로마 데 그라마네트**지." 내가 분명하게 말했다. "넌 지하철 별로 안 타지, 그렇지?"

"아버지가 지하철에는 망나니들이 우글우글해서 내가 혼자 다니면 집시들이 옷 속으로 손을 집어넣을 거라고 했어."

나는 무슨 말을 하려다가 그만두었다. 베아가 웃었다. 커피와 음식이 나오자마자 나는 정신없이 먹기 시작했다. 베아는 아무 것도 먹지 않았다. 그녀는 양손으로 김이 나는 커피잔을 만지작거리며 웃을 듯 말 듯 호기심과 놀라움의 중간쯤 되는 표정으로 나를 보았다.

"그래서 오늘 나한테 보여주려는 게 뭐야?"

"여러 가지. 사실 너한테 보여줄 건 어떤 이야기의 일부야. 지난번에 책 읽는 거 좋아한다고 하지 않았어?"

---

* 스페인 중남부 안달루시아 지방에 있는 주.
** 안달루시아 출신 이주민들이 사는 바르셀로나 근처의 소도시.

고개를 끄덕이는 베아의 눈썹이 아치 모양으로 휘었다.

"좋아. 이건 책에 대한 이야기야."

"책?"

"저주받은 책에 대한, 그 책을 쓴 사람에 대한 이야기, 소설을 불태우려고 소설 밖으로 나온 인물에 대한 이야기고, 배신과 사라진 우정에 대한 이야기지. 사랑과 증오의 이야기고, 바람의 그림자에 사는 꿈들의 이야기이기도 해."

"일 두로짜리 싸구려 소설책의 날개에 쓰인 것처럼 말하는구나, 다니엘."

"서점에서 일하는 데다가 소설을 너무 많이 봐서 그럴 거야. 하지만 이건 진짜 이야기야. 방금 나온 이 빵이 적어도 사흘은 지난 거라는 사실처럼 정말 틀림없는 이야기지. 그리고 모든 진짜 이야기들처럼 묘지에서 시작해서 묘지에서 끝나. 비록 네가 상상하는 그런 종류의 묘지는 아니지만."

그녀는 수수께끼나 마술의 속임수를 기대하는 아이들처럼 웃었다.

"난 열심히 듣고 있어."

커피를 마지막 한 모금까지 마신 나는 아무 말도 하지 않고 잠시 그녀를 바라보았다. 그리고 생각했다. 투명하지만 막연한 두려움이 어린 그녀의 도피하는 듯한 눈에 내가 얼마나 빠져들고 싶은지를. 그녀와 함께 있기 위한 속임수도 이야기도 다 떨어져,

그날 밤 그녀와 헤어졌을 때 엄습할 고독을. 내가 그녀에게 줄 것은 얼마나 보잘것없는지, 그녀에게 받고 싶어하는 것은 얼마나 많은지를.

"네 뇌가 삐거덕거리는 소리가 들린다, 다니엘." 그녀가 말했다. "무슨 음모를 꾸미는 거야?"

나는 엄마 얼굴이 기억나지 않아 잠에서 깼던 내 어린 날의 새벽을 시작으로, 바로 그날 오전 누리아 몽포르트의 집에서 느꼈던 어슴푸레한 세상에 대한 기억까지 멈추지 않고 이야기했다. 베아는 그 어떤 판단이나 추측도 하지 않고 말없이 내 말에 귀를 기울였다. 나는 '잊힌 책들의 묘지'를 처음 방문했을 때와 『바람의 그림자』를 읽으며 새웠던 밤에 대해서도 말했다. 얼굴 없는 사내를 만났던 것과 별다른 이유 없이 내가 늘 지니고 있는 페넬로페 알다야가 서명한 편지에 대해서도. 내가 어떻게 클라라 바르셀로에게, 또 그 누구에게도 키스하지 못했는지, 그리고 불과 몇 시간 전 피부에 닿은 누리아 몽포르트의 입술을 느꼈을 때 내 손이 얼마나 떨렸는지도 말했다. 그때까지 그것이 외로운 사람들의 이야기이자 부재와 상실의 이야기라는 걸 몰랐다고, 그래서 그 이야기와 나 자신의 삶이 혼동될 때까지 나는 그 이야기 속에 피신해 있었다고, 사랑해야 할 이들이 이방인의 영혼에 살고 있는 그림자일 뿐인 것 같아 소설 속으로 두망가는 사람 같았다고 그녀에게 고백했다.

"아무 말도 하지 마." 베아가 속삭였다. "그냥 날 그곳으로 데려가줘."

우리가 아르코 델 테아트로 가의 어둠 속에 있는 '잊힌 책들의 묘지' 현관 앞에 섰을 때 벌써 캄캄한 밤이었다. 나는 작은 악마의 얼굴이 부조된 노커를 세 번 두드렸다. 지독한 석탄 냄새가 섞인 차가운 바람이 불었다. 우리는 입구의 아치 아래 옹송그리고 사람이 나오길 기다렸다. 나는 코앞에서 베아와 눈이 마주쳤다. 그녀는 미소 짓고 있었다. 잠시 후 문으로 다가서는 가벼운 발소리가 들렸고, 관리인의 피곤한 목소리가 뒤따랐다.

"누구요?" 이사크가 물었다.

"다니엘 셈페레예요, 이사크."

나지막이 욕설을 내뱉는 그의 목소리를 들은 것 같았다. 카프카식 빗장이 수차례 삐걱거리고 신음하는 소리가 들려왔다. 마침내 문이 몇 센티미터쯤 열렸다. 기름등잔 불빛 아래 이사크 몽포르트가 가늘고 긴 얼굴을 드러냈다. 나를 보자 그는 한숨을 쉬며 눈을 하얗게 떴다.

"나도 참, 왜 물어봤는지 모르겠구나." 그가 말했다. "이 시간에 올 사람이 너 말고 누가 있다고."

이사크는 실내 가운과 욕실 가운과 러시아 군대의 외투를 섞어놓은 듯한 이상한 옷을 입고 있었다. 솜을 넣은 슬리퍼가 술 달린 체크무늬 양털 모자와 완벽한 조화를 이루었다.

"주무시고 있던 게 아니라야 할 텐데요." 내가 말했다.

"아니다. 취침 기도를 시작한 참이었어……"

그는 발아래서 불이 붙은 다이너마이트 더미를 막 발견하기라도 한 눈으로 베아를 보았다.

"널 위해서 하는 말인데, 이 친구가 내 눈에 보이는 것과 다르길 바란다." 그가 위협했다.

"이사크, 이쪽은 제 친구 베아트리스예요. 허락해주시면, 이 친구에게 여길 보여주고 싶어요. 걱정 마세요, 제가 전적으로 신뢰하는 친구니까요."

"셈페레, 난 너보다 더 상식이 있는 젖먹이들을 알고 있단다."

"잠깐이면 돼요."

이사크는 패배의 거친 숨소리를 흘리고는 조심스럽게, 의심하는 탐정처럼 베아를 뜯어보았다.

"네가 바보랑 같이 다니고 있다는 거 아니?" 그가 물었다.

베아는 정중하게 미소 지었다.

"저도 막 그런 생각이 드는 참이에요."

"복된 무식이로고. 규칙은 알지?"

베아는 고개를 끄덕였다. 이사크는 살짝 고개를 내젓더니 늘 하던 대로 거리의 어둠을 살피고는 우리를 들여보내주었다.

"아저씨 따님 누리아를 보고 왔어요." 내가 가볍게 만했다. "잘 있더라고요. 일도 많이 하고, 아무튼 잘 있어요. 아저씨한테 안부 전해달라고 했어요."

"그래, 그 말이 가슴을 콕콕 찌르는구나…… 넌 거짓말엔 영
재주가 없어, 셈페레. 하지만 노력은 고맙구나. 자, 들어들 와라."

안으로 들어가자 그는 내게 등잔을 건네주고는 우리에게 신경
쓰지 않고 다시 빗장을 걸었다.

"볼일이 끝나면 날 어디서 찾아야 하는지 알지?"

어둠의 장막 아래 나타나기 시작한 괴기스런 모퉁이들에서 어
렴풋이 책들의 미로가 보였다. 등잔은 우리의 발치에 가벼운 빛
의 거품을 비추고 있었다. 베아는 어쩔 줄 몰라하며 미로의 문턱
에 서 있었다. 나는 그녀의 얼굴에서 오래전 아버지가 내 얼굴에
서 봤을 똑같은 표정을 발견하고 미소 지었다. 우리는 미로의 어
두운 통로와 회랑에 들어섰다. 발을 내디딜 때마다 바닥이 삐거
덕거렸다. 내가 마지막으로 왔을 때 남겨두었던 표시가 아직도
그곳에 남아 있었다.

"이리 와, 보여주고 싶은 게 있어." 내가 말했다.

내가 남겨놓은 표시들을 놓치는 바람에 우리는 마지막 표시
를 찾아 같은 길을 몇 번이나 되돌아와야만 했다. 베아는 불안
과 매혹이 섞인 눈으로 나를 바라보았다. 내 머릿속 나침반이 우
리가 길을 잃은 곳은 미로의 심장부를 향해 서서히 올라가는 나
선형 통로들이 만나는 지점이었음을 넌지시 알려주었다. 마침내
나는 이리저리 얽힌 복도와 통로들에서 다시 내 발자국을 따라

돌아가는 데 성공했고, 어둠을 향해 난 출입구 같은 좁은 통로에 들어섰다. 나는 마지막 책장 옆에 무릎을 꿇고 등잔 불빛에 서리처럼 빛나는 먼지들을 바라보았다. 그리고 온통 먼지가 앉은 일련의 책들 뒤에서 마침내 숨겨둔 내 오랜 친구를 찾아냈다. 나는 책을 집어 베아에게 내밀었다.

"훌리안 카락스를 소개할게."

"바람의 그림자." 베아가 표지의 색 바랜 글자를 쓰다듬으며 소리내어 읽었다.

"내가 가져가도 돼?" 그녀가 물었다.

"아무 책이나 가져갈 수 있지만 이것만은 안 돼."

"그건 옳지 않아. 네 얘기를 듣고 나서부터 내가 원하는 건 오로지 이 책뿐이었어."

"나중에. 오늘은 안 돼."

나는 그녀의 손에서 책을 뺏어다가 도로 제자리에 숨겨놓았다.

"나 혼자 와서 몰래 가져갈 거야." 그녀가 장난치듯 말했다.

"천 년이 지나도 못 찾아낼걸."

"그건 네 생각이지. 네가 해놓은 표시를 벌써 봐뒀는걸. 나도 미노타우로스의 이야기를 알아."

"이사크가 널 들여보내주지 않을 거야."

"그건 네 착각이야. 그 사람은 너보다 날 더 맘에 들어하거든."

"네가 그걸 어떻게 알아?"

"사람의 눈을 읽을 줄 아니까."

나도 모르게 나는 그녀의 말을 믿고 눈을 돌렸다.

"뭐든 다른 책을 골라봐. 여기 이 책이 괜찮겠는데. 안셀모 토르케마다가 쓴 『스페인 고원의 돼지, 그 미지의 존재―이베리아식 돼지비계 요리의 기원을 찾아서』. 확실히 훌리안 카락스의 그 어떤 책보다 많이 팔렸을 거야. 돼지고기는 아주 쓸모가 많으니까."

"난 이 책이 더 끌리는데."

"『더버빌 가(家)의 테스』. 원서네. 토머스 하디를 영어로 읽겠다고?"

그녀가 나를 흘겨보았다.

"그럼 결정됐네."

"모르겠니? 이 책은 마치 오랫동안 나를 기다려온 것 같아. 내가 태어나기도 전부터 날 위해 여기 숨겨져 있었던 것처럼."

나는 어리둥절해서 그녀를 바라보았다. 베아는 환하게 웃었다.

"내가 무슨 말을 한 거지?"

그때, 나는 별 뜻 없이, 그녀의 입술에 스치듯 입을 맞추었다.

베아의 집 현관에 도착했을 때는 이미 자정이 가까운 시간이다. 우리는 오는 내내 무슨 생각을 하는지 둘 다 선뜻 말하지 못한 채 거의 침묵했고, 서로 모른 척하며 떨어져서 걸었다. 베아는 자기 것이 된 『테스』를 팔에 끼고 꼿꼿이 걸었고, 나는 약간 거리를 두고 뒤따라갔다. 입술에는 그녀의 향기가 남아 있었다. 나는 우리가 '잊힌 책들의 묘지'를 나설 때 나를 바라보던 이사크의 시선이 머릿속에서 지워지지 않았다. 내가 잘 아는 시선, 아버지에게서 수없이 보았던 시선이었다. 네가 뭘 하는 건지 조금이라도 알고 있느냐고 묻는 시선. 마지막 시간들은 다른 세계에서 흘러가버렸다. 이성과 부끄러움을 다 없애버린, 내가 이해할 수 없는 눈맞춤과 촉감의 세계에서. 지금은 늘 엔산체 지구*의 그늘 속에서 기다리는 현실로 돌아와 있었고, 황홀감은 떨어져나가고 내게 겨우 남은 것이라고는 설명할 수 없는 동요와 고통스런 열망뿐이었다. 그러나 베아를 잠깐 바라보기만 해도 내 의구심은 그녀의 마음속에 몰아치는 태풍에 비하면 미풍에 지나지 않는다는 걸 알 수 있었다. 우리는 그녀의 집 현관 앞에 서서 아무것도 꾸미려 하지 않고 서로를 바라보았다. 야경꾼이 노래를 부르며 느긋하게 다가오고 있었다. 그는 열쇠 꾸러미에서 나는 열쇠 부딪히는 소리의 리듬에 맞춰 볼레로를 흥얼거렸다.

"이제 나 안 만나고 싶니?" 내가 자신 없이 말했다.

"모르겠어, 다니엘. 아무것도. 그게 네가 바라는 거야?"

"아니. 절대. 넌?"

---

* 바르셀로나의 신개발 지역.

그녀는 어깨를 으쓱하며 희미하게 미소 지었다.

"넌 어떻게 생각해?" 그녀가 물었다. "아까 너한테 거짓말한 거 알지? 대학 회랑에서."

"무슨 거짓말?"

"오늘 네가 보고 싶지 않았다는 거."

야경꾼은 능글능글 웃으며 우리 주위를 서성거렸다. 현관 앞에서 몰래 얘기를 주고받는 것은 내게 처음 있는 일이었으나 그는 무관심한 듯했다. 그런 일을 많이 경험한 그에게는 우리 모습이 하찮고 흔하디흔하게 보였음이 틀림없었다.

"난 별로 급할 거 없네." 그가 말했다. "저 길모퉁이에 가서 담배 한 대 피울 테니까 얘기 끝나면 알려주게나."

나는 야경꾼이 멀어지길 기다렸다.

"언제 다시 볼 수 있어?"

"모르겠어, 다니엘."

"내일?"

"제발, 다니엘. 모르겠어."

나는 고개를 끄덕였다. 그녀가 내 얼굴을 어루만졌다.

"지금은 그냥 가는 게 좋겠어."

"어디서 날 찾아야 하는지는 알지?"

그녀가 고개를 끄덕였다.

"기다릴게."

"나도."

나는 그곳을 뜨면서도 그녀에게서 시선을 떼지 않았다. 이런 상황을 많이 겪었을 야경꾼이 문을 열어주러 왔다.

"뻔뻔스런 녀석." 그가 지나가면서 감탄하며 중얼거렸다. "끝내주게 예쁜 여자네."

나는 베아가 건물 안으로 들어갈 때까지 기다렸다가 가볍게 걷기 시작했다. 그리고 걸음을 떼어놓을 때마다 뒤돌아보았다. 모든 게 가능할 거라는 터무니없는 확신이 서서히 생겨, 그 황량한 거리와 살벌한 바람마저도 희망의 향기를 풍기는 듯했다. 카탈루냐 광장에 이르렀을 때 한가운데 모여 있는 한 무리의 비둘기들을 보았다. 그들은 조용히 흔들리는 하얀 날개의 망토처럼 그곳을 온통 뒤덮고 있었다. 돌아서 가려 할 때 비둘기들이 날아가지 않고 내게 길을 내주고 있다는 걸 알아차렸다. 내가 걸어가자 비둘기들이 멀어졌다가 다시 내 뒤로 모이는 걸 보며 조심스레 앞으로 나아갔다. 광장 중앙에 이르렀을 때 자정을 알리는 성당 종소리가 들렸다. 나는 은빛 새들의 대양大洋에 좌초되어 잠시 그곳에 멈춰 섰다. 그날은 내 생애 가장 이상하고 놀라운 날이었다.

22

진열창 쪽으로 길을 건널 때 서점에는 아직도 불이 켜져 있었다. 나는 아마도 아버지가 늦게까지 남아 편지 정리를 하거나, 나를 기다렸다가 베아와의 만남이 어땠는지 알아낼 핑곗거리를 찾고 있다고 생각했다. 책 더미를 정리하는 실루엣이 눈에 들어왔는데 페르민의 마르고 신경질적인 옆모습이었다. 그는 일에 완전히 집중하고 있었다. 나는 손가락으로 유리를 두드렸다. 밖을 내다본 페르민이 반갑게 놀라면서 안쪽 방 입구로 오라는 신호를 보냈다.

"아직도 일하는 거예요, 페르민? 너무 늦었어요."

"실은 이따가 가엾은 페데리코 씨 집에 가서 간호해주려고 시간을 보내고 있었어. 안경 가게 엘로이하고 순번을 정했거든. 나는 잠도 별로 없으니. 기껏해야 두세 시간 잘까. 너도 참 재주가 좋구나, 다니엘. 자정이 넘었으니, 그 여자애와의 데이트는 대성공이었겠는걸."

나는 어깨를 으쓱했다.

"실은 잘 모르겠어요." 내가 털어놓았다.

"손은 잡았냐?"

"아뇨."

"좋은 징조야. 첫 데이트에 스킨십을 허락하는 여자는 믿을 수가 없지. 신부의 허락이 필요하다는 여자들은 더더욱 그렇고. 고기에 비유해서 미안하다만, 등심살은 중간 정도 익히는 게 맛있거든. 물론 기회가 오면 점잔 빼지 말고 해치워야 하지. 하지만 네가 원하는 게 베르나르다와 나처럼 진지한 관계라면, 나의 이 황금률을 잘 기억해둬야 할 거야."

"아저씨 진지한 거예요?"

"진지함 그 이상이지. 신성할 정도니까. 그런데 그 처녀, 베아트리스하고는 어때? 진짜 예쁘던데. 하지만 문제의 핵심은 그녀가 사랑에 빠지게 하는 타입이냐, 아니면 그냥 흥분만 시키는 타입이냐는 거지."

"전혀 모르겠어요." 내가 말했다. "둘 다인 것 같아요, 내 생각엔."

"이봐, 다니엘, 이건 소화불량 같은 거야. 여기 명치에 뭔가 있는 것 같냐? 벽돌이라도 한 장 삼킨 것처럼. 아니면 그저 그러냐?"

"벽돌이 있다는 게 맞을 거예요." 후자일 가능성도 배제하지 않고 내가 말했다.

"그럼 진지하게 진행되고 있다는 뜻이다. 신이여, 도우소서! 자, 앉아라. 내가 틸라 차 한 잔 타주마."

우리는 책과 침묵에 둘러싸여 안쪽 방 테이블에 앉았다. 도시는 잠들어 있었고, 서점은 평화와 어둠의 대양을 표류하는 자은 배 같았다. 페르민이 내게 김이 오르는 찻잔을 건네며 약간 어색

한 미소를 지었다. 뭔가가 그의 머릿속을 맴돌고 있었다.

"개인적인 질문 좀 해도 될까, 다니엘?"

"물론이죠."

"솔직하게 대답해줬으면 좋겠다." 그가 말하고는 헛기침을 했다. "네 생각에는 내가 아버지가 될 수 있을 것 같니?"

내 얼굴에 깃든 당혹감을 읽었는지 그가 황급히 덧붙였다.

"생물학적인 아버지를 말하는 게 아니다. 내가 좀 병약해 보이긴 해도 다행히 신께서는 내게 투우鬪牛 같은 남성적 공격성과 힘을 허락하셨거든. 그러니까 내 말은, 다른 종류의 아버지 말이다. 좋은 아버지. 무슨 말인지 알지?"

"좋은 아버지요?"

"그래. 너희 아버지 같은. 머리와 가슴과 영혼이 있는 남자. 자식의 말을 경청할 줄 알고, 자식을 이끌어주면서도 동시에 존중할 줄 아는 남자. 하지만 자기 결점을 자식한테서 보상받으려 하지 않는 남자. 자식이 그저 아버지라서 좋아해주는 남자 말고, 인간 됨됨이 때문에 존경하는 남자, 아이가 닮고 싶어하는 남자 말이야."

"왜 그런 걸 물어보세요, 페르민? 난 아저씨가 결혼을 하거나 가정을 꾸리지 않을 거라고 생각했는데. 멍에나 그 비슷한 거라고 했잖아요, 기억하세요?"

페르민은 고개를 끄덕였다.

"봐라, 전부 호사가들의 말장난 같은 거야. 결혼과 가정은 우리가 만들어내는 것일 뿐이라고. 사랑이 없으면 그런 것들은 그저 위선의 구유통일 뿐이지. 쓰레기와 헛소리일 뿐이라고. 하지만 진정한 사랑이 있다면, 사방팔방 돌아다니며 지껄이고 다니지도 않는 사랑, 느껴지고 증명되는 사랑이 있다면……"

"딴사람이 된 것 같네요, 페르민."

"그래. 베르나르다 때문에 지금보다 더 나은 남자가 되고 싶어졌다."

"어째서요?"

"그녀한테 어울리는 사람이 되려고. 지금 넌 이해가 안 될 거야, 젊으니까. 하지만 나이가 들면서 때로 중요한 건 무엇을 주느냐가 아니고 무엇을 양보하느냐라는 걸 알게 될 거야. 베르나르다와 나는 계속 이야기해왔어. 그녀는 정말 좋은 어머니가 될 거야, 알잖아? 말은 하지 않지만, 그녀가 삶에서 얻을 수 있는 가장 큰 행복은 어머니가 되는 일 같아. 그리고 난 그 여자를 설탕에 절인 복숭아 통조림보다 더 좋아하거든. 그건 그녀를 위해 내가 삼십이 년 동안 발길을 끊었던 성당에 가서 세라핌 성자의 시편을 읊거나, 필요하다면 다른 일도 할 수 있다고 말하는 것으로 충분할 거야."

"좀 앞서 가는 거 아니에요, 페르민? 그녀와 사귄 지 얼마 되지도 않았는데……"

"봐라, 다니엘. 내 나이에는 현상을 있는 그대로 보지 않으면 곤경에 처하게 돼. 삶은 서너 가지 이유 때문에 살 만한 거고, 나머지는 들판의 비료 같은 거야. 난 이미 바보 같은 짓거리를 많이 해왔어. 그리고 지금 내가 원하는 건 오로지 베르나르다를 행복하게 해주는 거고, 언젠가 그녀의 품에서 죽는 거라는 걸 알지. 다시 한 번 꽤 괜찮은 남자가 되고 싶어, 알겠니? 날 위해서가 아냐. 인류라고 하는 원숭이 합창단의 존경은 안중에도 없거든. 그녀를 위해서지. 베르나르다는 그런 것들을 믿으니까. 그녀는 라디오 연속극도 믿고, 신부들도 믿고, 훌륭함도 믿고, 루르드의 성녀도 믿는단다. 그녀는 그런 사람이고, 난 그녀의 그런 모습 그대로를 사랑해. 그녀의 턱 끝에 달린 털까지도 사랑한단 말이다. 그래서 난 그녀가 자랑스러워할 수 있는 사람이 되고 싶어. 나는 그녀가 '우리 페르민은 캐리 그랜트나 헤밍웨이, 마놀레테* 같은 진짜 남자야'라고 생각하면 좋겠어."

나는 상황을 가늠하며 팔짱을 끼었다.

"이런 얘기 전부 그녀한테 했어요? 아이를 갖는 것에 대해서요?"

"세상에, 절대 아니다. 날 뭘로 보는 거냐? 내가 동네방네 다니며 여자들을 임신시키고 싶다고 말할 사람 같냐? 그러고 싶지 않

---

* 스페인의 전설적인 투우사.

아서가 아냐, 알겠니? 메르세디타스 같은 바보에게는 지금 당장 세쌍둥이를 임신시키고는 기분 좋아할 수도 있지. 하지만……"

"베르나르다가 아저씨한테 가정을 이루고 싶다고 했어요?"

"말할 필요가 없는 거란다. 다니엘. 얼굴에 쓰여 있거든."

나는 고개를 끄덕였다.

"그럼, 그냥 내 생각일 뿐이지만, 난 아저씨가 훌륭한 남편이자 아버지가 될 거라고 확신해요. 비록 아저씨는 그런 것들을 믿진 않지만, 결코 그것들을 당연한 것으로 여기진 않을 테니까요."

그의 얼굴이 행복으로 녹아내렸다.

"진심이지?"

"물론이죠."

"네가 큰 짐을 덜어줬구나. 왜냐하면 우리 아버지를 떠올리고 내가 누군가에게 우리 아버지 같은 사람이 될 거라고 생각하는 것만으로도 정관수술이 하고 싶었거든."

"염려 마요. 페르민. 게다가 아저씨의 생식 능력을 막을 방도도 없을 거예요."

"맞는 말이야." 그가 맞장구를 쳤다. "자, 이제 가서 쉬어. 널 더 붙잡고 있으면 안 되겠다."

"아저씨가 붙잡고 있는 거 아니에요. 잠이 올 것 같지 않아서요."

"그런 건 즐겁게 감수해야지…… 그건 그렇고, 네가 말했던 우편 사서함 말이다."

"뭐 좀 알아내셨어요?"

"나한테 맡기라고 했잖아. 오늘 점심시간에 우체국에 가서 그곳에서 일하는 오랜 지인의 얘기를 좀 들었지. 2321번 사서함은 호세 마리아 레케호라는 이름 앞으로 돼 있는데, 그 사람은 레온 13세 가에 사무실이 있는 변호사야. 확인해봤더니 예상대로 그런 주소는 없더군. 넌 벌써 알고 있을 것 같지만 말이야. 그 사서함으로 오는 우편물들은 몇 년 전부터 누군가 수거해가고 있었어. 우편물 일부는 부동산중개소에서 보내는 건데 그건 등기우편으로 오거든. 그걸 찾아갈 때는 수령증에 서명하고 증명서를 제출해야 하지. 나는 그래서 알게 됐고."

"그게 누구예요? 레케호 변호사가 고용한 사람?" 내가 물었다.

"거기까지는 못 알아봤어. 하지만 그럴 가능성이 커. 아니면 내가 아주 잘못 생각하고 있거나, 레케호라는 작자가 파티마 성녀와 같은 반열에 있든가겠지. 아무튼 너한테 말해줄 수 있는 건 우편물들을 수거해가는 사람의 이름뿐이야. 누리아 몽포르트."

나는 하얗게 질렸다.

"누리아 몽포르트라고요? 확실해요, 페르민?"

"내가 직접 그 수령증을 봤어. 모든 수령증에 그 이름과 주민등록번호가 있었지. 토할 것 같은 얼굴인 걸 보니 이 사실에 놀란 모양이구나."

"아주 많이요."

"그 누리아 몽포르트라는 여자가 누군지 물어봐도 될까? 나랑 얘기했던 직원은 그녀가 이 주 전에 우편물을 수거하러 왔었기 때문에 완벽하게 기억하던데, 그의 불편부당한 견해로는, 그녀가 밀로의 비너스보다 더 아름다웠다더구나. 가슴도 크고. 난 그의 평가를 신뢰하지. 전쟁 전에 미학 교수였거든. 라르고 카바예로*의 먼 조카뻘이라 지금은 일 페세타짜리 인지 붙이는 일을 하지만……"

"오늘 그 여자와 함께 있었어요, 그녀의 집에서요." 내가 중얼거렸다.

페르민은 어리둥절한 얼굴로 나를 보았다.

"누리아 몽포르트와 함께 있었다고? 내가 사람을 잘못 본 것 같구나, 다니엘. 넌 진정한 난봉꾼이야."

"아저씨가 생각하는 그런 게 아녜요, 페르민."

"그럼 넌 실수하는 거다. 네 나이 때 난 오전, 오후, 밤 이렇게 하루 세 차례씩 공연하는 엘 몰리노 카바레 같았단다."

나는 비쩍 말라 뼈만 앙상하게 남고 큰 코에 얼굴은 누렇게 뜬 그를 응시했다. 그리고 그가 나의 가장 좋은 친구가 되어가고 있음을 깨달았다.

"아저씨한테 할 얘기가 있어요, 페르민. 벌써 오래전부터 머릿

---

* 스페인 내란기의 정치가.

속에 있는 얘긴데, 해도 돼요?"

"물론이지. 뭐든. 특히 무시무시하거나 그 매력적인 여자와 관계된 거라면."

그날 밤 두번째로 나는 페르민에게 훌리안 카락스와 그의 수수께끼 같은 죽음에 대한 이야기를 털어놓기 시작했다. 페르민은 노트에 메모를 하고 중간중간 내가 놓치는 세부 사항들을 묻기도 하며 아주 주의 깊게 이야기를 들었다. 이야기를 해나갈수록, 나 역시 분명 그 이야기에 빈틈이 많다는 느낌이 들었다. 몇번씩이나 멍해졌고, 왜 누리아 몽포르트가 내게 거짓말을 했는지 파악하려고 애쓸 때마다 생각의 갈피가 잡히지 않았다. 론다데 산 안토니오에 있는 포르투니-카락스 가족의 집을 맡고 있다는 유령 변호사의 사무실로 오는 우편물을 오랫동안 그녀가 수거해왔다는 것은 무슨 의미일까? 나는 나도 모르게 내가 의심하는 것들을 크게 소리 내어 말하고 있었다.

"그녀가 왜 너한테 거짓말을 했는지는 아직 모르겠구나." 페르민이 말했다. "하지만 그녀가 이 문제에서 거짓말을 했다면, 다른 문제에서도 그럴 수 있다고, 아마도 그랬을 거라고 추정할 수 있겠지."

나는 어찌할 바를 몰라 한숨을 쉬었다.

"무슨 말이에요, 페르민?"

페르민은 소크라테스 같은 몸짓을 하며 한숨을 쉬었다.

"우리가 할 수 있는 걸 말해볼게. 네가 괜찮다면 이번 일요일
에 가볍게 산 가브리엘 학교에 들러서 카락스와 그 부잣집 아이
의 우정의 기원에 대해 좀 조사해보자."

"알다야예요."

"너도 보게 될 테지만, 내가 좀 신부들을 다룰 줄 알아. 비록
내 모습이 껄렁껄렁한 사제 같아서이긴 하지만 말이야. 내가 아
부를 좀 하면 신부들은 다 넘어오게 돼 있거든."

"확실해요?"

"이 녀석아, 확실하지! 그 사람들이 몬세랏 수도원의 어린이
합창단처럼 노래할 거라고 장담하마."

23

나는 서점 계산대 뒤에 닻을 내리고서 베아가 불쑥 서점 문을
열고 들어오리라는 희망으로 넋이 나간 채 토요일을 보냈다. 전
화벨이 울릴 때마다 전화를 받으려고 뛰어갔고, 아버지나 페르
민에게서 수화기를 빼앗아 들었다. 고객들에게서 스무 통 정도
전화가 오고 베아에게선 아무 소식도 없던 오후 무렵, 나는 세상
과 내 존재의 비참함이 그 끝에 이르렀음을 받아들이기 시작했
다. 아버지는 어떤 선집의 가격을 매기기 위해 산 헤르바시오로

갔고, 페르민은 그 틈을 타서 나에게 연애 사업의 미스터리에 대한 권위 있는 강의를 들려주었다.

"침착해, 안 그러면 간이 돌처럼 딱딱해질 거야." 페르민이 충고했다. "구애는 탱고와 같아. 터무니없고 순전히 장식적이지. 하지만 넌 남자니까 주도권을 가져야 돼."

물론 그것은 이미 가망 없는 일이었다.

"주도권? 내가요?"

"네가 기대하는 게 뭔데? 서서 오줌 누려면 어느 정도 대가는 지불해야지."

"하지만 베아가 다시 와서 무슨 말을 할 것 같았다고요."

"넌 참 여자를 모르는구나, 다니엘. 내 크리스마스 보너스를 걸고 내기하는데, 그앤 지금 자기 집에서 줄리엣처럼 힘없이 창문만 바라보며 네가 와서 자기를 야만인 같은 아버지에게서 구해내 육욕과 죄악의 멈출 수 없는 소용돌이 속으로 끌고 들어가주길 기다리고 있을 거다."

"정말요?"

"수학적으로 확실해."

"그런데 그애가 이제 날 안 보기로 결심했다면요?"

"이봐, 다니엘. 여자들이란 대부분 우리보다 똑똑하단다. 이웃에 사는 메르세디타스처럼 희한한 예외도 있지만. 아니면 적어도 원하거나 원하지 않는 것에 대해서 스스로에게 솔직하지. 너나 세상 사람들에게 말하고 안 하고는 또다른 문제야. 넌 지금 본성의 수수께끼에 직면한 거란다, 다니엘. 여자란 바벨탑이자 미로지. 그녀에게 생각할 시간을 주면, 넌 지게 돼. 이 말을 기억해. 뜨거운 가슴과 차가운 정신. 사랑을 갈구하는 유혹자의 코드지."

페르민이 막 유혹이라는 예술의 테크닉과 자세한 사항을 시시콜콜 알려주려고 할 때 문에 달린 종이 울렸고, 내 친구 토마스 아길라르가 들어왔다. 가슴이 철렁 내려앉았다. 하느님께선 내게 베아를 허락하는 대신 그녀의 동생을 보낸 것이다. 불길한 전령이구나, 나는 생각했다. 토마스는 안색이 어두웠고 풀이 죽은 듯 보였다.

"장례식에 온 얼굴이구나, 토마스." 페르민이 말했다. "그래도 차 한 잔은 하겠지?"

"사양하지 않을게요." 토마스가 평소대로 신중하게 말했다.

페르민이 자신의 보온병에서 정체를 알 수 없는 음료를 따라 그에게 주었다. 거기에서는 수상쩍게도 헤레스산産 포도주 냄새가 났다.

"무슨 일 있니?" 내가 물었다.

토마스는 어깨를 으쓱했다.

"새로운 건 없어. 오늘 아버지가 저기압이라서 밖에 나와 바람 좀 쐬는 게 좋겠다고 생각했지."

나는 침을 삼켰다.

"왜?"

"모르지, 뭐. 어젯밤에 누나가 아주 늦게 귀가했어. 아버진 안 주무시고 누나를 기다렸지, 늘 그렇듯이 가볍게 한잔하고서 말이야. 누나는 어디 있다 왔는지, 누구와 같이 있었는지 말하지 않았고, 그래서 아버진 미친 듯이 성을 냈어. 새벽 네시까지 누나에게 온갖 욕설을 퍼부으면서 고함을 질렀어. 창녀라는 말도 했지. 누나를 수녀원에 넣어버리겠다고, 또 누나가 임신이라도 해서 집에 오면 발로 걷어차서 빌어먹을 길거리로 내쫓아버리겠다는 맹세도 했어."

페르민이 내게 경고의 시선을 보냈다. 나는 등줄기에 흘러내리는 땀방울들이 더 차가워지는 걸 느꼈다.

"오늘 아침에." 토마스가 말을 이었다. "누나는 방에 처박혀서 하루 종일 나오지 않았어. 아버지는 꼼짝도 않고 식탁에 앉아 신문을 보면서 볼륨을 최고로 높여 라디오에서 나오는 사르수엘라를 듣고 있었고, '루이사 페르난다'의 인터미션 때 난 밖으로 나와야만 했어. 미쳐버릴 것 같았거든."

"음, 분명히 네 누나는 애인이랑 있었을 거야, 안 그래?" 페르민이 찔러보았다. "당연하잖아."

나는 계산대 아래서 그를 발로 찼는데, 페르민은 고양이처럼 민첩하게 피했다.

"누나 애인은 군대에 가 있어요." 토마스가 말했다. "이 주 내로는 휴가를 나올 수 없거든요. 게다가 그 사람이랑 데이트할 땐 늦어도 어둡시면 집에 왔어요."

"그럼 넌 누나가 어디서 누구와 함께 있었는지 모르니?"

"모른다고 했잖아요, 페르민." 화제를 바꾸고 싶어서 내가 끼어들었다.

"너희 아버지도?" 페르민이 집요하게 물었다. 그는 그 상황을 즐기고 있었다.

"네. 하지만 누군지 밝혀내면 그길로 그 자식 다리와 얼굴을 작살내놓겠다고 했어요."

나는 얼굴이 하얗게 질렸다. 페르민은 묻지도 않고 자기 찻잔을 내게 주었다. 나는 한 모금에 다 마셔버렸다. 미지근한 디젤 연료 맛이 났다. 토마스는 말없이 나를 바라보았다. 의미를 알 수 없는 어두운 시선이었다.

"너희 들었니?" 페르민이 재빨리 말했다. "공중제비 돌기 전에 나는 드럼 소리 같은 게 들렸는데."

"아뇨."

"내 창자에서 꼬르륵 소리 나는 것 들어봐. 갑자기 배가 고프네…… 너희만 남겨놓고 빵가게에 가서 뭐 좀 사먹어도 될까? 레우스에서 온 지 얼마 안 되는 그 빵가게 아가씨는 말이 필요 없단다. 정말 풍만해서 너희도 한번 보면 눈을 뗄 수 없을 거야. 미리아 비르투데스*라고 하지. 하지만 이름이 그래도 도발적인 아가씨란다. 그러니 너희는 너희끼리 얘기해라, 응?"

십 초 안에 페르민은 간식도 먹고 그 아가씨도 본다는 핑계로 재빨리 사라졌다. 단둘이 남은 토마스와 나는 스위스 프랑화*보다 더 견고한 침묵에 휩싸였다.

"토마스." 내가 입을 열었다. 입이 바싹 말랐다. "어젯밤 너희 누나는 나와 함께 있었어."

그는 눈도 깜빡이지 않고 나를 바라보았다. 나는 침을 삼켰다.

"뭐라고 말 좀 해봐." 내가 말했다.

"너, 머리가 좀 잘못된 거 같구나."

거리에서 들려오는 소음과 함께 일 분이 흘렀다. 토마스는 찻잔에 입도 대지 않고 들고만 있었다.

"너 진심이니?" 그가 물었다.

"딱 한 번 만났어."

"그건 내 질문에 대한 대답이 아냐."

"너한테 그게 중요해?"

그는 어깨를 으쓱했다.

"네가 무슨 짓을 하고 있는지는 알겠지. 내가 부탁하면 누나를 그만 만날 수 있니?"

"그래." 거짓말이었다. "하지만 그런 부탁은 하지 말아줘."

---

* '미덕'이란 뜻.

토마스는 고개를 떨어뜨렸다.

"넌 베아를 몰라." 그가 중얼거렸다.

나는 아무 대답도 하지 않았다. 우리는 한 마디도 하지 않고 진열창을 기웃거리는 회색빛 사람들을 바라보면서, 그리고 누구라도 들어와 이 지독한 침묵으로부터 우리를 구해주길 간절히 바라면서 또다시 몇 분을 흘려보냈다. 얼마간 시간이 흐른 뒤 토마스는 찻잔을 계산대 위에 놓고 문을 향해 걸어갔다.

"벌써 가려고?"

그가 고개를 끄덕였다.

"내일 잠깐 볼래?" 내가 말했다. "지난번처럼 페르민하고 함께 극장에 가자."

그가 문 옆에 멈춰 섰다.

"딱 한 번만 말할게, 다니엘. 누나를 아프게 하지 마."

그가 나갈 때 페르민이 들어왔다. 페르민은 김이 모락모락 나는 빵 한 봉지를 들고 있었다. 페르민은 토마스가 머리를 흔들며 어둠 속으로 사라지는 걸 바라보았다. 그는 빵들을 계산대 위에 놓고 내게 갓 구운 '엔사이마다' 하나를 주었다. 나는 거절했다. 아스피린 한 알도 삼킬 수 없는 상태였다.

"토마스는 곧 괜찮아질 거야, 다니엘. 두고 보렴. 친구들 사이에서 이런 일들은 대수로운 게 아니거든."

"잘 모르겠어요." 내가 중얼거렸다.

24

우리는 일요일 오전 일곱시 반에 카페 카날레타스에서 만났다. 페르민은 내게 버터를 발라놓았는데도 질감이 부석浮石과 비슷해 보이는 브리오슈와 커피를 사주었다. 빛나는 팔랑헤 배지를 옷깃에 달고 가느다랗게 콧수염을 기른 웨이터가 우리에게 서빙을 했다. 그는 계속 콧노래를 흥얼거렸는데, 우리가 왜 그렇게 기분이 좋으냐고 물으니 그 전날 아버지가 됐다고 대답했다. 그에게 축하한다고 하자, 그는 굳이 우리에게 파리아 시가를 하나씩 선물하며, 그날 하루 동안 피우면서 자기 첫아이의 건강을 기원해달라고 했다. 우리는 그러겠다고 했다. 페르민은 눈살을 찌푸리며 그를 곁눈질했다. 나는 그가 뭔가를 계획하고 있다고 생각했다.

아침을 먹으며 페르민은 그 수수께끼의 개요와 함께 우리의 수사 일정을 말했다.

"모든 건 토마스와 너처럼 어려서부터 학교 친구였던 훌리안 카락스와 호르헤 알다야 두 소년의 진실된 우정에서 시작되는 거야. 수년 동안 모든 게 다 좋았지. 평생 떨어지려야 떨어질 수 없는 친구들이었어. 그런데 어느 순간 우정을 깨버리는 사건이 생긴 거야. 살롱 극작가들의 말을 빌려서 쉽게 말하자면, 그 사건엔 여자 이름이 들어가 있고 그녀의 이름은 페넬로페지. 전형적인 호메로스풍이야. 내 말 듣고 있니?"

내 머릿속에 떠오른 유일한 것은 토마스 아길라르가 전날 저녁 서점에서 마지막으로 했던 말이었다. '누나를 아프게 하지 마.'

나는 속이 메스꺼웠다.

"1919년, 훌리안 카락스는 파리로 떠나지, 오디세우스처럼." 페르민이 말을 이었다. "그가 결코 받지 못할, 페넬로페가 서명한 편지는 그때 그녀가 집에 감금되어 있었다는 것과—분명치 않은 이유로 가족에 의해 감금됐지—또 알다야와 카락스의 우정이 끝났음을 증명하지. 게다가 페넬로페의 편지를 보면 그녀의 오빠 호르헤는 오랜 친구인 훌리안을 다시 만나면 죽여버리겠다고 맹세까지 했거든. 우정이 끝났음을 알리는 최적의 말이지. 굳이 파스퇴르가 되지 않아도 그 반목이 페넬로페와 카락스가 맺었던 관계의 직접적인 결과라는 걸 추정할 수 있어."

식은땀이 내 이마를 덮었다. 밀크커피와 방금 삼킨 빵이 목구멍을 타고 올라오는 게 느껴졌다.

"그렇지만 카락스는 페넬로페에게 생긴 일을 끝까지 몰랐다고 가정해야 돼. 그 편지는 그의 손에 들어가지 않았으니까. 그의 삶은 파리의 안개 속에서 길을 잃었어. 그는 버라이어티 클럽의 피아니스트라는 직업과 전혀 성공하지 못한 소설가로서의 참담한 경력 사이에서 유령 같은 존재로 파리를 배회했을 거야. 파리에서의 그 시간이 수수께끼야. 그 세월에서 남아 있는 거라곤 잊힌, 사실상 사라진 문학작품 하나뿐이지. 우리는 어느 순간 그가 자기보다 나이가 두 배나 많은 수수께끼의 돈 많은 여인과 결혼하기로 결심했던 것도 알고 있지. 그 결혼의 본질은, 목격자들의 말에 따르면, 낭만적인 사랑이기보다는 오히려 병든 부인 쪽에서 베푼 자선이나 우정이었던 것 같아. 그 예술가 후원자는 자기가 돌봐주는 사람의 미래의 경제 사정을 염려해 그에게 재산을 남기고 한바탕 놀아난 후 이 세상과 작별하는 쪽을 선택한 게 확실해. 예술을 후원하는 자가 누릴 수 있는 가장 큰 영광을 위해서 말이야. 파리 사람들은 그렇거든."

"아마도 그게 진정한 사랑이겠죠." 내가 작은 소리로 말했다.

"이봐, 다니엘, 너 괜찮니? 얼굴은 아주 핼쑥하고 땀을 비 오듯 흘리고 있잖아."

"괜찮아요." 나는 거짓말을 했다.

"내가 하려던 말은 말이야, 사랑은 돼지 가공육 같다는 거야. 등심도 있고 소시지도 있지. 모두 나름의 자리와 기능이 있다는 거야. 카락스는 자기가 그 어떤 사랑도 할 자격이 없다고 했었는데, 사실 우린 파리에서의 이 기간 동안 그의 로맨스에 대해선 전혀 알아내지 못했어. 물론 사창가에서 일하며 아마 기본적인 본능의 충동은 함께 일하는 여자들과의 관계로 만족시켰을 거야. 그건 쿠폰, 말하자면 성탄절 선물 같은 거지. 하지만 순전히 추측일 뿐이야. 카락스와 그의 후견인이 결혼을 발표했던 그때로 돌아가보자. 호르헤 알다야가 이 수상쩍은 사건의 지도에 다시 등장한 게 이때야. 그가 카락스의 거주지를 알아내려고 바르셀로나에 있는 카락스의 출판인과 접촉했다는 건 우리도 알지. 얼마 뒤, 결혼식 날 아침에 훌리안 카락스는 페르 라셰즈 묘지에서 신원 미상의 누군가와 결투를 하고 사라져버려. 결혼식은 치러지지 않았어. 거기서부터 모든 게 헷갈려.”

페르민은 극적 효과를 위해 잠시 말을 끊고, 음모를 꾸미는 듯한 눈으로 나를 보았다.

“추측건대, 카락스는 모두가 아는 그의 타이밍 감각을 한 번 더 발휘해 막 내전이 발발한 1936년, 국경을 넘어 바르셀로나로 돌아왔다. 바르셀로나에서의 그 몇 주 동안 그의 활동과 거처는 분명하지 않아. 한 달 동안 바르셀로나에 머물렀고, 또 그 기간 동안 자기가 아는 그 누구와도 접촉하지 않았다고 가정할 수 있지. 아버지와도, 또 친구인 누리아 몽포르트와도 말이야. 얼마 후 그는 총에 맞은 싸늘한 시체로 거리에서 발견됐지. 라인 쿠베르라는 불길한 인물이 등장하는 데는 오랜 시간이 걸리지 않았어. 그 이름은 카락스의 마지막 소설에 등장하는 인물에게서 따온 것으로 다름아닌 ‘지옥의 왕자’였지. 그 상상의 악마는 카락스와 관련된 얼마 남지 않은 것들을 세상에서 없애버리겠다고, 그의 책들을 영원히 파괴해버리겠다고 했어. 그리고 그 멜로드라마를 완성하기 위해 화상으로 문드러진 얼굴 없는 자로 나타

낮지. 더 헷갈리는 건 고딕풍 오페레타에서 빠져나온 악한의 목소리를 누리아 몽포르트는 호르혜 알다야의 목소리와 같다고 생각한다는 거지."

"누리아 몽포르트가 거짓말을 한 것 같아요." 내가 말했다.

"맞아. 하지만 누리아 몽포르트가 너한테 거짓말을 했다고 해도 실수였을 수도 있고, 또 그런 사실들과 얽혀 있다는 걸 부인하기 위해서일 가능성도 있어. 바른대로 말할 이유는 거의 없지만, 거짓말을 할 이유는 수도 없이 많아. 그런데, 너 정말 괜찮니? 안색이 염소젖 치즈 같구나."

나는 고개를 젓고는 화장실로 달려갔다.

그러고는 어제 저녁과 아침에 먹은 것, 그리고 내 안에 쌓이고 쌓인 분노를 토해냈다. 세면대의 차가운 물로 얼굴을 씻고 희미한 거울에 비친 내 모습을 보았다. 거울에는 누군가가 '파시스트 개새끼들'이라고 낙서를 해놓았다. 테이블로 돌아와보니 페르민이 계산을 하고 우리에게 서빙을 했던 웨이터와 바에서 축구 이야기를 하고 있었다.

"괜찮아졌니?" 그가 물었다.

나는 고개를 끄덕였다.

"혈압이 낮아져서 그래." 페르민이 말했다. "수구스 사탕 하나 받아. 다 낫게 해주거든."

우리가 카페를 나왔을 때 페르민은 이날 아침이 기념 벽화처럼 밝은 데다 터널에는 쥐가 많으니 지하철은 나중에 타고 산 가브리엘 학교까지 택시를 타고 가자고 우겼다.

"사리아까지 택시를 타고 가면 요금이 엄청날 거예요." 나는 반대했다.

"멍청이들의 전당포에서 내는 거야." 페르민이 잘라 말했다. "그 애국자 웨이터가 거스름돈을 잘못 내줘서 형편이 좀 나아졌거든. 넌 땅 밑으로 다니기에 좋은 컨디션도 아니고 말이야."

이렇게 불법 자금으로 무장한 우리는 람블라 데 카탈루냐의 아래쪽 모퉁이에 서서 택시를 기다렸다. 우리는 택시 몇 대를 그냥 보내야만 했다. 평소에 거의 택시를 타지 않으니 적어도 스튜드베이커는 되어야 한다고 페르민이 고집을 부렸다. 그의 마음에 드는 차가 나타날 때까지는 십오 분이 걸렸다. 그는 호들갑을 떨며 차를 세웠다. 페르민은 굳이 앞자리에 앉았고, 그래서 그에게는 택시 운전사와 모스크바에 있다는 금과 스탈린에 대해 논쟁할 기회가 주어졌다. 스탈린은 택시 운전사의 우상이자 먼 곳에 있는 정신적 지주였다.

"금세기에는 세 명의 위대한 인물이 있어요. 돌로레스 이바루리와 투우사 마놀레테, 그리고 스탈린이죠." 택시 운전사가 선언하듯 말했다. 그는 우리에게 그 대단한 동지에 대한 세부적인 전기傳記를 들려줄 준비가 돼 있었다.

뒷좌석의 나는 그 장광설에 끼지 않고 창문을 열어 신선한 공기를 만끽하면서 편안히 앉아 있었다. 스튜드베이커를 타게 되어 신이 난 페르민은 택시 운전사가 들려주는 그 소비에트 지도자의 감동적인 전기에 때때로 역사적으로는 확실치 않은 흥미로운 문제들로 끼어들면서 그의 수다에 흥을 돋워주었다.

"비파나무 씨를 삼키고부터 그가 전립선 때문에 무지하게 고생했다죠. 누군가가 '인터내셔널'이라고 흥얼거려야만 오줌을 눌 수 있었대요." 페르민이 말했다.

"파시스트들의 선전이죠." 택시 운전사는 더없이 진지했다. "그 동지는 황소처럼 오줌을 눈다오. 볼가 강도 그 힘찬 오줌발이 부러울걸요."

그들의 수준 높은 정치 토론은 바르셀로나 시의 고지대를 향하는 비아 아우구스타 길을 따라가는 동안 계속되었다. 날이 밝아오고 있었고, 시원한 바람이 하늘의 짙푸름을 더해주었다. 간두세르 가街에 도착하자 운전사는 오른쪽으로 택시를 돌려 보나노바 산책로 쪽으로 올라가기 시작했다.

산 가브리엘 학교는 보나노바 길에서부터 이어진, 뱀처럼 구불구불한 좁은 길이 끝나는 숲 한가운데 자리하고 있었다. 붉은 벽돌 건물 정면에 주머니칼 모양의 큰 창문이 군데군데 보였다. 전체적인 모습은 플라타너스 숲 위로 드러난 아치와 탑골에 덮인 고딕 양식의 왕궁 같았다. 우리는 택시를 보내고 곰팡이 낀 아기 천사들로 장식된 분수들이 군데군데 자리 잡은, 수풀이 우거진 정원으로 들어갔다. 여기저기 나무들 사이로 작은 돌길들이 나 있었다. 교문으로 향하는 길에 페르민은 언제나처럼 사회사 강의를 통해 그 학교의 배경에 대해 설명해주었다.

"비록 지금은 이곳이 라스푸틴*의 무덤처럼 보이겠지만, 왕년에 산 가브리엘 학교는 바르셀로나에서 가장 권위 있고 배타적인 학교들 중의 하나였어. 공화정 때 몰락했는데, 전통 있는 가문이 아니라는 이유로 수년 동안 자식들의 입학을 거부당한 당시의 신흥 부자, 신흥 산업가, 은행가들이 자신들이 존중받고 다른 아이들의 입학을 거부할 수 있는 그들만의 학교를 세우기로 결정했기 때문이지. 돈이란 바이러스 같은 거야. 그걸 가진 사람의 영혼을 부패시킨 뒤에는 신선한 피를 찾아 떠나니까. 이 세상에서 명문가는 설탕을 입힌 아몬드보다도 오래 못 가지. 한창때, 그러니까 대략 1880년에서 1930년 사이에 산 가브리엘 학교는 돈깨나 있는 명문가 도련님들을 받아들였어. 알다야 가문과 그 비슷한 집안들은 자신들과 비슷한 이들과 교제하고, 미사를 드리고, 또 자기들이 지겹도록 되풀이할 수 있는 그런 역사를 배우기 위해 이 기숙학교로 몰려들었지."

"하지만 훌리안 카락스는 그런 계층의 아이가 절대 아니었어요." 내가 말했다.

---

* 러시아의 신비주의자이자 요승.

"때때로 이런 명문 학교들은 정원사나 구두닦이의 아이들에게 한두 가지 장학금을 제공한단다. 자기들의 훌륭한 정신과 기독교적 관대함을 보여줄 목적으로 말이야." 페르민이 말했다. "가난한 이들의 해코지를 방지하는 가장 효과적인 방법은, 그들로 하여금 부자들을 본받고 싶게 만드는 거지. 그것이 자본주의가 갖고 있는 독인데……"

"지금은 그런 사회학 학설에 빠져 있을 때가 아니에요, 페르민. 저 사제들 중 하나가 아저씨 말을 들으면 우리를 발로 걷어차 쫓아낼걸요." 나는 학교 현관으로 올라가는 돌계단 꼭대기에서 두 명의 신부가 호기심과 신중함이 섞인 눈초리로 우리를 바라보고 있는 걸 알아차리고 그의 말을 잘랐다. 그들이 우리 대화를 들은 건 아닐까 걱정됐다.

그들 중 한 명이 주교처럼 양손을 엇갈려 가슴에 포개고 점잖은 미소를 띠며 앞으로 나왔다. 오십대 초반으로 보이는 그는 마른 몸과 숱 적은 머리칼 때문에 맹금류 같은 인상이었다. 시선은 사람의 마음을 꿰뚫어보는 듯했고, 상쾌한 화장수 냄새와 나프탈렌 냄새를 풍겼다.

"안녕하세요. 전 페르난도 라모스 신부입니다." 그가 말했다. "무엇을 도와드릴까요?"

페르민이 손을 내밀었다. 신부는 차가운 미소 뒤에 숨어 악수를 하기 전에 재빨리 그 손을 살폈다.

"페르민 로메로 데 토레스입니다. 셈페레와 그 아들의 도서 고문이지요. 지극히 경건하신 신부님께 인사를 드리게 되어 영광입니다. 여기, 제 옆엔 동료이자 친구인 다니엘입니다. 전도양양한 청년이자 잘 알려진 독실한 가톨릭 신도지요."

페르난도 신부는 눈도 깜빡이지 않고 우리를 주시했다. 나는 땅이 나를 삼켜버렸으면 좋겠다 싶었다.

"오히려 제가 영광입니다, 로메로 데 토레스 씨." 그가 상냥하게 대답했다. "훌륭하신 두 분께서 무슨 일로 저희 볼품없는 학교에 오셨는지 물어봐도 될까요?"

나는 페르민이 사제에게 또 엉뚱한 말을 하기 전에 끼어들어 얼른 그 상황을 벗어나기로 결심했다.

"페르난도 신부님, 저희는 예전에 산 가브리엘 학교에 다녔던 학생 둘을 찾고 있습니다. 호르헤 알다야와 훌리안 카락스라는 학생입니다."

페르난도 신부는 입술을 오므리고 한쪽 눈썹을 치켜세웠다.

"훌리안은 죽은 지 십오 년도 넘었고, 알다야는 아르헨티나로 떠났습니다." 그가 무뚝뚝하게 말했다.

"그들과 아는 사이였나요?" 페르민이 물었다.

대답하기 전에 사제가 날카로운 눈초리로 우리를 하나하나 살폈다.

"우린 같은 반 친구였어요. 그런데 왜 그 일에 관심을 가지는

지 물어봐도 될까요?"

그 질문에 어떻게 대답할지 생각하고 있는데 페르민이 나를 앞질러 말했다.

"그 두 사람 소유이거나 소유였던, 이 점에 대한 법률적 해석은 좀 혼동됩니다만, 물건들을 저희가 갖고 있습니다."

"괜찮다면, 어떤 종류의 물건들인지 알 수 있을까요?"

"신부님께 저희의 침묵을 용인해주십사 부탁드리겠습니다. 주께서는, 저희가 고명하신 신부님과 신부님께서 용기와 자비로 내려주시는 그 지시를 무조건적으로 신뢰하는 것과는 아무 상관없이 양심상의, 비밀에 해당하는 이유가 많이 있음을 알고 계시지요." 페르민이 빠른 속도로 장황하게 이야기를 늘어놓았다.

페르난도 신부는 질렸다는 듯 그를 바라보았다. 나는 페르민이 숨을 돌리기 전에 다시 대화를 이어가는 쪽을 선택했다.

"로메로 데 토레스 씨가 언급한 물건들은 개인적인 종류의 것입니다. 순전히 감상적인 가치만을 지닌 물건들과 추억거리들이지요. 신부님, 저희 부탁은, 큰 폐가 되지 않는다면, 학창 시절의 훌리안과 알다야에 대해 기억나는 것을 말씀해주십사 하는 겁니다."

페르난도 신부는 여전히 의심스러운 눈초리로 우리를 바라보았다. 우리의 관심을 정당화하고 그의 협력을 구하려고 늘어놓았던 설명들이 그에게는 충분하지 못했음이 분명했다. 나는 페르민에게 신부를 설득할 기지를 간청하는 구원의 눈빛을 보냈다.

"젊은이가 어린 시절의 훌리안과 좀 닮은 걸 아나요?" 페르난도 신부가 갑자기 물었다.

페르민의 눈이 반짝했다. 이거다, 나는 생각했다. 우리는 이 카드에 우리의 모든 것을 걸었다.

"눈썰미가 좋으시네요, 신부님." 페르민이 놀라는 척하면서 큰 소리로 말했다. "신부님의 통찰력에 여지없이 저희 정체가 드러나는군요. 신부님께선 적어도 추기경이나 교황의 자리까지 오르시겠습니다."

"무슨 말을 하는 겁니까?"

"분명하고 뻔하지 않습니까, 신부님?"

"솔직히 말하는데, 모르겠습니다."

"고해를 해도 비밀을 지켜주시겠죠?"

"여긴 정원이지, 고해실이 아닙니다."

"신부님께서는 성직자의 사려 깊은 분별심만 약속해주시면 됩니다."

"그러지요."

페르민은 깊은 한숨을 쉬고 우울한 눈으로 나를 보았다.

"다니엘, 그리스도의 성스러운 이 군인께 더는 거짓말을 못 하겠다."

"그럴 기 같아요……" 나는 어쩔 줄 몰라하며 그의 말을 확인해주었다.

페르민이 사제에게 다가가 은밀한 어조로 중얼거렸다.

"신부님, 저희에겐 여기 우리의 친구 다니엘 군이 다름아닌 고(故) 훌리안 카락스 씨의 숨겨진 아들이라고 확신할 만한 돌처럼 견고한 증거들이 있습니다. 그래서 그분의 과거를 재구성하고 지금은 안 계신 존귀한 분에 대한 기억을 되살리는 데 관심을 갖고 있는 겁니다. 운명의 여신이 불쌍한 아이 곁에서 그분을 데려가버린 거죠."

몹시 놀란 페르난도 신부는 내게서 눈을 떼지 못했다.

"그게 사실인가요?"

나는 고개를 끄덕였다. 페르민은 슬픔이 가득한 얼굴로 위로하듯 내 등을 두드렸다.

"보세요, 기억의 안개 속에서 사라진 아버지를 찾고 있는 불쌍한 청년이죠. 세상에 이보다 더 슬픈 일이 어디 있겠습니까? 말씀해보세요, 성스럽고 성스러우신 신부님."

"당신들의 주장을 뒷받침할 만한 증거가 있나요?"

페르민은 내 턱을 잡고 셈을 치르듯 내 얼굴을 그에게 들이밀었다.

"어떤 성직자가 문제의 그 아버지의 행동의 결과로 생긴 말없고 반박할 수 없는 증거, 이 작은 얼굴보다 더 확실한 증거를 요구하겠습니까?"

신부는 주저하는 듯했다.

"저 좀 도와주시겠어요, 신부님?" 교활하게도 나는 그에게 사정했다. "제발요……"

페르난도 신부는 불편한 듯 한숨을 쉬었다.

"해가 될 건 없는 것 같군요." 그가 마침내 말했다. "알고 싶은 게 뭔가요?"

"전부요." 페르민이 말했다.

25

우리는 페르난도 신부의 사무실로 갔다. 거기서 신부는 설교하는 어조로 자신의 기억을 들려주었다. 그는 설교자의 수수함과 청결함이 묻어나는 문장을 구사했고, 그 억양은 결코 실현된 적 없는 더 많은 교훈을 간직한 듯했다. 다년간의 가르침 덕분에 그는 말하는 일에 익숙한 사람의 단호한 설교조가 입에 붙은 것이다. 물론 사람들이 그 말에 귀를 기울였는지는 모르지만.

"내 기억이 틀리지 않는다면, 훌리안 카락스는 1914년에 산가브리엘 학교에 입학했어요. 난 바로 그에게 호감을 가졌는데, 우리 둘 다 부잣집 출신이 아니었거든요. 그런 학생들은 얼마 되지도 않았고요. 다른 아이들은 우리를 '굶어 죽은 시체들'이라고 불렀어요. 우리는 저마다 특별한 사연을 갖고 있었어요. 난 이십오 년 동안 이 학교 식당에서 주방 일을 하신 아버지 덕분에 장학생이 됐어요. 훌리안은 알다야 씨의 주선으로 학교에서 받아주었고요. 알다야 씨는 훌리안의 아버지가 하는 포르투니 모자가게의 고객이었거든요. 그땐 다른 시절이었지요. 그래요, 권력이 아직도 가문과 왕가에 집중돼 있던 시절이었으니까요. 이젠 사라져버린 세상이지요. 그 마지막 잔재들마저 공화국이 몰락하면서 함께 다 쓸려가버렸는데, 내 생각에는 더 좋아지려고 그런 거 같아요. 거기서 남은 거라고는 편지지 윗부분에 인쇄된 기업과 은행, 정체불명의 컨소시엄들의 이름뿐이지요. 다른 모든 유서 깊은 도시들처럼, 바르셀로나도 폐허의 집합체예요. 많은 사람이 자랑스러워하는 그 위대한 영광들—우리의 정체성을 알려주는 상징들인 왕궁, 공장, 유적지—은 사라져버린 문명의 유물일 뿐이니까요."

페르난도 신부는 여기서 잠시 말을 중단하고 엄숙해졌다. 라틴어 나부랭이나 기도서에 나오는 답글로 회중이 반응하기를 기다리는 것 같았다.

"동의합니다, 신부님. 대단한 진리입니다." 불편한 침묵을 깨기 위해 페르민이 말했다.

"신부님께선 제 아버지가 이 학교에서 보낸 첫해에 대해 말씀하고 계셨어요." 내가 조심스럽게 말했다.

페르난도 신부는 고개를 끄덕였다.

"그때 이미 그는 스스로를 카락스라고 부르고 있었어요. 아버지 성은 포르투니였지만요. 처음엔 그 때문에, 그리고 '굶어 죽은 시체들'의 일원이라는 이유로 몇몇 아이들에게 놀림을 당했지요. 나 역시 요리사의 아들이라고 놀림을 당했고요. 아이들이 어떤지 아시지요? 하느님이 아이들 마음의 본바탕을 선한 것으로 채워놓으셨어도 아이들은 집에서 들은 걸 따라 하거든요."

"어린 천사들이지요." 페르민이 끼어들었다.

"신부님은 제 아버지를 어떻게 기억하시나요?"

"음, 아주 오래전 일이라…… 그때 자네 아버지와 가장 친했던 친구는 호르헤 알다야가 아니라 미켈 몰리네르라는 소년이었지. 미켈은 알다야 가만큼이나 부유한 집안 출신이었는데, 이 학교가 설립된 이래 가장 엉뚱한 학생이었을 거예요. 미사 시간에 독일어로 마르크스를 암송해서, 교장 선생님은 그애한테 귀신이 들렸다고 생각했지요."

"악마에게 홀렸다는 분명한 증거로군요." 페르민이 맞장구를 쳤다.

"미켈과 훌리안은 정말 사이가 좋았어요. 점심시간에 우리 셋이 가끔씩 모였는데, 훌리안은 이런저런 이야기를 들려주었지요. 어떤 때는 자기 가족과 알다야 가에 대해서두 이야기해주었는데……"

신부는 주저하는 듯했다.

"학교를 떠난 후에도 미켈과 나는 한동안 연락을 했었지요. 훌리안은 이미 파리로 떠난 뒤였고요. 미켈은 훌리안을 그리워했어요. 그는 가끔 훌리안이 자기에게 털어놓았던 비밀들을 떠올리며 그애 이야기를 했었지요. 그리고 나서 내가 신학교에 입학했을 때는 자기와 원수지간이 됐다며 농담처럼 말했었죠. 하지만 우리가 멀어진 건 사실이에요."

"미켈이 누리아 몽포르트라는 여자와 결혼했다는 얘기는 들어보셨어요?"

"미켈이? 결혼을?"

"이상한가요?"

"이상하달 순 없지요. 하지만…… 모르겠군요. 사실 미켈의 소식을 들은 지 오래됐거든요. 전쟁 전부터 못 들었으니까."

"그가 신부님께 누리아 몽포르트라는 이름을 언급한 적이 있나요?"

"아뇨, 한 번도요. 결혼을 생각하고 있다거나 애인이 있다는 말도…… 그런데, 이런 얘길 당신들에게 다 하는 게 맞는 건지 확신이 서지 않는군요. 훌리안과 미켈이 우리만 알고 있으리라 생각하고 나한테 개인적으로 한 이야기라서요."

"그래서 한 아들에게서 아버지의 추억을 되살릴 유일한 가능성을 빼앗아버리시려고요?" 페르민이 물었다.

페르난도 신부는 의심과, 내가 보기엔 기억해내려는, 잃어버린 날들을 되살리려는 욕망 사이에서 갈등했다.

"많은 세월이 흘렀으니 이젠 상관없겠지요. 지금도 난 훌리안이 우리에게 자기가 어떻게 알다야 가문 사람들을 알게 됐는지, 그리고 자기도 모르는 사이에 어떻게 삶이 바뀌었는지 말해주던 그날을 기억합니다……"

……1914년 10월의 어느 날 오후, 많은 사람들이 '굴러다니는 판테온'으로 여기는 가공할 만한 기계가 론다 데 산 안토니오에 있는 포르투니 모자 가게 앞에 멈춰 섰다. 거기서 리카르도 알다야라는 거만하고 위엄 있고 우쭐대는 인물이 모습을 드러냈다. 그때 이미 그는 바르셀로나뿐 아니라 스페인 전체에서 가장 돈이 많은 사람 가운데 하나였다. 그의 섬유 제국은 카탈루냐 전역의 강을 따라 산업의 요새와 상업의 식민지를 늘려나갔다. 그의 오른손은 그 지역 부동산의 절반과 은행의 고삐를 쥐고 있었고, 늘 활동적인 왼손은 지방의회와 시청, 여러 정부 부처들, 그리고 주교직과 부두의 세관에 줄을 대고 있었다.

그날 오후, 무성한 콧수염에 왕 같은 구레나룻, 그리고 모든 사람이 두려워하는 벗어진 머리를 한 그는 모자가 필요했다. 그는 안토니 포르투니의 가게로 들어와 진열된 모자들을 휘 둘러보고는 모자 기술자와 그의 조수인 소년 훌리안을 미심쩍은 눈으로 보았다. 그리고 이렇게 말했다. "사람들 말이 여기가 겉보기와는 달리 바르셀로나에서 제일가는 모자를 만든다더군. 가을 날씨가 고약할 것 같아서 실크해트 여섯 개와 중산모 열두 개, 그리고 사냥모자와 마드리드의 국회에 갈 때 쓸 모자가 필요할 거야. 자네 메모하고 있나, 아니면 내가 다시 말해주길 기다리는 건가?" 그것이 포르투니 부자가 리카르도 알다야의 주문을 맞추기 위해 힘을 합쳤던, 수고스럽지만 수지맞는 공정의 시작이었다. 훌리안은 신문을 읽어서 알다야의 지위에 대해 잘 알고 있었다. 그는 아버지의 사업에서 가장 결정적이고 중대한 때인 지금 아버지를 실망시킬 수 없다고 스스로 다짐했다. 그 거물이 가게에 들어온 순간부터 포르투니는 기분이 좋아서 날아갈 것 같았다. 알다야는 모자가 마음에 들면 지인 모두에게 가게를 소개해주겠다고 약속했다. 그것은 견실하지만 수입은 보잘것없었던 포르투니 모자 가게가 국회의원이나 시장, 추기경과 장관들의 크고 작은 머리를 관리하는 최고의 가게로 도약할 수 있다는 뜻이었다. 그 주는 아주 빨리 지나갔다. 훌리안은 학교도 가지 않고 가게 안쪽 작업실에서 하루에 열여덟 시간이나 스무 시간을 일했다. 포르투니는 너무 흥분해서 때로 그를 껴안고 무의식중에 키스까지 했다. 그는 또 십사 년 만에 처음으로 아내 소피에게 옷 한 벌과 구두 한 켤레도 사주었다. 포르투니는 딴사람이 된 것 같았다. 어느 일요일에는 미사를 드리러 가는 것도 잊었는데, 그날 오후 그는 자신감에 가득 차서 훌리안을 감싸안고 눈물을 글썽이며 말했다. "할아버지가 우리를 자랑스러워하실 거다."

　지금은 사라져버린 모자 제작 기술에서 가장 까다로운 공정 가운데 하나는 기술적으로나 정치적으로나 치수 재기였다. 리카르도 알다야의 머리는, 훌리안의 말로는, 멜론처럼 생긴 데다 울퉁불퉁했다. 포르투니는 그 거물의 머리를 보자마자 제작이 어려우리라 간파했다. 그날 저녁 훌리안이 그의 머리가 몬세랏 산의 봉우리를 연상시킨다고 말했을 때 포르투니는 동의할 수밖에 없었다. "아버지, 죄송하지만, 치수를 재는 건 제가 아버지보다 낫다는 거 아시죠? 아버지는 긴장하시잖아요. 그러니 제가 치수를 재게 해주세요." 포르투니는 기꺼이 허락했다. 다음 날 알다야가 메르세데스 벤츠를 타고 왔을 때 훌리안이 그를 맞이해 작업실로 안내했다. 알다야는 열네 살짜리 소년이 자신의 머리 치수를 잰다는 걸 알고 화를 냈다. "아니, 지금 뭐 하자는 거야? 이 어린 녀석이 치수를 잰다고? 당신들 지금 내 머리를 갖고 장난치는 건가?" 훌리안은 그 고객의 사회적 지위를 잘 알고 있었지만 조금도 움츠러들지 않고 대답했다. "알다야 사장님, 장난칠 머리가 별로 없습니다. 사장님 머리 윗부분은 플라사 데 아레나스 투우장처럼 황량해서 저희가 서둘러 모자를 만들어드리지 않으면 사람들은 선생님 머리를 바르셀로나의 신도시 계획 때 만든 도로와 혼동할 거예요." 이 말을 들은 포르투니는 이제 죽었다고 생각했다. 알다야는 침착하게 훌리안을 응시했다. 그리고 모두가 놀라도록, 마치 몇 년 동안 웃지 않았던 사람처럼 웃기 시작했다.

"자네 아들 녀석은 크게 되겠어, 포르투나토." 알다야가 말했다. 그는 아직 모자 가게 주인의 성姓을 잘 몰랐다.

이렇게 해서 그들은 리카르도 알다야가 모든 이들이 자신을 두려워하고 아부하며 그가 지나갈 때 바닥에 까는 매트처럼 납작 엎드리는 데 신물이 나 있다는 것을 알게 되었다. 그는 아첨꾼과 겁쟁이, 그리고 육체적으로든 정신적으로든 도덕적으로든 나약한 부류의 인간들을 모조리 경멸했던 것이다. 비록 수습공에 지나지 않지만 자기를 놀릴 만한 기지와 배짱이 있는 보잘것없는 한 소년을 만났을 때 알다야는 이상적인 모자 가게를 발견했다고 생각해 주문을 두 배로 늘렸다. 그는 그 주 내내 하루도 거르지 않고 기꺼이 약속 시간에 찾아와 훌리안이 치수를 재게 하고, 또 그가 권하는 여러 개의 모자를 써보았다. 안토니 포르투니는 카탈루냐 사회의 일인자가 자신에게는 낯설었던 아들의 이야기와 농담에 녹초가 되도록 웃는 것을 보며 놀라워했다. 그 아이는 그와 이야기를 나눈 적도 없었고, 오랫동안 유머 감각이 있다는 조짐을 보여준 적도 없었던 것이다. 그 주 주말에 알다야는 모자 가게 주인을 한쪽 구석으로 데려가 은밀하게 말했다.

"음, 포르투나토, 자네 아들은 대단한 재능이 있는데 자넨 그앨 여기 붙박이로 세워두고 싸구려 가게의 먼지나 털게 하고 있네."

"이건 괜찮은 일입니다. 리카르도 씨. 아이도 어느 정도 재주가 있고요. 태도가 좀 안 좋긴 하지만요."

"허튼소리. 그래, 어느 학교에 보내고 있나?"

"음, 그애가 다니는 학교는……"

"거긴 인부들이 일하는 공장이야. 재능 있는 아이나 천재는 사춘기 때 잘 보살피지 않으면 삐뚤어지고 스스로를 망가뜨려버린다네. 방향을 제시해줘야지. 지원이 필요하단 말일세. 내 말 이해하겠나, 포르투나토?"

"제 아들놈을 잘못 보셨습니다. 그애가 천재라뇨, 말도 안 됩니다. 알파벳도 어려워하는걸요. 학교 선생님들도 저한테 그애가 산만하기 짝이 없고 태도가 아주 안 좋다고 하셨어요. 그애 엄마처럼요. 하지만 적어도 여기선 품위 있는 직업을 가질 수 있을 거고……"

"포르투나토, 그런 지루한 얘긴 됐네. 오늘 당장 산 가브리엘 학교의 이사회에 가서 자네 아들을 내 큰아들 호르헤와 같은 반에 넣도록 하겠네. 그만큼도 하지 않으면 그애가 가엾네."

포르투니의 눈이 쟁반만 해졌다. 산 가브리엘 학교는 상류사회 최고 인재들의 양성소였던 것이다.

"하지만 리카르도 씨, 제가 학비를 댈 수 없다면……"

"자네가 한 푼이라도 내야 한다고 말한 사람은 아무도 없네. 그 아이 교육은 내가 책임지네. 자넨, 아버지로서, 그냥 그러겠다고만 하면 돼."

"그럼 당연히 그러죠, 하지만……"

"그럼 됐네. 훌리안이 수락만 하면 언제라도 좋네."

"그럴 필요 없습니다. 그앤 시키는 대로 할 겁니다."

그들의 대화가 여기에 이르렀을 때, 훌리안이 안쪽 방문에서 고개를 내밀었다. 손에는 모자 틀을 들고 있었다.

"리카르도 씨, 원하시면 언제라도……"

"훌리안, 말해보렴. 오늘 오후엔 뭘 하지?" 알다야가 물었다.

훌리안은 아버지와 사업가를 번갈아 바라보았다.

"음, 여기 가게에서 아버지를 도와요."

"그것 말고."

"도서관에 갈 생각이었는데요……"

"책을 좋아하는구나, 그렇지?"

"네, 사장님."

"콘래드를 읽어봤니? 『암흑의 핵심』 말이다."

"세 번이요."

모자 가게 주인은 몹시 당황해서 눈살을 찌푸렸다.

"그런데 그 콘래드란 사람은 누구냐? 좀 물어봐도 괜찮다면 말이다."

알다야는 주주총회에서 보일 법한 몸짓으로 그를 조용히 시켰다.

"우리 집에는 만 사천 권의 책을 소장한 도서관이 있단다, 훌리안. 난 젊었을 때 책을 많이 읽었는데 지금은 시간이 없어. 그러고 보니 콘래드가 직접 서명한 책도 세 권이나 있단다. 내 아들 호르헤는 억지로라도 서재에 들어가는 법이 없다. 우리 집에서 생각을 하고 책을 읽는 사람은 내 딸 페넬로페뿐이란다. 그래서 그 모든 책들이 썩고 있구나. 그 책들을 보고 싶니?"

훌리안은 말없이 고개를 끄덕였다. 포르투니는 왠지 모를 불안을 느끼며 그들을 바라보았다. 알아들을 수 없는 이야기뿐이었다. 세상 모든 사람들이 알고 있듯이, 소설이란 여자들이나 할 일 없는 사람들이 보는 것이었다. 『암흑의 핵심』은 그에게는 적어도 구원받을 수 없는 큰 죄악처럼 들렸다.

"포르투나토, 자네 아들은 나와 함께 가네. 이 아이를 내 아들 호르헤에게 소개해주고 싶어. 걱정 말게, 나중에 돌려보낼 테니까. 말해봐라, 애야, 메르세데스 벤츠를 타본 적이 있니?"

훌리안은 그것이 그 사업가가 이동할 때 이용하는 장엄한 기계의 이름이라고 생각했다. 그는 고개를 저었다.

"그럼 이제 타보면 되겠구나. 천국에 가는 기분이 든단다. 하지만 죽을 필요는 없지."

안토니 포르투니는 엄청나게 화려한 차를 타고 떠나는 그들을 보았다. 그리고 그가 가슴속에서 찾을 수 있는 건 슬픔뿐이었다. 그날밤, 소피(그녀는 새 옷을 입고 새 구두를 신고 있었고, 멍이나 상처도 거의 없었다)와 함께 식사를 하면서 자신이 이번에는 무슨 실수를 했는지 자문했다. 하느님께서 그에게 아들을 돌려준 바로 그때, 알다야가 그애를 빼앗아가버린 것이었다.

"이봐, 그 옷 벗어버려, 창녀처럼 보이니까. 그리고 다시는 이렇게 좋은 포도주를 식탁에 올리지 마. 물 탄 포도주도 우리에겐 충분히 훌륭하니까. 탐욕을 부리면 망한다고."

훌리안은 디아고날 애비뉴의 건너편으로 가본 적이 없었다. 그 숲과 건축 부지, 그리고 도시의 확장을 기다리는 대저택들이 이루는 선은 넘어서는 안 되는 국경이었다. 디아고날 너머로는 작은 마을들과 언덕들, 부와 전설의 신비로운 장소들이 펼쳐져 있었다. 그런 곳들을 지나면서 알다야는 그에게 산 가브리엘 학교에 대해, 한 번도 본 적 없는 새로운 친구들에 대해, 가능할 거라고 생각해본 적 없는 미래에 대해 이야기했다.

"훌리안, 넌 뭐가 되고 싶니? 살아 있는 동안에 말이다."

"모르겠어요. 가끔 작가가 되고 싶다고 생각해요. 소설가요."

"콘래드처럼 말이지? 넌 아주 어리니까 물론 그렇겠지. 말해봐라, 은행 일은 별로냐?"

"모르겠어요, 사장님. 사실 그런 생각은 해본 적이 없어요. 전 삼 페세타보다 더 큰돈은 본 적도 없거든요. 큰 재산은 제겐 미스터리일 뿐이에요."

알다야는 웃었다.

"미스터리 따윈 없단다, 훌리안. 삼 페세타가 아니라 삼백만 페세타를 모아놓고 눈속임을 할 뿐이지. 거기엔 수수께끼 같은 건 없단다. 성스러운 삼위일체도 없고."

그날 오후, 티비다보 애비뉴를 오르면서 훌리안은 천국의 문에 들어서는 거라고 생각했다. 커다란 성당처럼 보이는 대저택들이 길 양쪽에 자리 잡고 있었다. 그 길을 반쯤 지났을 때 운전사가 차를 돌렸고, 그들은 그 저택 중 하나의 철문을 통과해 들어갔다. 즉시 많은 하인들이 주인을 맞이하기 위해 분주히 움직이기 시작했다. 장엄한 4층짜리 대저택이 훌리안의 눈에 꽉 들어찼다. 실제로 사람들이 그런 곳에 살 수 있다고는 상상해본 적도 없었다. 그는 현관으로 이끌려 들어가, 위층으로 올라가는 대리석 계단이 있고 비단 커튼이 드리운 천장이 둥근 홀을 지나, 벽을 바닥부터 꼭대기까지 온통 책으로 꽉 채운 커다란 방으로 들어갔다.

"어떠냐?" 알다야가 물었다.

훌리안은 그 말이 제대로 귀에 들어오지 않았다.

"다미안, 호르헤한테 지금 바로 도서관으로 내려오라고 하게."

얼굴도, 소리도 없는 하인들이 주인의 사소한 명령에도 잘 훈련된 곤충처럼 온순하고 효율적으로 미끄러지듯 움직였다.

"네게 다른 의상실을 소개해줘야겠구나, 훌리안. 사람을 외모로만 판단하는 얼간이가 많단 말이야…… 하신타에게 그 일을 맡길 테니, 넌 조금도 염려 마라. 얘기 들으면 신경 쓸 테니 네 아버지한테는 아무 말 마라. 봐라, 저기 호르헤가 오는구나. 호르헤, 네 새 급우가 될 대단한 아이를 소개해주마. 훌리안 포르투……"

"훌리안 카락스예요." 그가 또박또박 말했다.

"훌리안 카락스." 알다야가 만족해서 다시 말했다. "듣기 좋구나. 얘가 내 아들 호르헤다."

훌리안은 손을 내밀었고 호르헤 알다야는 그 손을 잡았다. 그의 손은 미지근했고, 악수가 내키지 않는 듯했다. 인형 같은 세계에서 자란 탓인지 그의 깎아놓은 듯한 얼굴은 더없이 맑고 창백했다. 그는 훌리안이 소설에서 봤던 것 같은 옷을 입고 구두를 신고 있었다. 그의 시선에는 허세와 거만함, 경멸과 달콤하게 위장한 예의가 담겨 있었다. 훌리안은 불안과 두려움, 허영과 부족할 것 없는 환경의 껍데기 아래 숨겨진 공허함을 알아채고 그에게 활짝 웃어 보였다.

"이중에 읽은 책이 하나도 없다는 게 사실이니?"

"책은 지루해."

"책은 거울이야. 사람의 내면을 비춰주지." 훌리안이 대답했다.

리카르도 알다야가 다시 웃었다.

"자, 이제 너희가 서로에 대해 알 수 있게 난 자리를 피해주마. 훌리안, 호르헤가 비록 우쭐대는 응석받이 얼굴을 하고 있지만, 보이는 것처럼 그리 멍청하진 않다는 걸 알게 될 거다. 제 아비를 닮은 구석이 있거든."

비록 호르헤는 여전히 웃는 얼굴이었지만, 알다야의 말이 그에게 비수처럼 꽂힌 듯했다. 훌리안은 자신의 대답이 후회되었고 그 아이에게 미안했다.

"네가 모자 가게 주인의 아들이구나." 호르헤가 악의 없이 말했다. "최근에 아버지가 네 얘기를 많이 하셨거든."

"그랬구나. 네가 나를 기분 나쁘게 생각하지 않았으면 좋겠어. 내가 뭐든 다 아는 듯한 참견꾼처럼 생겼지만, 보이는 것처럼 그리 바보는 아니거든."

호르헤가 미소 지어 보였다. 훌리안은 그가 친구가 하나도 없는 사람처럼 고마워하며 웃는다고 생각했다.

"이리 와, 집 구경 시켜줄게."

그들은 서재를 뒤로하고 정원으로 난 길을 통해 대문 쪽으로 갔다. 큰 홀을 지나며 돌계단 아래서 고개를 들었을 때, 훌리안은 난간에 손을 얹고 계단을 오르는 실루엣을 얼핏 보았다. 순간 환영에 사로잡힌 듯했다. 소녀는 열두 살이나 열세 살쯤 돼 보였고, 입주 보모로 보이는 자그마하고 뺨이 불그레한 노파가 옆에 붙어 따라다니고 있었다. 소녀는 파란 공단 드레스를 입고 있었다. 머리카락은 아몬드 색이었고, 어깨와 가느다란 목의 피부는 투명해서 훤히 들여다보일 것 같았다. 그녀는 맨 위의 계단에 멈춰 서서 잠시 뒤돌아보았다. 한순간 그들의 시선이 부딪쳤을 때, 그녀는 그에게 보일 듯 말 듯한 미소를 지었다. 그때 보모가 그녀의 어깨에 팔을 두르더니 복도 입구로 데려갔고 그들은 이내 사라졌다. 훌리안은 고개를 내리고 다시 호르헤의 눈을 바라보았다.

"내 동생 페넬로페야. 너도 알게 되겠지, 저앤 살짝 돌았어. 히루종일 책만 읽거든. 자, 가자, 너한테 지하실에 있는 예배당을 보여주고 싶어. 요리사들 말로는 유령이 나온대."

홀리안은 고분고분 그를 쫓아갔지만, 다른 것들에는 전혀 관심이 없었다. 리카르도 알다야의 메르세데스 벤츠를 탄 후 처음으로 그는 알게 되었다. 그는 그녀가 누구인지, 왜 미소 지었는지도 모른 채 바로 그 계단, 그 파란 드레스, 그 잿빛 눈동자의 움직임을 셀 수도 없이 꿈꿔왔던 것이었다. 그는 정원으로 나가 차고들과 그 위로 넓게 펼쳐진 테니스 코트까지 호르헤가 이끄는 대로 따라다녔다. 바로 그때 그는 뒤를 돌아 3층 자기 방 창가에 있는 그녀를 보았다. 그녀의 실루엣은 또렷이 알아보지 못했지만, 그녀가 자기에게 미소 짓고 있다는 것은 알았다. 그리고 어찌 됐든 그녀 역시 자기를 알고 있었다는 것도.

그렇게 잠깐 본 계단 위 페넬로페 알다야의 모습이 산 가브리엘 학교에서 보낸 첫 몇 주 동안 훌리안의 머릿속에서 떠나지 않았다. 새로운 세상은 수많은 다른 얼굴을 숨기고 있었고, 모두 그의 마음에 드는 것도 아니었다. 산 가브리엘 학교의 학생들은 거만하고 잘난 척하는 왕자처럼 행동했고, 선생들은 순종적이고 교양 있는 하인과 비슷했다. 호르헤 알다야를 제외하고 그곳에서 훌리안이 처음 사귄 친구는 학교 요리사의 아들인 페르난도 라모스라는 소년이었다. 자신이 신부복을 입으리라고는, 또 자신이 배웠던 바로 그 교실에서 학생들을 가르치게 되리라고는 상상조차 못 했던 아이였다. 다른 아이들에게 '부엌데기'라는 별명으로 불리며 하인 대접을 받은 페르난도는 재치 있고 총명한 아이였지만 학교 친구는 거의 없었다. 유일하게 그와 어울리는 아이는 미켈 몰리네르라는 엉뚱한 소년이었다. 미켈은 시간이 지나면서 훌리안이 그 학교에서 사귄 가장 친한 친구가 되었다. 미켈 몰리네르는 머리는 지나치게 좋고 인내심은 지나치게 부족했는데, 선생들의 말 한 마디 한 마디에 표독스런 분노와 재치를 담은 변증법을 적용해 의문을 제기함으로써 그들을 놀리기를 즐겼다. 다른 아이들은 모두 날카로운 그의 혀를 두려워했고 그를 자기와는 다른 부류로 여겼다. 그것은 어느 정도 사실이었다. 보헤미안 기질과 귀족적이지 않은 말투로 스스로를 숨겼지만, 미켈은 무기 제조업으로 엄청난 부를 쌓은 사업가의 아들이었다.

"카락스, 정말이니? 애들 말로는 너희 아버지가 모자를 만든다는데." 페르난도 라모스가 그들을 서로 소개해주었을 때 미켈이 말했다.

"내 친구들은 훌리안이라고 불러. 애들 말로는 너희 아버지는 대포를 만든다던데."

"그냥 팔기만 해. 아버지가 할 줄 아는 거라고는 돈 버는 것밖에 없어. 내 친구들은—니체와 여기 페르난도뿐이지만—날 미켈이라고 부르지."

미켈 몰리네르는 슬픈 아이였다. 그는 죽음과 온갖 음울한 문제에 대한 강박관념으로 고통스러워했고, 대부분의 시간과 재능은 그런 생각에 몰두하며 낭비했다. 그의 어머니는 삼 년 전 집 안에서 일어난 이상한 사고로 죽었다. 의사는 경솔하게 자살로 단정지었다. 아르헨토나에 있는 가족 소유의 여름 별장 우물 아래서 희미하게 빛나던 어머니의 시체를 발견한 사람이 미켈이었다. 밧줄로 그녀를 끌어올렸을 때, 시신의 외투 주머니에는 돌멩이가 가득 들어 있었다. 그녀의 모국어인 독일어로 쓰인 편지도 있었는데, 독일어를 배우려고 하지 않았던 몰리네르 씨는 아무에게도 편지를 읽지 못하게 하고는 그날 오후에 태워버렸다. 미켈 몰리네르는 어디서나 죽음을 보았다. 낙엽에서도, 둥지에서 떨어진 새들에게서도, 노인들과 모든 것을 쓸어가버리는 빗속에서도. 그림에 탁월한 재능이 있었던 그는 늘 안개와 황량한 해변을 뒤로하고 서 있는 어느 부인을 그려넣은 목탄화를 보며 가끔은 몇 시간이고 멍하니 있었다. 훌리안은 그 부인이 그의 어머니라고 생각했다.

"커서 뭐가 되고 싶니, 미켈?"

"난 절대 안 클 거야." 그는 수수께끼처럼 대답했다.

그림 그리기와 모든 살아 있는 생명체에 반론을 제기하는 것을 제외하면 그의 주된 관심은 베일에 싸인 오스트리아 의사의 저서들이었다. 세월이 흐르면서 유명해진 그 의사는 바로 지그문트 프로이트였다. 돌아가신 어머니 덕분에 독일어를 완벽하게 읽고 쓸 줄 알았던 미켈 몰리네르는 그 빈의 의사가 쓴 책을 많이 갖고 있었다. 그가 좋아하는 영역은 꿈의 해석이었다. 그는 습관처럼 사람들에게 무슨 꿈을 꿨냐고 묻고 이야기를 듣고 나서는 그들을 진단했다. 그는 늘 자기는 젊어서 죽을 거라고, 그래도 상관없다고 말했다. 훌리안은 그가 죽음을 너무 많이 생각한 결과, 삶보다는 죽음에 더 큰 의미를 부여하게 된 거라고 생각했다.

"내가 죽는 날, 내 모든 것이 네 것이 될 거야, 훌리안." 그는 그렇게 말했다. "내 꿈만 빼고."

훌리안은 페르난도 라모스와 몰리네르, 호르헤 알다야 말고도 곧 하비에르라는 숫기 없고 좀 무뚝뚝한 소년을 알게 되었다. 그는 산 가브리엘 학교 수위의 외동아들로, 학교 정원 입구에 있는 수수한 집에 살고 있었다. 다른 아이들은 페르난도에게 그랬듯이 하비에르를 성가신 하인보다 못한 아이로 여겼다. 하비에르는 교내 안마당과 정원들을 홀로 어슬렁거렸고, 그리하여 학교 건물의 구석과 틈새, 지하 터널, 탑 위로 올라가는 통로, 그리고 이제 아무도 기억하지 못하는 온갖 은신처들을 빠짐없이 훤히 알게 되었다. 그곳들이 그의 비밀 세계이자 피난처였다. 그는 아버지의 서랍에서 훔쳐낸 주머니칼을 늘 지니고 다니며 목상木像을 조각하기를 좋아했고 그 조각상을 학교 비둘기집에 보관해두었다. 수위인 그의 아버지 라몬은 쿠바 전쟁의 퇴역 군인으로, 전쟁에서 한 손을 잃었으며, (악의적인 소문에는) 코치노스 만灣 공격 때 시어도어 루스벨트가 발사한 산탄에 오른쪽 고환도 잃었다고 했다. 나태는 모든 악의 근원이라고 굳게 믿은 (학생들이 그에게 붙인 별명대로라면) '이불알쟁이' 리몬은 이들에게 분수 주변의 마당과 소나무 숲의 낙엽을 자루에 담아오도록 시켰다. 라몬은 좋은 사람이었지만 좀 우락부락했고, 나쁜 사람들과 사귀는 치명적인 운명이 주어져 있었다. 최악은 그의 아내였다. '외불알쟁이' 라몬이 결혼한 여자는 몸집이 크고 멍청한 데다가 부엌데기 같은 외모에 공주 같은 망상을 즐겼다. 그녀는 아들과 다른 아이들이 보는 앞에서조차 옷을 제대로 갖춰입지 않아서 한없는 웃음거리, 조롱거리가 되기 일쑤였다. 그녀의 본명은 마리아 크라폰시아였지만, 그녀는 스스로를 이본이라고 불렀다. 그 이름이 더 우아하다고 생각했던 것이다. 이본은 아들에게 사회적 출세의 가능성에 대해 곧잘 물었다. 그리고 하비에르가 바르셀로나 사회의 엘리트들과 쌓고 있는 관계가 그것을 가능하게 해주리라 생각했다. 그녀는 아들에게 이 아이 저 아이의 집안 재산에 대해 물으며, 최고급 실크 옷으로 치장하고 상류사회의 멋진 응접실에서 다과를 대접받는 자신의 모습을 상상했다.

하비에르는 되도록 집에 있지 않으려고 했기 때문에 아무리 힘들어도 아버지가 시키는 일을 감사히 여겼다. 혼자 있기 위한, 자신의 비밀 세계로 도망가 목상을 조각하기 위한 핑곗거리는 많았다. 학교 학생들 가운데 몇몇은 멀리서 그를 보고 놀리거나 돌을 던지기도 했다. 어느 날 훌리안은 돌에 맞아 이마가 깨져 돌 더미에 쓰러진 하비에르를 보고 가엾다는 생각이 들어 그를 돕고 그에게 우정을 베풀기로 했다. 처음에 하비에르는 다른 아이들이 깔깔대며 가버리는 동안 훌리안이 자기를 확인 사살하러 오는 거라고 생각했다.

"내 이름은 훌리안이야." 그가 손을 내밀며 말했다. "친구들과 소나무 숲에 가서 체스를 두려고 하는데, 너도 우리랑 같이 갈 생각이 있는지 물어보려고."

"난 체스 둘 줄 몰라."

"나도 이 주 전까지는 몰랐어. 하지만 미켈이 아주 잘 가르쳐주거든……"

소년은 훌리안이 언제 자기를 놀리며 감추어둔 공격성을 드러낼까 기다리면서 미심쩍은 듯이 그를 바라보았다.

"네 친구들이 내가 어울리는 걸 좋아할지 모르겠는데……"

"이건 그애들 생각이야. 어떡할래?"

그날 이후 하비에르는 할 일을 끝내면 가끔 그들과 합류했다. 보통은 말없이 다른 아이들의 이야기를 듣고 지켜보기만 했다. 알다야는 그를 좀 무서워했다. 페르난도는 그 역시 비천한 신분 때문에 다른 아이들의 경멸을 직접 경험했던 탓에 그 이상한 아이를 친절하게 대하려고 노력했다. 그에게 체스의 기초를 가르쳐주고 조심스런 눈길로 그를 지켜본 미켈 몰리네르는 그들 중 가장 회의적이었다.

"그앤 돌았어. 고양이와 비둘기들을 잡아서는 칼로 몇 시간 동안이나 고문한다니까. 그러고는 소나무 숲에다 묻어버리지. 아주 즐거워하면서 말이야!"

"누가 그래?"

"지난번에 내가 체스에서 나이트 움직이는 방법을 가르쳐줄 때 자기 입으로 말했어. 또 가끔 엄마가 밤에 자기 침대로 들어와 자기를 주무른다고 하더라."

"널 놀리려고 그랬겠지."

"그렇지 않을걸. 그앤 머리가 정상이 아냐, 훌리안. 그리고 그건 아마 그애 잘못이 아닐 거야."

훌리안은 미켈의 경고와 예언을 무시하려고 애썼지만, 확실한 건 결과적으로 수위의 아들과 우정을 쌓기가 어려웠다는 것이었다. 특히 이본은 훌리안이나 페르난도 라모스를 곱지 않은 시선으로 봤는데, 모든 도련님들 사이에서 그 둘만이 땡전 한 푼 없는 아이들이기 때문이었다. 훌리안의 아버지는 그저 그런 가게의 주인이고, 그의 어머니는 고작 음악 선생이라는 소문이 있었다. "그 사람들은 돈도 없고, 계급도 낮고, 기품도 없는 사람들이란다, 내 사랑스런 아들아." 그의 어머니는 하비에르에게 이렇게 가르쳤다. "너한테 유익한 애는 알다야야, 아주 좋은 가문의 아이거든." 그러면 그는 이렇게 대답했다. "네, 엄마. 무슨 말씀 하시는지 알아요." 시간이 지나면서 하비에르는 새로운 친구들을 신뢰하기 시작하는 듯했다. 가끔은 입을 열었고, 체스를 가르쳐준 답례로 미켈 몰리네르에게 줄 체스 말한 세트를 조각하고 있었다. 어느 날씨 좋은 날, 아무도 기대하지 않고 또 가능하리라 생각하지도 않았을 때 아이들은 하비에르가 웃을 수 있다는 것, 그것도 아이처럼 어여쁘고 순진무구하게 웃는다는 걸 발견했다.

"봤지? 그냥 평범한 아이야." 훌리안이 주장했다.

하지만 미켈 몰리네르는 확신하지 못했고, 그 이상한 소년을 과학적이라고 해도 좋을 만큼 꼼꼼히 관찰했다.

"하비에르는 너한테 집착하고 있어, 훌리안." 어느 날 미켈이 훌리안에게 말했다. "그앤 모든 걸 너한테 인정받기 위해 하고 있거든."

"말도 안 되는 소리! 그애한테는 아버지와 어머니가 있잖아. 난 그냥 친구일 뿐이야."

"넌 몰라. 그애 아버지는 화장실에서 볼일을 볼 때 자기 엉덩이를 찾는 데도 문제가 있는 불쌍한 사람이야. 이본 부인은 벼룩의 뇌를 가진 요녀妖女인데, 자기가 마리아 게레로*나 내가 언급조차 하기 싫은 그 이상의 존재라고 생각하고, 하루 종일 자기 속옷 아래서 사람들을 만나는 척하며 시간을 보내는 여자고. 그앤 당연히 부모를 대신할 사람을 찾는 거야. 그런데 구원의 천사인 네가 하늘에서 떨어져 그애한테 손을 내민 거라고. 성聖 훌리안 델 라 푸엔테, 무산자들의 수호자지."

"프로이트 박사가 네 머리를 망가뜨려놨구나, 미켈. 우리 모두는 친구가 필요해, 너도 그렇고."

"그 아이는 친구가 없고, 앞으로도 절대 없을 거야. 그앤 거미의 영혼을 가지고 있어. 그래도 내 말을 못 믿겠다면, 시간이 말해주겠

* 스페인의 유명 여배우.

지. 난 그 아이의 꿈이 뭔지 궁금한데……"

프란시스코 하비에르의 꿈이 자기가 가능하리라 생각했던 것보다 친구 훌리안의 꿈과 더 비슷하다는 걸 미켈 몰리네르는 몰랐다. 훌리안이 학교에 입학하기 몇 달 전, 한번은 하비에르가 분수대 앞마당에서 낙엽을 줍고 있을 때 리카르도 알다야의 화려한 자동차가 도착했다. 그날 오후 리카르도에게는 동행이 있었다. 그가 어느 환영, 땅 위를 날아오를 듯한 실크 옷을 입은 빛의 천사의 에스코트를 받고 있었던 것이다. 그 천사는 다름아닌 그의 딸 페넬로페였다. 그녀는 메르세데스 벤츠에서 내려 양산을 흔들며 분수대까지 걸어가서는 분수대의 물을 휘저었다. 늘 그렇듯 보모 하신타가 그녀의 사소한 몸짓도 예의 주시하면서 부지런히 따라왔다. 한 무리의 하인이 그녀를 호위했어도 그에게는 중요하지 않았으리라. 하비에르는 그녀만 바라보았다. 눈을 깜박이면 그녀의 모습이 사라질까봐 두려웠다. 그는 숨도 제대로 쉬지 못하고 그 덧없는 망상을 엿보며 온몸이 마비된 채 그곳에 머물렀다. 잠시 후, 마치 그의 존재와 은밀한 시선을 느낀 듯이 페넬로페가 고개를 들어 그가 있는 쪽을 바라보았다. 그녀의 아름다운 얼굴은 그에겐 감당할 수 없는 고통이었다. 그녀의 입술에서 희미한 미소를 본 것 같기도 했다. 두려워진 하비에르는 학교 옥상의 비둘기집 옆에 있는 물탱크 위로 몸을 숨기려고 달렸다. 그가 가장 좋아하는 은신처였다. 조각 도구들을 집었을 때도 여전히 손이 떨렸다. 그는 방금 어렴풋이 본 그 얼굴과 비슷한 새로운 작품을 만드는 데 몰두했다. 그날 밤 평소보다 늦게 수위 관사로 돌아왔을 때, 어머니는 반쯤 벌거벗은 채 화가 나 그를 기다리고 있었다. 소년은 어머니가 자신의 시선을 읽으면 그 속에서 소녀의 모습을 보고 자신이 소녀를 생각하고 있다는 걸 알게 될까봐 두려워 시선을 떨어뜨렸다.

"대체 어디에 있다 지금 나타나는 거냐? 이 쪼그만 새끼야."

"용서하세요, 어머니. 길을 잃었어요."

"너란 놈은 태어난 날부터 길을 잃고 헤매는구나."

몇 년 뒤 죄수의 입에 리볼버를 넣고 방아쇠를 당길 때마다, 프란시스코 하비에르 푸메로 경감은 라스 플라나스의 한 야외 식당에서 어머니의 두개골이 잘 익은 수박처럼 터져버리는 것을 보았던 그날을 떠올렸다. 그때 그는 그저 죽은 것들에 대한 지루함 말고는 아무것도 느끼지 못했다. 식당 매니저의 신고를 받은 치안대는 총성을 들었고, 아직도 미지근한 엽총을 무릎에 놓고 바위에 앉아 있는 소년을 발견했다. 소년은 무덤덤하게 머리가 날아가버린 마리아 크라폰시아, 일명 이본을 바라보고 있었다. 그녀의 시신은 벌레들로 뒤덮여 있었다. 소년은 치안대원들이 다가오는 것을 보고도 그저 어깨만 으쓱했다. 핏방울이 튄 그의 얼굴은 마치 천연두가 좀먹은 듯 보였다. 흐느끼는 소리를 따라간 치안대원들은 거기서 삼십 미터쯤 떨어진 덤불 사이 나무 옆에 쭈그리고 있는 '외불알쟁이' 라몬을 발견했다. 그는 아이처럼 몸을 떨며 알아들을 수 없는 말을 중얼거렸다.

치안대 중위는 심사숙고 끝에 사건을 비극적인 사고로 보고했다. 경위서에도 사고가 분명하다고 기록했지만 본심은 그렇지 않았다. 그들이 소년에게 무엇을 해줄까 물었을 때 프란시스코 하비에르 푸메로는 그 낡은 엽총을 가져도 되냐고 되물었다. 커서 군인이 되고 싶었기 때문이었다……

"괜찮으세요, 로메로 데 토레스 씨?"

페르난도 라모스 신부의 이야기에 갑자기 등장한 푸메로는 나를 얼어붙게 만들기도 했지만, 페르민에게 미친 영향은 대단했다. 그는 얼굴이 노래지더니 손까지 떨었다.

"혈압이 갑자기 떨어져서 그래요." 페르민이 기어들어가는 목소리로 둘러댔다. "카탈루냐 지방의 날씨는 가끔 남부 출신들에게는 끔찍하다니까요."

"물 한 잔 드릴까요?" 사제가 걱정스러운 어조로 물었다.

"신부님께 폐가 안 된다면요. 혹시 초콜릿도 있으면…… 포도당 때문에요……"

신부가 물을 한 잔 따라주자, 페르민은 단번에 벌컥벌컥 마셨다.

"내가 가진 건 유칼립투스 맛이 나는 사탕뿐입니다. 그거라도 드릴까요?"

"주께서 축복하실 겁니다."

페르민은 사탕 한 움큼을 삼켰고 잠시 후 안색이 돌아오는 듯했다.

"그 아이 말인데요, 식민지 방어 전쟁에서 영웅적으로 싸우다 고환을 잃어버린 그 수위의 아들 이름이 푸메로, 프란시스코 하비에르 푸메로가 확실한가요?"

"네, 틀림없습니다. 그 사람을 아시나요?"

"아뇨." 우리는 이구동성으로 과장되게 말했다.

페르난도 신부가 눈썹을 찌푸렸다.

"안다고 했어도 놀라지 않았을 겁니다. 유감스럽게도 프란시스코 하비에르는 유명 인사가 돼버렸으니까요."

"저희가 신부님 말씀을 제대로 이해했는지 모르겠는데요……"

"당신들은 내 말을 놀랍도록 잘 이해했어요. 프란시스코 하비에르 푸메로는 바르셀로나 강력계 경감이고, 그의 명성은 널리 퍼져 있지요. 이 건물을 벗어나지 못한 우리 같은 사람들에게도 말입니다. 장담하건대, 당신들은 그의 이름을 들으면 몇 센티미터는 쪼그라들 거요."

"신부님께서 그렇게 말씀하시니, 그 이름을 들어본 것 같기도 하네요……"

페르난도 신부가 우리를 곁눈질로 바라보았다.

"이 친구는 훌리안 카락스의 아들이 아니에요. 내가 틀렸나요?"

"영적인 아들입니다, 신부님. 도덕적으로는 더 비중이 높고요."

"당신들은 어떤 사건에 휘말린 건가요? 누가 보냈죠?"

그때 나는 우리가 발로 걸어차여 신부의 사무실에서 쫓겨날 때가 되었다고 확신했기에, 페르민을 입 다물게 하고 한 번만은 정직이라는 카드를 쓰기로 했다.

"맞습니다. 신부님. 훌리안 카락스는 제 아버지가 아니에요. 하지만 누가 우리를 보내서 온 건 아닙니다. 몇 년 전에 우연히 카락스의 책, 사람들이 사라졌다고 생각했던 책을 발견했어요. 그리고 그때부터 그에 대해 더 많은 걸 조사하고 그의 죽음의 정황을 밝혀내려 하고 있어요. 로메로 데 토레스 씨는 저를 돕고 있고요……"

"어떤 책이죠?"

"『바람의 그림자』라는 책이요. 읽어보셨어요?"

"난 훌리안의 소설을 다 읽어봤어요."

"그 책들을 갖고 계신가요?"

사제는 고개를 저었다.

"그 책들을 어떻게 하셨는지 여쭤봐도 될까요?"

"몇 년 전에 누군가 내 방으로 들어와 불태워버렸습니다."

"짚이는 사람이라도 있나요?"

"물론입니다. 푸메로 같아요. 당신들도 그 때문에 여기 온 거 아닌가요?"

페르민과 나는 당황스러운 시선을 교환했다.

"푸메로 경감이요? 왜 그가 책들을 불태우고 싶어했을까요?"

"그가 아니면 누구겠소? 학교에서 우리가 보낸 마지막 해에 프란시스코 하비에르는 제 아버지의 엽총으로 훌리안을 죽이려고 했어요. 미켈이 그를 말리지 않았다면……"

"왜 훌리안을 죽이려고 했을까요? 그의 유일한 친구였잖아요."

"프란시스코 하비에르는 온통 페넬로페 알다야 생각뿐이었어요. 아무도 몰랐지만. 페넬로페는 그 아이의 존재조차 몰랐을 겁니다. 그는 수년간 그 비밀을 간직하고 있었지요. 그 아이는 몰래 훌리안을 따라다녔던 것 같아요. 어느 날 훌리안이 그녀에게 키스하는 걸 봤을 테고요. 모르겠어요. 내가 아는 건 그가 백주 대낮에 훌리안을 죽이려 했다는 것뿐. 한 번도 푸메로를 믿지 않았던 미켈 몰리네르가 달려들어 마지막 순간에 그를 저지했지요. 아직도 현관 옆에 그 총알 구멍이 남아 있어요. 그곳을 지날 때마다 나는 그날을 떠올린다오."

"푸메로는 어떻게 됐나요?"

"그와 그의 가족은 이곳에서 쫓겨났어요. 그들은 한동안 프란시스코 하비에르를 기숙학교에 맡겼던 것 같아요. 이 년쯤 지날 때까지 우리는 그의 소식을 못 들었지요. 그의 어머니가 사냥 사고로 죽었을 때까진 말이에요. 하지만 그건 사고가 아니었어요. 미켈이 처음부터 옳았던 거지요. 프란시스코 하비에르 푸메로는 살인자요."

"제가 한 말씀 드리면……" 페르민이 중얼거렸다.

"얘기는 해도 좋소만, 대신 진실된 것이었으면 좋겠군요."

"그 책들을 불태워버린 자는 푸메로가 아닙니다."

"그럼, 누굽니까?"

"확실한 건 화상으로 얼굴이 문드러지고 스스로를 라인 쿠베르라고 부르는 자라는 거지요."

"혹시 그는……?"

나는 고개를 끄덕였다.

"카락스의 소설에 등장하는 인물들 가운데 하나의 이름이에요. 악마 말이에요."

페르난도 신부는 안락의자에 몸을 기댔다. 그도 우리처럼 혼란스러워했다.

"갈수록 분명해지는 건 페넬로페 알다야가 이 사건의 중심에 있다는 거예요. 그리고 우린 그녀에 대해 아는 것이 없고요." 페르민이 말했다.

"거기서부턴 내가 당신들을 도와줄 수 없을 것 같군요. 난 그녀를 제대로 본 적도 없어요. 그저 멀리서 두세 번 정도. 내가 그녀에 대해 아는 거라곤 훌리안이 얘기해준 게 전부이고, 그마저도 많지 않아요. 내가 아는 사람 중에서 페넬로페의 이름을 언급했던 사람은 하신타 코로나도뿐이죠."

"하신타 코로나도요?"

"페넬로페의 보모 말입니다. 그녀가 호르헤와 페넬로페를 길렀어요. 그 아이들을, 특히 페넬로페를 끔찍이도 사랑했었죠. 리카르도 알다야는 자식들이 집 안 누군가의 감시 없이 단 일 초라도 방치되는 걸 좋아하지 않아서 그녀가 가끔 호르헤를 데리러 학교에 왔어요. 하신타는 천사였어요. 내가 훌리안처럼 그저 그런 집 아이란 말을 듣고는 늘 우리에게 간식거리를 가져다줬지요. 우리가 배고플 거라고 생각한 거죠. 내가 우리 아버지는 요리사라서 먹을 게 부족하지 않으니 걱정 말라고 했었지만 그녀는 음식을 가져다주는 걸 그만두지 않았어요. 난 이따금 그녀를 기다렸다가 이야기를 나누기도 했지요. 그녀는 내가 아는 사람 중에서 가장 좋은 여자였어요. 아이도 없었고, 내가 아는 한 애인도 없었어요. 그녀는 혈혈단신이었는데, 알다야 가 아이들을 기르는 일에 삶을 바친 거죠. 그녀는 온 마음으로 페넬로페를 사랑했어요. 아직도 그녀 이야길 한답니다……"

"신부님은 지금도 하신타와 연락하고 지내시나요?"

"가끔 산타 루시아 보호소로 그녀를 방문합니다. 그녀에게는 아무도 없거든요. 주께서는 우리가 이해할 수 없는 이유로 우리 생전에 늘 상을 내리시지는 않지요. 하신타는 이제 아주 나이가 많은 할머니인데, 늘 그래왔듯 여전히 혼자예요."

페르민과 나는 시선을 교환했다.

"그럼, 페넬로페는요? 페넬로페는 하신타를 한 번도 찾아오지 않았나요?"

페르난도 신부의 시선은 어두운 우물 속 같았다.

"페넬로페에게 무슨 일이 일어났는지는 아무도 모릅니다. 그 소녀는 하신타의 생명이었죠. 알다야 가 사람들이 라틴아메리카로 떠났을 때 하신타는 그녀를 잃었어요. 모든 걸 잃었지요."

"왜 그들은 하신타를 페넬로페와 함께 데려가지 않았죠? 페넬로페도 다른 알다야 가 사람들과 함께 아르헨티나로 갔나요?" 내가 물었다.

사제는 어깨를 으쓱했다.

"모르겠습니다. 1919년 이후로는 아무도 페넬로페를 못 봤고, 그녀의 이야기를 못 들었으니까."

"카락스가 파리로 떠난 해로군요." 페르민이 말했다.

"아픈 기억들을 파헤친답시고 그 불쌍한 할머니를 괴롭히는 일은 없을 거라고 약속해주시오."

"신부님은 우릴 뭘로 보십니까?" 페르민이 화를 냈다.

페르난도 신부는 우리에게서 더 끄집어낼 것은 없는지 의심하면서, 우리가 새롭게 알아내는 것들을 자기에게도 알려줄 것을 맹세하게 했다. 페르민은 그를 안심시키기 위해 굳이 그의 책상 위에 있던 『신약성서』에 대고 맹세를 했다.

"복음서들은 내버려두시오. 당신 말만으로도 충분하니까."

"신부님은 어떤 것도 그냥 지나치지 않으시는군요, 그렇죠, 신부님? 신부님은 아주 예리하세요!"

"자, 문까지 배웅해주겠소."

그는 정원을 지나 쇠창살 문까지 우리를 바래다주었고, 출구에서 적당히 떨어진 곳에 멈춰 섰다. 마치 몇 발짝 더 떼면 증발해버릴까봐 두려운 사람처럼, 현실 세계로 내려가는 구불구불한 길을 바라보면서. 나는 페르난도 신부가 산 가브리엘 학교를 마지막으로 벗어난 게 언제일까 궁금해졌다.

"훌리안이 죽었다는 소식을 들었을 때 난 아주 슬펐다오." 그가 낮은 목소리로 말했다. "훗날 일어난 모든 일에도 불구하고, 시간이 흐르면서 멀어졌지만 미켈과 알다야, 훌리안 그리고 난 좋은 친구였소. 푸메로까지 포함해서 말이오. 난 우리가 헤어지는 일은 없을 거라 믿었지만, 인생은 우리가 알지 못하는 걸 아는 게 틀림없어요. 그들 같은 친구들은 두 번 다시 없었어요. 앞으로 만날 수 있을 거라 생각하지도 않고요. 젊은이가 찾는 걸 발견하길 바라네, 다니엘."

26

보나노바 산책로에 도착했을 땐 오전의 절반이 지나 있었고 우리는 각자의 생각에 빠져 있었다. 페르민의 생각이 이 이야기에 불길하게 등장한 푸메로 경감에게 집중되어 있을 거라는 데는 의심의 여지가 없었다. 나는 곁눈으로 그를 보고 얼굴이 불안으로 핼쑥해진 걸 알 수 있었다. 먹구름의 베일이 피처럼 번지며 낙엽 빛깔의 햇빛 부스러기들을 걸러내고 있었다.

"서두르지 않으면 보기 좋게 소나기에 따라잡힐 거예요." 내가 말했다.

"아직 아냐, 저 구름들은 밤의 얼굴을 하고 있어, 피멍이 든 것처럼. 비가 되려면 좀 기다려야 하는 것들이지."

"구름에 대해서도 잘 안다고 말하진 마요, 페르민."

"거리에서 살다보면 원하는 것 이상을 알게 돼. 푸메로를 생각하는 것만으로도 끔찍하게 배가 고프군. 사리아 광장에 있는 바에 가서 양파를 잔뜩 넣은 달걀 보카디요 두 개를 해치우는 게 어때?"

우리는 광장 쪽으로 방향을 잡았다. 광장에는 한 무리의 노인들이 비둘기집 주변을 맴돌고 있었다. 그들의 삶은 빵 부스러기를 들고 비둘기를 기다리는 일종의 놀이가 되어버린 것이었다. 우리는 입구 근처의 테이블에 앉았고, 페르민은 내 몫을 포함해 두 개의 보카디요와 맥주 한 잔, 초콜릿 과자 두 개, 그리고 럼주와 코냑을 탄 밀크커피를 먹기 시작했다. 그리고 후식으로 수구스 사탕을 먹었다. 옆 테이블에서 한 남자가 신문을 펴든 채 페르민을 곁눈질했다. 아마도 나와 같은 생각을 하고 있었을 것이다.

"그게 다 어디로 들어가는지 모르겠군요, 페르민."

"우리 집안사람들은 언제나 신진대사가 빨랐어. 하늘나라에 고이 잠든 내 여동생 헤수사는 오후에 모르시야와 마늘을 곁들인 달걀 여섯 개짜리 오믈렛을 간식으로 먹고, 저녁 식사 때 또 코사크 사람처럼 먹어댔지. 사람들은 그앨 '간덩이가 부은 여자'라고 불렀어. 입냄새로 고생했거든. 불쌍했지. 그 아인 나 같았어, 알겠니? 같은 얼굴에 같은 몸집, 오히려 좀 마른 편이었지. 한번은 카세레스 출신 의사가 어머니한테 로메로 데 토레스 가家 사람들은 인간과 귀상어 사이의 사라진 종種의 고리라고 말한 적이 있었어. 우리 가족은 몸의 구십 퍼센트가 연골이고 그것도 주로 코와 외이外耳에 집중돼 있어서라나. 마을에선 헤수사와 나를 자주 혼동했는데, 그 불쌍한 애는 가슴이 커지지 않았던 데다 나보다도 먼저 면도를 시작했거든. 스물두 살에 폐렴으로 죽을 때까지 처녀였지. 그애는 아무도 몰래 어느 경건한 체하는 신부를 사랑했는데, 그는 길에서 그애와 마주치면 늘 이렇게 말했지. '안녕, 페르민, 이제 남자가 다 됐구나.' 인생의 아이러니야."

"그리우세요?"

"가족들?"

페르민은 어깨를 으쓱하고는 향수 어린 미소를 지었다.

"모르겠어. 추억보다 더 기만적인 건 없는데. 그 신부를 봐······ 넌 어때? 엄마가 그립니?"

나는 고개를 떨어뜨렸다.

"많이요."

"내가 우리 어머니에 대해 가장 많이 생각하는 게 뭔지 알아?" 페르민이 물었다. "냄새야. 엄마한테선 늘 달콤한 빵처럼 깨끗한 냄새가 났었지. 하루 종일 밭에서 일하시든, 일주일 내내 똑같은 누더기 옷을 걸치고 계시든 상관없었어. 어머니한테서는 늘 이 세상에서 가장 좋은 냄새가 났으니까. 그런데 어머니는 꽤 거친 분이셨어. 걸핏하면 욕지거리를 퍼부으셨지. 하지만 동화 속 공주 같은 향기를 풍겼어. 적어도 나한테는 그랬다고. 넌 엄마에 대해 가장 많이 기억나는 게 뭐니, 다니엘?"

나는 목소리에서 기어들어가는 말들을 애써 붙잡으며 잠시 머뭇거렸다.

"아무것도요. 몇 년 전부터 기억이 안 나요. 얼굴이 어땠는지, 엄마 목소리나 냄새가 어땠는지도요. 내가 훌리안 카락스를 발견한 날 다 사라져서는 돌아오지 않았어요."

페르민은 대꾸할 말을 궁리하며 조심스레 나를 바라보았다.

"엄마 사진 없니?"

"그런 걸 보고 싶어한 적도 없어요." 내가 대답했다.

"왜?"

이런 얘기는 아무에게도 한 적 없었다. 아버지나 토마스에게도.

"무서워서요. 엄마 사진을 찾는 게 무섭고 그 속에 낯선 사람이 있을까봐 무서워요. 바보 같죠?"

페르민은 고개를 저었다.

"그래서 훌리안 카락스의 수수께끼를 풀고 그를 망각에서 구해내면 엄마 얼굴이 너한테 다시 돌아올 거라고 믿는 거니?"

나는 말없이 그를 바라보았다. 그의 시선에는 어떤 빈정거림도 판단도 없었다. 잠시 페르민 로메로 데 토레스가 세상에서 가장 명철하고 현명한 사람처럼 느껴졌다.

"아마도요." 별생각 없이 내가 말했다.

정확히 정오에 우리는 시내로 돌아오는 버스에 올랐다. 앞쪽 운전석 바로 뒷자리에 앉았는데, 페르민은 이를 구실로 자기가 대중교통 수단을 마지막으로 이용한 때인 1940년경 이후로 대중교통 수단에서 기술적, 외형적으로 이루어진 많은 발전에 대해 운전사와 토론을 벌였다. 특히 '침 뱉기, 상소리 금지'라는 경고문 때문에 시작된 표지판에 관한 토론이 주를 이뤘다. 페르민은 곁눈으로 경고문을 살폈고, 크게 가래 끓는 소리를 내는 것으로 읽었다는 티를 내기로 했다. 그 때문에 우리는 기도서로 무장하고 특공대처럼 무리 지어 버스 뒤쪽에 앉아 가던 성스러운 부인 세 명의 따가운 눈총을 받아야 했다.

"교양 없기는!" 동쪽 편에 있던, 야구에 장군*의 공식 사진과 놀랍도록 비슷하게 생긴 부인이 중얼거렸다.

---

* 스페인의 파시스트 장군.

"저기 계시네." 페르민이 말했다. "우리 조국 스페인을 대표하는 세 분의 성녀가. 싸가지 성녀와 늙은이 성녀와 호들갑 성녀. 다른 것도 많은데 우린 하필 이 나라를 농담거리로 만들어버렸구려."

"맞는 말이오." 운전사가 맞장구를 쳤다. "공화국 때가 더 나았소. 교통 문제는 말도 마쇼. 구역질 난다니까."

뒤에 앉아 있던 한 남자가 이들의 대화를 듣고 재미있어하며 웃었다. 바에서 우리 옆자리에 앉아 있던 사람이었다. 페르민 편인 것 같은 남자는 페르민이 그 독실해 보이는 부인들에게 빈정거리는 걸 보고 싶어하는 것 같았다. 나는 그와 잠시 시선을 교환했다. 그는 나를 보고 친근하게 미소 짓더니 다시 신문으로 눈을 돌렸다. 간두셰르 가에 도착했을 때, 페르민은 레인코트 아래 몸을 웅크리고서 축복받은 순수한 표정으로 입을 벌린 채 낮잠을 자고 있었다. 버스가 산 헤르바시오 산책로의 깔끔한 부자 동네로 미끄러져 들어갔을 때 페르민이 갑자기 잠을 깼다.

"페르난도 신부 꿈을 꿨어." 그가 말했다. "꿈에서 그는 레알마드리드의 센터포워드 유니폼을 입고 옆구리에 성배처럼 빛나는 리그 우승컵을 끼고 있었지."

"왜 그랬을까요?" 내가 물었다.

"프로이트가 맞다면, 아마 신부가 우리한테 한 골 넣었다는 뜻일 거야."

"내가 볼 땐 정직한 사람 같았어요."

"사실이 그럴걸. 자기 이익을 챙기기엔 지나치게 정직하겠지. 원래 진짜 좋은 사제들은 모두 선교지로 보내서 죽게 하잖아. 모기나 피라니아가 그들을 먹어치우는지 아닌지 보려고 말이야."

"과장하지 마요."

"복된 무지로군, 다니엘. 넌 산타클로스도 있다고 믿을 거야. 좋아, 예를 들어볼게. 누리아 몽포르트가 너한테 했던 미켈 몰리네르에 대한 터무니없는 얘기 말이야. 내 생각엔 그 여우 같은 여자가 너한테 〈오세르바토레 로마노〉 지*의 사설보다 더한 거짓말을 한 거야. 그녀가 알다야와 카락스의 어린 시절 친구와 결혼했다는 것이 그 증거지. 이게 우연의 일치야? 그리고 우리가 들은 착한 보모 하신타에 대한 이야기 말인데, 사실일 수도 있겠지만 알레한드로 카소나**의 희곡 마지막 장과 지나치게 비슷하다고. 흉악범 역할로 혜성처럼 나타난 푸메로 이야기는 차치하고라도 말이야."

"그럼 아저씨는 페르난도 신부가 우리한테 거짓말을 했다고 생각하는 거예요?"

"아니. 그가 정직한 사람 같다는 데는 나도 동의해. 하지만 무

---

* 바티칸에서 내는 신문.
** 스페인의 극작가.

거운 그 사제복 안에 뭔가 감춰져 있는 것 같았다는 거지, 말하자면 말이야. 내 생각엔 그가 우리에게 거짓말을 했다면, 악의가 있었거나 교활해서가 아니라 모르고 빠뜨렸거나 품위 있게 말하려다 그랬을 거야. 게다가 난 그가 그렇게 복잡한 이야기를 꾸며낼 능력이 있을 거라고도 생각 안 하거든. 거짓말에 더 능하다면 대수代數나 라틴어를 가르치고 있진 않을 거야. 벌써 주교가 되어서 추기경 집무실 같은 사무실에서 부드러운 케이크를 곁들인 커피를 마시며 교구를 어슬렁거리겠지."

"그럼 우리가 어떻게 해야 한다는 거예요?"

"조만간 천사 같은 그 할머니의 미라가 된 몸을 꺼내 발목부터 흔들어야 할 거다. 뭐가 나오는지 보자. 일단 나는 줄을 좀 당겨서 그 미켈 몰리네르란 자에 대해 뭘 알아낼 수 있는지 봐야겠다. 그리고 누리아 몽포르트를 감시하는 것도 나쁘지 않겠어. 그 여자는 돌아가신 우리 어머니가 '여우 같은 년'이라고 했던 부류로 판명되고 있는 것 같아."

"오해예요." 내가 말했다.

"여자한테 젖꼭지 두 개만 제대로 붙어 있어도 넌 산타 테레사데 헤수스*라고 생각할 거다. 네 나이 땐 용서받을 수 있는 거지만 그건 문제를 해결하는 방법이 아냐. 그 여자는 나한테 맡겨,

---

* 스페인의 유명한 성녀.

다니엘. 너한테 최면을 걸었던 그 변함없는 여성의 향기가 내게 위력을 발휘하진 못할 테니까. 내 나이가 되면 머리로 가는 피가 거시기 쪽으로 가는 피보다 빠르거든."

"어련하시겠어요."

페르민은 지갑을 꺼내 돈을 세기 시작했다.

"아저씨는 지갑에 전 재산을 넣어다니네요." 내가 말했다. "그게 다 오늘 아침의 그 거스름돈이에요?"

"일부는. 나머지는 합법적인 거다. 실은 오늘 우리 베르나르다와 외출을 하려고 하거든. 그녀가 뭐라고 하건 거절할 수가 없구나. 필요하다면 스페인 국립은행이라도 털어서 그녀의 온갖 변덕을 충족시켜주고 싶어. 넌 오늘 뭘 할 거냐?"

"특별한 계획 없어요."

"그럼 그 여자애는 어쩌고?"

"어떤 여자애요?"

"어떤 여자겠니? 아길라르의 누나지."

"몰라요."

"너한테 없는 건, 간단히 말하면, 황소의 뿔을 잡을 수 있는 용기야."

그때 피곤한 표정의 검표원이 우리에게 다가왔다. 그는 마치 서커스라도 하듯 능숙하게 잇새로 이쑤시개를 돌리고 뒤집고 있었다.

"죄송합니다만, 저쪽에 있는 부인들께서 당신들이 좀더 점잖은 말을 쓸 수는 없는지 궁금해하네요."

"엿먹으라고 하쇼." 페르민이 큰 소리로 대답했다.

검표원은 세 부인 쪽으로 몸을 돌리고는 어깨를 으쓱하며 자기는 할 만큼 했고 또 언어의 의미론적인 문제로 싸움에 휘말리고 싶지 않다는 의사 표시를 했다.

"심심한 사람들은 항상 남의 일에 참견하기 마련이지." 페르민이 중얼거렸다. "우리가 무슨 얘기를 하다 말았지?"

"내가 배짱이 없다는 얘기요."

"맞아, 교과서적인 케이스지. 들어봐. 그 여자애를 찾아가. 인생은 화살 같은 거야. 살아볼 가치가 있는 부분은 특히 더 그렇지. 그 신부가 하는 이야기 들었잖아. 전광석화 같다고."

"하지만 그녀는 내 여자가 아닌걸요."

"그럼 다른 놈이 데려가기 전에 네 걸로 만들어. 특히 그 납으로 만든 병정이 데려가기 전에 말이야."

"베아가 무슨 트로피라도 되는 것처럼 말하네요."

"아니, 그녀가 축복인 것처럼 말하는 거야." 페르민이 바로잡았다. "이봐, 다니엘. 운명은 보통 도둑놈이나 창녀, 복권 판매원처럼 가까운 곳에 있기 마련이야. 이 세 가지가 운명의 가장 일반적인 구현이지. 하지만 운명의 손길이 미처 닿지 못하는 부분이 있는데, 그건 바로 집으로 찾아가는 거지. 넌 운명을 위해 가야 해."

나는 버스에서의 나머지 시간을 이 진주 같은 철학적 지혜에 대해 곰곰이 생각하며 보냈다. 그동안 페르민은 다시 졸기 시작했다. 나폴레옹 같은 재능이 있어야만 가능한 일이었다. 빛을 삼켜버린 납빛 하늘 아래 그란 비아와 그라시아 산책로가 만나는 모퉁이에서 우리는 내렸다. 페르민은 레인코트의 단추를 목까지 잠그고서 베르나르다와 만나려면 몸치장을 좀 해야 한다며 전속력으로 하숙집까지 뛰어가겠다고 했다.

"나처럼 외모가 대체로 품위 있는 사람도 기본적인 치장에 적어도 한 시간 반은 걸린다는 걸 알아둬. 육신 없이는 천재도 없는 거야. 그게 이 광대 같은 시대의 슬픈 현실이지. 바니타스 페카타 문디*."

나는 그란 비아로 멀어져가는 그를 보았다. 그 모습은 고작 누더기 깃발처럼 바람에 펄럭이는 칙칙한 레인코트에 몸을 숨긴 한 작은 사내의 스케치일 뿐이었다. 나는 집으로 향했다. 좋은 책 한 권을 골라 세상에서 몸을 감출 생각이었다. 푸에르타 델 앙헬과 산타 아나 가의 모퉁이를 돌았을 때 나는 가슴이 덜컥 내려앉았다. 늘 그랬듯이, 페르민의 말이 옳았다. 운명은 새 구두에 실크 스타킹을 신고, 딱 붙는 회색 모직 정장을 입고 서점 앞에서

---

* Vanitas pecata mundi, '사람들이 허영의 죄를 짓는 세상'이라는 뜻의 라틴어.

나를 기다리고 있었다. 진열창에 비친 자신의 모습을 보면서.

"우리 아빠는 내가 열두시 미사에 간 걸로 알고 계셔." 베아가 고개를 들지 않고 말했다.

"넌 거기 있는 거나 다름없어. 여기서 이십 미터도 안 되는 산타 아나 성당에서 오전 아홉시부터 미사가 계속 이어지거든."

우리는 유리에 비친 서로의 시선을 찾으며 마치 진열창 앞에 우연히 멈춰 선 타인들처럼 얘기를 나누었다.

"농담하지 마. 난 설교 내용을 알아두려고 주보도 가져와야 했으니까. 아마 아빠가 자세히 말해보라고 할걸."

"너희 아버지는 철저하시구나."

"네 다리를 부러뜨려버리겠대."

"내가 어떤 사람인지 먼저 알아보셔야지. 그리고 내가 성한 두 다리를 가지고 있는 한 너희 아버지보다 빨리 뛸 수 있잖아."

베아는 어깨 너머로 어스름과 바람처럼 지나가는 사람들을 힐끔거리며 긴장한 채 나를 보고 있었다.

"그렇게 웃지 마." 그녀가 말했다. "아버지는 심각했다고."

"웃는 게 아냐. 무서워서 죽을 지경인걸. 널 보니 좋아서 그래."

그녀의 긴장한 웃음이 마치 조기弔旗처럼 얼굴에 반쯤 걸렸다가 재빨리 사라졌다.

"나도 그래." 베아가 동의했다.

"그게 마치 병이라도 되는 것처럼 말하는구나."

"그것만도 못해. 대낮에 널 다시 보면 정신을 차릴 거라고 생각했었어."

나는 그 말이 칭찬인지 비난인지 궁금했다.

"우리가 함께 있는 모습이 사람들 눈에 띄면 안 돼, 다니엘. 이렇게, 거리 한가운데서 말이야."

"괜찮으면 서점으로 들어가자. 안쪽 방에 커피포트도 있고 또……"

"아니. 내가 여기 드나드는 걸 누가 보는 게 싫어. 누군가 내가 너랑 이야기하는 걸 본다면 난 내 동생의 가장 친한 친구와 우연히 길에서 마주쳤다고 말할 수 있어. 우리가 같이 있는 걸 본 게 처음이 아니라면, 의심을 사겠지."

나는 한숨을 쉬었다.

"그런데 누가 우리를 본다는 거야? 우리가 뭘 하든 그게 누구한테 중요하다고?"

"사람들은 늘 자기한테 중요하지 않은 일을 주시하지. 그리고 우리 아버지는 바르셀로나 사람 반 정도를 알고 있어."

"그럼 왜 여기까지 와서 날 기다린 거니?"

"널 기다리려고 온 게 아니야. 미사를 드리러 온 거라니까, 알았니? 너도 그렇게 말했잖아. 여기서 이십 미터도 안 되는……"

"네가 무서워, 베아. 나보다 거짓말을 더 잘하니까."

"넌 날 몰라, 다니엘."

"네 동생도 그러던데."

우리의 시선이 유리 속에서 마주쳤다.

"그날 밤 넌 내가 한 번도 보지 못한 걸 보여줬어." 베아가 중얼거렸다. "이번엔 내 차례야."

나는 흥미로워하며 눈썹을 찌푸렸다. 베아는 핸드백을 열고 반으로 접은 쪽지를 꺼내 건넸다.

"너만 바르셀로나의 수수께끼를 아는 게 아냐, 다니엘. 난 네가 놀랄 만한 걸 갖고 있어. 오늘 오후 네시에 이 주소에서 널 기다릴게. 우리가 거기서 만날 거라는 건 아무도 알아선 안 돼."

"거길 어떻게 찾아가지?"

"넌 알 거야."

나는 장난치는 게 아니길 기도하며 그녀를 곁눈으로 보았다.

"만약 안 오면." 베아가 말했다. "네가 더는 날 보고 싶어하지 않는 거라고 생각할게."

대답할 조금의 여유도 주지 않고, 베아는 돌아서서 람블라스 거리 쪽으로 황급히 멀어졌다. 나는 쪽지를 손에 들고, 못다 한 말을 입에 머금은 채 뒤에 남아 폭풍을 예고하는 어둑어둑한 회색빛 속으로 사라질 때까지 그녀를 바라보았다. 나는 쪽지를 펴보았다. 거기에는 내가 잘 아는 주소가 파란색으로 적혀 있었다.

티비다보 애비뉴 32번지

27

폭풍은 어두워지기를 기다리지 않고 이빨을 드러냈다. 22번 버스를 타자마자 첫 번개가 쳐서 나는 깜짝 놀랐다. 몰리나 광장을 돌고 발메스 가를 오르기 시작할 때, 도시는 이미 물로 된 벨벳 커튼 뒤로 자취를 감추었다. 문득 우산을 챙겨오지 않았다는 생각이 들었다.

"용기를 내라고." 내가 세워달라고 하자 검표원이 중얼거렸다.

폭풍에 휘둘려 버스가 나를 발메스 가 끝 어딘가에 내려놓았을 때 벌써 네시 십분이 지나 있었다. 맞은편에서는 남빛 하늘 아래 티비다보 애비뉴가 물기 어린 환영 속으로 사라지는 중이었다. 나는 셋까지 세고 달리기 시작했다. 몇 분 뒤에는 뼛속까지 비에 젖어 떨면서 숨을 고르려고 어느 집 현관 아래 멈춰 섰다. 나는 남은 길을 가늠해보았다. 얼음처럼 차가운 폭풍의 공기가 안개 속에 묻힌 별장들과 저택들의 유령 같은 윤곽에 회색 베일을 드리웠다. 그 사이로 알다야 저택의 외롭고 시커먼 탑이 흔들리는 나무들 사이에 좌초된 채 솟아 있었다. 나는 눈을 가리는 젖은 머리칼을 쓸어올리고 황량한 대로를 건너 그곳을 향해 달렸다.

작은 쇠창살 문이 바람에 흔들리고 있었다. 그 너머는 저택으로 올라가는 꾸불꾸불한 오솔길이었다. 나는 그 작은 문을 통해 안으로 들어갔다. 잡초가 무성한 가운데 사정없이 무너져버린 석상의 받침돌이 어렴풋이 보였다. 나는 저택으로 다가가다 그 석상 중 하나인 복수의 천사상이 정원 한가운데를 장식하는 분수대 안에 떨어져 있는 것을 보았다. 가득 고여 넘치는 물속에서 검게 변한 대리석이 유령처럼 빛났다. 불타는 듯한 천사의 손 하나가 물 밖으로 나와서 총검처럼 날이 선 손가락 하나로 비난하듯 집의 현관을 가리키고 있었다. 정교하게 조각된 떡갈나무 문이 반쯤 열려 있었다. 나는 그 문을 밀고 동굴처럼 어두운 입구의 홀로 몇 발짝 내디뎠다. 벽들은 촛불의 부드러운 빛 아래 흔들리고 있었다.

"안 오는 줄 알았어." 베아가 말했다.

복도는 어둠 속에 묻혀 있었고, 그녀의 실루엣은 저 너머까지 트인 회랑의 희미한 빛 속에서 도드라져 보였다. 그녀는 발치에 촛불 하나를 켜놓고 벽에 기댄 의자에 앉아 있었다.

"문 닫아." 그녀가 일어나지 않고 말했다. "열쇠는 자물쇠에 꽂혀 있어."

나는 그녀가 시키는 대로 했다. 자물쇠가 끔찍한 메아리를 울리며 삐거덕거렸다. 나는 등뒤로 베아가 다가오는 발소리를 들었고, 비에 젖은 옷 위로 그녀의 감촉을 느꼈다.

"떨고 있네. 무서워서 그래, 추워서 그래?"

"아직 결정 안 했어. 그런데 우리가 왜 여기 있지?"

어스름 속에서 그녀가 미소 짓더니 내 손을 잡았다.

"몰라? 난 네가 예상했을 거라고 생각했는데……"

"여긴 알다야 가문의 집이었어. 그게 내가 아는 전부야. 넌 어떻게 여길 들어왔고, 어떻게 알았지……?"

"이리 와, 네 몸을 좀 덥히려면 불을 피워야겠어."

그녀는 복도를 통해 집의 안마당을 바라보는 회랑으로 나를 데려갔다. 대기실의 헐벗은 벽과 대리석 기둥들은 격자무늬로 칸살이 장식된 다 허물어져가는 천장까지 솟아 있었다. 한때 벽에 걸려 있었을 그림과 거울의 자국들이 보였고, 대리석 바닥 위에 놓여 있었을 가구들의 흔적도 보였다. 홀 한구석에 장작 몇 개가 놓인 벽난로가 있고 부지깽이 옆에 낡은 신문 한 뭉치가 있었다. 벽난로에서는 얼마 전에 피운 듯한 불 냄새와 숯 냄새가 났다. 베아는 난로 앞에 무릎을 꿇고 장작 사이에 여러 장의 신문지를 넣기 시작했다. 그리고 성냥을 꺼내 불을 붙여 금세 왕관 같은 불꽃을 만들었다. 베아의 손은 경험자처럼 능숙하게 땔감들을 뒤적거렸다. 그녀는 내가 궁금함을 참지 못해 죽을 지경이라는 것을 알 터였다. 하지만 나는 짐짓 태연한 척해서 베아가 나와 수수께끼 게임을 하고 싶어한다면, 그녀가 질 게 분명하다는 걸 보여줄 작정이었다. 그러나 그녀는 승자의 미소를 지으며 입맛을 다셨다. 아마 떨고 있는 두 손이 내 연기를 도와주지 않았을 것이다.

"여기에 자주 왔었니?" 내가 물었다.

"오늘이 처음이야. 놀랐지?"

"조금."

그녀는 불 앞에 무릎을 꿇고 천 가방에서 깨끗한 담요를 꺼내 펼쳤다. 라벤더 향이 났다.

"뭐 해, 여기 불 옆에 와서 앉아. 그러다 폐렴 걸려도 내 잘못 아니다."

난로의 열기가 나를 되살렸다. 베아는 마법에 걸린 듯 말없이 불꽃만 바라보았다.

"나한테 그 비밀을 얘기해줄래?" 결국 내가 입을 열었다.

베아는 한숨을 쉬고 의자에 앉았다. 나는 불 옆에 딱 붙어 앉아 내 옷에서 달아나는 영혼처럼 피어오르는 김을 바라보았다.

"네가 알다야 저택이라고 부르는 이 집에는 사실 이름이 있어. 아는 사람은 거의 없지만 '안개의 천사'라고 불리지. 아버지 사무실에서는 십오 년 동안 이 부동산을 팔려고 애썼지만 뜻대로 안 됐어. 지난번에 네가 훌리안 카락스와 페넬로페 알다야의 이야기를 해줄 때만 해도 난 거기까진 생각 못 했어. 나중에, 그날 밤 집에서 앞뒤를 맞춰보고는 언젠가 아버지가 알다야 가문에 대해, 그리고 특히 이 집에 대해 얘기했던 걸 기억해냈지. 어제 아버지 사무실에 갔었는데, 비서 카사수스가 이 집 이야기를 해 줬어. 여기가 사실은 그들의 집이 아니라 여름 별장 중 하나였다는 거 아니?"

나는 고개를 저었다.

"지금의 브루치 가街와 마요르카 가의 교차로에 있던 알다야 가문의 저택은 1925년에 아파트를 짓는다고 허물어뜨렸어. 그건 벌판과 도랑뿐이었던 1896년에 페넬로페와 호르헤의 할아버지 인 시몬 알다야의 주문으로 푸이그 이 카다팔치가 설계한 건물 이었지. 시몬의 장남 리카르도 알다야가 19세기 말에 아주 기이 한 인물한테서 이 집을 말도 안 되는 가격에 샀어. 집에 대해 안 좋은 소문이 돌았거든. 카사수스 말로는 저주받은 집이라 판매 인들조차 감히 보여주려 하지 않고 어떤 핑계를 대서든 피해가 려 한다고……"

28

그날 오후, 벽난로 옆에서 몸을 덥히는 동안 베아는 '안개의 천사'가 어떻게 알다야 가문의 수중에 들어갔는지 이야기해주었 다. 그것은 훌리안 카락스의 펜 끝에서 나올 법한 충격적인 멜로 드라마였다. 그 집은 1899년 살바도르 자우사라는 부유하면서도 낭비벽이 있는 카탈루냐 출신 자산가의 후원으로, 나울리와 마 르토렐 그리고 베르가다 공동 소유의 건축 회사가 지은 것이었다. 그런데 살바도르 자우사가 그 집에서 산 건 딱 일 년이었다. 가난한 집안 출신으로 여섯 살에 고아가 된 그 거물은 재산의 대부분을 쿠바와 푸에르토리코에서 축적했다. 사람들은 그가 스페인의 마지막 식민지였던 쿠바의 몰락과 미국과의 전쟁중에 석연치 않은 짓으로 돈을 벌었던, 많은 검은 손들 가운데 하나였다고 말했다. 그가 신세계에서 가져온 것은 재산 말고도 또 있었다. 바로 미국인 아내―필라델피아 상류사회 출신의 창백하고 가냘픈 처녀로 스페인어를 한 마디도 할 줄 몰랐다―와 쿠바에서 보낸 첫해부터 그의 시중을 들었던 물라토 하녀―그녀는 어릿광대 옷을 입힌 짧은꼬리원숭이가 든 원숭이집과 트렁크 일곱 개를 가져왔다―였다. 그들은 자우사의 취향과 구미에 맞는 집이 나올 때를 기다리며 당분간 카탈루냐 광장에 있는 콜론 호텔의 방 여러 개에 거처를 정했다.

그 하녀―기록에 따르면 심장마비를 일으키게 할 만큼 아름다운 눈과 몸매를 타고난 가무잡잡한 미인이었다―가 실은 자우사의 애인이며 셀 수도 없을 만큼 많은 부정한 쾌락으로 그를 안내한 장본인이었음은 그 누구도 의심하지 않았다. 게다가 그녀는 마녀이자 마법사로 추정되었다. 그녀의 이름은 마리셀라였다. 본명이 아니었을지도 모르지만 어쨌든 자우사는 그렇게 불렀다. 그녀의 존재와 수수께끼 같은 분위기는 오래지 않아 명문가의 귀부인들이 스펀지케이크를 맛보고 시간을 죽이며 초로의 우울함을 달래기 위해 갖는 모임에서 선호하는 험담거리가 되었다. 모임에서는 확인되지 않은 소문들이 돌았는데, 그 아프리카 여인이 지옥에서 직접 영감을 받아 남자 위에서 간통을 저지른다는 것이었다. 그러니까 그녀가 발정 난 암말처럼 남자를 올라탄다는 것이었고, 이는 죽을죄를 적어도 대여섯 번은 저지른 것이었다. 그래서 그와 같은 악영향을 경고하고 바르셀로나의 훌륭한 가문들이 지닌 티 없이 맑은 영혼을 위해 주교님께 특별한 축복과 보호를 요청하는 편지를 쓰는 사람도 없지 않았다. 최악은 자우사가 뻔뻔하게도 매주 일요일 오전에 아내와 마리셀라를 함께 데리고 자신의 마차로 산책을 나섰다는 것이다. 이 광경은 열한시 미사를 드리러 그라시아 산책로를 따라 걸을 때문지 않은 모든 청년들에게 타락한 바빌로니아 같은 구경거리를 제공했다. 신문들까지도 그 건장하고 가무잡잡한 여인의 거만한 시선에 대해 기사를 냈다. 그녀가 바르셀로나 사람들을 '정글의 여왕이 난쟁이 무리를 보듯' 바라보았다고.

그즈음 모더니즘의 열기가 바르셀로나를 휩쓸었지만, 자우사는 건축가들에게 자신은 뭔가 색다른 집을 짓기 위해 계약했음을 분명히 했다. 그의 사전에서 '색다른'이란 최고를 의미하는 형용사였다. 자우사는 이미 미국 산업화 시기의 대단한 부호들이 센트럴파크 동쪽 건너편의 58번 가와 72번 가 사이의 5번 애비뉴에 지은 신고딕 양식의 저택들 앞을 수년 동안이나 거닐었다. 미국에서 보낸 날들을 그리워한 그 자산가는 당대의 유행과 패션에 따른 건축을 지지하는 그 어떤 논의도 들으려 하지 않았다. 마찬가지로 리세오 오페라하우스의 칸막이 관람석 구입—리세오의 전용 관람석을 구입하는 것은 부자들에게 거의 의무에 가까웠다—도 거절했다. 리세오를 귀머거리들을 위한 바벨탑, 달갑지 않은 인간들이 모인 벌집으로 평가했던 것이다. 그는 자신의 집이 시내에서 떨어진, 당시에는 상대적으로 황량했던 티비다보 애비뉴에 지어지길 바랐다. 그는 먼발치에서 바르셀로나를 바라보고 싶다고 말했다. 유일한 동반자로는 천사의 상들이 가득한 정원을 원했는데, 그 천사상들은 (마리셀라를 통해 전달된) 그의 지시에 따르면, 더도 덜도 말고 딱 일곱 개의 꼭짓점을 지닌 별의 각 끝에 자리해야 했다. 계획을 실천하는 데 과감하고 자기의 변덕을 충족시킬 수 있는 돈으로 넘쳐나는 금고를 가진 살바도르 자우사는 집을 지을 건축가들을 석 달간 뉴욕에 보내 커머도어 반더빌트나 존 제이컵 애스터, 앤드류 카네기, 그리고 나머지 쉰 개의 부유한 집안 사람들을 숙박시킬 만큼 까무러치게 좋은 집의 구조들을 연구하도록 했다. 또 스탠퍼드, 화이트 앤드 매킴 건축설계사무소의 기술과 스타일을 흡수하라고 지시했고, 그가 '돼지 백정과 단추 공장 공장장'이라고 부르는 이들의 취향에나 어울릴 법한 설계도를 가지고 자기 집 문을 두드리는 일이 없도록 하라고 경고했다.

일 년 후 그 세 명의 건축가가 그에게 설계도를 제출하기 위해 콜론 호텔의 사치스런 객실에 나타났다. 자우사는 물라토 마리셀라와 함께 조용히 그들의 말을 들었고, 설명이 끝나자 여섯 달 안에 공사를 마치려면 비용이 얼마나 들지 물었다. 건축사무소의 대표격인 프레데리크 마르토렐은 헛기침을 하고는 품위 있게 종이 한 장에 액수를 적어 그에게 건넸다. 자우사는 눈 하나 깜박이지 않고 즉석에서 총액에 해당하는 수표를 내준 뒤, 인사도 하지 않고 그들을 내보냈다. 여섯 달 뒤인 1900년 7월, 자우사와 그의 아내, 그리고 하녀 마리셀라는 그 집에 입주했다. 그해 8월에 두 여인은 죽었고 경찰은 서재 안락의자에서 나체로 수갑이 채워진 채 다 죽어가는 살바도르 자우사를 발견했다. 사건을 담당한 경사의 보고서에 따르면, 집 안의 벽 전체가 피로 얼룩져 있었고, 정원을 둘러싸고 있던 천사상들은 손발이 떨어져 나간 채 훼손돼 있었으며—그들의 얼굴은 원시 부족의 가면처럼 페인트로 칠해져 있었다—검은 초의 흔적이 그 받침돌에서 발견되었다고 했다. 사건을 조사하는 데 여덟 달이 걸렸고, 그때쯤 자우사는 이미 말을 잃은 상태였다.

경찰 수사는 모든 정황을 고려해 자우사와 그의 아내는 마리셀라가 그들에게 투약한 식물추출액에 중독되었다는 결론을 내렸다. 그녀의 방에서 치명적인 독이 담긴 병들이 발견되었던 것이다. 어떤 이유에서인지 자우사는 독을 이겨냈지만, 결과는 끔찍했다. 그는 벙어리가 된 데다가 청력을 잃고 몸의 일부가 마비되어 남은 생을 끊임없는 고통 속에서 살아야 했던 것이다. 자기 방 침대에 누운 채로 발견된 자우사 부인은 다이아몬드 팔찌를 비롯한 보석 이외에 실오라기 하나 걸치고 있지 않았다. 경찰은 마리셀라가 범죄를 저지른 후 칼로 자기 동맥을 끊고 다락방에서 죽기 전까지 온 집 안을 돌아다니며 방과 복도의 벽에 피를 뿌린 것으로 추정했다. 경찰에 의하면, 범행 동기는 질투였다. 사망 당시 자우사의 아내는 임신중이었던 듯했다. 사람들은 마리셀라가 부인의 벌거벗은 배 위에 뜨거운 붉은색 초로 해골을 그려놓았다고 했다. 몇 달 뒤 그 사건은 살바도르 자우사의 입술처럼 영원히 봉인되었다. 바르셀로나의 상류사회는 도시의 역사상 그런 일은 한 번도 없었다면서, 신대륙에서 온 천박한 졸부와 비천한 인간들이 스페인의 견고한 도덕적 기질을 무너뜨렸다고 논평했다. 많은 사람들이 대문을 닫아걸고 살바도르 자우사의 기행이 끝났음을 기뻐했다. 언제나 그렇듯, 그들은 착각하고 있었다. 그의 기행은 이제 막 시작된 것이었다.

경찰과 자우사의 변호사들은 사건을 종결하려 했으나 갑부 자우사는 그만둘 마음이 전혀 없었다. 그가 리카르도 알다야를 알게 된 것이 그즈음이었다. 알다야는 그때 이미 돈 후안의 명성과 사자 같은 기질로 유명한 돈 많은 사업가였는데, 철거하고 좋은 가격에 되팔 생각으로 그에게 그 저택을 사겠다고 제의했다. 그 지역 땅값이 거품이 끓어오르듯 치솟고 있었기 때문이었다. 자우사는 제안을 받아들이지는 않았지만, 자기가 '과학적이고 영적인 실험'이라고 부르는 그 집을 보여주기 위해 리카르도 알다야를 초대했다. 수사가 끝난 후로 집에 들어간 사람은 아무도 없었다. 알다야는 집 안을 목격하고 얼어붙었다. 자우사는 완전히 이성을 잃어버린 것 같았다. 마리셀라의 피가 남긴 어두운 그림자가 아직도 벽 전체를 덮고 있었다. 자우사는 당시로서는 새로운 기술인 영화의 발명가이자 개척자를 불러들였었다. 그의 이름은 프룩투오스 헬라베르트*로, 20세기에는 움직이는 그림이 조직화된 종교를 대체할 거라고 확신한 그는 자금 대신 바예스 지역에 영화 스튜디오를 몇 개 짓는 조건으로 자우사의 요구를 받아들였다. 보아하니 자우사는 하녀 마리셀라의 영혼이 그 집에 머물러 있다고 확신하는 듯했다. 그는 그녀의 존재, 목소리, 냄새, 심지어 어둠 속에서는 그녀의 감촉까지도 느낄 수 있다고 했다. 이런 이야기를 듣고 그의 하인들은 스트레스를 덜 받는 일자리를 찾아 인접한 사리아로 황급히 도망쳤다. 그곳에도 대저택과 물통에 물을 받지 못하고 양말을 수선할 줄 모르는 가정은 부족하지 않았던 것이다.

자우사는 그렇게 홀로 남아 보이지 않는 자신만의 유령들에

---

* 카탈루냐 출신으로 스페인 영화의 아버지.

대한 집착에 빠져들었다. 그리고 곧 문제 해결의 열쇠는 보이지 않는 것을 보이게 하는 데 있다고 생각했다. 이미 뉴욕에서 영화 발명의 몇몇 결과들을 볼 기회가 있었던 그는 카메라가 영혼을 빨아들인다던 죽은 마리셀라와 의견을 같이하고 있었다. 이 논리에 따라 그는 프룩투오스 헬라베르트에게 다른 세상의 흔적과 환영을 찾아 '안개의 천사' 복도 여기저기서 영화를 촬영하도록 주문했다. 하지만 헬라베르트의 노력에도 불구하고 유령들을 과학적으로 추적하는 자우사의 시도는 결실을 맺지 못했다.

그러다 헬라베르트가 뉴저지의 멘로 파크에 있는 토머스 에디슨 공장에서 새로운 타입의 감광제를 입수했다고 말했을 때 모든 것이 변했다. 그 새로운 제품은 당시 전대미문의 것으로 어둠침침한, 심지어 촛불밖에 없는 상황에서도 촬영을 가능하게 했다. 상황은 확실하지 않으나 헬라베르트의 실험실 조수 하나가 실수로 페네데스산産 사렐로 스파클링 와인을 현상 접시에 쏟았는데, 화학작용의 결과 노출된 필름에 기이한 모습이 나타나기 시작했다. 그리고 그것이 자우사가 티비다보 애비뉴 32번지의 유령이 나오는 집으로 리카르도 알다야를 초대한 날 밤, 보여주고자 했던 영화였다.

알다야는 이 말을 듣고, 헬라베르트가 자우사의 투자금을 잃을까봐 두려워한 나머지 후견인의 관심을 붙들어두기 위해 그런 무모한 책략을 쓴 거라고 생각했다. 그럼에도 자우사는 그 결과의 신뢰성에 대해 한 치도 의심하지 않았다. 나아가 다른 이들이 어떤 형태들과 그림자를 본 곳에서 그는 유령을 보았다. 그는 수의를 입은 마리셀라의 실루엣이, 그녀가 늑대로 변해 몸을 똑바로 세우고 걸어다니는 그림자가 보인다고 맹세했다. 리카르도 알다야는 그 화면에서 얼룩 이외의 것은 보지 못했으며, 필름과 영사기를 작동하는 기사에게서 포도주와 다른 알코올성 음료 냄새가 진동했다고 주장했다. 그럼에도 약삭빠른 사업가였던 그는 그런 상황이 자기에게 유리하게 작용하리라 예감했다. 외롭고, 또 영화에서 영기靈氣를 포착하려는 망상에 사로잡힌 미친 백만장자는 이상적인 희생물이었다. 그래서 알다야는 자우사의 생각에 동의했고, 사업을 계속하라고 그를 격려했다. 몇 주 동안 헬라베르트와 그의 일행은 수 킬로미터에 달하는 필름을 촬영했고, 이것들은 니노트의 교구 교회에서 은총을 입은 적포도주인 '몬세랏의 향기'와 타라고나* 포도원에서 생산한 모든 종류의 샴페인으로 희석된 현상액의 화학적 용해를 이용해, 서로 다른 탱크에서 현상되었다. 영화 상영 중간중간에 자우사는 권한을 양도했고, 허가서에 서명을 했으며, 예비자금의 통제권을 리카르도 알다야에게 이양했다.

폭풍이 몰아치던 그해 11월의 어느 날 밤 자우사는 자취를 감

---

* 스페인 북동부 카탈루냐 지방에 있는 주.

추었다. 그에게 무슨 일이 일어났는지는 아무도 몰랐다. 듣자 하니 일이 일어났을 때 그는 헬라베르트의 특별 영화 필름들 중 하나를 감광하고 있었던 모양이었다. 리카르도 알다야는 헬라베르트에게 그 필름의 복원을 의뢰했다. 그리고 은밀하게 필름을 보고 나서 직접 불살라버리고는 헬라베르트에게 거액의 수표를 건네며 그 일을 잊어버리라고 했다. 그즈음 알다야는 이미 실종된 자우사의 재산 대부분을 소유하고 있었다. 죽은 마리셀라가 자우사를 지옥으로 데려가기 위해 돌아왔다고 말하는 이도 있었다. 다른 이들은 죽은 백만장자와 아주 닮은 거지 하나가 몇 달 동안 시우다델라 공원 근처를 배회했는데, 대낮에 커튼을 내린 검은 마차가 그를 친 뒤 멈추지도 않고 달아났다고 말하기도 했다. 그때는 이미 늦었다. 저택을 둘러싼 음산한 전설은 바르셀로나의 댄스홀에 침입한 쿠바 음악처럼 걷잡을 수 없이 퍼져나갔다.

몇 달 뒤, 리카르도 알다야는 가족과 함께 티비다보 애비뉴에 있는 집으로 이사를 왔고, 이 주 뒤 그곳에서 부부의 막내 페넬로페가 태어났다. 그 기념으로 알다야는 집의 이름을 '페넬로페 빌라'로 고쳤다. 하지만 새 이름은 결코 오래가지 못했다. 그 집은 그 집만의 고유한 특징이 있었고, 새로운 주인들에게는 영향을 받지 않았던 것이다. 갓 들어온 입주자들은 밤마다 벽에서 들리는 소음과 쿵쿵거리는 소리, 갑자기 나는 썩은 내와 파수꾼처럼 집을 돌아다니는 듯한 얼음처럼 차가운 외풍에 불만을 토로 했다. 저택은 미스터리의 축소판이었다. 복층으로 된 지하실이 있었는데, 아래층에는 아직 사용하지 않은 납골당 같은 것이 있고 위층에는 여러 가지 색채로 된 커다란 그리스도 수난상—하인들은 그것이 당대의 유명 인사 라스푸틴과 닮았다고 생각했다—이 두드러지는 예배실이 있었다. 서재의 책들은 끊임없이 그 배치가 달라지거나 거꾸로 꽂혔다. 4층에 하나 있는 침실은 벽에 습기가 배어나며 생긴 알 수 없는 얼룩이 흐릿한 얼굴 모양처럼 보이는 탓에 아무도 쓰지 않았다. 그곳에서는 싱싱한 꽃들도 몇 분 지나지 않아 시들어버렸고, 볼 수는 없었지만 늘 파리들이 윙윙거리는 소리가 들렸다.

요리사들은 설탕 같은 품목들이 식료품 저장소에서 감쪽같이 사라지고 우유는 매달 초승달이 뜰 때 빨간색으로 물든다고 말했다. 이따금 몇몇 방문 앞에서 죽은 새나 작은 설치류들이 발견되기도 했다. 어떤 때는 물건들, 특히 옷장이나 서랍 속에 보관하던 옷의 단추와 보석이 없어지기도 했다. 때때로 없어진 물건들은 불가사의하게도 몇 달 뒤 집 안의 외진 구석에서 발견되거나, 정원에 묻혀 있기도 했다. 그러나 대개는 끝내 발견되지 않았다. 리카르도는 이 모든 사건들이 못된 장난이나 말도 안 되는 얘기라고 생각했다. 그가 보기엔 일주일 동안 금식을 하면 가족들의 두려움을 치료할 수 있을 것 같았다. 그가 그냥 넘어가지 않은 건 아내의 보석이 사라졌을 때였다. 알다야 부인의 보석 상자에서 보석들이 사라져 다섯 명이 넘는 하녀가 집을 떠나야 했다. 하녀들은 한결같이 하염없는 눈물로 결백을 맹세했다. 명석한 이들은 이 사건에는 미스터리가 없다는 쪽으로 기울었다. 원인은 혼외정사의 유희를 목적으로 한밤중에 젊은 하녀들의 침실로 몰래 들어가는 리카르도의 유감스런 습관에서 찾아야 한다는 것이었다. 그 방면에서 그의 명성은 그의 재산만큼이나 잘 알려져 있었기 때문에, 그의 공적이 쌓이는 사이 그가 길에 내다버린 사생아들이 자기들만의 조합을 만들 거라고 말하는 이들도 있었다. 분명한 건 보석만 사라진 게 아니라는 사실이었다. 시간이 지나면서 알다야 가족도 살맛을 잃어버렸다.

알다야 가족은 리카르도가 석연치 않은 사업 수완을 통해 얻은 그 집에서 결코 행복하지 않았다. 알다야 부인은 남편에게 집을 팔고 시내로 이사 가거나, 푸이그 이 카다팔치가 시몬을 위해 지은 저택으로 돌아가자고 끊임없이 간청했다. 하지만 리카르도 알다야는 딱 잘라 거절했다. 대부분의 시간을 여행을 하거나 공장에서 보내는 그는 집에 아무런 문제가 없다고 생각했던 것이다. 한번은 집 안에서 어린 호르헤가 여덟 시간 동안 없어졌다. 어머니와 하인들이 애타게 찾았지만 발견하지 못했는데, 다시 나타났을 때 그는 얼굴이 하얗게 질리고 넋이 나가 있었다. 그동안 그는 이상한 흑인 여자와 함께 서재에 있었는데, 그 여자가 낡은 사진들을 보여주면서 그 집안의 모든 여인이 남자들의 죄를 속죄하기 위해 그 집에서 죽을 거라 말했다고 했다. 그 이상한 여자는 어린 호르헤에게 그의 엄마가 1921년 4월 12일에 죽을 거라고까지 예언했다. 그 흑인 여인이 결코 발견되지 않았다는 건 말할 필요도 없는데, 몇 년 뒤 1921년 4월 12일 새벽 알다야 부인은 침대에서 이미 숨이 끊어진 상태로 발견되었다. 그녀의 보석도 모조리 사라졌다. 마당의 연못 물을 뺄 때, 젊은 하인 하나가 바닥의 진흙 속에서 그녀의 딸 페넬로페의 인형과 함께 보석들을 발견했다.

일주일 뒤 리카르도 알다야는 집을 처분하기로 작정했다. 그 즈음 그의 경제력은 이미 치명상을 입었는데, 그 모든 것이 사는 사람에게 불행을 가져다주는 저주받은 집 때문이라고 말하는 사람이 없지 않았다. 더 신중한 이들은 알다야가 시장의 변화를 이해하지 못했다며 평생 그가 한 일이라고는 시몬이 일으켜놓은 탄탄한 사업을 도산시킨 것밖에 없다고 지적하기도 했다. 리카르도 알다야는 바르셀로나를 떠나 가족과 함께 아르헨티나로 이주할 뜻을 밝혔다. 그곳에서는 그의 섬유 산업이 호황을 누리고 있었던 것이다. 많은 이들은 그가 실패와 수치로부터 도망쳤다고 말했다.

1922년에 '안개의 천사'는 형편없는 가격에 매물로 나왔다. 그 집의 악명과 함께 그 지역도 명성이 높아졌기 때문에 처음엔 많은 사람들이 저택에 관심을 보였으나, 그곳을 방문하고 나서는 누구도 사겠다고 나서는 사람이 없었다. 1923년에 저택은 폐쇄되었다. 부동산 거래 권한은 알다야에게 돈을 빌려준 한 부동산 회사로 넘어갔는데, 그 집을 매매하거나 철거해서 적당히 일을 처리하기 위해서였다. 그 집은 수년 동안 매물로 나와 있었지만, 부동산 회사는 끝내 구매자를 찾지 못했다. 그 회사는 보텔이 요프레 유한회사로, 두 명의 대표가 알려지지 않은 일로 투옥된 1939년에 파산했다. 그리고 그들이 산 비센스 감옥에서 이유 불명의 비극적인 사고를 당한 후인 1940년에 회사는 마드리드의 한 금융회사에 흡수됐다. 그 회사의 대표 주주 중에는 파시스트 장군 세 명과 스위스 은행가 한 명, 그리고 실질적인 경영자인 토마스와 베아의 아버지 아길라르 씨가 있었다. 모든 노력에도 불구하고 아길라르 씨 밑에서 일하는 세일즈맨 누구도 집을 팔 수 없었고, 심지어 시가보다 훨씬 낮은 가격에 내놓아도 사정은 달라지지 않았다. 아무도 그 집에 발을 들이지 않은 지 십 년이 넘었다.

"오늘까지 말이야." 베아는 이렇게 말하고 다시 자신의 침묵 한가운데로 가라앉았다.

시간이 가면 나도 이런 갑작스런 침묵에, 고독한 시선과 꺼져들어가는 목소리로 말하고 혼자 동떨어져 있는 그녀의 모습에 익숙해지리라.

"너한테 이곳을 보여주고 싶었어. 널 깜짝 놀라게 해주고 싶었지. 카사수스의 말을 들으면서 널 여기 데려와야 한다고 생각했어. 이건 카락스와 페넬로페에 대한 네 이야기의 일부니까. 아버지 사무실에서 열쇠를 빌렸어. 우리가 여기 있는 건 아무도 몰라. 이건 우리 둘만의 비밀이야. 그걸 너와 나누고 싶었어. 그리고 네가 올지 안 올지 궁금해하고 있었지."

"내가 올 거라는 걸 넌 이미 알고 있었어."

그녀가 고개를 끄덕이며 미소 지었다.

"난 우연히 일어나는 일은 없다고 생각해. 우리가 이해하지 못한다 해도 모든 일의 밑바닥에는 비밀스러운 계획이 있는 법이지. 네가 '잊힌 책들의 묘지'에서 훌리안 카락스의 소설을 발견한 일이라든가, 지금 너와 내가 알다야 가 소유였던 이 저택에 있는 것처럼. 모든 건 우리가 이해할 순 없지만 우리를 사로잡고 있는 그 무언가의 일부야."

베아가 말하는 동안, 내 손은 어색하게 그녀의 발목까지 미끄러져 내려갔다가 다시 무릎 쪽으로 올라가고 있었다. 그녀는 다리를 기어오르는 벌레를 보듯 내 손을 보았다. 페르민이라면 이럴 때 어떻게 할지 궁금했다. 내가 이토록 필요로 할 때 그의 지혜는 어디에 있는가?

"토마스는 네가 한 번도 애인이 없었다고 하더라." 마치 그것이 모든 것을 설명해주기라도 한다는 듯 베아가 말했다.

나는 패배감에 손을 거두고 시선을 떨어뜨렸다. 베아가 웃는 것 같았지만, 확인하지 않기로 했다.

"과묵한 줄 알았는데 이제 보니 네 동생은 떠버리구나. 그 공익 뉴스 아나운서처럼 떠벌리는 녀석이 나에 대해 또 무슨 말을 했지?"

"몇 년 동안 너보다 나이 많은 여자를 사랑했는데 그 때문에 가슴이 찢어질 만큼 아파했다는 말도 하더라."

"찢어진 거라곤 내 입술과 자존심뿐이었어."

"토마스는 네가 모든 여자를 그 여자와 비교하기 때문에 아무하고도 데이트를 하지 않았다던데."

좋은 친구 토마스가 뒤통수를 쳤다.

"그녀의 이름은 클라라야." 내가 말했다.

"알아. 클라라 바르셀로."

"그녀를 아니?"

"모두가 클라라 바르셀로란 이름을 가진 누군가를 알고 있지. 이름은 아무것도 아니야."

우리는 탁탁거리며 타는 장작불을 보면서 잠시 침묵했다.

"어젯밤, 널 보내고 파블로에게 편지를 썼어." 베아가 말했다.

나는 침을 삼켰다.

"네 애인 그 소위 말이야? 뭐하러?"

베아는 블라우스 주머니에서 편지 봉투 하나를 꺼내 보여주었다. 편지는 밀봉돼 있었다.

"편지에다 될 수 있는 대로 빨리 결혼하자고 썼어. 가능하면 한 달 내로. 바르셀로나를 영원히 떠나 살고 싶다고 했어."

나는 몸을 떨다시피 하며, 헤아릴 수 없는 그녀의 눈을 바라보았다.

"왜 나한테 그 얘길 하는데?"

"내가 이 편지를 부쳐야 할지 말아야 할지 네가 말해줬으면 해서. 그래서 오늘 여기로 널 오라고 한 거야, 다니엘."

나는 그녀가 주사위 놀이를 하듯 만지작거리는 그 편지를 살펴보았다.

"날 봐." 그녀가 말했다.

나는 고개를 들어 그녀의 눈을 바라보았다. 나는 뭐라고 대꾸해야 할지 알 수 없었다.

베아는 시선을 떨어뜨리고 회랑 끝으로 걸어갔다. 집 안마당으로 통하는 대리석 난간에 문 하나가 나 있었다. 빗속으로 스며드는 그녀의 실루엣이 보였다. 나는 그녀를 쫓아가 붙잡고는 편지를 낚아챘다. 빗줄기가 그녀의 얼굴을 때리며 눈물과 분노를 쓸어내리고 있었다. 나는 그녀를 다시 저택 안으로 데리고 들어와 따뜻한 벽난로까지 끌고 갔다. 그녀는 내 시선을 피했다. 나는 편지를 불 속에 던져버렸다. 우리는 빨간 장작불 사이로 편지가 불타며 한 장 한 장 연기가 되어 사라지는 것을 지켜보았다. 베아가 눈물이 그렁그렁한 눈으로 내 곁에 무릎을 꿇었다. 나는 그녀를 껴안았다. 목에 와 닿는 그녀의 숨결이 느껴졌다.

"더 꽉 안아줘, 다니엘." 그녀가 중얼거렸다.

내가 아는 가장 현명한 사람 페르민 로메로 데 토레스는 언젠가 내게 남자가 처음으로 한 여자의 옷을 벗기는 순간과 비교할 만한 경험이 인생에는 존재하지 않는다고 했다. 현명한 그는 내게 거짓말을 하지 않았지만 그렇다고 진실을 전부 다 말해준 것도 아니었다. 단추를 하나하나 푸는 일을, 지퍼를 하나하나 내리는 일을 대단히 어렵게 하는 그 이상한 손떨림에 대해서는 아무 말도 하지 않았다. 창백하게 떨리는 살결의 마술이나 입술의 첫 감촉, 또는 피부의 모공 하나하나에서 피어오르는 듯한 황홀경에 대해서는 아무 말도 하지 않았다. 그는 그 모든 것에 대해 아무 이야기도 해주지 않았다. 기적은 단 한 번만 일어난다는 걸, 그리고 그 기적은 드러나자마자 영원히 자취를 감춰버리는 비밀의 언어로 말한다는 걸 그는 알았기 때문이었다. 수천 번도 넘게, 나는 빗소리가 세상을 다 씻어내버렸던 티비다보 애비뉴의 그 저택에서 베아와 함께했던 첫번째 오후를 되찾고 싶었다. 수천 번도 넘게, 나는 추억 속으로 되돌아가 그곳에서 헤매고 싶었다. 그 추억 속에서 나는 불의 열기에 도둑맞았던 단 하나의 이미지만을 끄집어낼 수 있었다. 빗물에 반짝이는 베아가 벌거벗은 채, 그날 이후로 나를 따라다닌 그 눈을 뜨고 불 옆에 누워 있는 이미지. 나는 그녀에게로 몸을 숙여 손끝으로 그녀의 배를 훑었다. 베아는 눈꺼풀을 내리고 굳게 결심한 듯 미소 지었다.

"너 하고 싶은 대로 해." 그녀가 속삭였다.

그녀는 열아홉 살이었고, 그녀의 전 생애가 그 입술 위에서 빛나고 있었다.

(2권으로 이어집니다.)

지은이 **카를로스 루이스 사폰**

1964년 스페인 바르셀로나에서 태어났다. 1993년 첫 소설 『안개의 왕자』로 에데베 상을 수상했고, 연이어 『한밤의 궁전』 『9월의 빛』을 발표했다. 『마리나』를 통해 바르셀로나를 배경으로 한 특유의 미스터리를 처음 선보였다. 2001년 발표한 『바람의 그림자』는 전 세계 42개국에 번역 출간되어 1500만 부 이상이 판매되는 유례없는 대성공을 거두었다. 뒤이어 『천사의 게임』 『천국의 수인』을 펴내 사폰 마니아들의 비상한 관심을 모았다.

옮긴이 **정동섭**

고려대 서어서문학과를 졸업하고, 스페인 마드리드 주립대학에서 석사학위를, 마드리드 국립대에서 박사학위를 받았다. 그후 한국예술종합학교 영상원에서 영화이론과 영화사를 전공했다. 현재 전북대 스페인 중남미어문학과 교수로 재직중이다. 『돈 후안: 치명적인 유혹의 대명사』를 썼고, 『스페인 영화사』 『파스쿠알 두아르테 가족』 『달에서 떨어진 사람들』 『돈 후안 테노리오』 등을 우리말로 옮겼다.

문학동네 세계문학
바람의 그림자 1

1판 1쇄 2012년 6월 15일 | 1판 9쇄 2026년 2월 13일

지은이 카를로스 루이스 사폰 | 옮긴이 정동섭
책임편집 황문정 | 편집 박아름 | 독자모니터 전혜진
디자인 김현우 이원경 강혜림 | 저작권 박지영 형소진 주은수 오서영 조경은
마케팅 정민호 서지화 한민아 이민경 왕지경 정유진 한경화 정경주 김혜원 김예진 이서진
브랜딩 함유지 김은솔 박민재 이송이 박다솔 조다현 김하연 이준희
제작 강신은 김동욱 이순호 | 제작처 영신사(인쇄) 경일제책(제본)

펴낸곳 (주)문학동네 | 펴낸이 김소영
출판등록 1993년 10월 22일 제2003-000045호
주소 10881 경기도 파주시 회동길 210
전자우편 editor@munhak.com | 대표전화 031) 955-8888 | 팩스 031) 955-8855
문학동네카페 http://cafe.naver.com/mhdn
인스타그램 @munhakdongne | 트위터 @munhakdongne
북클럽문학동네 http://bookclubmunhak.com

ISBN 978-89-546-1841-0 04870
     978-89-546-1840-3 (세트)

www.munhak.com